LES MARAUDEURS

TOM COOPER

LES MARAUDEURS

roman

Traduit de l'américain
par Pierre Demarty

TERRES D'AMÉRIQUE
ALBIN MICHEL

« Terres d'Amérique »

Collection dirigée par Francis Geffard

Édition originale parue sous le titre :
THE MARAUDERS
Cette traduction est publiée en accord avec Crown Publishers,
une maison du groupe Random House LLC.

À mes parents,
Lynn Elizabeth McIlvaine
et
à la mémoire de Thomas Michael Cooper

Les frères Toup

Ils surgirent des entrailles ténébreuses du bayou comme des spectres, d'abord une lueur fantomatique dans le brouillard, puis le vrombissement d'un moteur : un hors-bord en aluminium fusant sur la laque noire de l'eau. De loin, on aurait dit que les deux silhouettes étaient accolées, tels des frères siamois. À mesure que le bateau se rapprochait, ils se scindèrent en deux corps distincts dans la lumière des projecteurs grouillante de phalènes. L'un se tenait à l'avant du bateau, l'autre à l'arrière : les jumeaux Reginald et Victor Toup. Quand ils étaient petits, même leur mère avait du mal à les distinguer. Il y avait de cela longtemps, la moitié de leur vie, et depuis leur mère était morte. Une balle dans la tempe, dans une chambre du Roosevelt Hotel à La Nouvelle-Orléans – avant que leur père ne retourne son arme contre lui.

Ce soir-là, ils fendaient l'eau sous une lune aux trois quarts pleine, treize kilos de cannabis dissimulés sous une bâche dans la cale aux appâts. Reginald était au poste de pilotage et Victor accroupi à la proue, scrutant le bayou avec ses jumelles de vision nocturne. Ils avaient accompli ce parcours tant de fois qu'ils en savaient plus sur les marais que n'importe quelle carte. On ne croisait presque jamais personne dans les parages. Pas après la tombée de la nuit, pas aussi loin, et pas en dehors de la saison de la pêche à la crevette.

Ce qui était précisément le but, bien entendu.

Victor perçut du coin de l'œil un mouvement furtif devant eux. Sur un îlot, à un peu moins d'un kilomètre de distance, une petite lumière vacillante frémit comme un feu follet, puis disparut.

Victor leva une main ; Reginald coupa le moteur et éteignit les phares. Ils se retrouvèrent plongés dans l'obscurité, sous le clair de lune étale à la surface de l'eau, dans un silence que seuls venaient troubler le chœur des insectes et des grenouilles et le clapotis des vagues contre la coque.

« Quoi ? » demanda Reginald.

Victor ne dit rien. Il continua de regarder dans ses jumelles et attendit. Son frère le rejoignit à l'avant du bateau, ses cuissardes en caoutchouc noires crissant à chacun de ses pas. Quand ils se tenaient côte à côte, la ressemblance était confondante. Mêmes cheveux noirs et même raie sur le côté, même visage inflexible, mêmes yeux gris, crayeux et sournois. Même façon de se pencher légèrement en avant, le buste rigide, braqués sur la nuit comme des chiens de chasse flairant le fumet de leur proie. Mais il y avait des différences, subtiles. Reginald commençait à prendre la bedaine du pêcheur ; pas Victor. Reginald n'arborait aucun tatouage, contrairement à Victor dont le bras et le cou en étaient couverts : la gueule béante d'un grand requin blanc, une sirène et un trident, une toile d'araignée dans le creux du bras droit, une veuve noire au milieu.

Quiconque voulait déceler de plus amples différences entre les jumeaux devait s'aventurer au-delà des apparences.

Pendant quelques instants, plus rien ne bougea. Le ciel pullulait d'étoiles d'un bout à l'autre de l'horizon, si denses et compactes qu'on aurait dit des éclaboussures de peinture blanche sur une toile noire. La Petite Ourse, Cassiopée et Orion, comme autant de pièces d'un puzzle.

Victor fit basculer le poids de son corps et rajusta la focale de ses jumelles. La lumière clignota de nouveau, se dérobant par intermittence derrière les arbres.

« Il croit qu'on s'est barrés, dit Victor.

– Qui ça ? » demanda Reginald.

Victor ne répondit pas, resta sur le qui-vive. Ancré à moins de cent mètres de l'îlot flottait un crevettier délabré ; sur la rive, une pirogue ensablée et une lanterne Coleman d'où émanait une faible lueur. Un homme en cuissardes avançait dans les fougères, balayant le sol avec un détecteur de métaux et tenant dans l'autre main un objet à mi-chemin entre une pelle et une bêche.

L'homme entendit quelque chose dans son casque et se figea. Il passa le détecteur de métaux plusieurs fois de suite au-dessus de la même zone puis se mit à creuser le sol avec sa pelle-bêche. Il s'approcha du rivage, agita la pelle dans l'eau puis s'accroupit pour fouiller la terre comme un chercheur d'or avec son tamis.

Victor abaissa ses jumelles et secoua la tête.

« Raconte, dit Reginald.

– Un type, dit Victor. En train de creuser.

– Pour quoi faire ?

– Qu'est-ce que tu veux que j'en sache, putain ? Enterrer sa femme. »

Reginald prit les jumelles des mains de Victor et les colla sur son nez en plissant les yeux. « Il a un détecteur de métaux, dit-il.

– Tu le connais ? demanda Victor.

– Je l'ai déjà vu. Je crois.

– Un détecteur de métaux », dit Victor. Un petit souffle sardonique fusa de ses narines. « On aura tout vu.

– C'est qui ce mec, il est de la compagnie pétrolière ? »

Victor ne répondit pas. Il fit glisser de son épaule son Bushmaster semi-automatique et aligna le visage de l'homme à la croisée des repères optiques du viseur. Une petite cinquantaine ou la quarantaine bien tapée. Les yeux soulignés de cernes profonds, les cheveux en bataille rebiquant sous une casquette de marin. Et là, surprise, un bras en moins, une prothèse à la place.

« Il lui manque un bras, remarqua Victor.

– Je sais qui c'est », dit Reginald.

Victor demanda qui.

« Tu vois la rouquine ? Celle qui a des nichons d'enfer, qui est venue se défoncer deux trois fois chez nous. Renee ?

– Reagan, dit Victor. Ah ouais.

– Reagan. Eh bah c'est son père. »

Victor pointa de nouveau son fusil et regarda dans le viseur, le doigt posé sur la courbure de la détente.

« Putain mais qu'est-ce que tu fous ? » Reginald avait toujours été le plus diplomate des deux, Victor le plus explosif. Peut-être parce que Victor était né le premier, en position de dominant, devançant son frère d'une heure en ce bas monde. C'était en tout cas l'une des théories de Reginald.

« Il devrait pas être aussi près, dit Victor à son frère.

– On ira lui causer. »

Victor aurait pu appuyer sur la gâchette et la vie de ce type se serait achevée là, sur-le-champ. Il l'avait déjà fait. Ici même. Mais il abaissa son fusil et dit : « C'est le plus beau jour de chance de sa vie et cet enculé ne le sait même pas. »

Lindquist

Son bras n'était plus là. Lindquist était pourtant certain de l'avoir laissé dans son pick-up deux heures plus tôt. Il n'avait pas pour habitude d'égarer sa prothèse myoélectrique à trente mille dollars ni d'oublier de verrouiller son véhicule, que ce soit dans cette bourgade en lisière du bayou où tout le monde se connaissait ou ailleurs.

D'autres pick-up stationnaient sous les lampes à vapeur de sodium autour desquelles tournoyaient des nuées d'insectes. Pas un bruit à part le froissement des cyprès dans la brise nocturne, une Buick vert-de-mouche passant en cahotant sur le bitume devant le Sully's Bar. Mais Lindquist continua de balayer du regard l'aire de parking, éberlué, comme si son bras s'était fait la malle de son propre chef. Comme s'il s'attendait à le retrouver perché à côté de l'enseigne au néon bleue, le pouce levé pour faire du stop.

Lindquist retourna à l'intérieur du bar. Le dénommé Sully était en train de passer un coup de torchon sur le comptoir et il leva les yeux par-dessus ses lunettes cerclées de fer. À l'une des tables du fond, trois hommes ratissaient des cartes et des jetons de poker ; eux aussi levèrent la tête.

Lindquist se tenait sur le seuil, les lèvres serrées, réduites à une ligne pâle, le visage assombri par une émotion obscure comme un front orageux. « Quelqu'un m'a pris mon bras, annonça-t-il.

– Comment ça, pris ? demanda Sully.

– Volé, dit Lindquist. Quelqu'un m'a volé mon putain de bras. »

Un silence perplexe s'abattit sur le bar, et pendant quelques secondes on n'entendit plus que la chanson de Merle Haggard, « I Wonder If They Ever Think of Me », qui passait en musique de fond sur le juke-box. Les joueurs de poker se regardèrent et secouèrent la tête. Puis l'un d'eux, Dixon, se mit à rire. Aussitôt suivi par les deux autres, Prejean et LaGarde. Leurs dents blanches brillaient au milieu de leur visage buriné, et bientôt l'étroite salle de bar au plancher en pin fut envahie d'éclats de rire.

« Je vous emmerde, les mecs », dit Lindquist.

Les rires cessèrent d'un coup, comme si quelqu'un venait de soulever le diamant d'un tourne-disque.

« Tu plaisantes ? » demanda Dixon.

Lindquist plaisantait beaucoup, alors c'était difficile à dire.

« T'as dû le laisser chez toi, dit Sully.

– Mon cul, oui, dit Lindquist.

– Appelle Gwen, dit LaGarde. Des fois que tu l'aurais oublié à la maison. »

Lindquist lança un regard noir à LaGarde, la mâchoire crispée. LaGarde posa les deux mains sur la table et baissa les yeux. Gwen était partie. Depuis des mois. Retournée chez ses parents à Houma, selon toute vraisemblance ; c'est là qu'elle allait généralement trouver refuge après chaque engueulade avec Lindquist. Elle finissait toujours par revenir au bout de quelques jours, mais pas cette fois. Les gars n'étaient pas au courant des détails, mais ça devait être plus ou moins la même chose que d'habitude. Une histoire d'argent, de factures, leur fille, ou Dieu sait quoi encore.

Sully sortit de derrière son comptoir et les joueurs se levèrent. Ils cherchèrent sous les tabourets et les chaises, regardèrent dans les cabines des toilettes en ouvrant les portes à coups de pied. Puis ils sortirent et se dispersèrent sur l'aire de stationnement. Lindquist se pencha pour regarder sous les véhicules. Dixon alla au bout du parking et fouilla dans les joncs du bout de sa botte. Prejean fit de même de l'autre côté. LaGarde alla se planter au bord de la route et regarda à droite et à gauche.

Finalement, tous se rassemblèrent sous les lampes à sodium, chassant les moustiques qui venaient leur dévorer le visage.

« Mais pourquoi tu ne l'avais pas sur toi ? demanda Dixon.

– J'aimerais t'y voir, avec cette chaleur », dit Lindquist.

Vingt minutes plus tard, le shérif arriva. Villanova. Il prit son chapeau de cow-boy kaki sur le siège passager, sortit de sa voiture de patrouille et le posa au sommet de sa tête de dogue.

Les cinq hommes le regardèrent, l'air mauvais sous les néons rouge et bleu du bar.

Lindquist raconta à Villanova la partie de poker et la disparition subite de son bras, qu'il avait constatée en retournant à son pick-up. Villanova piocha un petit carnet à spirale dans sa poche de chemise et y écrivit le nom des autres hommes présents dans le bar, et de ceux partis plus tôt dans la soirée. Lindquist affirma que son voleur était un inconnu. Sans doute un vagabond pouilleux, drogué jusqu'aux yeux et dépourvu de sens moral au point de voler une prothèse de bras sur le siège d'une voiture.

« Et tu es sûr que tu ne l'as pas laissé chez toi », dit Villanova.

Lindquist plissa les yeux. « Parce que toi, tu les laisses chez toi quand tu sors, tes bras ? »

Ton bras à trente mille dollars, aurait-il voulu dire. Sans l'assurance dont sa femme bénéficiait grâce à son poste à la banque, Lindquist n'aurait jamais pu se payer cette prothèse ni les mois de rééducation après son accident. Et même avec l'assurance de Gwen, il avait dû sortir quinze mille dollars de sa poche, pour lesquels il avait pris un crédit à un taux exorbitant, dont il ne remboursait que le minimum chaque mois. Cette dette le suivrait jusque dans la tombe, mais il ne pouvait pas non plus se permettre d'aller pêcher la crevette avec en guise de bras un crochet à trois sous de chez Kmart.

Villanova continuait de prendre des notes. « Tu as le numéro de série ?

– Le numéro de série ? »

Villanova se pinça l'arête du nez. « Le numéro de série de ta prothèse, Lindquist. »

Lindquist fit non de la tête.

« Bon, tu peux toujours appeler le toubib. Appelle l'endroit où tu l'as eue. Ce n'est peut-être pas une mauvaise idée. »

Puis chacun partit de son côté : Dixon et Sully retournèrent à l'intérieur du bar, LaGarde et Prejean regagnèrent leur véhicule. Lindquist s'escrimait avec un gros trousseau de clés devant la portière de son pick-up. Il lui fallut une minute pour trouver la bonne. Il passa encore trente secondes à égratigner sa carrosserie en visant à côté de la serrure. Puis, fermant un œil, il réussit enfin à faire entrer la clé.

Villanova l'observait depuis un moment. « Qu'est-ce que tu fous ? demanda-t-il.

– Je rentre chez moi.

– Ça m'étonnerait. Tu es ivre. »

Lindquist regarda le shérif, les paupières à moitié closes, dodelinant de la tête comme au son d'une musique qu'il était le seul à entendre. « Juste un peu, dit-il.

– Il est tard, Lindquist. Allez, monte. »

Ils roulèrent un long moment en silence sur la route à deux voies, sans croiser une seule voiture. Ils passèrent devant une palmeraie, un champ d'herbe des marais. La silhouette d'un oiseau de nuit se découpa sur la lune le temps d'un battement d'ailes, tel un emblème frappé sur une pièce.

« Toc toc toc, dit Lindquist.

– Lâche-moi avec tes blagues, Lindquist.

– Toc toc toc.

– Le type paume son bras et il joue à toc-toc.

– C'est Jay.

– Jay qui ?

– Jay envie d'une bonne grosse paire de nibards. »

Le shérif secoua la tête. La radio de la police se déclencha soudain dans un grésillement de bruits parasites.

« Donc vous jouiez au poker, dit-il.

– Oui.

– Pour de l'argent ?

– À ton avis ?

– C'est illégal. »

Villanova avait les deux mains agrippées au volant et les deux yeux fixés sur la route.

« Toc toc toc.

– Il est tard, Lindquist. »

Villanova n'avait pas besoin de demander à son passager de lui indiquer la route : il la connaissait. Ce n'était pas la première fois qu'il le raccompagnait après une soirée passée au bar parce qu'il n'était pas en état de conduire.

« Tu es inquiet pour la marée noire ? » demanda Villanova.

Lindquist répondit que oui. Tout le monde à Jeanette était inquiet. Ou plutôt carrément pété de trouille.

« C'est peut-être pas aussi grave que ce qu'on raconte, dit

Villanova. Mais j'ai comme le pressentiment que c'est peut-être pire. »

Quelques instants plus tard, le shérif bifurqua sur une route de gravier défoncée coupant à travers des buissons de troènes sauvages, au bout de laquelle se profilait un petit pavillon en brique dont le toit en ardoise grise était surmonté d'une antenne parabolique. Un bassin pour oiseaux, rempli d'eau saumâtre et de feuilles mortes, trônait au milieu d'un parterre de fleurs fanées.

D'un geste malaisé, Lindquist tendit son bras gauche vers la portière pour sortir.

« Ça va aller ? » demanda Villanova.

Lindquist se pencha et regarda à l'intérieur de la voiture. « Oui. Et toi ?

– Oui. Fais-moi plaisir. Attends un peu avant de repartir en vadrouille, d'accord ? »

Lindquist hocha la tête.

« Tu as tes clés ?

– Oui.

– Montre. »

Lindquist sortit ses clés de la poche de son jean, les agita sous le nez de Villanova, puis leva le pouce.

« Tu te rappelles comment on s'en sert ?

– À la prochaine, Villanova », dit Lindquist. Il claqua la portière et recula d'un pas pour laisser le shérif faire demi-tour. Il regarda les feux arrière de la voiture s'éloigner dans l'allée en tremblotant comme des libellules, deux feux, puis quatre, puis deux à nouveau quand il plissa les yeux.

Lindquist ouvrit la porte, alluma la lumière, renifla. De la cuisine émanaient des relents acides de graisse de bacon et de poulet rance. Et le salon était jonché de sacs en papier constellés de taches de gras, de canettes de bière vides, de journaux vieux d'un mois toujours dans leur emballage en cellophane. Il se demanda ce que dirait sa fille, Reagan, si jamais elle débarquait à l'improviste, ce que dirait sa femme si jamais elle revenait.

Comme si c'était plausible.

Il souleva l'un des sacs en papier mais son bras n'était pas dessous. Il alla dans la cuisine, prit une bouteille de bière dans le frigidaire puis s'assit à la table de la salle à manger où s'empilait tout un fatras. Des factures, en retard depuis des mois. Emprunt immobilier, cartes de crédit, diesel, assurance. Et des livres, entassés par piles de quatre ou cinq : *Histoire de la marine marchande américaine. Les Pirates de Lafitte. Journal de Jean Lafitte. Le Flibustier Lafitte et la bataille de La Nouvelle-Orléans. Biogéochimie de la région des marais : science et applications.*

Au milieu des bouquins, de vieilles cartes maritimes jaunies, froissées comme des parchemins et recouvertes d'inscriptions hiéroglyphiques tracées au feutre rouge de la main de Lindquist. Un détecteur de métaux était posé en travers de la table, boîtier de circuits ouvert, fils électriques en pagaille. Gwen lui reprochait en permanence de laisser traîner tout son bazar dans la salle à manger, mais désormais il pouvait l'étaler partout où cela lui chantait.

Lindquist souleva une fesse, sortit de sa poche un distributeur de bonbons Pez et appuya sur la tête de la figurine. Donald Duck cracha un petit cachet oblong : OxyContin, taillé au canif pour rentrer pile poil dans la cartouche de pastilles. Avec le cul de sa bouteille de bière, il écrasa le cachet sur la table pour le réduire en poudre. Puis il se boucha une narine avec l'index, se pencha et renifla un grand coup, rejeta la tête en arrière et frotta le résidu de poudre sur sa lèvre supérieure.

Lindquist déplia l'une des cartes, craquelée et hachurée d'encre noire et bleue, qui représentait la baie de la Barataria, ses cours d'eau méandreux et ses archipels d'îles-barrières. Au fil des années, il y avait apporté ses propres corrections cartographiques, effaçant les cheniers érodés par le temps et les tempêtes, dessinant de nouveaux îlots et affleurements surgis du jour au lendemain. L'un d'eux avait la forme d'un têtard, un autre évoquait l'empreinte d'un animal, un autre encore ressemblait à un œil d'Horus égyptien. Sur certaines îles, il avait tracé un X ; sur d'autres, un point d'interrogation.

Il ôta le capuchon d'un feutre violet avec les dents, examina la carte, marqua d'une croix l'une des îles. Il voulut attraper sa bière, mais son bras droit manquait toujours à l'appel. Il lâcha son feutre pour saisir la bouteille, en repensant aux derniers mots que lui avait adressés Gwen avant de partir.

Tu es dans un sale état, avait-elle dit. *Tu as besoin d'aide*.

Lindquist finit sa bière, alla en prendre une autre dans le frigidaire puis se rassit à la table de la salle à manger et ouvrit son ordinateur portable. Il chercha *Jean Lafitte* sur Google et obtint plus d'un million de résultats. Puis *Lafitte* et *Barataria* : un peu moins de deux cent cinquante pages. Il tapa les mots *trésor*, *or* et *pirate*, puis affina sa recherche et finit par tomber sur un forum consacré à la chasse au trésor où des gens – uniquement des hommes – racontaient des anecdotes, ce qui leur était arrivé avec leur détecteur de métaux. Sur les photos mises en ligne pour illustrer ces récits, on voyait ici des boutons en cuivre, des balles de mousquet et des doublons, là un bouton d'uniforme d'artilleur de la guerre anglo-américaine de 1812, ailleurs encore la plaque d'un ceinturon d'officier datant de 1851.

Il était toujours assis devant son écran, en train d'écluser sa bière tout en passant en revue ces photos de trésors, lorsqu'un *ping* l'avertit de l'arrivée d'un nouveau message dans sa boîte mail. Il l'ouvrit.

À : LINDQUIST007@gmail.com
DE : Tmort98989898@gmail.com

ON C QUI TU ES. OÙ TU VIS. TU VIOLE 1 PROPRIÉTÉ PRIVÉ. CE SERA LE SEUL AVERTISSEMENT.

Le cœur de Lindquist fit un bond dans sa poitrine et tout son corps se raidit. Il resta assis devant son ordinateur pendant un moment à se demander ce qu'il allait répondre. Puis il se mit à taper : « VOUS ÊTES QUI ? » Il appuya plusieurs fois sur la touche « effacer ». Réécrivit la même phrase. Hésita. Appuya sur « envoyer ».

Il attendit. On n'entendait que le craquement du bois de la maison qui exsudait toute la chaleur emmagasinée pendant la journée et le bruit mat des phalènes se cognant aux carreaux de la fenêtre. L'infime bourdonnement étouffé du filament de l'ampoule du plafonnier.

Ping. Un nouveau message arriva dans sa boîte.

À : LINDQUIST007@gmail.com
DE : Tmort98989898@gmail.com

TAPPROCHE PAS DES ILES, CONARD.

Wes Trench

Minuit. Wes et son père suivaient le sentier menant de leur maison jusqu'au port. Même à cinq cents mètres de distance, à travers les fourrés de palmiers nains et l'herbe des marais qui leur montait jusqu'à la taille, ils entendaient des voix chanter à travers la lande, la mélodie lointaine et le rythme endiablé de la musique zydeco : la bénédiction de la flotte des crevettiers. Cela faisait cinq ans que Wes et son père avaient renoncé à ce rituel ; ils attendaient que le père Neely ait terminé de bénir tous les bateaux pour rejoindre les docks. Le père de Wes était toujours en colère contre Dieu pour ce qui était arrivé à sa femme. Ils l'étaient tous les deux.

L'une des nombreuses choses dont ils ne parlaient jamais.

Dans la nuit noire, seuls brillaient le faisceau de leurs lampes torches zigzaguant sur le sol et le bout incandescent de la cigarette du père de Wes. Ses cheveux blancs comme du coton, raides et dressés sur sa tête. Au-dessus d'eux, le halo blafard d'un quart de lune voilé de nuages, criblé par le lacis des branches de chêne vert. Ils suivirent le sentier, contournant un bosquet de pins des sables, puis empruntèrent une passerelle en bois brut pour franchir une crique. Un serpent noir traversa le cours d'eau en ondulant et fusa tel un trait d'encre dans les fougères.

Wes entendait à présent le grondement des moteurs, les hoquets chuintants d'un accordéon. Le cliquètement d'une planche à laver, des ordres aboyés par un capitaine à son équipage. « Mets pas les filets comme ça, dit une voix éraillée de vieux loup de mer. À tribord, connard, à tribord. »

L'un des plus anciens souvenirs de Wes était d'avoir emprunté ce même chemin à travers bois, par une soirée d'août pareille à celle-ci, dans une touffeur imprégnée d'un parfum de limon. Son père marchait alors d'un pas plus alerte – c'était avant que son dos ne le fasse souffrir de manière chronique, avant que les prises en mer ne se réduisent comme peau de chagrin, avant que tous ses cheveux ne deviennent blancs.

Wes avait mis sa main moite dans celle de sa mère et ils suivaient tous les deux son père dans le noir. Il sentait contre sa paume le baiser de métal froid de son alliance.

« Combien de crevettes tu vas attraper, papa ? avait demandé Wes.

– Tu connais le mont Saint Helens ? avait dit son père.

– Non, m'sieur.

– Le mont Rushmore ?

– Non, m'sieur.

– Tu connais Miss Hamby, ta prof de maths, celle qui a un gros cul ? »

Sa mère lui avait demandé en riant de se taire.

Il était plus joyeux alors, son père. Plein d'espoir. Ils l'étaient tous.

C'est à peu près à la même époque, peut-être un ou deux ans plus tard, que Wes, en rentrant un jour de l'école, avait découvert dans l'allée un Schwinn bleu nuit. Son père avait rapporté une prise de trois tonnes, une chance inouïe, et lui avait acheté le vélo, flambant neuf, sur un coup de tête.

Et plus tard ce soir-là, alors que sa mère était en train de faire la vaisselle, Wes avait vu son père s'approcher d'elle par-derrière et poser les mains sur ses hanches. Elle s'était retournée et ils s'étaient embrassés, les yeux fermés – le genre de scène dont il n'avait été témoin qu'une ou deux fois par le passé et qu'il ne reverrait qu'une ou deux fois par la suite.

Wes ne le savait pas alors mais il le savait à présent : l'homme qui avait décrété que l'argent ne faisait pas le bonheur était un crétin. Un crétin qui n'avait jamais connu la pauvreté.

Une fois la passerelle franchie, le sentier grimpait sur une petite butte glissante. Wes et son père enjambèrent un rondin couvert de lichen et aperçurent les lumières du port qui brillaient à travers les pins. Ils étaient une trentaine ou une quarantaine rassemblés sur les docks, leurs silhouettes découpées dans la lumière ambrée. Capitaines et membres d'équipage se tenaient debout à bord des skiffs et des pinasses, en train de déverser de la glace dans les cales à appâts ou de démêler des chaluts. Quelques bateaux entraient déjà dans la baie, leurs phares verts et rouges clignotant à l'horizon comme des loupiotes de Noël.

D'une pichenette, le père de Wes envoya voler sa cigarette dans les buissons et ils entrèrent dans le port. Sur l'aire de parking, on avait installé des tables pliantes sur lesquelles étaient posées des marmites de gombo, des assiettes en carton et des cuillères en plastique. Les transistors rivalisaient de crépitements ; l'un diffusait de la musique pop de La Nouvelle-Orléans, l'autre un talk-show d'une radio de Baton Rouge. Une vieille bonne femme ventripotente faisait bouillir des crabes dans une cocotte chauffée au gaz. Un homme au dos voûté faisait courir ses doigts sur les boutons de nacre de son accordéon essoufflé. Un autre grattait sa veste-frottoir avec des cuillères rouillées.

Wes connaissait ces visages depuis toujours. Matelots,

pêcheurs de crabe et pêcheurs à la nasse. Au mois de mai, ils partaient pêcher la crevette rose, et au mois d'août la crevette blanche. À l'automne, certains allaient chasser l'alligator ou ramasser des huîtres. Et il y avait aussi les fils et les filles des capitaines et des matelots, trop jeunes encore pour aider sur les bateaux. Les épouses corpulentes au visage tendu et aux cheveux gris. Les grands-mères et les grands-pères aux yeux mélancoliques et aux mâchoires édentées, les gencives rongées par l'inquiétude.

« Salut, Bobby », dit au père de Wes un type qui portait des cuissardes jaunes. Il piocha un paquet de cigarettes dans sa poche de chemise et en tapota le fond du bout de son index noueux, puis en cala une entre ses lèvres.

« Merde alors, t'étais passé où, Davey ? dit le père de Wes.

– Daytona Beach. Je bossais sur un yacht pour une bande de connards de Floride bourrés de pognon. »

Quelques années plus tôt, Davey avait travaillé pour le père de Wes, mais il avait démissionné pour rejoindre un autre équipage sur un plus grand bateau quand les prises avaient commencé à diminuer et le prix des crevettes à s'effondrer. Plus le bateau était gros, plus le chèque l'était aussi en fin de mois. Le père de Wes ne lui en avait pas voulu. Il savait combien il était difficile de joindre les deux bouts dans la Barataria, et à sa place il aurait sans doute fait la même chose.

« Ça t'a plu là-bas ?

– Ouais, c'était le paradis », répondit Davey. Il alluma sa cigarette et plissa une moitié de son visage pour esquiver la fumée. « Bien failli renoncer à tout ça », fit-il en désignant d'un geste vague la pagaille des bateaux en train de quitter le port de l'autre côté du bayou et les arbres qui ployaient tristement au-dessus des flots.

Au bout du quai, un petit garçon, torse nu, pissait joyeusement dans l'eau. Quand il eut terminé, il remonta la fermeture éclair de son short à motif camouflage puis rejoignit sa mère en sautillant comme un petit singe. Wes avait à peu près l'âge de ce gamin quand il avait commencé à venir au port. Assez grand pour se souvenir de l'ambiance festive qui régnait ici autrefois, le soir, à l'ouverture de la saison. Les soirées «fais-dodo», les danses cajuns. C'était le bon temps alors, pour tous les habitants de la Barataria. Avant que le bayou ne se mette à recracher de moins en moins de crevettes. Avant la marée noire. Avant Katrina.

Avant la mort de la mère de Wes.

«T'as du nouveau? demanda son père.

– Deux trois appels radio, dit Davey. Pas beaucoup de crevettes. Mais il est encore tôt.

– Du mazout?

– Partout.»

Davey se tourna vers Wes. «Comment va, p'tit gars? Pas encore parti à la fac?»

L'adolescent se força à sourire et secoua la tête. Il était à peu près exclu, il le savait bien, qu'il aille jamais à l'université.

«Parole, mais t'as déjà des cheveux gris? dit Davey.

– Un peu, oui m'sieur», dit Wes. Il venait de fêter son seizième anniversaire quand ses tempes s'étaient mises à grisonner. À peine, au début, mais chaque fois qu'il se faisait couper les cheveux, il en découvrait un peu plus, si bien qu'il s'attendait à les avoir tout blancs, comme son père, avant ses trente ans.

«Venez donc manger un morceau à la maison quand tout ça se sera tassé, d'accord? dit Davey.

– Avec plaisir, répondit le père de Wes. Passe le bonjour à Kelly et Renee de notre part.

– J'y manquerai pas.»

Wes suivit son père jusqu'au bout du quai, sauta sur le pont de leur bateau et dénoua les cordes qui l'attachaient aux taquets d'amarrage. Il entendit des pas derrière lui et se retourna. C'était le père Neely, en soutane, le front luisant de sueur dans la lumière du quai.

« B'soir, mon père », dit Wes. Il se redressa pour lui serrer la main. Molle et moite. Jamais mis le pied sur un bateau de toute sa vie.

« Wesley, dit le prêtre. Content de te voir, mon fils. » Il leva les yeux, salua le père de Wes qui était en train d'enrouler la corde de mouillage. Ce dernier se contenta de lever la main avant de lui tourner le dos. Puis il grimpa le petit escalier métallique menant à la cabine de pilotage. Wes vit jaillir une étincelle de son briquet derrière la vitre, ravivant la flamme vacillante du bout de chandelle posé à côté du gouvernail. Puis une autre quand son père s'alluma une cigarette.

« Vous avez raté la bénédiction, dit le père Neely en prenant bien soin de ne pas préciser *encore une fois*.

– On a pris du retard ce soir, lui répondit Wes.

– Bien sûr, je comprends. » Le prêtre leva les yeux vers la cabine de pilotage et lissa entre le pouce et l'index sa moustache jaunie par le tabac. Puis, portant de nouveau son regard sur l'adolescent, il sortit de la poche de sa soutane un médaillon de saint Christophe. Wes hésita. Il savait que son père n'en voudrait pas mais il pouvait difficilement refuser. Il prit le médaillon, le glissa dans sa poche et remercia le père Neely.

« Je vais prier pour que la saison soit prospère », dit ce dernier.

Wes le remercia de nouveau et ajouta que toutes les prières étaient bonnes à prendre.

Leur bateau, le *Bayou Sweetheart*, était un skiff Lafitte vieux de trente-trois ans, l'un des rares à Jeanette à avoir survécu à Katrina. Plusieurs semaines après le passage de l'ouragan, quand ils avaient commencé à fouiller dans les décombres, Wes et son père avaient retrouvé le bateau intact, par miracle, perché au sommet de la digue comme si la main d'un géant bienveillant l'avait posé là.

Comme beaucoup d'autres habitants de la Barataria, Wes et sa famille avaient décidé de rester sur place et de faire le dos rond face à la tempête. Ou plutôt, c'était son père qui avait décidé pour eux. À leur réveil, le matin du 28 août, ils avaient entendu le présentateur météo d'une chaîne de La Nouvelle-Orléans annoncer un ouragan de catégorie 5. Des vents de 240 kilomètres-heure en rafales, des vagues de cinq mètres de haut, des ruptures de digue. Un monstre.

Les premiers coups de vent arrivaient déjà, sifflant sous les avant-toits, et dehors, le ciel avait viré au noir charbonneux, jetant une telle obscurité que les arbres du jardin semblaient luire d'un étrange éclat, comme illuminés de l'intérieur.

« On devrait partir », répéta la mère de Wes pour la énième fois.

Ils étaient agglutinés dans le salon devant le vieux poste Zenith. Pas encore habillés, le visage bouffi de sommeil.

« Tu sais combien de fois ils ont annoncé ça alors qu'au final il ne s'est rien passé ? » dit le père de Wes. L'inquiétude ne se lisait pas encore dans son regard, mais sa voix était tendue.

Un coup de tonnerre secoua la maison et fit trembler les fenêtres. Leur labrador noir, Max, détala dans la cuisine et se cacha sous la table, d'où il les observa d'un air apeuré, la tête posée sur les pattes.

« On pourrait aller à Baton Rouge », proposa la mère de Wes. Chez ses parents.

« Allez, papa », dit Wes qui se demandait comment son père pouvait se comporter de manière si désinvolte. Il aurait voulu l'attraper par les épaules et le secouer un bon coup pour le raisonner.

Mais son père continuait de regarder la télé en frottant les poils de barbe qui lui hérissaient le menton, et les écoutait à peine. « Allez-y, Wes et toi, faites vos bagages. Mais dépêchez-vous. Maintenant. Avant que les routes soient engorgées.

– Toi aussi. Tu viens avec nous. »

Le père de Wes secoua la tête comme si c'était hors de question. « Faut que j'aille mettre le bateau à l'abri. Et donner un coup de main aux gars. Et barricader les fenêtres. J'ai mille trucs à faire.

– Mais écoute ce qu'ils racontent à la télé, implora la mère de Wes.

– Ils disent toujours ça. C'est leur boulot. »

Toute la matinée, Wes crut que son père finirait par entendre raison et changer d'avis, mais ce ne fut pas le cas. Et l'après-midi venu, quand les premiers fronts orageux s'abattirent sur la Barataria, il était déjà trop tard pour partir. Ce soir-là, l'ouragan déferla sur Jeanette tel un djinn. En quelques heures, maisons et mobile homes furent pulvérisés, anéantis comme de vulgaires maisons de poupée. Les quais furent arrachés à la terre, emportant avec eux des rues entières, transformées en torrents dévastateurs. Les bateaux se détachèrent de leur ancrage et furent engloutis dans les tourbillons.

Une fois la tempête passée, on dénombra plusieurs morts à Jeanette, noyés dans les flots.

Parmi eux, la mère de Wes.

Cela faisait presque cinq ans ; dans deux semaines, on serait le 29 août, le jour anniversaire de sa mort. Une date que Wes redoutait. Une demi-décennie : cela signifiait qu'il avait désormais vécu pratiquement un tiers de son existence sans elle. Il était sidéré qu'autant de temps soit déjà passé. Mais la douleur était toujours là, les regrets et le ressentiment entre son père et lui. Peu à peu il oubliait sa mère, les petites choses, des gestes, des mots qu'il voulait s'efforcer de garder en mémoire. Sa voix, en revanche, il s'en souvenait parfaitement, parfois même il l'entendait dans ses rêves, la nuit. La douceur caressante de ses intonations, tel un baume apaisant pour ses nerfs. *Oh, tout ira bien, Wessy. Oh, Wessy, arrête de te faire du mouron pour rien.*

Quel étrange couple avaient formé ses parents – une pacifiste un peu bohème en Birkenstock et une tête brûlée toujours au bord de l'explosion. Wes se demandait souvent à qui il ressemblait le plus. Il aimait à penser que, par bien des aspects, il tenait plutôt de sa mère – à commencer par le caractère. Mais il n'en était pas sûr. Plus le temps passait, plus il se découvrait enclin à la colère, au doute et à l'inquiétude, comme son père. En même temps, ce dernier avait aussi des qualités : la détermination et la débrouillardise, et Wes les sentait pulser dans ses veines.

Parfois, il surprenait son père en train de le regarder bizarrement. Sans doute, devinait-il, parce qu'il ressemblait beaucoup à sa mère, maintenant qu'il était presque adulte. Il était plutôt menu, les épaules étroites, comme elle, et son teint brunissait au soleil plutôt que de tourner au rouge brique comme son père. Wes avait aussi les cheveux implantés en V sur le front, comme sa mère. Les mêmes grands yeux, qui tiraient sur le bleu en hiver et le vert pâle en été, selon l'intensité de son bronzage ou la couleur de sa chemise. Les filles du lycée lui disaient toujours qu'il avait de beaux yeux. Sa mère lui répétait tout le temps qu'il n'aurait jamais de problèmes avec les femmes pourvu qu'il garde de bonnes manières et ces beaux yeux profonds.

Récemment, un souvenir avait ressurgi, enfoui depuis longtemps dans sa mémoire. L'un de ses copains, Tommy Orillon, lui avait offert un chewing-gum au cours d'un barbecue organisé pour le 4-Juillet, et Wes l'avait pris sans faire attention au parfum. Dès que le goût de la mûre avait envahi son palais, il s'était remémoré le jour où sa mère l'avait emmené cueillir des mûres, quand il avait huit ou neuf ans.

Ce jour-là, un dimanche matin à la fin du mois de juin, sous un grand soleil, Wes et sa mère, seau en fer-blanc à la main, étaient partis fouiller dans les buissons épineux près des eaux dormantes d'une petite crique, jouant à qui rapporterait le plus beau butin. Wes s'était jeté sur les mûriers avec tant d'avidité qu'il était revenu les mains toutes cisaillées par les ronces. Il n'avait ressenti la douleur qu'après, une fois rentré à la maison. Sa mère avait pris ses mains dans les siennes ; il était assis sur le couvercle moquetté des toilettes de la salle de bains. « Pauvre Wessy, avait-elle dit en appliquant doucement sur ses plaies un morceau de coton imbibé de mercurochrome. Ça va aller, ça va aller », l'avait-elle rassuré en lui passant la main dans les cheveux.

Ce soir-là, le père de Wes s'était posté au gouvernail, tandis que le garçon préparait les bômes. Sous une lune sanglée de nuages, ils traversèrent le bayou en tirant des bords, passant devant des balises auxquelles étaient accrochés des écriteaux à l'enseigne d'une compagnie pétrolière.

DANGER, AMARRAGE INTERDIT. OLÉODUC.
PROPRIÉTÉ DE BP OIL.
ATTENTION : PIPELINE.

Wes était collé à l'écran de son portable et consultait sa page Facebook ; bientôt il n'aurait plus de réseau.

« Arrête de tripoter ce téléphone, lui dit son père depuis la cabine de pilotage. On dirait un nourrisson agrippé à sa tétine. Je te jure. »

Wes serra les dents et rangea son portable. À tribord se profilait une péninsule frangée de chênes nains et de broussailles. À travers les roseaux, Wes apercevait un petit cimetière, des mausolées à la blancheur d'os penchés comme des dents déchaussées, un fourneau en brique comme un basilic figé au milieu d'une clairière. Jadis, se dressait là une demeure datant d'avant la guerre et appartenant aux Robicheaux, une famille créole remontant à cinq générations. Les Robicheaux avaient décampé avant la tempête et, ne trouvant que des ruines à leur retour, ils étaient repartis au Texas. Aux dernières nouvelles, ils avaient ouvert un stand de poulet frit à Galveston.

Quand le *Bayou Sweetheart* franchit l'embouchure, les eaux étaient noires de monde, embouteillées de bateaux qui allaient et venaient, se frôlant et rivalisant à qui passerait le premier. Leurs phares rouges et verts jetaient des lueurs festives sur la mer. Leurs sirènes hurlaient à tout rompre dans la nuit. Les hommes se lançaient des insultes et des menaces depuis la cabine de pilotage et le pont des embarcations.

Ils croisèrent une pinasse cerclée de pneus en guise de pare-chocs. Un matelot au visage desséché, qui pouvait avoir trente ou soixante ans – impossible à dire –, cria à Wes : « Hé ! Regarde un peu par là ! »

Quand il se retourna, l'homme lui balança le contenu d'une tinette en fer-blanc. Wes esquiva, mais trop tard. Une substance nauséabonde vint s'écraser sur son visage. Il s'essuya du revers de la main et regarda ses doigts. De la bouillie d'appâts.

L'homme et ses compagnons d'équipage s'esclaffèrent. Wes,

écœuré par la puanteur de poisson, ravala un haut-le-cœur et s'essuya le visage avec un pan de sa chemise. Le matelot de la pinasse baissa le haut de ses cuissardes et lui montra ses fesses, énormes et rubicondes comme le cul d'un babouin.

Son père ralentit au quart de sa vitesse et le garçon abaissa les bômes pour plonger les chaluts dans l'eau. À quelques encablures évoluaient d'autres bateaux sur le pont desquels s'activaient des hommes d'équipage, voûtés comme des ombres chinoises. Wes allait de tribord à bâbord, vérifiant les bômes.

Un crevettier d'allure familière à la coque bombée, vingt mètres de long et le drapeau des Confédérés flottant à la hune, se glissa à leur hauteur. Le capitaine cria quelque chose depuis sa cabine et Wes leva la tête. C'était Randy Preston, un type qui avait travaillé sur leur bateau, autrefois. Un sourire dévoila son dentier trop grand et Wes fit signe à son père, qui saisit son mégaphone et se pencha par la lucarne de tribord. « Qu'est-ce que t'as ramené, Randy ?

– Que dalle.

– À ce point ?

– Ma femme va demander le divorce.

– Ce serait peut-être pas plus mal, dit le père de Wes.

– Sans blague. » Son bateau s'éloignant, Randy dut s'empresser de crier avant que la distance ne le mette hors de portée : « À la radio ils disent que ça ramasse pas mal à huit kilomètres plus à l'ouest. Je vais voir ce qui se passe là-bas. Me tirer de ce merdier.

– Préviens-moi si ça vaut le coup, dit le père de Wes.

– Ouais, ouais », dit Randy. Il tendit le bras par la fenêtre de sa cabine et esquissa un geste masturbatoire, le poing fermé. « Cramponne-toi au mât, gamin ! »

Wes sourit et lui fit un doigt d'honneur. Randy se pencha

par la lucarne et le lui rendit. Puis son bateau dériva et disparut parmi les autres.

Wes accrocha la palangre de tribord au treuil. Le moteur se mit à fumer et à forcer, et bientôt le chalut refit surface, gonflé comme un sac amniotique, rempli d'une masse grouillante d'ailerons, de pinces et d'yeux noirs vitreux. Puis le garçon alla à bâbord remonter l'autre filet.

Son père coupa le moteur et descendit de la cabine de pilotage. Avec les filets d'égouttage, ils firent basculer leur prise dans le compartiment de triage, puis enfilèrent des gants et plongèrent les mains dans la poiscaille remuante. Crabes à carapace dure claquant des pinces comme des castagnettes. Poissons-chats, flétans et fretin d'appât. Crabes à carapace molle, par centaines, si minuscules et d'une telle pâleur, presque transparents, qu'on aurait dit des fantômes d'eux-mêmes. Une petite raie fouettant l'air de sa queue hérissée de barbillons, une tortue serpentine rétractant sa tête à l'intérieur de sa carapace.

Et puis les crevettes, pas plus grosses que le petit doigt, la cervelle et le cœur palpitant comme de minuscules grains noirs sous une membrane de peau plus fine que du papier de riz.

« Jamais vu pire », lâcha le père de Wes. Son habituel polo à rayures, mille fois lavé, lui collait déjà au dos, trempé de sueur.

Wes ne dit rien. Il connaissait la suite. Son père était furax et se défoulerait sur lui. Qu'il l'ouvre ou qu'il la ferme, son compte était bon.

« On va devoir passer tout le mois ici, putain. »

Le garçon continua de trier les poissons, les crabes et les crevettes, en silence.

« On est foutus. Ces marais vont finir par nous la mettre profond. Bien profond, comme une pute à mille balles. »

Wes rejeta à la mer un minuscule poisson-chat.

« Fais gaffe à la raie, dit son père.

– Je fais gaffe.

– Non, tu ne fais pas gaffe. Combien de fois faut-il que je te le dise, de faire gaffe aux raies ? Si tu crois que je n'ai que ça à foutre, de t'emmener aux urgences. »

Wes balança un poisson-tambour dans l'eau.

« Bon Dieu, dit son père. C'est la fin du monde ici. »

Il leur fallut plusieurs minutes pour tout rejeter par-dessus bord. La plupart des poissons et des crabes filèrent aussitôt se réfugier dans le bayou, mais certains s'attardèrent un moment, comme hébétés, nageant en cercle à la surface de l'eau.

Son père remonta dans la cabine et Wes abaissa de nouveau les chaluts. Tandis que le *Bayou Sweetheart* se frayait un chemin dans le maelström des bateaux, il regarda sa montre. Les aiguilles indiquaient deux heures et demie. Ses yeux le brûlaient, le piquaient, et il ne voulait qu'une chose – que cette corvée soit derrière lui. Il avait envie de prendre une bonne douche et de se glisser dans les draps propres et frais de son lit. Mais il savait qu'ils en avaient encore pour plusieurs heures, au minimum. Peut-être plusieurs jours.

Si du moins son père et lui arrivaient à tenir jusque-là sans s'écharper.

Ils accostèrent chez Monsieur Montegut deux jours plus tard, dans les brumes orangées de l'aube. Trois jeunes matelots chaussés de cuissardes en caoutchouc crissantes grimpèrent à bord du *Bayou Sweetheart* et transvasèrent les crevettes dans d'immenses paniers en osier. Dès qu'une crevette tombait sur le pont, les mouettes fondaient en piqué et se posaient sur le plat-bord du bateau. L'une d'entre elles attrapait alors le petit morceau de chair rose puis repartait aussitôt à tire-d'aile, pourchassée par la meute criarde de ses congénères.

Les matelots rapportèrent leurs paniers à quai et les déversèrent dans des baquets de triage. Puis l'on sépara les crevettes de la glace avant de les jeter sur un tapis roulant rouillé et pétaradant qui les transporta à l'intérieur d'un petit hangar au toit de tôle en saillie, dans lequel on les chargea sur une balance.

Les premiers pesages de mai et d'août étaient toujours les plus redoutés, car ils servaient de baromètre au printemps et à l'automne à venir. Certaines années, le bayou était si avare que Dame Nature semblait dire aux pêcheurs de laisser tomber. D'autres saisons, plus rares, paraissaient bénies des dieux, et la Barataria leur offrait alors plus de crevettes qu'ils n'auraient osé en espérer. Les vieux de la vieille évoquaient les prises fabuleuses des années vingt et trente, du temps de leur jeunesse légendaire. Et combien les marais avaient changé depuis que les compagnies pétrolières avaient débarqué avec leurs pelleteuses et s'étaient mises à bouffer la terre. Aujourd'hui, les pêcheurs s'estimaient heureux de gagner de quoi payer leurs factures et nourrir leur famille. Et si jamais ils terminaient le mois avec trois sous à mettre de côté – la *gniappe* –, ça tenait du miracle.

Quand les matelots de pont eurent fini de décharger la cargaison, Wes et son père descendirent du bateau et franchirent le ponton aux planches à moitié déchiquetées pour rejoindre le hangar de pesage, ouvert sur le côté. Monsieur Montegut se tenait derrière la balance, l'œil chassieux et l'air hébété, une cigarette coincée dans la pince de ses lèvres. Il leur serra la main. Leur dit que si le prix de la crevette continuait à baisser comme ça, il se rendrait lui-même sur l'une des stations de forage de British Petroleum pour faire péter toute cette saloperie.

« Bon, voyons voir ce que vous m'avez apporté, dit Montegut. Je suis sûr que vous avez mieux à faire que de tailler le bout de gras avec bibi. »

Monsieur Montegut pesa d'abord la prise en totalité. Trois cent vingt-neuf kilos. Loin, très loin de ce qu'avaient escompté Wes et son père.

« Elles ont l'air vachement plus grosses que d'autres que j'ai vues, dit Montegut. Z'auriez dû voir le gars avant vous. Le *Lucky Sevens* ? Pas une qui dépassait la taille de mon petit doigt. Et j'ai des mains de geisha. »

Le père de Wes émit un petit rire poli en soufflant par les narines.

Wes savait qu'il restait un mince espoir. Le poids total de la cargaison importait moins que la taille des crevettes, leur nombre au kilo. S'il en fallait trente ou trente-cinq pour arriver à un kilo, tout allait bien. S'il en fallait soixante ou soixante-dix, c'était le fiasco.

Le père de Wes alluma une cigarette et regarda Monsieur Montegut plonger une pelle à glace en métal dans le tas de crevettes. Il versa son échantillon dans ce qui ressemblait à une petite balance de boucher. Montegut ajouta quatre ou cinq crevettes pour que la petite aiguille rouge tremblotante atteigne les deux kilos. Puis il renversa le tout sur un établi en bois et commença à compter. Ses grosses lèvres bougeaient et ses doigts boudinés remuaient en cadence.

Wes se tenait à côté de son père, immobile. Du coin de l'œil, il apercevait ses épaules tombantes, son visage creusé. Ce n'était peut-être que son imagination, mais il lui semblait, ces dernières années, que son père avait été finalement rattrapé par l'âge. Il descendait l'échelle de plus en plus lentement. Il était toujours aussi mince, mais la peau sous ses bras était distendue et flasque, un peu comme le fanon d'un poulet, se disait Wes. Et il marchait d'un pas raide sur le pont du bateau, une main posée sur le coccyx et le visage grimaçant.

Ce n'était pas un hasard si on voyait autant de panneaux

publicitaires pour des chiropracteurs et autres acupuncteurs quand on entrait dans la Barataria. Pas mal de gars avaient le dos bousillé avant d'atteindre l'âge de trente ans. À quarante, ils carburaient au bourbon tous les soirs pour oublier la douleur et se procuraient des cachets d'OxyContin auprès de leur médecin ou de leurs amis pour tenir un jour de plus à bord des chalutiers. Et à cinquante, la plupart étaient foutus et ne s'en relevaient jamais.

Le père de Wes avait quarante-huit ans.

Quelques minutes plus tard, Montegut avait compté cent cinq crevettes.

Le père de Wes laissa tomber sa cigarette par terre et l'écrasa sous le talon de sa botte. « Je peux te demander de recompter, Willy ? »

Patiemment, Montegut préleva une nouvelle pelletée de crevettes. Pesa. Compta. Cette fois, il arriva à cent dix.

« Putain, lâcha le père de Wes en frottant le haut de son crâne comme s'il polissait une boule de bowling.

– Et si on s'en tenait au chiffre d'avant ?

– Merci, Willy, c'est sympa.

– Bah, c'est la moindre des choses. »

Dans la lumière fauve du petit matin, ils sortirent du hangar de pesage et empruntèrent un chemin balisé de planches pour rejoindre le bureau de Montegut. Les yeux du père de Wes étaient rivés au sol et il ne desserrait pas les mâchoires. L'adolescent savait que les chiffres tournoyaient dans son crâne. Combien de jours avant la fin de la saison, combien d'heures encore à passer sur le bateau au cours des semaines à venir, combien débourser pour un bidon de gasoil, combien de factures à payer.

Il était sûr qu'il entendrait tout ça par le menu plus tard.

Ils passèrent devant un assortiment bigarré de cabanons et

d'entrepôts rongés par le sel et le soleil. Un crevettier baptisé le *Jean Lafitte* reposait sur l'une des rampes de mise à l'eau. Un manchot en treillis militaire hurlait sur les fils de Montegut qui déchargeaient sa cargaison. « Mais faites gaffe ! disait-il. Vous en foutez partout à côté. Y a deux kilos de crevettes, là ! »

Quand ils furent à bonne distance, Montegut regarda par-dessus son épaule. « De plus en plus maboul, le pauvre enfoiré. »

Son bureau n'était pas plus grand qu'un placard ; la table en métal était jonchée de papiers. Reçus, factures, notes, cartes de pointage. Punaisées au mur, une carte jaunie des voies navigables de la Barataria et une table des marées, plus récente.

Montegut prit la cafetière, se servit dans un gobelet en polystyrène, puis attrapa la bouteille de Jameson posée au sommet de l'armoire. Il en versa une dose généreuse dans son café et avala une gorgée. Puis il retira son collier, saisit l'une des clés qui y étaient accrochées et ouvrit le tiroir de son bureau. Il en sortit une grosse boîte métallique et l'ouvrit avec une autre clé. Il fouilla à l'intérieur, préleva une épaisse liasse de billets de cent dollars, s'humecta le pouce et se mit à compter. Il tendit l'argent au père de Wes, qui contempla les billets d'un air abattu.

Montegut s'assit dans son fauteuil, se renfonça en arrière et tapota sur son bureau, produisant avec son alliance un son mat sur le buvard. « Si tu veux mon avis, c'est surtout la faute aux médias, dit-il. Ils sont tous là à s'exciter comme si c'était la fin du monde. Tu sais qu'ils adorent en faire des tonnes. Ils veulent faire traîner, pour pouvoir continuer à crier au scoop tous les soirs. »

Le père de Wes empocha les billets et remercia Montegut. De retour sur le quai, il lâcha une kyrielle d'invectives. Wes y ajouta les siennes en arrosant le pont de leur bateau. Il avait mal au ventre à force de se nourrir exclusivement de barres protéinées et de raviolis en boîte, et la langue cramée par le café bouilli à la chicorée de son paternel. Mis à part quelques siestes d'une demi-heure dans la cabine, ils n'avaient pas fermé l'œil depuis quarante-huit heures. Ce n'était pas inhabituel, surtout en début de saison. On racontait que certains équipages passaient jusqu'à sept jours en mer. Et que des Vietnamiens étaient capables de tirer sur le chalut pendant deux semaines d'affilée. Le printemps après le passage de Katrina, Wes et son père étaient restés dans la Barataria pendant quatre jours consécutifs. Mais c'était l'époque où ils pouvaient compter sur deux autres compagnons d'équipage. L'époque où son père était plus jeune, plus fort.

Au port, le père de Wes sortit de sa poche une poignée de billets. Il en tendit quelques-uns à Wes. Quatre billets de vingt. Quatre-vingts dollars pour plus de quarante heures de boulot.

Ils se tenaient face à face. Son père clignait des paupières, ébloui par le soleil du matin, le blanc des yeux strié de veinules cramoisies. « Quoi ? dit-il.

– Quatre-vingts dollars, dit Wes.

– C'est ça.

– Et le reste ?

– Y a pas de reste.

– Deux jours pour quatre-vingts dollars.

– Tu crois que ça me fait plaisir ?

– Taré, dit Wes.

– Eh, fais gaffe. »

Le garçon se mordit la lèvre inférieure, se tritura les sourcils. « Il y a un tas de choses que tu oublies de prendre en compte. L'essence, par exemple.

– Quatre-vingts dollars.

– Mais comment tu veux que je te donne plus alors qu'il n'y a rien de plus à donner ? »

Wes tourna les talons et se dirigea vers le pick-up.

« Où tu vas ? »

Il ne répondit pas.

« Écoute-moi bien, lui dit son père dans son dos, je veux que tu sois rentré avant la nuit. Et n'oublie pas la glace. »

L'adolescent ne s'arrêta pas.

« T'as compris, fiston ? N'oublie pas la glace. »

Cosgrove et Hanson

Une infirmière appela Cosgrove depuis un hospice de La Nouvelle-Orléans pour lui annoncer que son père était décédé. Insuffisance cardiaque congestive, une mort paisible, dans son sommeil. Cosgrove, qui n'avait pas parlé au vieux depuis une demi-décennie, fut surpris qu'il ait tenu si longtemps. Comme il ne s'était jamais occupé de funérailles et qu'il n'y avait aucun autre membre de la famille encore en vie à prévenir, il ignorait la marche à suivre. Trop embarrassé pour poser la question à l'infirmière, Cosgrove se rendit en bus à la bibliothèque publique, s'installa devant un ordinateur et chercha sur Internet *que faire quand quelqu'un meurt*.

Le lendemain matin, il partit d'Austin pour rallier La Nouvelle-Orléans au volant de sa Corolla, une guimbarde délabrée vieille de dix-sept ans, le pare-brise fêlé et la boîte à gants infestée de fourmis à sucre. Le pare-chocs arrière avait été rafistolé avec du ruban adhésif, et à quinze kilomètres de Houston, sur l'autoroute I-10, Cosgrove entendit un bruit de crécelle, comme si on avait balancé des cailloux dans un mixeur, tandis que la voiture cahotait et tressautait. Il regarda dans le rétroviseur et vit le pare-chocs partir en tonneaux sur la route comme s'il venait de se défenestrer.

Il continua de rouler.

Son père fut enterré par une journée maussade et venteuse, le ciel plombé de nuages semblables à une armada de cuirassés. Des gobelets en polystyrène roulaient sur la pelouse du cimetière, et les petits drapeaux en lambeaux plantés sur les sépultures des vétérans claquaient dans le vent. Les bourrasques renversaient sans cesse les pots de chrysanthèmes achetés au supermarché que Cosgrove avait déposés sur le cercueil, et il leur courait après parmi les mausolées comme un chat après un jouet mécanique. Il finit par ramasser un gros caillou pour empêcher les fleurs mauves de bouger.

Quand le prêtre lui demanda s'il voulait dire quelques mots, Cosgrove demeura sans voix. Pendant le sermon, il avait guetté l'arrivée tardive d'un étranger, d'un lointain cousin, d'une connaissance perdue de vue. Mais les chaises pliantes disposées autour de la tombe étaient restées vides.

Cosgrove se leva, serra les lèvres et baissa les yeux sur les chaussures qu'il avait louées pour l'occasion. « Il s'en remettait au Seigneur et n'a jamais dévié du droit chemin », dit-il, répétant les paroles d'un télévangéliste sur lequel il était tombé la veille dans sa chambre de motel. Dès qu'il eut prononcé ces mots, il se rendit compte qu'ils sonnaient faux. Et pour son père, et pour lui-même. En réalité, rien n'était moins droit que le chemin qu'avait suivi son père, ses pérégrinations d'un bout à l'autre du pays évoquant plutôt la ligne sinueuse de pointillés qu'on voit se dessiner sur les cartes dans les films, laissant dans son sillage une montagne de chèques en bois, de factures d'avocat et de citations à comparaître.

Ce soir-là, Cosgrove quitta son motel pour se rendre dans un bar du Vieux Carré français et défia trois hommes d'affaires sibériens autour d'une bouteille de bourbon Basil Hayden qu'ils éclusèrent shot après shot. La dernière chose dont il devait se souvenir avant de sombrer fut sa dispute avec l'un des trois types à propos de la Coupe du monde, dont il ne savait rien et se fichait comme de l'an quarante. Il s'était bientôt retrouvé à serrer la tête d'un mec sous son bras, sa tête à lui serrée sous le bras d'un autre, et ils avaient valsé ensemble dans le bar telle une espèce de monstre tentaculaire, renversant les tables et les chaises sur leur passage.

Fin du souvenir.

Le lendemain matin, Cosgrove se réveilla avec une gueule de bois carabinée. Dans une cellule. Couché sur le sol en position fœtale.

Six ou sept autres âmes damnées la partageaient avec lui, des types au regard impitoyable qui donnaient l'impression de chercher les emmerdes depuis le jour où ils étaient venus au monde. Certains tournaient en rond comme des animaux en cage, s'agrippaient aux barreaux et hurlaient leur innocence. D'autres restaient assis dos au mur en parpaings, les yeux fermés et la tête basse, comme des pénitents.

Un type aux yeux exorbités déblatérait à propos du « célèbre avocat Jim Diamond Brousard ». « Appelez Jim Diamond Brousard, répétait-il en boucle. Dites-lui que Ricky Hallowell a des ennuis. »

Un autre homme, affligé d'une tache de vin sur la joue, le pantalon sur les chevilles, faisait ses besoins sans la moindre gêne dans un coin de la cellule. Il lança à Cosgrove un regard de défi et retourna à ses affaires.

Le rapport de police déroulait une histoire digne des frasques d'un marin en goguette, le genre d'anecdote qui les aurait fait mourir de rire au Texas, lui et ses potes couvreurs. Ivresse sur la voie publique, trouble à l'ordre public, dégradation d'un juke-box, entrave aux forces de l'ordre… Un seul détail lui paraissait peu plausible : il doutait d'avoir réellement appelé son père en sanglotant quand ils l'avaient embarqué dans le fourgon de police.

Non, ça ne lui ressemblait vraiment pas du tout.

Le juge avait dû le prendre en grippe avant même qu'il ne prononce un mot : il condamna Cosgrove à deux cents heures de travaux d'intérêt général, une sentence délirante au regard du délit. Cosgrove resta à La Nouvelle-Orléans parce que rien ne l'attendait à Austin, à part son boulot pourri de couvreur – l'enfer sur terre en été. Deux slips et trois paires de chaussettes qui se battaient en duel dans le tiroir d'une chambre de motel Econo Lodge : il ne possédait rien d'autre, sinon quelques souvenirs d'enfance et son acte de naissance, rangés à l'intérieur d'une boîte qu'il avait laissée dans le coffre d'une banque à Miami, où il avait fait un séjour aussi bref que désastreux (insolation) en qualité de barman auxiliaire au bar-piscine d'un hôtel de South Beach.

Il avait peur de finir comme son père, à moitié clochard. Peut-être trouverait-il ailleurs un métier, une femme, une vie. En tout cas, rien de tout cela ne lui était arrivé à Austin.

Et son quarantième anniversaire, dans quatre mois, en janvier, se profilait à l'horizon comme un avis de tempête. Peut-être était-ce à La Nouvelle-Orléans qu'il serait le mieux à même d'essuyer le gros des intempéries sans trop de dégâts.

Il loua la moitié d'une bicoque couleur poussière dans le quartier de Mid-City et se fit engager dans un bar sportif du coin comme écailleur d'huîtres. Et trois fois par semaine, le lundi, le mercredi et le vendredi, il pointait à huit heures du matin pour ses travaux d'intérêt général. En compagnie d'une dizaine d'autres condamnés – pères indignes, junkies et poivrots –, vêtu d'un gilet fluo et d'un jean élimé, il attendait devant le poste qu'un flic les fasse monter dans la camionnette blanche, sans fenêtres, qui les emmènerait sur leur lieu de travail pour la journée. Parfois ils faisaient équipe par groupes de trois ou quatre, effaçant des graffitis à la brosse métallique ou à la sableuse sur Jackson Square. D'autres jours, ils se retrouvaient tous ensemble à ramasser du bout de leur pique des capotes usagées et des colliers de carnaval échoués sur les berges-dépotoirs du Mississippi.

Cosgrove avait purgé un mois de sa peine quand il se fit déposer un jour devant une maison victorienne délabrée, les volets peints en mauve délavé, les colonnades de la véranda tout de traviole. On était à la fin du mois d'août et il faisait une chaleur de plomb, les moineaux piaffaient dans les chênes gris-vert, les bougainvillées commençaient à pourrir. Un type à la dégaine de coq, visage étroit et traits tirés, une queue de cheval noire dépassant dans son dos sous une casquette de base-ball à motif camouflage, sortit de la camionnette en même temps que lui. Ils restèrent plantés un moment sur le trottoir, devant la maison.

« Bon sang de bon Dieu », dit Queue-de-cheval. Il portait un T-shirt TOM PETTY AND THE HEARTBREAKERS et un short en jean frangé trois fois trop grand pour lui, serré à la taille par une ceinture en toile ornée d'une énorme boucle de cow-boy or et argent où étaient gravées les initiales JHH.

Le flic, un Dominicain taillé comme une calebasse répondant au nom de Lemon, jeta un coup d'œil à Queue-de-cheval puis baissa les yeux vers son écritoire à pince. « Hanson, c'est ça ?

– John Henry Hanson, répondit Queue-de-cheval en glissant ses pouces dans les passants de sa ceinture. Oui m'sieur.

– Alors, qu'est-ce que t'en dis, Hanson ? »

L'homme se retourna vers la baraque en ruine. La peinture s'écaillait sur les planches en grands lambeaux lépreux et les marches du perron de la véranda étaient toutes bosselées, gondolées par les intempéries. La maison était flanquée d'un petit garage ouvert, surmonté d'un toit en tôle ondulée. Pas de voiture, rien que des seaux, des bombes de peinture et des palettes de bois, des pelles, des râteaux et autres outils de jardinage rangés contre le mur.

«Je suis pas charpentier, dit Hanson.

– Vu ton calibre intellectuel, je suis sûr que ce n'est pas un petit coup de ponçage et de peinture qui va te faire peur, répliqua Lemon. Si tu as du mal à t'en sortir avec le marteau et les clous, demande à Cosgrove. Il t'expliquera lequel sert à taper sur l'autre.»

Lemon reprit place derrière le volant et se faufila dans les embouteillages du matin. Hanson s'approcha de Cosgrove et regarda la camionnette tourner au coin de Magazine Street. Cosgrove, avec son mètre quatre-vingt-huit et sa barbe de bûcheron, se faisait l'effet d'un grizzli à côté de ce petit mec.

«Ma main à couper que cet enculé est parti tirer sa crampe avec la femme d'un autre», dit Hanson en agrippant sa ceinture à deux mains.

Vue de près, la maison était encore en plus mauvais état, quasi irrécupérable. Le châssis des fenêtres était voilé, la plupart des carreaux brisés et remplacés par des morceaux de carton. Ici et là manquait une planche sur la véranda, et des tréfonds de la maison montait une odeur acide de pisse animale, plus forte que du poison.

Cosgrove et Hanson, armés de leur grattoir, se mirent à l'ouvrage. Des croûtes de peinture lavande tombaient des poutres et des particules de plâtre tourbillonnaient dans l'air. Pendant un moment on n'entendit plus rien que le crissement de leurs outils, les grondements et les pétarades de la circulation sur Napoleon Avenue. Le hurlement des sirènes de police et des ambulances au loin.

Quand Hanson ralentit la cadence, Cosgrove, se sentant observé, jeta un coup d'œil par-dessus son épaule. Il ne s'était pas trompé : le type le regardait en douce.

Cosgrove lui demanda s'il voulait sa photo.

« Pas du genre causant, toi, hein ? »

On lui avait déjà fait la remarque. Des femmes, surtout. « Pourquoi tu dis rien ? demandaient-elles. Pourquoi t'écoutes rien ? » Parce qu'il aimait le silence, aurait-il voulu répondre. Parce qu'il n'avait rien envie de dire et rien envie d'écouter. Au début, elles trouvaient un certain charme à ce côté taiseux, croyant deviner, à tort, que cela cachait un mystère, une profondeur. Puis elles finissaient par se rendre compte qu'il n'y avait rien derrière ce silence, à part de l'indifférence, ou à la rigueur une forme larvée de dépression.

« J'essaie de bosser, c'est tout, dit Cosgrove, son T-shirt blanc à col en V déjà trempé de sueur et collé à son dos.

– Bosser. Putain. Alors quoi, on est une entreprise maintenant ? »

L'intention de Cosgrove n'était pas de paraître hostile ; juste silencieux. Moins on parlait, mieux il se portait. Certains types ne s'arrêtaient jamais, une fois qu'on avait appuyé sur le bouton. Celui-là faisait apparemment partie de cette catégorie.

« Pourquoi t'es là ? demanda-t-il à Hanson.

– Fausses signatures.

– De qui ?

– De présidents. Je me suis fait choper en train de vendre des portraits avec des autographes bidon sur Jackson Square. Un connard de touriste a commencé à chier une pendule parce que je vendais des photos signées de George Washington. Il est allé chercher les flics.

– Il n'y a pas de photos de George Washington.

– Mon cul. Sinon comment ils les auraient peints, ces portraits ? »

Ils se remirent au travail. Au bout d'un moment, Hanson retourna la question à Cosgrove et lui demanda comment il avait atterri là.

« Ivresse sur la voie publique », répondit-il.

Hanson secoua la tête et renifla, l'air incrédule. « À La Nouvelle-Orléans ? dit-il. C'est comme si les flics allaient au cimetière coffrer les gens parce qu'ils sont morts. »

Les journées qui suivirent furent identiques ou presque. Le matin, Lemon les déposait devant la maison puis les laissait bosser seuls. Il revenait en fin d'après-midi et vérifiait l'avancement des travaux tel un maître de plantation, faisant le tour de la maison, les mains croisées dans le dos. Que Cosgrove et Hanson aient trimé deux minutes ou deux heures, sa réaction était toujours la même : « Parfait, messieurs, disait-il, ça ira. » Parfois, il leur donnait même des coupons – pour une partie gratuite de laser game, des pancakes, un nettoyage de voiture, une entrée dans un strip club de Bourbon Street appelé le Love Acts.

Lemon semblait s'en cogner encore plus que les autres flics de La Nouvelle-Orléans, ce que Cosgrove aurait cru impossible.

Un après-midi, au bout de deux semaines, ce dernier aperçut enfin la veuve. Vêtue d'une robe de chambre en tissu éponge rose qui glissait sur ses épaules osseuses, elle l'observait d'un air grincheux derrière la fenêtre de la cuisine, ses cheveux blancs aussi ébouriffés que la tignasse d'un gosse au sortir du lit.

Cosgrove, qui était en train de déraciner un pied de rosier mort, s'appuya contre sa pelle. Leva la main, esquissa un sourire.

Le store de la fenêtre s'abaissa plus vite que le couperet d'une guillotine.

Un peu plus tard, pendant une pause, Hanson demanda à Cosgrove s'il savait pourquoi on leur avait demandé de retaper la bicoque de la vieille.

Cosgrove grommela qu'il n'en avait rien à carrer.

« Elle va casser sa pipe d'un jour à l'autre, et elle doit un paquet de pognon aux impôts depuis 1982 », dit Hanson. Il ôta sa casquette et lissa sa queue de cheval. « Le jour où elle calanche, c'est l'État qui prend tout. Jusqu'à la dernière ampoule et au dernier gond de porte, tout.

– Et alors ?

– Et alors ? Alors, figure-toi que c'est la descendante d'une famille de pirates français. Les Lafitte. Exilés des Caraïbes. Installés dans le coin depuis un bail. Le crime, dans cette ville, c'est eux qui l'ont inventé pour ainsi dire. La baise aussi. »

Assis sur le perron de la véranda, Cosgrove était en train de manger un sandwich au thon, et il se demanda s'il arrivait jamais à Hanson de dire autre chose que des conneries. Il lâcha la fin de son sandwich dans le sac en papier marron et lui demanda comment il savait tout ça.

« J'ai fait ma petite enquête. Un jour qu'on bossait pas, je suis venu me balader dans le quartier, en costard-cravate, et j'ai frappé aux portes en me présentant comme un mec du bureau du recensement. La vieille, on m'a dit, c'est une vraie peau de vache. Toujours à chercher des emmerdes à ses voisins. À les dégager de sa pelouse pendant le carnaval de Mardi gras. Une vraie peste. »

Cosgrove se demanda qui avait pu gober que ce type travaillait pour le bureau du recensement. Des gens aveugles et sourds, sans doute. Des tarés. Des débiles mentaux.

Mais, malgré lui, il était intrigué. « Je ne vois pas ce que ça change en ce qui nous concerne. »

Hanson sourit de toutes ses dents – plantées de travers mais propres. « Tu m'as l'air de quelqu'un qu'est capable de garder un secret, dit-il.

– Tu ne sais rien de moi.

– J'en sais assez. T'es pas une balance. Tu vois très bien que j'en fous pas une rame depuis qu'on est ici, et t'as rien dit à Lemon. Franchement, respect. De l'argent ? Comme ça, à vue de nez, je dirais que t'en as pas. Sinon ça fait longtemps qu'un avocat avec des diplômes plein les poches t'aurait sorti de cette mouise.

– Tu gamberges beaucoup, toi.

– J'ai pas raison ?

– Et c'est quoi, l'idée que t'as derrière la tête ?

– Ce que j'ai derrière la tête ? Cette vieille, je te parie qu'elle cache un trésor dans sa baraque. »

Grimes

Brady Grimes avait été envoyé par la compagnie pétrolière. Dans leur jargon, il était un agent de liaison chargé de minimiser les risques de responsabilité. Un vrai foutage de gueule. Ils pouvaient lui attribuer tous les titres qu'ils voulaient, il savait bien pourquoi il était là : pour récolter le maximum de signatures auprès des pêcheurs. Le merdier qui se profilait pour les années à venir, en termes de stratégie de communication, était inévitable, mais la déferlante de demandes d'indemnisation et de procédures judiciaires, la meute d'avocats et autres chicaniers pouvaient au moins être contenues.

La compagnie pétrolière avait donc chargé Grimes d'aller serrer la pince aux pêcheurs, écouter leurs histoires et leur offrir de belles paroles pleines de promesses et de consolation. Mais surtout : récolter des signatures. En mettant dix mille dollars sur la table pour régler la chose à l'amiable – une misère, comparé à ce que British Petroleum pouvait être condamnée à débourser –, la compagnie se mettait à l'abri des poursuites judiciaires. Autant sortir le chéquier tout de suite et faire amende honorable avant que les conséquences de la marée noire ne soient révélées dans toute leur ampleur au fil des ans.

« Fais-leur ton numéro, avait dit Ingram, le patron de Grimes.

Montre-leur ton visage de bon Américain. Fais risette. Compatis. Offre-leur des excuses, des promesses, des mensonges. Peu importe, du moment qu'ils prennent le fric et qu'ils gribouillent leur signature sur les petits pointillés. »

Au début, Grimes avait protesté. Pourquoi lui ? Pourquoi pas quelqu'un qui n'avait jamais foutu les pieds dans le sud de la Louisiane ? Lui-même était originaire de la Barataria, et dès la fin du lycée il avait pris ses jambes à son cou.

Justement, avait rétorqué Ingram. « Ces péquenots des marécages, ils verront venir le Yankee à des kilomètres. Et nous, ce qu'on veut, c'est quelqu'un qui ait l'air d'être personnellement impliqué dans la région.

– Mais je ne suis pas du tout impliqué ! s'était récrié Grimes. Je déteste cet endroit !

– Qui ait l'air, j'ai dit.

– Et s'ils ne signent pas ?

– Grimes. À qui je m'adresse, là ? Bien sûr qu'ils signeront ! Ces gens-là n'ont pas un rond. Faut bien qu'ils bouffent, non ? Tu crois que ça me fait plaisir ? Non. Mais c'est les affaires. Le truc, c'est de leur faire croire que tu leur fais une faveur. "Oh, c'est terrible, une vraie putain de tragédie, mais vous savez quoi, je vais vous aider." Tu leur proposes dix mille pour commencer, de quoi voir venir. Tu leur laisses quelques semaines, et si jamais ils font leurs mijaurées, tu montes à quinze. Quinze mille, c'est impossible qu'ils n'acceptent pas. De quoi repartir de zéro, trimballer la smala ailleurs. Donc tu montes à quinze, mais tu ne leur donnes que vingt-quatre heures. Après ça, ils refusent toujours ? Tu redescends à dix. Tu leur mets la pression. »

Excité par son plan machiavélique, Ingram avait enchaîné : « Demande-leur à quoi ils s'attendent : un tas de pognon, des indemnisations faramineuses ? Tu leur dis que si c'est ça, eh bien ils se mettent le doigt dans l'œil. Et c'est vrai. Tu sais combien de formulaires il faudra qu'ils remplissent ? Combien de ces formulaires vont "se perdre dans la nature" ? Ça les rendra dingues. Ils ne voudront plus jamais voir le moindre bout de paperasse pour le restant de leurs jours. Et puis ça va traîner en appel des années. Et pendant ce temps-là, tout le fric soi-disant alloué aux règlements à l'amiable génère des intérêts. C'est gagnant-gagnant. »

Gagnant-gagnant – Grimes avait du mal à le croire. Les nouvelles liées à la marée noire, suite à l'explosion du site de Macondo, étaient de plus en plus mauvaises. *La fin du bayou tel qu'on le connaissait*, disaient les gens. Rita, Gustav et Katrina avaient fait sonner les trompettes de l'Apocalypse, mais cette fois c'était la bonne. Les représentants de la compagnie pétrolière disaient une chose, les présentateurs télé une autre, et là-dessus toute une escouade de biologistes marins débarquaient de leurs universités et déclaraient que tout le monde avait tort. Personne ne savait au juste à quoi s'en tenir, mais les chiffres étaient sidérants. La quantité de mazout et de poison dans la mer, les millions de dollars perdus pour l'industrie de la pêche. Grimes avait même entendu dire qu'un pêcheur de crevettes s'était suicidé, un pauvre type tellement fauché et brisé par la tragédie qu'il avait fini par se tirer une balle dans la tête lors d'un barbecue, le jour de la fête nationale.

Les écologistes s'inquiétaient de voir la nappe de pétrole gagner les marais. Un orage tropical, un changement de vent inattendu, et c'est tout l'écosystème de la région qui serait ravagé. Les hérons, les sternes, les cormorans, les mouettes rieuses, les grenouilles, les lézards, les alligators, les perches de mer, les muges, les huîtres, les langoustines, les cerfs, les rats musqués.

Et, oui : les crevettes.

Au printemps dernier, à peine quelques mois plus tôt, dans la pagaille et le désespoir grandissants, certains dirigeants de la compagnie avaient évoqué la possibilité d'une opération « top kill » consistant à injecter des boues de forage dans le puits endommagé, puis le Sénat était allé jusqu'à envisager de juguler la fuite en provoquant un incendie sur le site. « Foutre le feu à la mer ! » s'étaient scandalisés les gens de la Barataria. Et pourquoi pas larguer une bombe sur la ville tant qu'on y était, comme ça au moins on n'en parlerait plus !

Les journalistes se répandaient à longueur d'éditoriaux pour dire qu'il était grand temps de sevrer le pays de sa dépendance à la tétine pétrolière. Les habitants des régions côtières de la Louisiane écrivaient aux rédactions pour protester : un moratoire sur les forages en mer, ce serait le coup de grâce pour l'ensemble de la communauté.

Les gens montraient du doigt British Petroleum, Halliburton, et même les ouvriers de la plate-forme, parmi lesquels on dénombrait onze morts et plus d'une centaine de blessés. Les habitants de la Barataria étaient certains d'une chose en tout cas : aucune des grandes gueules qu'ils entendaient déblatérer à la télé ne disait la vérité. D'après BP, la fuite avait été endiguée, l'opération de nettoyage était un succès, mais en réalité, la majeure partie de la nappe de pétrole demeurait, invisible, dans les profondeurs marines.

Et les gens de la Barataria n'avaient pas besoin qu'on vienne leur expliquer de quoi il retournait. Ils connaissaient la vérité : ils l'avaient sous les yeux. La vérité était là, dans l'eau, dans l'air, dans ces marées étranges qui rejetaient sur les plages les cadavres noircis des oiseaux et des poissons.

La compagnie avait installé Grimes à Jeanette, Louisiane, dans un motel qui tenait plus du clapier qu'autre chose, et au bout d'une semaine, il avait déjà perdu le compte des heures passées dans les salons et les cuisines des habitants du coin, dans les cahutes et les cabanons du bayou, à écouter les pêcheurs se lamenter sur la marée noire. Il y en avait des vieux, des jeunes, mais tous étaient animés d'une même indignation rageuse et apparemment intarissable. Ils se levaient de leur chaise et relevaient leur T-shirt pour lui montrer leurs bras et leur poitrail constellés d'eczéma purulent. Ils se plaignaient de maux mystérieux, aux yeux, aux oreilles ou à la gorge, dont ils disaient n'avoir jamais souffert jusqu'alors, avant l'explosion de la plateforme ou la diffusion des produits dispersants dans l'eau. Ils tapaient du poing sur la table, le noyaient sous les imprécations obscènes et les menaces. Certains lui crachèrent même au visage quelques insultes en français.

Ils finissaient presque toujours par prendre l'argent.

Grimes passa un nombre d'heures incalculable à décortiquer avec eux les formulaires, à s'armer de patience pour tout leur expliquer dans les moindres détails, à exposer les finesses du langage juridique à ces hommes qui l'écoutaient d'un visage de marbre. Parfois, il les soupçonnait de jouer les abrutis par pur mépris – la méfiance instinctive des péquenots à l'égard des étrangers. Sauf que Grimes n'était pas un étranger. Il venait de la Barataria, lui aussi, et ne se rappelait pas avoir jamais eu le désir d'y rester. L'un des refrains dont il avait fait sa marque de fabrique, chaque fois que les gens l'interrogeaient sur son passé, était de dire qu'à la seconde même où il était né dans ces marais, il avait eu envie de prendre ses jambes à son cou. Qu'avant même de sortir du ventre de sa mère, il avait eu envie de fuir cet endroit.

Il avait cru qu'il n'aurait aucun mal à se fondre dans la foule de New York, Boston ou Chicago. Mais les années passèrent et, à l'aube de la trentaine, Grimes comprit qu'il ne serait jamais à sa place nulle part. Il n'avait jamais trouvé sa place dans la Barataria durant son enfance, et il s'était trompé en croyant la trouver ailleurs par la seule force de sa volonté. Parfois, il se disait qu'il aurait beau partir au bout du monde et rester loin d'ici aussi longtemps que possible, le Sud lui collerait à la peau et il ne pourrait jamais s'en débarrasser.

Dans le Nord, les gens ne manquaient jamais de déceler dans sa voix l'accent du bayou, les cadences mélodieuses des raconteurs. Lui-même ne les entendait pas, mais elles étaient bel et bien là. Et dès qu'il ouvrait la bouche, les gens ne pouvaient s'empêcher de s'interroger sur son passé, de lui demander d'où il venait.

« Du Sud, répondait-il. Un patelin au milieu de nulle part. Il y a longtemps. C'était dans une autre vie.

– Ah oui ? Incroyable », lui disaient-ils en hochant la tête comme si ça les intéressait.

Je savais bien que ce mec était un péquenot, devaient-ils penser en réalité. *Péquenot* : un de ces mots, comme *nègre*, qui s'utilisaient pour injurier, rabaisser, exprimer sa condescendance ou sa honte, parfois aussi maudire. Ou un mélange vaseux de tout cela à la fois. Question de contexte. De contexte et d'intention.

« Ça devait être le paradis, de grandir là-bas, lui disait-on encore. Tous ces poissons, ces fruits de mer... »

Et lui : « Ah ! Oui alors, ça c'est sûr. »

Grimes détestait la cuisine du Sud. Les poissons, les fruits de mer, tout. D'une branche obscure de sa famille, il avait hérité d'une aversion prononcée pour les crevettes, le crabe, la perche de mer – tout ça avait le même goût pour lui. Un goût d'ordures en décomposition marinées dans de l'eau sulfureuse. Mais quand Grimes était petit, sa famille était si pauvre qu'ils devaient souvent trouver à manger par leurs propres moyens – autrement dit en pêchant. Il noyait les crevettes et les écrevisses sous le ketchup et la sauce piquante Zatarain pour faire passer cette nourriture répugnante.

Et voilà qu'il était de retour, des années plus tard, à sillonner la Barataria pendant des heures au volant de sa voiture de location. Rien n'avait changé ; on pouvait à peine parler d'une ville. Pas de grands magasins, pas de centre commercial géant, rien qu'un vague alignement de marchés, de restaurants et de bars à la croisée des chemins. La flèche d'une église catholique blanchie à la chaux, le gros bâtiment trapu en parpaings du centre de détention, une salle de danse zydeco au toit en tôle ondulée. Des stands au bord de la route, tenus par des pêcheurs, des Créoles, des Cajuns et des Isleños vendant des écrevisses et des satsumas, le visage fripé comme des tortues prenant un bain de soleil.

Il semblait incroyable que tout ça soit encore là. Les baraques en bois montées sur des pilotis badigeonnés de créosote qui, à force d'être rafistolées avec les moyens du bord, semblaient sur le point de s'effondrer et de disparaître à tout jamais. Idem pour les pontons improvisés de bric et de broc, les bateaux dragueurs et les pinasses. Grimes passait de temps en temps devant des panneaux vantant la VISITE GUIDÉE DES MARAIS – des gars du coin à l'esprit entreprenant qui collaient un écusson magnétique sur le flanc de leurs bateaux. Grimes avait suivi l'une de ces visites autrefois, à contrecœur, dans le cadre d'une sortie scolaire au lycée. Pour vingt dollars par tête, le type vous emmenait faire le tour du bayou. Il pointait du doigt le petit tertre sur lequel les esclaves en fuite avaient trouvé refuge. La colline artificielle où s'érigeait jadis une demeure comptant trente-deux pièces, avant l'ouragan de 1915. Le point à l'horizon vers lequel avaient vogué les navires du pirate Jean Lafitte chargés de trésors.

L'état de délabrement dans lequel le gouvernement avait

laissé les infrastructures était ahurissant. On aurait dit un avant-poste de la civilisation, à peine digne d'un pays du Tiers-Monde. Grimes traversa des enclaves lilliputiennes, la plupart sans nom, trois baraques et deux cabanons perchés sur des pilotis le long des digues. Il se trompait tout le temps de chemin, se retrouvait sur des routes à une voie qui bifurquaient sur des sentes de terre et le menaient tout droit dans un cul-de-sac.

« Je recalcule votre trajectoire », disait le GPS. Une voix féminine, pleine de réprimande.

À laquelle il répondait de fermer sa gueule.

« Je recalcule votre trajectoire, répétait le GPS.

– Putain, mais je vais t'étriper ! disait Grimes en rouant le tableau de bord de coups de poing.

– Au prochain croisement, tournez à gauche », disait le GPS.

Il n'y avait pas de croisement. Rien à gauche. Que dalle. Des roseaux, du lierre d'eau et des flaques de boue noire à perte de vue. Le marais infranchissable.

Grimes manœuvrait comme un petit vieux pour faire demi-tour, s'y reprenant à trois fois pour se remettre dans le sens de la route, le moteur à la peine, crachotant tout ce qu'il savait, les roues postillonnant de grosses giclées de gadoue.

Combien de temps allait-il encore passer ici ? Un mois ? Un an ? Peut-être bien qu'il était mort et qu'on l'avait envoyé en enfer.

Sur le siège passager en cuir de la berline était posée une liste : le nom de tous les pêcheurs qui avaient porté plainte contre la compagnie pétrolière. Il en était à la lettre K. Pendant une fraction de seconde, il en éprouva un léger soulagement : il verrait bientôt la fin de cet abominable calvaire. Mais, en regardant la liste de plus près, il s'aperçut qu'il y avait beaucoup de noms commençant par T ou S. Sans parler des Z. Il n'avait jamais vu autant de Z de sa vie. Une orgie de Z. *Zatarain. Zimboni. Zane.*

Et puis d'autres noms. *Trench* et *Toup. Lindquist* et *Larouche.* Des noms qu'il connaissait, des noms qu'il avait vus gravés sur les pierres tombales des petits cimetières miteux disséminés aux environs de la ville de Jeanette.

Et parmi ces noms, le sien : *Grimes.* Le seul nom en G qui restait sur la liste. *Chris Grimes.*

Sa mère.

Cette visite-là, il la redoutait et ne cessait de la repousser.

Le soir, Grimes rentrait dans sa chambre de motel à moitié mort d'épuisement. Il se versait trois doigts de bourbon dans le verre à dents en plastique gracieusement fourni par la maison, desserrait son nœud de cravate et se laissait tomber sur le lit. Il allumait la télé et zappait sans rien chercher de particulier, sinon à se laisser hypnotiser par le défilé des images. Conférence de presse du président Obama sur le retrait annoncé des troupes américaines en Afghanistan. Les chiottes de J.D. Salinger à vendre sur eBay. Israéliens et Palestiniens qui envisageraient des pourparlers en septembre. La Barataria était un endroit si minuscule et étouffant qu'il était facile d'oublier que le reste du monde existait et qu'il continuait de tourner.

Parfois, Grimes tombait sur une chaîne d'information locale et regardait avec répulsion les images atroces de la marée noire. Cadavres d'oiseaux marins, de tortues et de poissons échoués dans des lagons de boue. Et à La Nouvelle-Orléans, lors d'une conférence de presse organisée au centre civique par la compagnie pétrolière, un pêcheur avait lancé une tarte au citron meringuée au visage d'un avocat. Un amateur avait filmé la scène avec son téléphone portable. Un vieux type en salopette, qui ressemblait à une sorte d'Ichabod Crane hirsute, comme dans *La Légende de Sleepy Hollow*, s'était précipité sur l'estrade pour entarter l'avocat. La tête de ce dernier n'était plus qu'une grosse boule de meringue, avec un trou béant au milieu : sa bouche, en train de hurler. Les gens applaudissaient et poussaient des cris de joie. Pendant que le type s'essuyait le visage et les doigts, un agent de sécurité maîtrisait l'auteur de l'attentat pâtissier à coups de Taser. Puis trois autres l'évacuaient.

Tout le monde était en train de perdre pied. Grimes devrait redoubler de prudence. Acheter un flingue, peut-être. Un couteau. Ou au moins une bombe lacrymo.

« C'est l'enfer sur terre ici, dit-il à son patron, Ingram, au téléphone.

– Tu es notre meilleur élément.

– Ben voyons.

– Je t'assure.

– Ce n'est pas vrai.

– Oui, mais...

– Bon Dieu. Mettez quelqu'un d'autre sur le coup, alors.

– Le coup. T'es pas non plus dans un polar...

– Le dossier, appelez ça comme vous voulez. Envoyez quelqu'un d'autre. »

Ingram poussa un long soupir de découragement et fit en sorte que Grimes l'entende bien. « Personne d'autre ne veut aller là-bas. Ils ont tous une famille, des responsabilités, tout ça.

– Il doit bien y avoir quelqu'un à l'échelon inférieur. Pourquoi pas Franklin ?

– Sa femme a un cancer du sein.

– Et Snyder ? Foutez-le dans un avion.

– Il est à Pittsburgh.

– Et alors ? Y a des aéroports à Pittsburgh.

– C'est la bar-mitsva de son neveu.

– Je commence à détester ces gens.

– Eh bien tu vois ? C'est pour ça que t'es là-bas. »

Grimes frappa à de nombreuses portes durant ces premières semaines dans la Barataria, et chaque rebuffade, chaque insulte, chaque menace essuyée ne faisait qu'accroître sa méfiance et son mépris à l'égard des pêcheurs. Il ne tarda pas à comprendre que s'il ne décampait pas, ce n'était pas seulement par fidélité envers la compagnie pétrolière, ni par crainte de perdre son boulot. Il était rattrapé par le goût du risque et le ressentiment. L'impression obscure que tout ceci n'était qu'un jeu, dans lequel ses adversaires étaient des gens qu'il n'avait jamais aimés et qui le lui rendaient bien. Une occasion de redresser les torts, enfin, après toutes ces années.

Ingram voulait qu'il récolte des signatures ? Très bien. Grimes en récolterait plus que son patron n'aurait osé en rêver, tellement de signatures qu'on lui érigerait une statue dans la volière du siège de la compagnie. Les pêcheurs et leurs familles affirmaient qu'ils ne signeraient jamais ? Très bien. Grimes continuerait à cogner à leur porte et à les abreuver de bonnes paroles jusqu'à ce qu'ils cèdent, jusqu'à ce qu'ils le supplient de leur donner ses formulaires et un stylo.

Car la principale qualité de Grimes était son sens pratique. Pour lui, la vie n'était qu'une histoire de chiffres. Combien d'argent vous aviez sur votre compte en banque, combien vous en gagniez, combien d'années il vous restait à vivre. Les chiffres s'agitaient dans sa cervelle du matin au soir. Trois signatures de plus aujourd'hui, trois cents en un mois, deux cent mille dollars d'épargne et cent mille en portefeuille d'actions. Cinquante pompes le matin, cinquante abdos le soir. Trois shots de bourbon les soirs de semaine, cinq le week-end. Viande rouge une fois par semaine, poulet cinq fois, pâtes et féculents uniquement le dimanche, une pomme par jour, rouge ou verte.

Jusqu'ici, dans la vie, les chiffres avaient souri à Grimes.

Un jour, dans un futur pas trop lointain, Ingram évoquerait la geste héroïque de Grimes, lâcherait un « Sacré salopard ! » et, du bout de la grande table baronniale du country club, il lèverait son verre de cognac en son honneur. Les hommes d'affaires au visage empâté, sourire de requin et bronzage de golfeur, lui porteraient un toast à leur tour, et il serait assis là, feignant l'humilité et jouissant en secret de sa gloire. « Vous voulez que je vous raconte ? continuerait Ingram. Ce sacré salopard ? Là, devant vous ? Il débarque là-bas, dans le trou du cul du monde, le patelin de merde où il a passé toute son enfance. Tout le monde lui crache à la gueule et lui chie dans les bottes. Et Grimes ? "Signez là, sur les petits pointillés." Ce type, là, devant vous. À sa propre mère. Moi je dis, c'est ce qui s'appelle être sévèrement burné. Signez là, sur les petits pointillés. Ce n'est pas compliqué : ce mec m'a sauvé la vie. Sans lui, ils auraient coupé les roubignoles de mon petit-fils pour les faire mariner dans un bocal. Ils m'auraient crucifié, rien que pour le plaisir. »

Lindquist

Les tempes vrillées par une migraine infernale, Lindquist se réveilla dans ses vêtements de la veille – même jean, même T-shirt. Dans la salle de bains, il mit la tête sous le robinet, fit couler de l'eau froide puis se coiffa sommairement en passant les doigts dans ses cheveux hirsutes, qu'il s'était d'ailleurs coupés tout seul, et de la main gauche (bien forcé), en se regardant dans le miroir.

Puis, Lindquist entreprit de fouiller le grenier, à la recherche de son vieux crochet. Il mit une demi-heure à le trouver, dans un carton rempli de décorations de Noël. La prothèse rudimentaire était laide et trop petite, mais c'était toujours mieux que de se balader le moignon à l'air et de susciter des regards de gêne et de dégoût.

Dans la cuisine, il remplit d'eau froide une grande glacière, puis il alla piocher dans le salon quelques flacons de médicaments parmi tous ceux qui encombraient la desserte de la télévision : OxyContin, Xanax, Percoset. Il les déboucha avec les dents et fit glisser dans sa paume six ou sept comprimés de chaque, qu'il laissa tomber en vrac dans sa ceinture-banane.

Lindquist sortit, regarda à droite et à gauche : aucune trace de son pick-up, ni dans l'allée ni dans le jardin. Il chercha dans le garage, puis dans la rue, avant que le souvenir de la soirée de la veille ne le rattrape. Il n'était pas près de retrouver son tacot : c'était Villanova qui l'avait ramené dans sa voiture de patrouille ; le pick-up était resté garé devant le Sully's Bar.

Lindquist secoua doucement la tête – ce qui suffit à rallumer des petits feux follets blanchâtres derrière sa rétine et à faire remonter dans son gosier un relent de bile nauséeuse.

Il retourna à l'intérieur, décrocha le téléphone mural de la cuisine et appela un taxi. Malgré l'insistance de sa fille, il n'avait toujours pas de portable, et il n'en voulait pas. Qui cherchait à le joindre, de toute façon ? Ses créanciers. Sa fille – pour lui demander de l'argent. Certainement pas sa femme.

Il se posta au bord de la route et attendit, les pieds dans le chiendent, entre les insectes bourdonnant dans l'herbe et les hirondelles gazouillant dans les arbres. Il n'était pas encore neuf heures et déjà la chaleur lui pesait sur les poumons comme un enduit de plâtre. Il faudrait attendre quelques mois, fin octobre, pour que la fraîcheur revienne.

Le taxi arriva, une Buick couleur de bière brune, la portière flanquée d'un écusson peint à la main.

Lindquist grimpa à l'arrière et le chauffeur l'interrogea d'un coup d'œil dans le rétroviseur.

« Le Sully's Bar.

– Le Sully's Bar ? répéta le taxi en hochant la tête. Ça sera pas ouvert à cette heure-ci.

– J'ai laissé ma voiture là-bas.

– Dix dollars. »

Lindquist fit signe au chauffeur de rouler.

Ils longèrent un champ marécageux pullulant de roseaux au milieu duquel se dressait une cabane montée sur pilotis, cernée de vieux moteurs et de bidons d'huile rouillés au milieu d'un jardin boueux. Une famille du nom de Robicheaux avait vécu là pendant trois générations, mais ils étaient partis pour la Floride après que l'aîné, Larry, avait vendu son bateau crevettier au lendemain de Katrina.

Lindquist se sentait observé dans le rétroviseur. Le visage du chauffeur lui était familier. Ces yeux de renard, ces lèvres pincées, cet air mauvais. Comme s'il pensait que quelque chose lui était dû et qu'il paraissait de plus en plus improbable qu'il l'obtienne jamais. Une tête de gamin contrarié.

Soudain, le nom lui revint : Naquin. Jeremy Naquin. Ancienne étoile montante de l'équipe de football américain du lycée qu'avait fréquenté Lindquist. De l'eau sous les ponts depuis… et ce salopard était toujours là. Au volant d'un taxi.

« Naquin ? »

Les yeux du chauffeur se braquèrent sur lui dans le rétroviseur.

« Gus Lindquist. Lycée de Jeanette. »

Un mince sourire étrécit les yeux du type. « Ben merde alors. Lindquist. Je me disais bien que c'était toi. Qu'est-ce que tu deviens ? »

Lindquist hocha la tête, puis, comprenant que Naquin n'avait pas pu voir ce geste, lâcha un : « Bof.

– M'en parle pas, dit Naquin. On fait ce qu'on peut. Si jamais j'écris un bouquin sur ma vie, c'est comme ça que je l'appellerai : *On fait ce qu'on peut, bordel.* »

Un jour, en cours de gym, quelques décennies plus tôt, Naquin avait attrapé Lindquist par la taille comme on attrape un porc qui couine, l'avait hissé au-dessus des chiottes du vestiaire et lui avait plongé la tête dans la cuvette plusieurs fois de suite sous les encouragements d'une dizaine d'autres gamins – Lindquist, à l'époque, pesait à peine plus de cinquante kilos tout mouillé. Aujourd'hui, une moitié de vie plus tard, il s'étonnait de ne pas nourrir davantage de rancœur envers son bourreau. Ce pauvre Naquin avait pris du poids et conduisait à présent un taxi qui empestait la confiture d'orteils et les oignons frits.

«Je ne te vois jamais dans le coin, dit Naquin. Je pensais que tu t'étais tiré.

– Bah, je suis pas trop du genre à sortir.»

La guimbarde cahotait sur la route crevée de nids-de-poule. On entendait s'entrechoquer les glaçons dans la glacière de Lindquist.

«Et puis merde, autant te le dire. C'est moche, ce qui t'est arrivé. Ton bras.

– Ouais.

– Tu sais le souvenir que je garde de toi?»

Lindquist pensa : *Le jour où tu m'as foutu la tête dans les chiottes?* Mais il demanda quoi.

«Tes livres de pirates. Toujours le nez fourré dedans. Ça t'intéresse encore, ces conneries?

– Un peu.

– T'as déjà trouvé quelque chose?»

Lindquist ne voyait plus à présent du visage de Naquin qu'un large sourire qui remplissait tout le rétroviseur. «Non, pas vraiment.

– Je devrais peut-être m'y mettre moi aussi, dit Naquin. Les détecteurs de métaux. Ma femme dit qu'il me faudrait un autre hobby que celui de saloper tous ses rêves et ses espoirs.»

Lindquist laissa échapper un petit rire sec par les narines et les deux hommes restèrent un moment silencieux.

«Hé, dit Lindquist.

– Ouais?

– Tu sais pourquoi les aveugles ne font pas de parachute?

– Hein, quoi?

– Parce que ça fout trop la pétoche au clebs.»

Un éclair de confusion passa dans le regard de Naquin.

« C'est une blague, précisa Lindquist.

– Ah ouais, d'accord, dit Naquin en souriant avec un temps de retard. Ouais, elle est bonne, je m'en souviendrai. Ça fera marrer les copains. »

Arrivé sur le parking du Sully's Bar, Lindquist descendit du taxi et sortit un billet de vingt. Il le tendit à Naquin mais ce dernier le refusa en agitant la main par la fenêtre de sa portière.

« Merde, Lindquist, ça me fait trop mal au cœur, tout ça », dit-il.

Les yeux plissés sous la lumière du soleil, Lindquist rempocha le billet, ne sachant quoi dire. « Les gens ne changent pas », lui disait souvent sa femme durant les derniers jours de leur histoire. Chaque fois que Lindquist, bien sûr, lui promettait de changer.

Eh bien en voilà un qui donnait tort à sa théorie.

« Hé, dit Naquin en secouant la tête comme s'il sortait subitement d'un moment de transe. Si jamais tu trouves quelque chose et que tu as besoin d'un mec pour t'aider à creuser, tu me fais signe ? Vu comment ça se profile, j'ai pas l'impression que c'est demain la veille que je vais toucher le gros lot. »

Pas de problème, répondit Lindquist. Naquin le salua de la main. Il lui rendit son geste. Puis il regarda le taxi s'éloigner en bringuebalant dans un nuage de poussière.

Lindquist arriva au port avec une heure de retard. L'un de ses équipiers, King, était déjà parti. Seul Dixon, assis sur le couvercle d'une glacière bleue, torse nu, attendait encore sur le ponton. Les yeux irrités et injectés de sang, il grimaça en se levant, se frottant les reins du plat de la main. Pas encore trente ans, songea Lindquist, et le pauvre bougre avait déjà le corps brisé comme un ouvreur de boîtes de conserve taïwanais. Avant même de s'en rendre compte, il se retrouverait à gober des antalgiques par poignées entières, les écrasant avec un mortier pour les sniffer en poudre.

Comme lui.

« Où est King ? lui demanda Lindquist.

– Dans l'Indiana », répondit Dixon.

Lindquist s'était attendu à ce que Dixon lui réponde : dans son lit. À l'hosto. Au bar. Pas dans l'Indiana. Pas à un putain de demi-continent d'ici.

« Et qu'est-ce qu'il fout dans l'Indiana ?

– Il en a ras le bol. Il reviendra pas.

– Ras le bol ? »

Dixon acquiesça, les yeux papillonnant dans tous les sens sans jamais s'arrêter là où il voulait vraiment les poser. À l'endroit où aurait dû se trouver la prothèse de Lindquist.

« C'est ce qu'il t'a dit ? J'en ai ras le bol ? J'en ai ras le bol et je me casse dans l'Indiana ?

– Il m'a dit : Préviens Lindquist que je pars pour l'Indiana. J'en ai ras le bol.

– Bon, dit Lindquist en poussant un grand soupir. On n'a pas toute la journée non plus. »

Ils grimpèrent à bord du *Jean Lafitte*, un crevettier à coque ronde de cinquante pieds de long, peint en vert avocat et arborant un drapeau de pirate. Quelques instants plus tard, ils entraient dans le bayou, fendant l'eau qui brillait sous le soleil comme du papier aluminium et glissant entre les cheniers touffus et les souches de cyprès.

Après avoir préparé les filets, Dixon monta dans la cabine de pilotage et se posta derrière Lindquist. Il piocha un cure-dents au fond de la poche de son jean. Adossé à la paroi de la cabine, il commença à se triturer les gencives.

« Regarde les remous, dit Lindquist. Avec un courant pareil, les crevettes vont sortir, la pêche va être bonne. »

Dixon était occupé avec son cure-dents.

Lindquist sortit de sa poche son distributeur Pez et appuya sur la tête de Donald Duck. Une pilule en jaillit, qu'il broya entre ses molaires, puis il se mit à rouler des mâchoires, lentement, comme un bovin. Avec le temps, il avait fini par aimer le goût amer de ces cachets.

Dixon l'observait.

« C'est mon moignon que tu regardes ? demanda Lindquist.

– Non, non.

– Tu peux y aller, ça me dérange pas. »

Dixon baissa les yeux. Le sol de la cabine était usé, les planches lisses et patinées, la crasse si profondément incrustée dans le bois qu'aucune brosse ne pourrait jamais le récurer.

« On dirait un bout de saucisse, tu trouves pas ? fit Dixon, les yeux rivés sur le moignon de Lindquist.

– Plutôt un trou de balle d'éléphant, je dirais. »

Dixon sourit d'un air gêné. « Mais non...

– Quel genre de connard il faut être pour voler un bras ? dit Lindquist.

– Qu'est-ce que tu vas faire ?

– Qu'est-ce que tu veux que je fasse ?

– Tu vas t'en trouver un autre, je veux dire ?

– J'ai ce crochet, là, dit Lindquist en désignant du menton un coin de la cabine de pilotage où la vieille prothèse cabossée était calée contre une batte de base-ball Louisville Slugger. Mais je déteste le porter. »

Ils restèrent silencieux pendant un moment ; on n'entendait plus que le grommellement du moteur et le clapotis des vagues.

« C'était peut-être un gars à qui il manquait aussi un bras », hasarda Dixon.

Lindquist se demandait si c'était une plaisanterie. « En tout cas, l'enfoiré qui a fait ça est sans doute déjà pas loin du Missouri à l'heure qu'il est. »

Dixon regardait Lindquist d'un air penaud. « Y a un truc qu'il faut que je te dise.

– Ouais ? »

Dixon fit passer son cure-dents d'un coin de sa bouche à l'autre. « Ça va pas être facile.

– Eh bah vas-y, Dixon, accouche.

– Je crois qu'aujourd'hui ce sera ma dernière.

– Ta dernière quoi ?

– Ma dernière journée de pêche. »

Lindquist enleva sa casquette et passa les doigts dans ses cheveux clairsemés. Il se tourna vers la vitre de la cabine et empoigna la roue de pilotage. Le bayou s'évasait devant eux à présent, le bateau était chahuté par des vagues dont les crêtes d'écume blanche venaient se briser contre la coque, et une petite troupe de pélicans volait en V au-dessus de l'eau. « Bon, bah… voyons déjà comment ça se passe aujourd'hui », proposa Lindquist.

Dixon se décolla du mur et se tourna vers l'échelle comme s'il s'apprêtait à sortir de la cabine mais se figea soudain. « Ouais, enfin quand je dis je crois, en fait je suis sûr, dit-il. Ma femme veut que j'accepte l'offre de BP. Que j'aille bosser sur les digues. Ils distribuent le pognon à tout-va. Des biffetons comme s'il en pleuvait. »

Lindquist attendit.

« Tu trouves que c'est mal ? » demanda Dixon.

Oui, avait-il envie de répondre, mais il dit non.

« Tu me juges.

– Merde, un dollar c'est un dollar. Surtout quand on a des gosses. »

Lindquist était sincère. Lui-même voyait rarement sa propre

fille et ne lui parlait guère plus, alors qu'elle ne vivait qu'à une dizaine de kilomètres de chez lui, sur le nouveau terrain de camping en bordure de ville. Une fois par mois, deux s'il avait de la chance, elle passait voir comment il allait. C'était du moins ce qu'elle voulait lui faire croire. Lindquist se demandait souvent si ce n'était pas plutôt sa mère qui l'envoyait. *Va voir si ton père n'a pas fait une overdose avec ses cachetons. Va voir si ton père prend soin de lui. Passe voir ton père, il doit se sentir seul.*

Parfois, Lindquist soupçonnait aussi Reagan de ne lui rendre visite que pour lui soutirer de l'argent. Non pas qu'il en eût à lui donner, mais il finissait toujours par lui glisser quelques billets. Vingt dollars par-ci, cinquante par-là. Lindquist savait bien où passait ce fric. Dans la drogue. Juste de l'herbe, espérait-il, mais il se doutait qu'elle devait aussi se fournir un peu en coke. Et des cachets, connaissant Reagan. Quant à la meth – ça, bon Dieu, il priait pour qu'elle n'y touche pas.

Lindquist avait le cœur brisé en songeant à quel point sa fille et lui étaient devenus des étrangers l'un pour l'autre. Il essayait de ne pas trop se rappeler combien elle avait été jolie autrefois. De ne pas penser aux rides sévères qui s'étaient déjà creusées autour de ses yeux et de sa bouche, elle qui avait jadis une peau de pêche. Elle les camouflait sous le fond de teint, mais n'importe qui devinait en la voyant qu'elle n'allait pas bien.

« Toi aussi tu devrais le faire, disait à présent Dixon.

– Quoi, bosser pour la compagnie pétrolière ? »

Dixon hocha la tête.

Lindquist émit un petit rire dédaigneux. « Ça m'intéresse pas.

– Personne te demande de les épouser, non plus.

– On verra ce qui se passe.

– Lindquist. Écoute un peu ce qu'ils disent aux infos. L'autre jour, j'ai vu un reportage sur un restau à New York. Le proprio avait mis un écriteau sur sa porte, annonçant fièrement que ses crevettes venaient de Chine. “Ici, on ne sert pas de crevettes du golfe du Mexique”, il disait.

– Rien à foutre de New York.

– Tout ce que t’as à faire, c’est de construire des digues, dit Dixon. Ça doit pas être trop dur. » Il allait ajouter quelque chose mais se ravisa au dernier moment. *Même avec un seul bras*, avait-il failli dire.

« Tu crois que ça sert à quelque chose, ces digues ?

– Ils disent que ça a permis de stopper la progression de la nappe à quatre-vingts pour cent en Alabama.

– Ben voyons, dit Lindquist.

– Quoi ?

– Sois pas idiot, Dixon. » Il avait voulu dire ça sans méchanceté, mais ce n’était pas ainsi que les mots étaient sortis de sa bouche.

« Je suis pas idiot. Je suis optimiste. Nuance. »

Dixon ouvrit la lucarne de la cabine de pilotage et jeta dans l’eau son cure-dents à moitié rongé. Il en piocha un neuf dans sa poche et le planta entre ses lèvres. Puis il reprit sa position, dos et talons collés au mur de la cabine.

Lindquist manœuvrait, tendant le cou pour mieux voir ce qui se passait dans l’eau noirâtre. Par la fenêtre de tribord il aperçut un faucon, pas plus grand qu’une cendre emportée par le vent, qui tournoyait au-dessus d’un îlot planté d’acacias. Des hérons évoluaient dans l’herbe des marais, dépliant leurs pattes comme des échasses. Rares étaient les embarcations qui s’aventuraient aussi loin, seuls quelques crevettiers et des petits skiffs Lafitte.

À la radio, on entendait s’entrecroiser les voix grésillantes de capitaines que leurs pêches minables faisaient pester.

« T'as pas apporté ton détecteur de métaux aujourd'hui ? » demanda Dixon.

Lindquist le prenait toujours avec lui quand ils partaient en mer. Il y avait inévitablement beaucoup d'heures creuses dans le bayou, quand les marées étaient au point mort et que les crevettes repartaient du côté des marais, et il n'y avait alors pas grand-chose à faire à part taper le carton, préparer à manger ou essayer de rattraper un peu de sommeil. Lindquist jetait l'ancre du *Jean Lafitte*, sautait dans une pirogue et rejoignait l'une des petites îles-barrières, passant au peigne fin la moindre parcelle de terre accessible avec son détecteur de métaux. Il ne trouvait presque jamais rien et tout le monde le charriait à ce propos, mais il se plaisait à imaginer le jour où enfin il rapporterait un véritable trésor sur son bateau. Une pièce d'or espagnole. Un collier de pierres précieuses, une bague en diamant. Il aimait imaginer la tête qu'ils feraient tous quand ils verraient ces merveilles briller dans la paume de sa main – la preuve, enfin, après toutes ces années, qu'il n'était pas aussi fou qu'on le disait. Il s'était juré de retourner jusqu'à la dernière motte de terre de tout le sud de la Louisiane.

« Cette saloperie est cassée, dit-il à Dixon.

– Putain, Lindquist. T'as passé un pacte avec le Diable ou quoi ?

– Tu parles, je l'ai cherché partout pour signer avec lui, mais il est jamais en ville. »

Dixon sourit.

« Ouais, elle me plaît bien, moi, cette marée, dit Lindquist.

– Bon, ben moi, je crois que je devrais aller baisser les bômes.

– Hé, Dixon. »

Dixon s'arrêta et se retourna.

« Voyons comment ça se passe, d'accord ? »

Dixon haussa légèrement les épaules, l'air dubitatif.

« Je le sens bien, ce coup-là, mentit Lindquist.
– C'est ton côté optimiste qui parle, là ? demanda Dixon.
– Va baisser les bômes. »

Il était dix heures du matin, le ciel poisseux de chaleur et d'humidité, quand ils débarquèrent sur le quai de Monsieur Montegut. Ses quatre fils, torse nu, shorts en jean et bottes de pêche, hissèrent les paniers remplis de crevettes sur leurs épaules et enjambèrent les cordages du quai pour les déverser dans les baquets de triage. Dans leur hâte, ils laissèrent tomber des dizaines de crevettes, qui blanchirent presque aussitôt après avoir touché le sol.

Lindquist fut ulcéré de voir les fils Montegut continuer à travailler comme s'ils n'avaient rien vu, comme si ces pertes n'avaient aucune importance. « Doit y en avoir pour cinq dollars, là, dit-il aux gamins. C'est vous qui allez me les rembourser de votre poche ? »

Les quatre garçons plissèrent les yeux et lui jetèrent un regard noir mais ne dirent pas un mot.

Lindquist et Dixon entrèrent dans le hangar pour la pesée. Monsieur Montegut plongea sa petite pelle en métal dans le tas de crevettes luisantes et en préleva deux kilos. Puis il les étala sur la table et se mit à les examiner.

Lindquist l'observait, la bouche ouverte. Il pensait à sa femme. À n'en pas douter, elle gagnerait plus d'argent aujourd'hui qu'il n'en empocherait en une semaine. Pendant ce temps-là, les papiers du divorce l'attendaient sur la table de la cuisine et elle lui réclamerait une pension à la seconde où il les aurait signés. Il pensait à sa fille, en train de fumer ou de sniffer l'argent qu'il n'avait pas. Lui, à vingt-quatre ans, il était déjà vieux. Aujourd'hui, les gamins de cet âge-là étaient encore pendus au sein de leur mère.

Dixon se tenait à ses côtés, tendu, ruminant ses propres soucis.

« Quatre-vingts, quatre-vingt-dix, annonça enfin Montegut.

– Ben merde alors », dit Lindquist.

Montegut serra la mâchoire mais répondit d'un ton mesuré et cordial. « C'est le même cirque chaque année, Lindquist. Tous les ans tu crois que je t'arnaque alors que tu sais aussi bien que moi ce qu'il en est. »

Lindquist n'arrivait pas à détacher les yeux des dents de Montegut – fausses, trop grandes, trop blanches. Le haut de sa chemise en batiste était grand ouvert, révélant une chaîne en or à laquelle pendait un médaillon NOTRE-DAME DE GRÂCE, niché dans l'entrelacs de poils brun-roux de son torse.

« Recompte-les, dit Lindquist.

– Je peux les recompter mille fois de suite si ça te fait plaisir.

– Recompte. S'il te plaît. »

Et Montegut de recompter. Les yeux de Lindquist ne tenaient pas en place, sa cervelle turbinait à plein régime.

Au deuxième décompte, le chiffre était grosso modo le même.

Lindquist et Dixon suivirent Montegut jusqu'à son bureau au bout du quai. Lindquist entendit ses fils ricaner et dire des saloperies dans son dos.

Dans l'étuve de son bureau, Montegut ouvrit un tiroir et en sortit un petit coffre-fort en métal. Il le posa sur le sous-main, l'ouvrit et en sortit une liasse de billets. Il se lécha le pouce, compta six billets de vingt et les tendit à Lindquist.

Celui-ci prit l'argent et le glissa dans sa poche de chemise. Il avait beau être méfiant et nourrir une certaine jalousie à l'égard de Montegut, il savait que ce dernier n'était pas un voleur. Franchement ? Vu les prix actuels de la crevette et tout ce qu'on entendait aux infos, si ça se trouve, il lui filait même plus que ce qu'il pouvait se permettre.

«À la prochaine», dit Lindquist à Montegut, incapable de pousser la politesse plus loin.

Montegut salua Lindquist, puis Dixon, d'un hochement de tête.

Rentrés au port, ils amarrèrent le *Jean Lafitte* et débarquèrent d'un pas de zombie. Quand ils eurent rejoint l'aire de parking où était garé le pick-up de Dixon, Lindquist sortit les billets de sa poche. Il en donna quatre à Dixon. Celui-ci les recompta pour lui-même puis leva les yeux. «Putain, Lindquist, dit-il.

– Quoi?

– J'ai vu combien il t'a filé.

– Et?

– Tu m'as donné plus de la moitié.

– Ben ouais.

– Je peux pas.

– Encore une journée, Dixon. Une seule. C'est tout ce que je te demande. On a tous nos mauvais jours.»

Dixon baissa la tête, comme s'il avait peur de perdre toute résolution en regardant Lindquist droit dans les yeux. «Je peux pas», répéta-t-il.

Lindquist regardait dans le lointain, par-dessus l'épaule de son équipier, la cime des arbres vert grisâtre qui vacillaient sous la chaleur. «Bon, bah si jamais tu changes d'avis…», dit-il.

Dixon hocha la tête, grimpa dans son pick-up et démarra. Les mains posées sur le volant, il leva les doigts en guise de salut et enclencha le levier de vitesse.

Tout en regardant le véhicule s'éloigner en cahotant, Lindquist sortit le distributeur Pez de sa ceinture-banane. Il appuya sur la tête de Donald et fit jaillir un cachet, plaqua sa paume contre sa bouche pour l'avaler d'un coup sec et se mit à mâcher jusqu'à ce que la poudre amère lui enduise la langue.

Plus tard ce matin-là, avant de rentrer chez lui, Lindquist se rendit chez Trader John et punaisa une petite annonce écrite à la main sur le panneau cloué à côté de la porte. RECHERCHE MATELOT DE PONT, CENT DOLLARS PAR JOUR GARANTIS. IVROGNES ET TARÉS S'ABSTENIR. Lindquist rajouta son adresse mail et son numéro de fixe en bas de la page, ainsi que les heures auxquelles on pouvait le trouver sur le port.

Wes Trench

Que voulait-il faire de sa vie ? lui demandait souvent son père. Ce n'était pas vraiment une question, Wes le savait, mais une façon détournée de lui faire comprendre que, d'une manière ou d'une autre, il était à peu près certain qu'il finirait lui aussi par devenir pêcheur. Comme son père, comme le père de son père et comme six générations de Trench avant eux. Son paternel ne disait pas ça par cruauté ; il était simplement réaliste. Et la réalité, c'était que les gamins du bayou finissaient presque toujours par devenir des hommes du bayou.

Autre réalité : Wes avait manqué tant de fois les cours cette année pour l'aider qu'il devrait redoubler sa première. Avec un peu de chance, il sortirait du lycée à dix-neuf ans. Il en avait aujourd'hui presque dix-huit. La plupart de ses amis, fils de pêcheurs eux aussi, avaient déjà définitivement renoncé à leurs études pour travailler à plein temps sur le bateau familial. « Trop gogol pour l'école » : tel était leur slogan.

Un seul d'entre eux, Jason Talbot, avait continué, grâce à une bourse étudiante décrochée parce qu'il jouait au football.

Wes pour sa part n'était pas un athlète et ce n'était pas non plus un très bon élève. Ses meilleures notes, c'était en cours de littérature qu'il les avait obtenues, parce que Mr. Banksey, le

Bon Samaritain du corps professoral, avait autorisé ses élèves à rédiger des nouvelles en guise de dissertation pour le dernier examen de l'année. Tout le monde sait raconter des histoires, se disait Wes, et c'était donc ce qu'il avait fait.

« Tu as beaucoup d'imagination et une âme de poète », avait écrit Mr. Banksey au bas de sa copie, lui décernant un A, le premier depuis qu'il était entré au collège. Il en avait été fier. Pendant un jour ou deux. Mais très vite, un vieux relent de pragmatisme têtu, hérité en droite ligne de son père, était venu le tarauder comme un diable sur son épaule. Il se voyait mal écrire *Mr. Banksey pense que j'ai beaucoup d'imagination et l'âme d'un poète* dans une lettre de motivation pour décrocher un job.

Dans un monde idéal, se disait Wes, il aurait eu plus de temps pour s'interroger sur son avenir. Mais avoir dix-sept ans dans la Barataria, ce n'était pas la même chose qu'avoir dix-sept ans n'importe où ailleurs. Il y avait des types de dix-sept ans à Jeanette qui étaient déjà fiancés, certains même déjà pères. Dans l'école de Wes, deux filles âgées de treize ans étaient enceintes jusqu'aux yeux, leur ventre tellement énorme qu'on avait dû les installer sur des chaises spéciales autour d'une table pliante dans un coin de la salle de classe. Le prof de biologie, Mr. Hargis, leur avait dit pour plaisanter qu'il leur donnerait des points bonus si elles accouchaient en plein cours. Ce serait instructif pour tout le monde, avait-il déclaré.

Mais le fait est que Wes voulait être pêcheur, posséder son propre crevettier, gérer sa propre affaire. Son père avait construit son bateau à dix-huit ans et dirigeait une équipe de trois matelots avant même d'avoir vingt ans. Le plan de Wes, dont il lui avait fait part, était de monter un business d'un genre nouveau dès qu'il aurait fini de construire le sien. Il embaucherait quelques amis et ils vendraient leurs crevettes eux-mêmes sur les docks, sans passer par les intermédiaires, les entrepôts et les fournisseurs. Ils vendraient les crevettes les plus grosses et les plus fraîches du coin, quelques heures, quelques minutes à peine après les avoir pêchées – tellement grosses que leurs clients n'auraient aucun mal à les dépiauter, pas comme ces crevettes misérables qu'on trouvait au supermarché. Grâce à Facebook et Twitter, ils pourraient monter une opération similaire aux « clubs des amateurs de bacon » dont il avait vu des pubs dans des magazines de chasse, sauf que là ils s'adresseraient aux amateurs de crevettes. Et au lieu de livrer leurs clients une fois par mois, ils leur vendraient leur marchandise tous les jours. *Les crevettes les plus fraîches du monde, quai nº 89, six heures tapantes*, annoncerait un SMS. Le week-end, ils pourraient peut-être même faire monter des touristes à bord du bateau, des habitants de La Nouvelle-Orléans en goguette. Pour cinquante dollars par tête, ils auraient droit à un petit tour de la baie de la Barataria et ils auraient la possibilité de pêcher eux-mêmes, ou du moins de voir de près comment ça se passait. Ils pourraient apporter leurs propres glacières et les remplir à ras bord au lieu de payer au kilo.

Le père de Wes avait eu l'air de trouver que l'idée n'était pas mauvaise, ce qui l'avait surpris. À part tout l'aspect Internet de la chose. Il détestait les ordinateurs et les téléphones portables. « Tu es sûr que c'est légal, tout ça ? avait-il demandé à son fils.

– Pratiquement sûr, oui », avait répondu Wes.

Son père avait hoché la tête et, chose rare, lui avait fait un compliment : « Faut bien l'admettre, t'en as dans le ciboulot, fiston. »

Plusieurs fois dans l'année, Wes et ses copains se rendaient dans le Vieux Carré français de La Nouvelle-Orléans, où ils croisaient des garçons et des filles venus des quatre coins du pays, et qui, même âgés de deux ou trois ans de plus qu'eux, leur paraissaient beaucoup plus jeunes. Des tendrons, épargnés par les vicissitudes de l'existence. Ils ne s'étaient jamais fait arracher un œil par un hameçon, comme Monty Blevins en cours de travaux pratiques. Ils ne connaissaient personne qui se soit volontairement tranché trois doigts de la main pour toucher l'assurance, comme le père de Peter Arcinaux. Ne verraient jamais leur mère mourir noyée dans les inondations provoquées par un ouragan.

D'ici cinq à dix ans, ils seraient médecins, avocats ou profs d'université, tandis que Wes traînerait toujours ses filets de pêche dans la Barataria. Un jour, dans un avenir lointain, ils se retrouveraient attablés sous l'éclairage élégant d'un restaurant de Manhattan sans se douter une seule seconde que les crevettes qu'ils étaient en train de déguster avaient été pêchées par Wes. Des crevettes prélevées au bayou et transportées par camion jusqu'à la côte Est depuis Jeanette. Wes, à ce moment-là, serait sans doute déjà marié et père de famille. Et – l'idée était déprimante mais il ne pouvait s'empêcher d'y penser – il aurait sans doute déjà le dos tordu, le moral à zéro et le cœur brisé, comme son père.

Il espérait que non. Il espérait qu'il serait heureux de pêcher, et il espérait que la baie serait alors redevenue propre, parce qu'il adorait la vie dans le bayou.

À bien y réfléchir, peut-être que la nouvelle qu'il avait écrite pour Mr. Banksey s'apparentait plutôt à une sorte de récit autobiographique. Sauf que ce n'était pas non plus tout à fait exact, car dans ce genre de récit, n'était-on pas censé ne raconter que la pure vérité ? Dans celui de Wes, quel que soit son genre, les faits et la vérité s'étaient entremêlés pour former un inextricable tissu d'inventions.

Tout ce que Wes avait écrit à propos des heures ayant

précédé l'ouragan était véridique. Son père qui clouait des planches sur les fenêtres du rez-de-chaussée. La cohorte de pick-up et de camionnettes bourrés à craquer de valises et de gosses. L'ombre des arbres qui semblait se pétrifier dans le jardin, lourde de tension, cette sensation d'étouffement dans l'air, comme si le ciel retenait sa respiration.

Et puis la mère de Wes, qui suppliait son père de partir.

La tempête allait faiblir d'intensité et changer de trajectoire au dernier moment, affirmait celui-ci. Comme toujours.

« Tu es devenu complètement *braque* », avait-elle dit.

La colère faisait ressortir le français de ma mère, avait écrit Wes.

Dans la marge, Mr. Banksey avait commenté : *Bien*.

Quand l'ouragan s'était abattu, il n'avait pas fait le bruit d'un train de marchandises lancé à pleine vitesse, comme Wes l'avait souvent entendu décrire dans d'autres témoignages. C'était un bruit comme il n'en avait encore jamais connu. *Le rugissement d'un kraken*, avait-il écrit. Une canonnade de débris avait pilonné la maison tandis que du ciel tombait un véritable déluge, la pluie inondant la rue et le jardin, noyant les rosiers et les hortensias. L'eau ne tarda pas à atteindre les marches du perron et à s'infiltrer sous la porte. Un ou deux centimètres au début, mais à peine une heure plus tard, Wes et ses parents pataugeaient déjà dans trente centimètres de boue tourbillonnante. Une digue avait cédé quelque part et toute la bourgade de Jeanette se retrouva engloutie par les déferlantes de l'ouragan.

Quand les plombs sautèrent, Wes et ses parents montèrent à l'étage, munis de lampes torches et de plusieurs bidons d'eau potable. Ils s'assirent par terre, sur des coussins, et se lancèrent dans une partie de Scrabble tandis que Max, le museau posé sur les pattes avant, s'était réfugié sous le lit.

Ils avaient joué au Scrabble – quand il y repensait, Wes n'en revenait toujours pas.

À un moment durant la partie, la mère de Wes plaça le mot ENTÊTÉ.

« Très malin », dit son père. Il essayait de donner l'impression qu'il gardait son calme, mais Wes, à ses épaules crispées, voyait bien qu'il avait peur.

Quelques minutes plus tard, sa mère utilisa ses lettres pour écrire le mot IDIOT sur le plateau de jeu.

« D'accord, c'est bon, dit son père. J'ai compris. »

Un peu après minuit, le vent arracha un morceau de contreplaqué aux barricades des fenêtres du rez-de-chaussée ; le carreau explosa et des trombes d'eau se déversèrent dans la maison.

C'est à ce moment-là qu'ils interrompirent leur partie et qu'ils se mirent à prier.

À l'aube, ils étaient perchés sur le toit de la maison. Tous les habitants de la Barataria avaient des haches dans leur grenier, en prévision d'ouragans comme celui-ci, et le père de Wes avait percé un trou dans le plafond afin qu'ils puissent y grimper. Max allait et venait le long de la crête, gémissant, agitant la queue et regardant le tumulte des eaux en contrebas. L'ouragan avait transformé les rues en torrents de débris. Morceaux de bois et de plastique déchiquetés, couvercles de poubelle, volets arrachés. Voitures et camions étaient complètement submergés, mais le ciel était étrangement calme, gris comme une vieille pièce de monnaie.

Avant que l'orage n'éclate, le père de Wes avait attaché sa pirogue au chêne du jardin. Sa seule initiative heureuse. La petite embarcation était chahutée par les remous, mais elle était intacte et flottait toujours. Il dénicha une longue corde d'amarrage en nylon dans le grenier et la lança comme un lasso pour essayer d'attraper la pirogue. Il échoua une fois, deux fois. Il s'apprêtait à faire une troisième tentative lorsque Max dégringola soudain du toit, la queue battante, et se jeta à l'eau.

Aussitôt la force du courant l'emporta.

Wes ne saurait jamais si ce qui arriva alors était un accident ou si sa mère avait voulu sauver le chien. Elle glissa sur les fesses le long du toit, mais ses baskets heurtèrent la gouttière, l'empêchant de chuter. Puis la gouttière céda, se détachant de la maison dans un grand cri métallique, et elle bascula.

« Oh merde », eut-elle le temps de dire, comme suspendue dans les airs, avant que l'eau ne l'engloutisse. Ce furent ses derniers mots. Les derniers que Wes entendit.

Son père et lui restèrent figés sur le toit, les yeux braqués sur les eaux tumultueuses, comme s'ils s'apprêtaient à plonger. Puis le regard du garçon croisa celui de son père. Pure panique animale. Un regard terrible. Wes sut aussitôt qu'il ne l'oublierait jamais.

Pendant une fraction de seconde, une dizaine de mètres plus loin, la tête de sa mère émergea à la surface de l'eau comme un bouchon de flottaison – cette image, plus que toutes les autres, resterait gravée à jamais dans sa mémoire. Son air affolé, les traits déformés de son visage, la terreur dans son regard. Sa bouche grande ouverte, d'où ne sortait pas le moindre son. Puis l'eau qui l'engloutit de nouveau.

Le père de Wes cria son nom. « Sandy ! » se mit-il à hurler encore et encore, comme si cela pouvait la ramener.

À partir de ce moment-là, dans l'histoire qu'il avait écrite pour le cours de Mr. Banksey, tout le reste était pure fiction.

Par exemple : quelques semaines plus tard, à Baton Rouge où ils s'étaient installés, ils dînaient tous les deux dans un restaurant de poulet frit et le père de Wes, enivré par le bourbon, avait demandé à son fils : « Tu m'en veux ? »

Dans l'histoire qu'il avait écrite, Wes répondait : « Bien sûr que non. »

Dans l'histoire qu'il avait écrite, Wes et son père étaient heureux d'avoir pu compter l'un sur l'autre.

Dans la vraie vie, Wes avait dit : « Oui, je t'en veux. »

Cinq années avaient passé depuis. La moitié d'une décennie, et pourtant la blessure ne s'était pas refermée. Non, la blessure que lui avait infligée la mort de sa mère était toujours béante, la douleur toujours aussi violente que l'ouragan lui-même.

Le lendemain soir, quand Wes arriva à la marina, ponctuel, son père n'était pas là. La nuit tombait et tout était calme, aucun bruit à part celui des grenouilles et des insectes. Au bout du quai, le *Bayou Sweetheart* somnolait, toutes lumières éteintes. Wes sortit de son pick-up et arpenta le parking couleur d'écaille délavée. Un autre pêcheur sortit de son pick-up et le salua d'un geste de la main avant de rejoindre son bateau.

Tandis qu'il faisait les cent pas, Wes avait l'impression lancinante d'avoir oublié quelque chose. Il mit cela sur le compte du malaise qu'il ressentait ces derniers temps dès qu'il s'agissait de son père. Ils se disputaient sur tout. Le prix d'une ampoule, le réglage du thermostat dans la maison, le carburant que Wes utilisait pour son pick-up.

Deux sujets en particulier mettaient son père dans tous ses états : le bateau de son fils et la prime compensatoire offerte par BP.

Wes avait commencé à construire son bateau dans le jardin à l'âge de quinze ans, comme l'avaient fait son père et son grand-père avant lui. Aujourd'hui la coque reposait sur des parpaings et était protégée par une bâche ficelée au fond du jardin, à l'abandon depuis des mois. Son père se moquait autrefois de ses piètres talents d'artisan et de son incapacité à se servir d'un chalumeau, inspectant les lignes de soudure irrégulières, passant le plat de la main sur le flanc de la coque tel un baron du bétail. « Tu vois ça ? disait-il. Tout ce bois, là, tu vas devoir le jeter, toute cette partie. Et ce bout de métal, regarde. Tu vois comme il est tordu ? Il ne flottera jamais, ton bateau. Il tombera en pièces comme un sous-marin polonais. Chaque erreur en entraîne une autre. Écoute ce que je te dis. »

Wes restait en retrait, se retenant de toutes ses forces pour ne pas répliquer à son père qu'il ne lui avait rien demandé. Que le bateau était un projet en cours. Qu'il finirait par lui prouver qu'il avait tort et que ce serait le plus beau qu'il ait jamais vu, que ça lui prenne trois mois ou trois ans.

Mais cela faisait maintenant des mois que Wes n'avait pas touché à son bateau, qui se languissait au fond du jardin sous sa bâche en vinyle à moitié moisie. Comme une carcasse d'éléphant mort. Son père avait cessé de lui en parler, ce qui était presque pire que de devoir écouter ses commentaires désobligeants. Peut-être avait-il raison. Peut-être qu'il avait jeté l'éponge, sans se l'avouer à lui-même. Par peur d'avancer, de finir par donner raison à son père. Le premier Trench depuis plusieurs générations à se révéler incapable de construire son propre rafiot.

« Ça a l'air de te faire plaisir », lui dit Wes un jour, surpris lui-même par ces mots et plus encore de les penser sincèrement.

Ils rapportaient leur équipement de pêche à la maison et étaient passés devant le bateau dans le jardin. Le ciel, ce soir-là, était rouge et violacé au-dessus de la cime des arbres ; un soir de printemps humide.

« Quoi donc ? demanda son père.

– Que j'aie arrêté de construire mon bateau. »

Ils marchèrent un moment en silence, puis son père dit : « Pourquoi ça me ferait plaisir ?

– Parce que tu avais raison, dit Wes. Quand tu disais que je ne le finirais jamais. »

Son père le toisa. « Je ne pense pas au bateau.

– Parce que tu n'as jamais pris ce projet au sérieux.

– Si toi tu ne le fais pas, comment tu veux que je le prenne au sérieux ?

– Ça veut dire quoi, ça ?

– Laisse tomber. »

Ils s'arrêtèrent et se firent face.

« À quoi tu passes ton temps ? À quoi tu dépenses ton argent ? dit son père. Je vais te dire à quoi. À des conneries.

– Je travaille tout le temps. Pour toi.

– Ah bon, d'accord.

– Si j'avais plus de temps, j'aurais fini de le construire depuis un bail, ce bateau.

– Avec quoi ? Des bâtonnets de sucette ?

– Tu veux que je fasse quoi, que je vole du bois ? dit Wes. Que j'aille sur les docks piquer des pièces détachées ?

– Pourquoi tu t'énerves comme ça ? C'est toi qui as mis le sujet sur le tapis.

– Alors prête-moi l'argent.

– Arrête de dire n'importe quoi.

– Prête-moi l'argent et je le finis en trois mois. Tu verras.

– Quel argent, Wes ? Je n'ai pas un kopeck.

– Oui, eh bien moi non plus. Quand j'en aurai, je finirai de construire mon bateau. »

Son père le regarda d'un air exaspéré et secoua la tête sans rien ajouter.

Et puis l'autre soir, pendant le dîner, Wes avait évoqué la prime compensatoire offerte par BP. Ils étaient tous les deux en train de manger devant la télévision, où passait un reportage sur la marée noire. Une jolie journaliste parlait des chèques que touchaient les pêcheurs en rétribution des travaux d'assainissement auxquels ils participaient et des pertes dont ils avaient souffert au printemps précédent.

« Le type est revenu te proposer de l'argent ? demanda Wes.

– Il vient presque tous les jours, ce petit enfoiré bien propre sur lui. »

Wes regarda son père sans rien dire.

« Quoi ?

– Pourquoi tu n'acceptes pas ? demanda Wes. C'est cadeau.

– Cadeau ? C'est comme ça que tu vois les choses ? »

L'adolescent haussa les épaules.

« Quelqu'un fait cramer ta baraque et te propose cinq dollars de dédommagement. C'est cadeau, ça ? »

Il ne répondit pas, regrettant déjà d'avoir évoqué le sujet.

« Dis-toi bien une chose. C'est pas cadeau. Pas quand ils ont foutu en l'air l'endroit où tu as vécu toute ta vie. C'est loin, très loin d'être cadeau. »

Wes repensait à tout cela quand son père arriva sur le parking au volant de son pick-up à neuf heures et demie. Il était assis sur le ponton, les pieds au-dessus de l'eau, et il se leva tandis que son père traversait le parking d'un pas claudicant pour le rejoindre sur le quai. Ses cheveux blancs étaient tout aplatis d'un côté, comme s'il avait dormi dessus, et son polo rouge à rayures blanches avait l'air froissé. Il passa devant son fils sans lui adresser un mot ni le moindre regard.

Il n'ouvrit la bouche que lorsqu'ils furent à bord du *Bayou Sweetheart* et que le moteur eut démarré. « Ton copain est passé », dit-il.

Wes le regarda d'un air confus.

« Le type de la compagnie. Le mec avec qui tu voulais que j'aille au bal. »

Wes ne dit rien. Il savait déjà comment la soirée allait tourner.

« Il ne voulait pas me lâcher. Une vraie sangsue. Et vas-y que je te baratine à n'en plus finir. Ces gens-là, si tu as le malheur d'être poli avec eux, ils en profitent pour te la mettre encore plus profond. »

Wes se pencha pour défaire la corde nouée autour d'une bitte d'amarrage.

« Quoi ? lui lança son père depuis la cabine de pilotage.

– J'ai rien dit.

– D'accord. Bon, allons-y. Il est déjà tard. »

Wes vérifia les filets et les chaluts tandis qu'ils naviguaient dans les méandres du bayou aux reflets mauves. Il ne voyait aucune trace de mazout dans l'eau, du moins pas encore. C'était bon signe.

Quand ils eurent franchi l'estuaire, le garçon plongea les chaluts tandis que son père tenait la barre à contre-courant. Vingt minutes plus tard, il coupa le moteur et Wes releva les filets gonflés. La pêche avait l'air bonne, bien meilleure que la veille. Son père descendit de la cabine de pilotage, enfila une paire de gants et vint l'aider à déverser la poiscaille sur la table de triage.

Tandis qu'ils fouillaient dans la masse de crevettes, une pensée foudroya Wes comme un éclair. La glace. « N'oublie pas la glace », lui avait dit son père.

Il continua de trier les crevettes, le ventre noué par la peur. Il se prépara à l'inévitable, tout en réfléchissant à ce qu'il pourrait inventer. Il décida de jouer à l'idiot. De dire à son père qu'il croyait que c'était lui qui devait se charger de la glace.

Quand vint le moment de mettre les crevettes au frais, le père de Wes regarda sur le pont autour de lui. Il mit les mains sur ses hanches et tourna la tête de tous les côtés, bouche ouverte.

« Où est la glace ? demanda-t-il.

– Hein ?

– La glace. Elle est où ?

– Je ne sais pas.

– Tu ne sais pas. »

Wes secoua la tête.

« C'est quoi la dernière chose que je t'ai dite hier ? »

Silence.

« Je t'ai dit de ne pas oublier la glace. »

Wes se pinça les sourcils.

« N'oublie pas la putain de glace. Dix-neuf mille fois. J'aurais pu aussi bien te le brailler dans les tympans avec un mégaphone.

– Ouais, d'accord.

– Je te demande pardon ?

– Ça va, c'est bon.

– C'est bon ? répéta son père en le fusillant du regard. Bon sang, mais sur quelle planète tu vis ? C'est bon ?

– Je suis désolé, d'accord ? dit Wes.

– Tu as pris de la drogue ?

– Non.

– Ben j'espère que si. Je te jure, j'espère que tu t'es drogué. J'espère que tu as pris je ne sais pas quoi et que tu es raide défoncé, là, en ce moment.

– Ouais, d'accord, dit Wes.

– D'accord. D'accord. D'accord. Parce que si tu es pas défoncé, alors c'est qu'il y a un gros problème. Faut qu'on aille voir le toubib. Ce soir. Te faire passer un putain de scanner. Parce qu'il y a un putain de problème.

– On perd du temps, là.

– On perd du temps, qu'il dit. Je perds du temps. J'espère que tu es défoncé, mon gars. Je prie le Seigneur. »

Le père de Wes avança d'un pas et lui flanqua une calotte sur l'arrière du crâne. Le garçon fit un tour sur lui-même, incrédule. Son père n'avait pas levé la main sur lui depuis son enfance, depuis le jour où il l'avait mis à plat ventre sur ses genoux et lui avait donné une fessée parce qu'il avait dit un gros mot en CP.

« Tu m'as frappé, dit-il.

– Estime-toi heureux que je ne te balance pas par-dessus bord. »

Wes écarquilla les yeux. « Tu n'as jamais fait d'erreur, toi, peut-être ? Jamais ? » Dès que les mots eurent franchi ses lèvres, il les regretta, parce qu'il savait que son père comprenait très bien à quoi il faisait allusion.

Le visage de celui-ci se tendit et il serra les mâchoires. Il secoua violemment la tête, très vite, comme pour chasser de son esprit ce qu'il venait d'entendre. « Putain de merde, j'espère vraiment que tu es raide défoncé. Parce que si c'est ça, on peut faire quelque chose. On peut t'emmener quelque part et te soigner. Mais si c'est pas ça, je ne sais pas ce qu'on va faire. »

Ils restèrent là, face à face, debout sur le pont du bateau qui tanguait ; pas un bruit à part les crachotements du moteur. À cinq cents mètres, on devinait les phares de deux ou trois autres bateaux.

Le père de Wes siffla entre ses dents et remonta dans la cabine de pilotage.

Quand ils furent rentrés au port, le garçon descendit du *Bayou Sweetheart* aussi vite que possible. Il sauta à quai et se dirigea à grandes foulées vers son pick-up, son père sur les talons.

« Où est le cœur ? » lui demanda ce dernier dans son dos.

Wes lui jeta un coup d'œil par-dessus son épaule comme s'il avait perdu la raison mais continua à avancer.

« Où est le cœur, Wes ? Pour la greffe ? La greffe du cœur. Hein ? Comment ? Tu as oublié ? Ah, eh bien la petite fille qui avait besoin de ce cœur, maintenant elle est morte. Mon vieux, tu as sacrément merdé sur ce coup-là. »

Le garçon fit volte-face. Surpris, son père s'arrêta net.

« Je démissionne, dit Wes.

– Tu démissionnes ?

– Ouais. Terminé.

– Tu démissionnes ? Mon cul. Tu es viré ! Quand on fait une connerie, on se fait virer. On ne démissionne pas.

– Je suis viré, très bien. Comme tu veux. J'arrête.

– T'arrêtes quoi ? D'oublier d'apporter la glace ? »

Le garçon se retourna et fonça vers son pick-up.

« Et où tu vas bosser ? » lui lança son père.

Wes ne répondit pas.

« Je ne crois pas avoir vu de petite annonce pour recruter des mecs qui oublient la glace. »

Wes sortit ses clés de sa poche et déverrouilla la portière de son pick-up. Il entendait son père ralentir le pas en se rapprochant de lui. Hésitant, presque contrit.

« Bon, allez, on perd notre temps, là, reprit-il d'une voix plus douce. Va chercher la glace et ramène-toi.

– Je ne peux pas, dit Wes, incapable de lever les yeux.

– C'est dingue. C'est toi qui oublies la glace et c'est moi qui devrais m'excuser ? »

Wes grimpa derrière le volant, la portière toujours ouverte, et mit le contact.

« D'accord, dit son père. On verra bien. Je te donne deux jours. Merde, qu'est-ce que je dis – un jour. Allez, va chercher la glace. Tu sais quoi, laisse tomber. Je vais aller la chercher moi-même. Parce que toi, à tous les coups, tu ne vas pas t'en souvenir. »

Wes claqua la portière.

Son père resta planté devant le pick-up. « Bonne chance, cria-t-il. Tu vas en avoir besoin. »

Cosgrove et Hanson

Cosgrove était assis sur le perron de la véranda à l'arrière de la maison, pendant sa pause-déjeuner, quand il sentit une présence dans son dos. Il se retourna et aperçut le visage de la veuve par la porte entrebâillée. Cosgrove avait croisé bon nombre de vieilles mégères acariâtres au cours de son existence, mais les yeux de cette vieille mégère-là étincelaient d'un mépris quasi radioactif. Il eut l'impression d'être accusé d'une faute qu'il n'avait jamais commise. D'une faute qu'il ne lui serait même jamais venu à l'esprit de commettre. De toutes les fautes jamais commises par le genre humain.

« Bonjour », dit Cosgrove. Il se leva et s'éloigna de la véranda. Il était censé garder ses distances, c'était l'une des règles édictées par l'officier Lemon.

« Allez au diable », dit la vieille.

Cosgrove en resta sans voix. Il baissa les yeux sur la pomme verte qu'il tenait dans sa main et qu'il n'avait pas encore entamée.

« Qui êtes-vous ? demanda la vieille.

– Travaux d'intérêt général. Je répare votre maison.

– Votre nom.

– Nate Cosgrove.

– Je n'ai jamais donné mon autorisation.

– Pas besoin. C'est la ville qui s'en charge. »

La vieille dame continua de le fixer de son regard dédaigneux. Elle le considérait avec morgue, comme un vulgaire criminel de bas étage indigne d'elle. Cosgrove, sans trop savoir pourquoi, éprouvait l'envie de lui expliquer qu'il était allé au lycée. Qu'il avait suivi des cours à l'université pendant trois semestres, avant que sa mère ne tombe malade. Que si la vie en avait décidé autrement – ce qu'elle n'avait pas fait –, il aurait pu devenir médecin, avocat, professeur d'université. Il aurait pu être n'importe qui. Telle était du moins l'illusion dont il se berçait.

En tout cas, il y avait une chose dont il était chaque jour plus convaincu : ce qu'il fallait dans la vie, c'était prendre un bon départ.

« Je n'aime pas votre tête, dit la vieille en pinçant ses lèvres toutes ridées.

– Vous m'en voyez désolé.

– Seriez-vous insolent ? »

L'été n'était pas encore là mais il faisait déjà chaud. La sueur perlait au front de Cosgrove et quelques gouttes lui tombèrent dans les yeux. Il ferma les paupières, la rétine irritée par le sel.

« Je vous interdis de me faire un clin d'œil ! dit la vieille.

– Ce n'est pas ce que j'ai fait », se défendit Cosgrove.

La vieille dame tourna les talons et claqua la porte. Cosgrove entendit s'enclencher le verrou et la chaîne de sécurité. *Vous êtes un violeur*, lui disaient ces bruits. Il maudit la vieille bique, jeta sa pomme dans les buissons de troènes décharnés et se remit à peindre la clôture du jardin.

Vingt minutes plus tard, la vieille ressurgit. Cosgrove leva son pinceau, laissant quelques gouttes de peinture caramel tomber dans l'herbe. Il la regarda s'avancer vers lui d'un pas exagérément prudent, lent et mesuré, comme si elle risquait de s'écrouler au moindre mouvement un peu trop vif.

Quand elle fut devant lui, elle plongea la main dans une poche de sa robe de chambre. Le temps que Cosgrove comprenne ce qu'elle y cherchait, il était trop tard pour esquiver l'attaque. Elle appuya sur le bouton de la petite bombe aérosol et une brume maléfique se forma autour de ses yeux.

Du gaz lacrymogène.

La douleur fut instantanée et indescriptible. Cosgrove tomba à genoux en poussant un hurlement. Le monde s'évapora, englouti par un insoutenable brouillard blanchâtre. Il ferma les yeux et se frotta les paupières, mais cela ne fit qu'accroître la douleur, qui se propagea à ses paumes comme des flammes. Il se traîna à quatre pattes vers la maison, aveuglé, jusqu'à ce que sa tête heurte quelque chose de dur. Il tendit la main. L'un des lilas des Indes. Il étreignit le tronc d'arbre tel un matelot s'agrippant au mât d'un navire chahuté par la tempête.

À travers le brouillard brûlant et crépitant, Cosgrove vit s'approcher une silhouette. Il se recroquevilla et mit un bras devant son visage pour parer une nouvelle agression.

« Punaise, mais c'est quoi ce bordel ? » La voix de Hanson.

« Cette salope m'a balancé du gaz lacrymo, geignit Cosgrove en se frottant les yeux.

– Eh ben arrête d'y toucher, alors. Bon sang. »

Ils demeurèrent silencieux quelques instants, Hanson assis en tailleur dans l'herbe, Cosgrove avachi contre l'arbre, le visage dégoulinant de larmes et de morve. Peu à peu, il y vit de nouveau clair. Les brins d'herbe. La maison, ses planches pourries, ses immondes volets mauves. Le visage pensif de Hanson. L'éclat du soleil sur sa boucle de ceinture.

« Faut la buter, cette salope, marmonna Cosgrove.

– Tu vas le dire à Lemon ? demanda Hanson.

– T'en penses quoi ?

– Dis-le à Lemon. Tu verras bien. La vieille tarée, elle va sans doute t'accuser d'avoir essayé de la violer. Et Dieu sait quoi d'autre. Ils croiront qui, à ton avis ?

– Et qu'est-ce que ça peut te foutre, à toi ? » demanda Cosgrove.

Hanson le regarda d'un air lourd de sagesse et de mystère. « J'ai comme l'impression que tu as du mal à reconnaître une bonne occasion, même quand tu l'as sous le nez. »

Le raisonnement de Hanson ? Cette putain de ville était entièrement corrompue de toute façon. Dès que la veuve aurait passé l'arme à gauche – cette saloperie de vieille peau qui, soit dit en passant, avait agressé Cosgrove à coups de bombe lacrymo sans aucune raison –, toutes ses merdes finiraient à la décharge. À condition que les agents municipaux ne les confisquent pas pour se faire un petit extra en plus de ce qu'ils fauchaient déjà. Et puis à quoi ça pouvait bien lui servir, à la bonne femme, tous ces vieux vinyles ? Ces vieux tapis, ces candélabres en argent, ces salières et ces poivriers d'avant-guerre ? Ce livre d'obstétrique datant de cent quatre-vingt-deux ans ?

Hanson avait peut-être raison. Qu'avait-il fait pour mériter deux cents heures de travaux d'intérêt général, et de surcroît en plein été ? Combien aurait-il pu gagner en écaillant des huîtres pendant ce temps-là ? Et qu'avait-il fait pour mériter de se prendre du gaz lacrymo en pleine poire ?

Quelques jours après l'incident, Hanson s'approcha de Cosgrove, qui était en train de finir de repeindre la clôture, et lui dit qu'il avait quelque chose à lui montrer. Hanson avait les yeux tout écarquillés, presque rieurs, et Cosgrove ne put réfréner sa curiosité. Il posa son pinceau sur le couvercle du pot de peinture et suivit Hanson jusqu'à la maison. Par l'une des fenêtres du salon, il aperçut Ms. Prejean, affalée sur le canapé dans sa robe de chambre en tissu éponge. Elle avait les yeux fermés, la mâchoire pendante.

« Et maintenant, regarde », dit Hanson en souriant. Il frappa un grand coup du plat de la main contre le carreau, attendit, puis frappa à nouveau. La vieille ne bougea pas d'un cil. « Elle a dû avaler toute une cargaison d'antidouleurs, ajouta-t-il.

– Fais pas le con, dit Cosgrove.

– Va à l'avant et attends-moi.

– Pour quoi faire ?

– Merde, mon vieux, aie un peu confiance en moi pour une fois. »

Cosgrove, l'air plus agacé qu'il ne l'était en réalité, contourna la maison, se posta devant la porte d'entrée et attendit. Bientôt il entendit quelqu'un ôter le verrou et faire glisser la chaîne de sécurité. S'attendant à un nouvel assaut de la vieille, il recula d'un pas et leva l'avant-bras devant son visage, mais c'était Hanson, tout sourire.

« Allez, entre. Viens voir, c'est dingue. »

Cosgrove ne bougea pas.

« Elle est complètement schlass, mon vieux. Je te jure. »

La bicoque victorienne était aussi délabrée à l'intérieur qu'à l'extérieur. Sombre et poussiéreuse, imprégnée de vieilles odeurs qui s'étaient incrustées dans le papier peint bleu-rose – chou et tabac, pesticides et bois pourri. Des crottes de souris s'alignaient comme des billes le long des plinthes. Et au beau milieu de cet antre gisait la vieille Ms. Prejean, ronflant doucement sur son canapé, un plateau télé posé sur les genoux, encombré de flacons de médicaments et de mouchoirs en papier humides évoquant des petits bouquets souillés. Un filet de bave luisait sur son menton hérissé de poils blancs.

« Comment t'es entré ? murmura Cosgrove.

– Par la fenêtre de la cuisine. Au-dessus de l'évier. Pas de loquet. J'ai ouvert et je me suis faufilé sans problème. »

Hanson s'approcha alors de la vieille dame et se pencha. Il frappa dans ses mains, juste sous son nez, un coup sec dont l'écho se réverbéra dans la maison, mais elle demeura parfaitement immobile.

Cosgrove dit qu'ils feraient mieux de se tirer.

Hanson ramassa un des flacons sur le plateau et examina l'étiquette. Il en sortit un cachet, le mit sur sa langue et l'avala. Puis il reposa le flacon à sa place. « Allez, viens, y en a pour une seconde, dit-il à Cosgrove. Crois-moi, faut que tu voies ça. »

À l'étage, un long couloir plongé dans l'obscurité menait à plusieurs pièces, dont un petit bureau où une échelle fixe permettait d'accéder au grenier. Hanson y grimpa, suivi par Cosgrove. Une fois que son compère se fut glissé dans le réduit, Cosgrove passa la tête par l'ouverture. Le carreau de verre au plomb de la petite fenêtre laissait à peine filtrer la lumière du jour, mais il y voyait assez clair pour distinguer les trésors qui s'entassaient devant lui.

Il y avait des poupées anciennes en porcelaine et des miroirs, des morceaux de vitrail et des flacons de parfum, de vieux patchworks et de la vaisselle en cobalt, des fauteuils victoriens et des cabinets de curiosités. Il y avait des lampes en verre dépoli et de vieux instruments en cuivre débordant de malles en cuir aux poignées ouvragées. Sans parler des cartons empilés par quatre ou cinq, remplis de Dieu sait quoi. Le butin paraissait infini. On aurait pu meubler trois maisons avec tout ce bordel. Un palais de prince arabe.

Au cours des jours suivants, pendant leurs heures de service, Cosgrove et Hanson descendirent du grenier des tables basses, des lampes Tiffany et des cartons entiers de porcelaine noble, en passant tout simplement par la porte d'entrée. Comme des déménageurs professionnels. Circulez, bonnes gens, y a rien à voir.

Un copain de Hanson, un cuistot borgne qui travaillait dans un restaurant de gaufres et répondait au nom de Greenfoot, passait tous les jours charger la marchandise à l'arrière de son pick-up. Il partait ensuite livrer le butin à une échoppe de prêteur sur gages du quartier de Mid-City et revenait une heure plus tard avec des poignées entières de billets. Cent dollars, deux cents, parfois même trois.

Vingt pour cent pour Greenfoot, le reste pour Cosgrove et Hanson.

Un petit extra.

Un après-midi, Greenfoot revint de chez le prêteur sur gages avec beaucoup plus d'argent que ce qu'ils avaient escompté. Cinq cents billets. Pour la première fois depuis des années, Cosgrove avait un petit bas de laine – deux mille dollars – bien au chaud sur son compte en banque. Ce n'était pas grand-chose comparé à la plupart des types de son âge, mais une véritable fortune au regard des quelques misérables pièces qu'il avait en poche quand il était arrivé à La Nouvelle-Orléans. Il n'était pas loin d'exulter de joie. Et il se sentait en grande forme, comme rarement par le passé. À force de travailler chez la veuve, il avait fondu et pris du muscle.

Peut-être avait-il bien fait de rester, après tout.

« J'ai autre chose pour vous, les gars », leur dit Greenfoot dans un demi-sourire fourbe.

Cosgrove et Hanson le suivirent à l'intérieur du garage au toit en tôle, et Greenfoot sortit de sa poche un sachet en plastique. Il contenait une boulette d'herbe, de la taille d'une balle de golf, vert pâle et striée de petits filaments orange et violets.

L'odeur, même à travers le sachet hermétique, était puissante, entêtante.

« Ça sent la chatte de sirène ! commenta Hanson en coinçant les pouces dans les passants de sa ceinture en toile.

– N'est-ce pas », dit Greenfoot.

Ils s'assirent à même le béton, à l'ombre ; Greenfoot sortit une pipe en verre et en bourra le fourneau avec une petite pincée d'herbe.

« Lemon…, commença Cosgrove.

– Lâche-nous avec ton Lemon, dit Hanson. C'est quoi cette obsession, vous couchez ensemble ou quoi ? »

Greenfoot tendit la pipe à Cosgrove mais celui-ci fit non de la tête. Il haussa les épaules et passa la pipe à Hanson.

« D'où elle vient ? demanda Cosgrove, s'attendant à ce que Greenfoot lui réponde : de Californie. D'Afghanistan. De la planète Mars.

– Où je l'ai achetée, tu veux dire ?

– Où elle a été cultivée.

– Dans la Barataria », dit Greenfoot en fixant Cosgrove de son œil injecté de sang. Son œil de verre, d'un brun plus pâle, fixait toujours la même direction, légèrement vers le haut.

Hanson exhala un épais nuage de fumée capiteuse. Il secoua lentement la tête d'avant en arrière, sa queue de cheval oscillant en rythme dans son dos. Chaque fois qu'il semblait s'être vidé les poumons, Cosgrove voyait une nouvelle bouffée s'échapper de ses lèvres, comme dans un sketch du duo comique Cheech et Chong.

« La quoi ? » dit Cosgrove. Il n'avait jamais entendu ce nom.

« Le bayou. La baie de la Barataria. À moins de cent bornes d'ici. C'est du fait maison, mon pote. »

Les cigales craquetaient dans les chênes et les voitures vrombissaient sur Napoleon Avenue.

Greenfoot tira une taffe, retint son souffle, puis expira.

« Putain, c'est de la bonne, dit Hanson, le regard vitreux, fixant avec une grimace le râteau posé dans un coin du garage. J'ai le cerveau qui me braille dans le crâne. À donf.

– Il y a des gens qui cultivent de l'herbe dans les marais ? s'étonna Cosgrove.

– Absolument. L'herbe, c'est de l'herbe, mon pote, dit Greenfoot d'un ton docte. Ça pousse n'importe où. Suffit de savoir s'y prendre.

– Fais-moi voir », dit Cosgrove.

Il attrapa la pipe des mains de Greenfoot et la ralluma. Aspira la fumée, retint sa respiration, puis l'expulsa en toussant.

« Voilà, mon pote, c'est ça, dit Greenfoot.

– J'ai des poumons d'éléphant, dit Hanson. Je connais tout l'univers dans ses moindres putains de détails. »

Cosgrove eut bientôt la sensation que sa tête était un ballon gonflé à l'hélium flottant dans les airs.

« Regarde-moi cet enfoiré, dit Hanson en le désignant du menton. On dirait un loup-garou. On ne te l'a jamais dit ? Avec cette foutue barbe qui te pousse jusque dans les yeux. Un loup-garou. Un putain de yéti. »

Hanson et Greenfoot éclatèrent de rire. Puis Cosgrove se mit à rire lui aussi. Nom de Dieu, ça faisait un sacré bail qu'il ne s'était pas senti aussi bien. Peut-être avaient-elles raison, toutes ces femmes qui lui avaient dit qu'il était limite dépressif, qu'il devrait se faire soigner. Il se laissa aller, comme en transe, un sourire décomposé aux lèvres. Était-ce donc cela, la *paix* dont tout le monde parlait ?

Puis Cosgrove entendit la voix de Hanson : « La meilleure beuh que j'aie jamais fumée, c'est la Cali Gold.

– La Sensi, dit Greenfoot.

– La Chouette Blanche, fit Hanson.

– Lemon, renchérit Cosgrove.

– Lemon, ricana Hanson. Putain, faut le faire quand même, de s'appeler Citron !

– Citron Jaune et Citron Vert, les rois des gangsters ! lança Greenfoot.

– Vous vous souvenez de ce mec, citron jaune-citron vert ? demanda Hanson. Le Noir qui jouait les deux citrons ? Dans la pub ?

– Putain, mais de quoi tu parles ? dit Greenfoot.

– J'ai l'impression de regarder ce râteau depuis mille ans », dit Hanson.

Ils ricanèrent de concert pendant une demi-minute environ. Puis firent de nouveau tourner le bang.

« Ce type me foutait une de ces pétoches quand j'étais gosse, s'exclama Hanson avec indignation. Le mec de la pub 7-Up.

– Il m'en faut encore, de cette saloperie, annonça Cosgrove.

– Le Noir déguisé en citron qui avait une voix super grave.

– La meilleure beuh du monde, affirma Greenfoot.

– J'ai des dreadlocks qui me poussent au cul, dit Hanson.

– La Barataria ? fit Cosgrove.

– C'est deux frères qui en font pousser sur une île, dit Greenfoot. D'après ce que j'ai lu sur Internet. Je suis inscrit sur un forum. Ganjadude-point-com. Si j'avais un bateau ? J'irais direct me fournir à la source.

– Il m'en faut encore, répéta Cosgrove.

– La putain de Foudre d'Alaska, dit Hanson.

– C'est de l'hybride, entre la Southern Puke et la Mille-Étoiles-de-Mer, dit Greenfoot. Ça vient d'une vieille plantation à papa, trente ans d'âge. Une résine du feu de Dieu. Ils n'utilisent que les meilleures feuilles. D'après Ganjadude-point-com, en tout cas.

– Ganjadude-point-com, dit Hanson. Appelez-moi comme ça à partir de maintenant.

– Vous connaissez quelqu'un qui aurait un bateau, vous ? demanda Cosgrove.

– Ces gars-là, bon sang, dit Greenfoot. À ce qu'il paraît, ils n'hésiteraient pas à te couper les bras. Truc de ouf.

– Je vais aller chier dans les godasses de Lemon, fit Hanson.

– Quand même, toute une île…, dit Cosgrove.

– Tu es déjà allé dans la Barataria ? dit Greenfoot. Tu ne trouveras jamais cet endroit. Tu serais Ponce de León à la recherche de la fontaine de Jouvence que ce serait du pareil au même. »

Grimes

Lindquist : Grimes se demandait si ce type n'était pas attardé. Gravement atteint, en tout cas. Il savait, pour avoir entendu parler de lui ici et là, que la moitié des habitants de la Barataria le voyaient comme quelqu'un de parfaitement inoffensif. L'idiot du village. Les autres pensaient que le mec avait un grain, à déterrer des bijoux de macchabée et à se griller la cervelle à coups de cachetons.

Grimes avait déjà rendu visite deux fois à Lindquist pour lui extorquer sa signature, et deux fois il était reparti la queue entre les jambes. Le type était un vrai moulin à paroles. Enchaînant les blagues et jacassant sans discontinuer à propos d'un trésor de pirate. Grimes avait bien vu qu'il était mal en point, que sa femme avait foutu le camp – le détecteur de métaux éparpillé en mille morceaux, les cartes maritimes dans tous les coins, la poussière accumulée sur le plancher et sur les pales du ventilateur, la vaisselle sale empilée sur les tables d'appoint et la télévision.

Grimes était venu frapper à la porte de Lindquist une troisième fois, et il était à présent assis à la table de la salle à manger encombrée de papelards, à l'écouter raconter l'une de ses blagues vaseuses. Une histoire de berger allemand à trois bites.

Grimes n'écoutait pas. Il pensait à sa mère. Ce matin, en passant devant le café Magnolia, il l'avait aperçue derrière la vitre, assise seule dans un box. Il avait aussitôt tourné les talons pour remonter dans sa voiture et décamper, le cœur battant et les mains moites.

« Et là ? dit Lindquist. Eh bah là, le berger allemand dit à la bonne sœur : "Faut bien fourrer son os quelque part !" » Il s'administra une grande claque sur le genou, se pencha sur la table et explosa de rire.

Grimes lui fit l'aumône d'un sourire crispé, les mâchoires serrées comme s'il tenait une grosse corde entre ses dents.

« Et celle de l'obèse à la parade de Thanksgiving, vous la connaissez, Mr. Grimes ? enchaîna Lindquist.

– Mr. Lindquist, dit Grimes. J'ai un autre rendez-vous qui m'attend. »

La bouche de Lindquist s'arrondit en un O exagéré. Ses cheveux poivre et sel rebiquaient sous sa casquette comme des ailerons graisseux. Il portait le même T-shirt trop grand et le même pantalon de treillis que la dernière fois que Grimes l'avait vu. Peut-être ne changeait-il jamais de vêtements – ce qui n'aurait rien eu d'étonnant, vu l'état de la maison.

« Alors repassez à un autre moment, dit Lindquist. Je serai là demain à la même heure.

– Si vous signez maintenant, je n'aurai plus à venir vous importuner.

– Ah mais non, vous ne m'importunez pas. Vous êtes sympa. »

Grimes se redressa sur sa chaise et inspira profondément. « Mes patrons ? » Il se pencha, les deux mains posées à plat sur la table. « Entre vous et moi ? C'est une bande de connards. »

Lindquist hocha la tête. « Oh, oui m'sieur. Je vois bien ce

que vous voulez dire. » Puis il ajouta en faisant la moue : « Mais je veux pas me précipiter.

– Mr. Lindquist. Je vous dis ça en ami. Regardez bien le chiffre, là, au troisième paragraphe.

– Repassez plus tard. Quand j'aurai causé avec mon avocat.

– Vous avez un avocat ?

– Ben... disons qu'il faut que je m'en trouve un. »

Grimes poussa un long soupir. « Je peux vous poser une question personnelle, Mr. Lindquist ? »

Lindquist répondit d'un petit geste désinvolte de la main : vas-y, te gêne pas.

« Où est votre bras ? »

Grimes lui posait cette question parce qu'il connaissait déjà la réponse. Quelques jours plus tôt, au Magnolia, il avait surpris une conversation entre deux ouvriers de la plate-forme pétrolière, accoudés au comptoir, qui se foutaient de la gueule de Lindquist parce qu'il s'était fait chourer son bras. « Il doit être en train de se choper de la minette plus que Lindquist lui-même en a jamais vu », avait dit l'un d'eux.

Lindquist secoua la tête d'un air dépité. « On me l'a volé, dit-il.

– Vous plaisantez ? »

Lindquist secoua de nouveau la tête.

« J'ai une sœur, dit Grimes. Regina. Elle a une jambe en moins. Accident de ski nautique sur le lac Heron. Un mec lui faucherait sa prothèse ? Je ne sais pas ce que je ferais. Je crois que je le tuerais. »

Grimes était fils unique. Il se demandait parfois si sa vie aurait été différente s'il avait eu un frère ou une sœur.

« Qu'est-ce qui s'est passé ? demanda Lindquist.

– Elle a foncé dans une balise. Bam. Bye bye la jambe. Pendant ses vacances.

– Merde alors. Elle vit dans le coin ? Une seule jambe, c'est pas moi que ça va déranger. »

Grimes ne savait pas trop si Lindquist plaisantait ou non. « On aimerait bien remplacer ce bras pour vous, dit-il. La compagnie et moi.

– Ce bras... je sais pas trop. Irremplaçable.

– On vous en trouvera un encore mieux.

– C'était une prothèse à trente mille dollars, quand même. »

Un bras à trente mille dollars ? Première fois que Grimes entendait une histoire pareille. Par-dessus le marché, ce Lindquist était donc un escroc qui cherchait à le plumer. « Je vais voir ce que je peux faire, dit-il.

– C'est le seul avec lequel je me sentais à l'aise. Les autres, ça me démangeait ou ça me faisait bizarre.

– Si vous signez ces papiers, on vous en trouvera un tout neuf. Mieux qu'avant.

– Je veux exactement le même que celui d'avant.

– Bien sûr », dit Grimes en songeant : *Butez-moi ce salopard.*

La maison des Toup était à un jet de pierre du port : un préfabriqué couleur menthe à l'eau dressé sur des pilotis dans le recoin d'une parcelle de terre envahie par la pinède. Volets et ornements peints en blanc, jardin peuplé de bananiers gargantuesques, banc en fer forgé devant un foyer en pisé. L'un des frères, épaules massives sous un T-shirt Guy Harvey, se tenait sur le paillasson et regardait Grimes monter les marches. Il mit sa main en visière pour se protéger du soleil de dix heures et écouta d'un air faussement intéressé le petit laïus de Grimes. Ce dernier fut surpris de se voir invité à entrer dans la maison. Il s'était attendu à plus de résistance, étant donné les rumeurs qu'il avait entendues au sujet des jumeaux.

À l'intérieur, l'autre frère, assis dans un fauteuil en cuir, mangeait un bol de céréales. Il jeta un regard mauvais à Grimes, une grosse goutte de lait perlant sur sa lèvre inférieure, puis se tourna vers son frangin d'un air interrogateur.

Le premier expliqua au second que Grimes était envoyé par la compagnie pétrolière et qu'il venait leur proposer un règlement à l'amiable.

Ils prirent place autour de la table de la salle à manger et Grimes retroussa trois fois chacune de ses manches de chemise, tel un politicien en campagne. Il ouvrit sa sacoche et en sortit une épaisse liasse de papiers.

Le plus revêche des deux frères écarquilla les yeux, incrédule. « Nom de Dieu, fit-il. Sacrée tripotée de paperasse. T'as à peine fini de t'en débarrasser qu'un enculé vient t'en coller deux fois plus sous le nez à peine cinq minutes plus tard. »

Grimes n'apprécia guère de se faire traiter d'enculé, surtout par un bouseux bardé de tatouages. Mais il savait que la moindre réplique jouerait en sa défaveur. Connards des marais, toujours à jouer les gros durs. Il aurait aimé les voir à New York. À Boston ou à Chicago. Ils n'auraient pas tenu vingt-quatre heures sans se faire enfumer de toutes les façons possibles et imaginables.

« Ben asseyez-vous », dit le teigneux à l'intention de Grimes.

Son jumeau commença à feuilleter les formulaires. Quand il avait fini une page, il la tendait à son frère puis passait à la suivante.

« Ça vous ferait mal au cul d'écrire une phrase qui soit pas du chinois ? » dit le frère aux tatouages. Une toile d'araignée. Un trident. Un grand requin blanc.

« Hé, tirez pas sur le pianiste, dit Grimes. Si c'était moi qui avais écrit ça, je dirais que c'est une bonne affaire, et je signerais. Tranquille. »

Les frères continuèrent à lire en silence. On n'entendait que le tic-tac de l'horloge murale de la cuisine et le soupir de l'air conditionné. Grimes regarda autour de lui. La maison était bien tenue, lumineuse et aérée – petite classe moyenne. Le mobilier était massif, dans les teintes sombres, bois de merisier et acajou africain, rien à voir avec la camelote en aggloméré que Grimes avait vue jusqu'à présent dans tous les salons et toutes les cuisines de la Barataria. Ici, il y avait même des violettes du Cap sur le rebord de la fenêtre et un ficus dans un coin de la pièce.

Grimes observa les deux frères. Troublante, cette ressemblance. « Moi aussi j'ai un frère jumeau, dit-il.

– Ah ouais ? fit le premier.

– Pas grand-chose d'autre à en dire.

– Et alors quoi, t'as un jumeau, ça fait de nous des âmes sœurs, c'est ça l'idée ? » dit l'autre.

Grimes se racla la gorge. Se leva et remonta son pantalon. « Je peux utiliser vos toilettes ? demanda-t-il.

– C'est pour couler un bronze ? » dit le tatoué.

Grimes fit non de la tête.

« Au fond du couloir. Deuxième porte à droite. T'as pas intérêt à poser ta pêche. »

Dans les toilettes de la salle de bains, Grimes maudit le petit teigneux tout en urinant. Il attrapa la brosse à dents dans le gobelet en porcelaine près du lavabo, finit de pisser dessus puis la reposa.

En revenant dans le salon, il passa devant une chambre dont la porte était ouverte et entraperçut quelque chose qui l'arrêta net. Une prothèse de bras, plantée main en l'air dans un grand vase ou un porte-parapluie dans un coin de la pièce.

J'y crois pas, se dit Grimes.

De retour dans le salon, il trouva le frère tatoué debout à côté de la table et, à ses pieds, les formulaires réduits en confettis. L'autre frère, visiblement mal à l'aise et gêné, sortait des assiettes du lave-vaisselle.

« C'est ça le genre de pognon que vous offrez à tout le monde ? » demanda le tatoué.

Grimes prit sa sacoche et la remit en bandoulière sur son épaule. « Merci de m'avoir accordé un peu de votre temps, dit-il.

– Fous-moi le camp », dit le tatoué.

Grimes se dépêcha de redescendre les marches du perron, un souffle glacial dans la nuque comme s'il se trouvait dans la ligne de mire d'un fusil de chasse.

Le lendemain, à la tombée du jour, Grimes alla trouver Lindquist au port et lui dit qu'il avait des informations importantes à lui communiquer.

Lindquist remonta la passerelle d'un pas clopinant pour le rejoindre sur le ponton bancal. Le sourcil circonflexe, il ouvrit son distributeur Pez, prit un cachet et le broya entre ses molaires.

« Votre bras », dit Grimes.

Les yeux injectés de sang de Lindquist faillirent sortir de leurs orbites. « Vous l'avez trouvé ?

– Je ne suis pas certain d'être en mesure de vous en dire plus. La question est délicate. »

Lindquist s'avança vers Grimes d'un air suppliant. « Monsieur, dit-il, vous savez à quel point je suis dans la merde sans ce bras ? »

Grimes ne répondit pas.

« Enfin quoi, regardez-moi ce truc ! » dit Lindquist en agitant le crochet fiché au bout de son moignon.

Ils étaient face à face, dans la touffeur du crépuscule, près du bateau de Lindquist. Le *Jean Lafitte* lui-même paraissait comme frappé de démence aux yeux de Grimes, avec sa peinture purée de pois et sa coque gondolée aux flancs à moitié effrités.

« Disons que je suis pratiquement sûr d'avoir retrouvé votre bras, dit Grimes à Lindquist. Mais je me dois d'être discret.

– On n'est pas copains tous les deux ? »

Grimes fut pris de court par cette question. On l'avait traité d'à peu près tous les noms ces dernières semaines, mais d'aucun qui puisse de près ou de loin s'apparenter à de l'amitié. « Bien sûr, dit Grimes.

– Alors dites-moi », fit Lindquist.

Au loin, dans la baie, les phares rouges et verts des crevettiers et des pinasses étincelaient. La plupart travaillaient à présent pour le compte de la compagnie pétrolière sous l'appellation de « Vaisseaux de la Chance ».

« Je ne veux attirer d'ennuis à personne. Ni à vous, ni à moi.

– Y aura pas d'ennuis. »

Les moustiques bourdonnaient autour d'eux.

« Bon, eh bien si nous sommes amis, dit Grimes en chassant les insectes d'un revers de main, rendons-nous mutuellement service. »

Lindquist réfléchit. Puis : « Ces papiers, vous voulez dire ? »

Grimes hocha la tête.

« Et puis merde. Monsieur, je vais vous les signer, ces papiers. Donnez-les-moi. Avec mon sang, que je vais vous les signer.

– Promettez-moi de ne révéler à personne comment vous l'avez su, dit Grimes.

– Sur ma vie.

– Ça risquerait d'entraîner de sérieux problèmes.

– Je le jure devant Dieu. » Lindquist posa sa main à plat sur une bible invisible.

« Bon, dit Grimes, alors allons-y. »

Ils franchirent la passerelle pour monter à bord du *Jean*

Lafitte. Grimes piocha les formulaires dans sa sacoche, les posa sur une planchette de bois et tendit son Montblanc à Lindquist. Ce dernier signa rapidement puis lui rendit le stylo.

« Les frères Toup », dit Grimes.

Lindquist avait l'air sidéré. Incrédule.

« Je l'ai vu chez eux, dit Grimes. Planté dans un vase. Un crachoir ou je sais pas quoi. Comme une espèce de blague de mauvais goût. »

Lindquist, l'esprit déjà occupé à toutes sortes de plans de représailles, jetait autour de lui des regards affolés.

« Vous avez promis, dit Grimes. Ce n'est pas moi qui vous l'ai dit. »

Les frères Toup

Il faisait nuit, et les chauves-souris voletaient à tire-d'aile au-dessus des arbres comme des particules de cendre, lorsque les jumeaux Toup, par la fenêtre du salon, virent Lindquist monter les marches de leur perron. S'agrippant de sa main valide à la rambarde, il avançait lentement ; en lieu et place de sa prothèse disparue, un crochet mal ajusté et trop petit. Quand il eut enfin atteint la véranda surélevée, Reginald et Victor l'y attendaient déjà.

« Les gars, je vais pas y aller par quatre chemins », dit Lindquist. Son visage était cramoisi, luisant de sueur, et il avait le souffle court. « Vous n'auriez pas vu mon bras, par hasard ? »

Les frères se regardèrent.

« Ben justement, il se trouve que si », dit Victor.

Lindquist attendit la suite, la bouche entrouverte, le regard intense. Il portait un T-shirt blanc trop grand, une casquette de marin, un pantalon de treillis.

« Je l'ai vu en train de se siffler quelques verres au Sully's Bar, continua Victor. Mettre des mains au cul. Danser la gigue. Foutre le boxon. »

Les deux frères partirent d'un même rire hennissant.

Le sang monta au visage de Lindquist. « J'appellerai Villanova s'il le faut », dit-il.

Les jumeaux arrêtèrent de rire.

« Tu nous menaces ? dit Reginald.

– Je veux juste mon bras. Rendez-moi mon bras. »

Victor croisa les siens sur sa poitrine. « Tu vas toujours dans le bayou ?

– Ces eaux-là appartiennent au gouvernement.

– Non, elles sont à nous.

– Je ne braconne pas. Si c'est ce que vous croyez.

– Et tu fais quoi alors là-bas ? » demanda Reginald.

Lindquist ne répondit pas, les traits tendus.

« Qu'est-ce que tu fous là-bas, Lindquist ? répéta Reginald.

– Je cherche un trésor. »

Les frères se remirent à hennir.

« Putain, dit Victor. On t'a jamais dit que t'étais complètement barjo ?

– C'est pas vos affaires.

– Un peu que c'est mes affaires, dit Victor.

– Et merde, vous savez quoi ? Si jamais je trouve quelque chose, je vous en file une partie.

– Y a que dalle là-bas, dit Reginald.

– Ce bras, il vaut trente mille dollars, dit Lindquist.

– Trente mille dollars mon cul, dit Victor. Tu l'as trouvé où, chez Gucci ?

– Allez vous faire mettre, les gars », dit Lindquist. Il tourna les talons et redescendit les marches du perron comme un vieillard grabataire, la main crispée sur la rambarde.

« T'as pas une blague à nous raconter, Lindquist ? lança Victor dans son dos. Allez, vas-y, raconte-nous une blague. »

Oui, Reginald et Victor avaient piqué le bras de Lindquist. Au début ils s'étaient dit qu'ils s'en serviraient comme moyen de pression, qu'ils le lui rendraient – éventuellement – s'il leur promettait de ne plus fourrer son nez dans la Barataria. Mais l'autre connard de la compagnie pétrolière était venu fouiner et avait vu la prothèse. La tête qu'il tirait quand il était sorti des chiottes. Sûr qu'il l'avait vue. Et quelques heures plus tard, lorsque Lindquist était venu réclamer son bras et les menacer d'avertir Villanova, ils avaient compris ce qu'il leur restait à faire. Ce même soir, quand ils se furent enfoncés dans les eaux de la Barataria à bord de leur bateau, Victor balança la prothèse à la flotte, là où personne ne pourrait jamais la retrouver.

Le lendemain, on frappa à la porte. Reginald regarda par l'œilleton et vit le shérif debout sur le seuil, son chapeau entre les mains, sa grosse tête de courge toute rougie par la chaleur.

« Vous auriez une minute ? » demanda Villanova quand Reginald ouvrit la porte. Celui-ci comprit aussitôt, à la gravité de son regard, que le shérif était venu leur parler de Lindquist. Il se doutait depuis toujours que Villanova était parfaitement au courant de ce que son frère et lui trafiquaient dans la Barataria, tout comme il se doutait qu'il n'en avait strictement rien à battre du moment que ce n'étaient pas des histoires de meth ou d'armes à feu. Du moment que ça ne lui attirait pas d'ennuis. Étonnant, à quel point les gens pouvaient se détendre quand on leur graissait la patte de quelques milliers de dollars. Surtout quand les gens en question avaient la fâcheuse manie de jouer au poker en ligne et d'entretenir une maîtresse à La Nouvelle-Orléans.

Reginald fit entrer le shérif. Assis à la table de la salle à manger, Victor était en train de jouer sur son portable. « Salut shérif », dit-il en posant son téléphone. Il se leva, serra la main de Villanova puis se rassit, les bras croisés sur la poitrine.

« Café ? » proposa Reginald.

Villanova secoua la tête et s'assit, bien calé contre le dossier de la chaise, puis posa son chapeau sur un genou et croisa sur l'autre une botte en cuir d'autruche couleur chocolat. Il se mit à lisser le pinceau de sa moustache entre le pouce et l'index. « Vous savez que j'ai toujours été réglo avec vous, pas vrai, les gars ?

– Sûr, dit Reginald en s'asseyant à son tour.

– Et vous avez été réglo avec moi.

– On espère.

– Bon, alors parlons peu, parlons bien. »

Les jumeaux attendirent.

« Lindquist, dit Villanova.

– Ouais ?

– Vous le connaissez ?

– Sûr, dit Victor.

– Quelqu'un lui fait des misères, dit Villanova.

– Et vous pensez que c'est nous ? » dit Reginald.

Villanova marqua une pause étudiée, regarda autour de lui. La lumière du matin scintillait derrière les fenêtres immaculées, verdie par le prisme des pins et des chênes massifs. La maison était impeccablement rangée et entretenue ; des fleurs violettes ornaient les étagères et les rebords de fenêtre.

« Non, pas moi, mais lui oui.

– Ce type est complètement cinglé, affirma Victor.

– Vous savez donc qui c'est, dit Villanova.

– Ouais, dit Victor. Un connard de manchot. Avec un détecteur de métaux.

– C'est vous qui lui avez pris son bras ? » demanda Villanova.

Victor se mit à braire de rire.

« Je sais même pas quoi répondre à ça », dit Reginald.

Villanova baissa la tête et haussa les sourcils. « C'est dingue, je sais. Mais il est persuadé que vous avez quelque chose à voir avec toute cette histoire.

– Le mec carbure aux médocs, il plane complètement, dit Victor.

– Comment vous savez ça ? demanda Villanova.

– Tout le monde le sait, dit Victor.

– Lui voler son bras ? fit Reginald d'un ton incrédule.

– Ouais, dit Victor. Pourquoi on irait emmerder un infirme ?

– Je ne sais pas, peut-être qu'il a promené son détecteur de métaux là où il ne fallait pas.

– Ah, ça, dit Victor, c'est sûr qu'y creuse des trous partout où y faut pas. »

Cette dernière réplique laissa Villanova songeur.

« Il a foutu pas mal de gens en rogne avec ce détecteur de métaux, ajouta Reginald. Surtout depuis l'ouragan. »

Villanova regarda tour à tour les deux frères. « C'est pas faux, concéda-t-il, mais pas au point de leur donner envie de lui piquer son bras.

– Bah nous non plus, dit Reginald.

– C'est ce que je me disais aussi », fit Villanova en se levant. D'une main, il vissa son chapeau sur son crâne. « Une dernière chose, si je peux me permettre. Je serais vous, j'éviterais de le contrarier, et même de le regarder de travers. Le pauvre vieux a un peu les fils qui se touchent. »

Lindquist

Lindquist ne se rappelait pas que pêcher avec un seul bras était si difficile.

Quand il comprit que Dixon ne viendrait pas, cet après-midi-là, il partit seul dans la Barataria à bord du *Jean Lafitte*. Au fil des heures, l'expédition se révélait de plus en plus grotesque. Il abaissait les bômes, crapahutait à l'échelle de la cabine de pilotage, manœuvrait le bateau, redescendait l'échelle, relevait les bômes. Puis hissait les filets pour déverser ses prises dans le baquet de triage.

Trier : c'était ça le plus difficile. Plonger d'une seule main dans le tas de poiscaille grouillant tout en s'essuyant les yeux, brûlés par la sueur qui lui dégoulinait du front. Les barbillons affûtés des poissons-chats, les raies qui fouettaient l'air de leur queue plus tranchante qu'une lame de rasoir. Au bout de quelques minutes à peine, il avait les doigts en sang, la chair à vif et la main engourdie comme un bloc de bois. Tout ça pour vingt ou trente misérables kilos de crevettes, à peine de quoi payer le diesel. À peine de quoi mettre de côté pour s'acheter un paquet de chewing-gums.

Puis il fallait recommencer, s'agiter en tous sens comme un

flic hystérique dans un film muet. Abaisser les bômes, grimper à l'échelle, en redescendre, relever les bômes.

De temps en temps, il levait au ciel des yeux implorants, priant à moitié pour qu'un éclair le foudroie sur place et mette fin à son calvaire. Il s'interdisait de songer à la fatigue, de peur de s'écrouler. Confiné dans sa cabine à transpirer tout ce qu'il savait, nuit et jour. Le T-shirt collé à la peau, les bras et les jambes endoloris, les yeux rougis par le sel et l'épuisement. Et pour couronner le tout, cette chaleur infernale dont on ne verrait pas la fin avant l'automne. Au mieux.

Quant au nombre de cachets ingurgités, il en perdit vite le compte. Il avait l'impression qu'ils lui faisaient de moins en moins d'effet ces derniers temps. Il lui en fallait deux pour se sentir moitié moins bien qu'avant avec un seul.

Le deuxième jour de son expédition en solo dans la Barataria, alors qu'il triait sa première prise, un crabe bleu géant referma ses pinces sur son index. Même à travers le gant il en sentit la morsure cuisante. Il secoua la main mais la bestiole resta agrippée à son doigt, alors il la secoua encore plus fort mais elle refusait toujours de lâcher prise. Il baissa le bras d'un coup sec, aplatissant le crabe contre le bastingage, puis secoua le bras d'avant en arrière. Le crabe tomba à l'eau en claquant furieusement des pinces.

Lindquist se sentit céder à une rage muette. Il y avait quelque chose de libérateur, voire de réconfortant, à se rendre à l'évidence et à admettre qu'on l'avait dans l'os.

Un sac en velours mauve Crown Royal à la main, rempli de bijoux en toc, Lindquist entra dans la boutique de Trader John. Il gardait toujours par-devers lui une petite réserve, qui se réduisait à vue d'œil, pour les situations d'urgence – quand il avait besoin d'argent pour acheter ses cachets, remplir le réservoir du pick-up, payer ses factures. Le propriétaire de la boutique, John Theriot, était mort depuis longtemps, et sa femme avait repris le flambeau. Lindquist salua la vieille dame d'un hochement de tête et se dirigeait vers le comptoir quand il aperçut un jeune couple qui regardait le présentoir à bijoux. Il fourra son petit sac dans une des poches de son treillis et alla discrètement attendre dans le fond du magasin, s'arrêtant devant un assortiment de vieux outils accrochés à un panneau en liège. Il resta planté là, sa main valide derrière le dos, à contempler un taille-haies comme s'il s'agissait d'un Picasso.

Quand le jeune couple quitta le magasin et que Lindquist entendit sonner la petite clochette au-dessus de la porte, il s'avança vers le comptoir. Il sortit le sac de sa poche, défit la ficelle et y renversa son petit tas de bijoux. « Je veux vendre tout ça, dit Lindquist. Un prix pour l'ensemble. »

Montres, colliers, bagues, du plaqué or de pauvre facture pour la plupart, de la camelote de fête foraine qu'on gagnait en lançant une balle de ping-pong dans un bocal à poissons. Mais au milieu de ce trésor de pacotille se trouvaient quelques articles qui avaient l'air passables, peut-être même de valeur.

Mrs. Theriot examina les bijoux, ouvrant grand les narines de son nez pincé. Lindquist savait qu'elle ne le portait pas dans son cœur ; à ses yeux, il était à peu près aussi honnête qu'un bandit de grand chemin. Les os de son visage étaient saillants, sévères, mal assortis à son chemisier aux couleurs trop vives sur lequel étaient dessinés des ananas. Tandis qu'elle fouillait dans le tas de bagues et de colliers, il regarda le calendrier de l'équipe des New Orleans Saints punaisé au mur derrière le comptoir. Le match d'ouverture de la saison, contre les Vikings, était annoncé pour début septembre.

« Où avez-vous trouvé tout ça ? » demanda Mrs. Theriot.

Lindquist se fendit d'un sourire évasif. « Oh, ça, je peux pas vous le dire pour le moment.

– Parce que ça appartient peut-être à quelqu'un d'autre que vous. »

Il ravala aussitôt son sourire. « Vous pensez que je les ai volés ?

– Personne n'a dit ça.

– J'ai jamais rien volé de toute ma vie. Je suis pas un voleur.

– Personne n'a dit ça non plus. »

Le visage de Lindquist était écarlate à présent et ses lèvres tremblaient.

« Il y a pas mal de trucs qui ont disparu après l'ouragan, poursuivit Mrs. Theriot. Pas mal de trucs que les gens cherchent encore. »

Lindquist soupira par le nez et baissa la tête. Il se pencha, tapota des doigts la plaque de verre du comptoir, réfléchissant à son prochain coup. « Bon, alors voilà ce que je vous propose. Si quelqu'un vient et reconnaît des trucs à lui là-dedans avant que ce soit vendu, vous aurez qu'à les lui donner. »

La vieille dame secoua la tête. « Pas sûr que ce soit une bonne idée non plus.

– Comment ça ?

– Ben, si je fais ça, les gens vont faire la queue depuis le Mississippi pour venir réclamer des choses qui ne leur appartiennent pas.

– Attendez, je vous dis pas non plus de mettre un écriteau "bijoux gratuits" à l'entrée de votre magasin. »

La bonne femme attendit.

« Si jamais quelqu'un regarde la marchandise d'un drôle d'œil, continua Lindquist, à ce moment-là vous saurez qu'y a quelque chose et qu'il dit peut-être la vérité. »

Mrs. Theriot piocha dans le tas de breloques. « Dans l'ensemble, ça vaut rien », dit-elle.

Lindquist pointa un objet du doigt. « Regardez cette montre. Y a forcément quelqu'un qui en voudra, de cette montre. Et cette bague, là. C'est de l'or massif. Le diamant est pas bien gros, mais c'est un vrai. Et tout autour, c'est de l'or massif.

– Je vous propose cent dollars pour le tout. »

Lindquist tourna la tête puis braqua de nouveau son regard sur elle, comme dans un sketch de vaudeville. « Cent dollars, dit-il. Vous vous foutez de moi.

– Cent dollars.

– Non mais attendez. Cette montre, là, rien que ça, ça vaut déjà cent dollars.

– Je pourrai m'estimer heureuse si j'arrive à en tirer la moitié. Les gens n'achètent pas beaucoup de bijoux ces temps-ci. Ils n'achètent pas grand-chose de manière générale.

– Tout le monde a besoin d'une montre.

– Si ça me rapporte plus de cent dollars, dit Mrs. Theriot, on se partagera le bénéfice, cinquante-cinquante. Mais des trucs pareils ? Faudrait vraiment qu'on ait une sacrée veine. »

Le lendemain matin, en arrivant au port, Lindquist vit un gamin assis sur sa glacière devant le *Jean Lafitte*. Des cheveux noirs qui grisonnaient déjà un peu sur les tempes, des yeux vert pâle, plus clairs que sa peau mate. Il demanda à Lindquist si c'était bien lui le capitaine qui cherchait des aides de pont.

Lindquist lui demanda son âge. Dix-sept ans, répondit Wes, bientôt dix-huit.

« T'as pas l'air bien costaud, dit Lindquist. Tu sais te servir d'un treuil ?

– Oui, m'sieur. Je sais me servir de tout ce qu'il faut sur un crevettier.

– T'as dix-sept ans et t'as déjà des cheveux gris ? »

Wes haussa les épaules. « Oui, m'sieur. »

Lindquist le regarda de plus près. « Je t'ai déjà vu dans le coin.

– Je vis ici depuis toujours, alors oui, ça m'étonnerait pas.

– Ouais, je t'ai déjà vu », répéta Lindquist. Il hocha lentement la tête comme s'il essayait de se rappeler où exactement. Puis un éclair passa dans son regard. « Chez Monsieur Montegut, y a quelques jours.

– J'étais là-bas, oui, m'sieur.

– T'es le fils de Trench, c'est ça ? »

Wes hocha la tête.

« Et qu'est-ce qui va pas sur son bateau ?

– Rien.

– Comment ça se fait que vous bossez pas ensemble tous les deux, je veux dire ? »

Wes enfonça les mains dans ses poches sans répondre.

« Ah, d'accord, je vois. Ce genre d'histoire, hein ? »

Wes haussa les épaules.

« Il va être furieux ?

– Contre moi, peut-être. Pas contre vous.

– J'ai pas besoin de me mettre d'autres enfoirés à dos. De ce côté-là, je suis déjà servi pour le restant de mes jours.

– Je vous promets, m'sieur.

– Tu te drogues ?

– Non, m'sieur.

– Des splifs ?

– Quoi ?

– Est-ce que tu fumes des splifs ?

– Je ne sais pas ce que ça veut dire.

– Des joints. Est-ce que tu fumes des joints ?

– Non, rien de tout ça.

– T'es taré ?
– Non, m'sieur.
– Tu sais te servir d'une poulie ?
– Ouais. Oui, m'sieur.
– Tu sais relever un chalut ?
– Oui, m'sieur.
– T'as déjà été à Sing Sing ?
– Où ça, m'sieur ?
– Félicitations, p'tit con, dit Lindquist. T'es embauché. »

Wes Trench

Il faisait chaud en cette fin d'après-midi, le soleil frémissait comme une grosse pièce d'étain dans un ciel sans nuages et les cigales s'en donnaient à cœur joie dans les chênes sauvages. Wes regardait le bayou défiler, ses lents remous bouillonnant de vie. Qui sait quelles étranges et gigantesques créatures rôdaient dans ces profondeurs. Wes imaginait un poisson-chat aussi gros qu'un canapé, une tortue aussi massive qu'un buggy tout-terrain. C'était l'une des choses qu'il aimait encore à propos du bayou. Son mystère.

Ils passèrent devant un chenier, la cime des arbres auréolée d'une petite troupe de vautours tournoyant dans le ciel. Une odeur de charogne flottait dans l'air. Il devait y avoir une bête morte, une biche ou un opossum, dans les bois. Même quand ils se furent éloignés de l'îlot, Wes garda dans la bouche un arrière-goût âcre et pestilentiel, comme du poison.

« Tu t'es lâché ? » le héla Lindquist depuis la cabine de pilotage.

Wes leva la tête, la main en visière. « Qu'est-ce que vous dites ?

– T'as lâché une caisse ?

– Non, on est passés devant quelque chose.

– T'as passé quoi ?

– Une bête morte dans les bois, là-bas.

– Toi, t'es nerveux. »

Wes ne savait pas quoi répondre. « Je ne crois pas, dit-il.

– Si, t'es nerveux. Tout ce gris dans tes cheveux. T'es un nerveux. »

Wes se remit à désemmêler les filets. Il n'en avait jamais vu d'aussi pourris, pleins de trous et rafistolés à la va-vite. Mais ses filets à lui aussi auraient été en piètre état, se dit-il, s'il lui avait manqué un bras.

Quelques instants plus tard, quelque chose heurta l'arrière de son crâne. Quelque chose de dur, comme une pierre. Wes se prit la tête à deux mains, fit volte-face et regarda autour de lui.

Lindquist le toisait depuis sa cabine, un sourire jusqu'aux oreilles.

« C'est vous qui m'avez lancé un truc ? » demanda Wes.

Lindquist rigolait. « Sur le pont, dit-il. À tes pieds. »

Wes baissa la tête, aperçut un rouleau de bonbons à la menthe et le ramassa.

« Prends-en quelques-uns, dit Lindquist. Ça te rafraîchira les idées. »

Wes ouvrit l'emballage avec l'ongle du pouce et goba une pastille. Il s'apprêtait à rendre le rouleau à Lindquist mais celui-ci lui dit : « Garde-les. J'en ai plein. »

Wes abaissa les filets et les regarda s'enfoncer dans l'eau. Vingt minutes plus tard, il les remonta à grands coups de manivelle et les hissa à bord, sur la table de triage. Lindquist descendit alors de sa cabine. Ils enfilèrent des gants et plongèrent tous deux les mains dans le tas grouillant.

« Regarde-moi ces crevettes merdiques », dit Lindquist.

Il jeta un coup d'œil à Wes, comme s'il s'attendait à ce que ce dernier le contredise. Puis il attrapa un minuscule poisson-tambour et le balança par-dessus bord. Le poisson s'envola en agitant la queue puis retomba dans l'eau.

« Toc toc toc, dit Lindquist.

– C'est une blague ? demanda Wes.

– Ouais, tu dois dire “qui est là”.

– Qui est là ?

– Le petit café.

– Quel petit café ?

– Le petit café dans sa culotte. »

Wes laissa échapper un rire discret en sifflant par les narines pour faire croire à Lindquist qu'il trouvait ça drôle.

À l'aube, ils déchargèrent et pesèrent les crevettes chez Monsieur Montegut, puis ils rentrèrent au port. Sur le parking, Lindquist compta les billets et tendit sa part à Wes.

Celui-ci le remercia et empocha les billets sans les recompter.

« Tu vérifies pas ? dit Lindquist.

– Je vous fais confiance.

– Tu reviens ce soir ?

– Si vous êtes d'accord, dit Wes.

– Bah, merde. Pourquoi je serais pas d'accord ? Tu travailles comme un chef. »

Cosgrove et Hanson

Si Lemon soupçonnait un coup fourré de leur part, il n'en montra jamais rien. « Beau boulot, messieurs », dit-il en inspectant le travail accompli, c'est-à-dire pas grand-chose, à la fin de la journée. « Très, très beau boulot, vraiment », répéta-t-il d'une voix traînante, sourire en coin. Ils comprirent qu'il se foutait de leur gueule, qu'il savait qu'ils se foutaient de sa gueule et qu'il s'en moquait éperdument. Il sourit et leur tapota le dos de sa grosse paluche. Il avait l'air ivre ou défoncé, peut-être bien les deux. Cosgrove n'en aurait pas été surpris. Ses dents de devant étaient violettes, comme tachées de vin, et Cosgrove aurait juré déceler dans son sillage l'odeur aigre d'un produit médical, qui ressemblait à du spermicide ou du lubrifiant.

Hanson terminait sa peine de travaux d'intérêt général à la fin du mois d'août. Cosgrove aurait alors encore une semaine à tirer. En souvenir du bon vieux temps, Hanson voulait faire une dernière descente dans le grenier de la veuve.

« Je crois qu'on a déjà pas mal tiré sur la corde, non ? dit Cosgrove.

– Tiré ? Comme elle t'a tiré dessus avec sa saloperie de gaz lacrymo, tu veux dire ? »

Il n'en fallut pas plus pour convaincre Cosgrove. Et comme

au bon vieux temps, Hanson se faufila par la fenêtre de la cuisine puis fit entrer Cosgrove par la porte. Ils étaient en train de grimper les marches pour aller à l'étage quand ils entendirent la voix de la vieille, frêle et encore à moitié endormie, dans le salon.

« La dinde est dans le four », dit-elle.

Cosgrove se figea au milieu de l'escalier. Puis Hanson s'arrêta à son tour. Cosgrove lui jeta un regard par-dessus l'épaule : mais qu'est-ce qu'elle baragouine ?

« Les garçons ? dit la vieille dame. La dinde est presque prête.

– On arrive, lui répondit Hanson en hurlant.

– Putain mais qu'est-ce que tu fous ? murmura Cosgrove.

– La pauvre vieille ferait pas la différence entre son cul et une grenade.

– Vous pouvez regarder le match si vous voulez, les garçons.

– Oui, oui, on est en train, c'est un super match. »

Dans une pièce, quelque part au fond de la maison, une horloge de grand-père sonna une heure.

« Elle est bonne, cette dinde ? demanda la veuve.

– Délicieuse, m'dame.

– Montez jouer dans votre chambre, les garçons, je vous appellerai quand le dîner sera prêt.

– Allez viens, on se tire, dit Cosgrove.

– Attends, deux secondes », dit Hanson.

Ils finirent de gravir les marches escamotables jusqu'au grenier, où régnait une chaleur étouffante, et se mirent à fouiller dans les cartons. Au début, Cosgrove ne trouva pas grand-chose. Des photos et des daguerréotypes. Des moulages en bronze de chaussures de bébé. Des petits bouquets glissés dans des carnets. Puis il tomba sur une malle ancienne aux poignées en cuivre. À l'intérieur, de vieilles lettres, calligraphiées sur du parchemin, certaines en français et d'autres en espagnol, quelques-unes seulement en anglais. Au fond de la malle, des enveloppes plus récentes, l'adresse du destinataire et de l'expéditeur tapées à la machine, des timbres de dix ou quinze *cents*, affranchis aux États-Unis : Louisiane, Mississippi, Texas.

Cosgrove parcourut rapidement les lettres. Plusieurs d'entre elles dataient des années soixante-dix et quatre-vingt, écrites par des médecins ou des professeurs aux noms créoles qui se réclamaient tous d'un certain « Groupe d'études Lafitte ». À partir de 1994, ils se prétendaient membres de la « Société Lafitte ». Toutes leurs lettres déclinaient le même thème : adressées à Esther Prejean, elles avaient pour but d'en savoir plus sur la famille maternelle de cette dernière, les Boudreaux. Le nom de jeune fille d'Esther était-il bien Boudreaux ? Était-elle apparentée à Marie Boudreaux, née Butte, née Breaux, laquelle avait reçu des chèques compensatoires de la famille Lafitte à Galveston ? Si tel était le cas, alors il était bien possible qu'elle appartienne à la mythique lignée des Lafitte, qu'elle soit une descendante au sixième ou au septième degré du fameux corsaire, et à ce titre, elle présentait un intérêt exceptionnel pour leurs recherches historiques.

Et cetera, et cetera.

A priori, ces lettres n'avaient jamais reçu de réponses. La veuve, crut comprendre Cosgrove, n'avait aucune envie de flatter la curiosité des généalogistes. Peut-être n'avait-elle aucune réponse à leur apporter. Ou bien peut-être préférait-elle garder ses secrets pour elle. La raison de son silence, quelle qu'elle soit, demeurerait à jamais un mystère, vu son état grabataire. Elle était si sénile qu'elle pouvait laisser de parfaits inconnus dévaliser son grenier pendant plusieurs jours d'affilée sans rien remarquer.

« T'as trouvé quelque chose ? demanda Hanson.

– Tu avais raison, dit Cosgrove en essuyant ses mains

couvertes de poussière sur son jean. La vieille, elle descend d'une famille de pirates. »

Le visage de Hanson se fendit d'un sourire simiesque. « Je te l'avais dit, mon salaud. »

Cosgrove grogna.

« Y a des trucs intéressants ?

– Juste des lettres. »

Hanson se leva, le dos voûté pour ne pas se cogner la tête contre la mansarde. Il faisait une chaleur infernale dans le grenier, et il avait le visage cramoisi, la chemise collée à la poitrine par la transpiration. « Peut-être que tu me croiras, la prochaine fois », dit-il. Puis il secoua la tête. « Je vais finir par tourner de l'œil avec cette fournaise. Tirons-nous de ce foutoir. »

Cet après-midi-là, en attendant que Lemon passe les prendre, ils s'assirent à l'ombre de la véranda, devant la maison, buvant de la tequila à tour de rôle dans la petite gourde en plastique de Hanson.

« T'as mauvaise conscience ? demanda-t-il. À cause de tous les trucs qu'on a piqués ? »

Cosgrove haussa les épaules. « Un peu.

– Cette salope t'a aspergé de gaz lacrymo.

– Ouais, c'est ce que je n'arrête pas de me dire. »

Ils demeurèrent silencieux pendant un moment.

« Qu'est-ce que tu vas faire maintenant ? demanda Cosgrove.

– J'en sais foutre rien, dit Hanson. Toi ?

– Les huîtres. Mêmes conneries qu'avant. »

Hanson plongea les doigts dans sa poche de chemise et en sortit un joint qu'il tendit à Cosgrove. « Tiens, petit cadeau d'adieu, dit-il. C'est la beuh que t'aimes tant. »

Cosgrove prit le joint. « Merci, c'est sympa.

– Peut-être à un de ces jours, alors.

– Ouais, peut-être. »

Début septembre, Cosgrove finit de purger sa peine. Quelques jours plus tard, il se fit licencier de la Maison des Huîtres du Capitaine Larry. Les touristes refusaient désormais de manger des fruits de mer de la côte du golfe du Mexique. Le restaurant, institution incontournable du quartier depuis quarante-cinq ans, fermerait ses portes dans une semaine.

Cosgrove était en train de consulter les offres d'emploi parues dans le *Times-Picayune* quand il tomba sur une petite annonce intéressante, un job lié à la marée noire. Aucune recommandation nécessaire, aucune vérification des antécédents, embauche immédiate pour tout citoyen américain majeur et vacciné. Une seule condition : « Aimer les oiseaux ! » disait la petite annonce.

Cosgrove aimait-il les oiseaux ? Je veux, mon neveu – pour quinze dollars de l'heure, il les adorait !

Il alla se présenter au bureau d'embauche installé devant la bibliothèque municipale de Tulane et se retrouva l'après-midi même à bord d'un bus en compagnie d'une trentaine de volontaires, direction Jeanette, une bourgade du bayou à environ trois quarts d'heure de La Nouvelle-Orléans. Un campement avait été établi en lisière du bayou : des tentes de camping, des préfabriqués, des toilettes mobiles et un réfectoire sous un chapiteau étroit, des baraquements improvisés à l'intérieur desquels s'alignaient des rangées de lits de camp.

Cosgrove descendit du bus et fit le tour du campement, un gros sac polochon noir à l'épaule dans lequel se trouvait à peu près tout ce qu'il possédait au monde. D'autres volontaires en vêtements de ville traînaient alentour, des zonards en piteux état comme lui côtoyant des garçons et des filles qui semblaient au contraire pleins aux as – même leur bronzage et leur dentition sentaient le pognon à plein nez – et qui n'étaient là, sans doute, que pour accomplir une BA de plus à ajouter à leur dossier de candidature à l'université.

Il y avait aussi une poignée de journalistes télé, plantés çà et là devant leur caméra, débitant d'un air grave les dernières informations concernant la marée noire. Une jeune reporter peroxydée qui portait un chemisier en soie bleu interpella Cosgrove et lui demanda ce qu'il pensait de cette tragédie.

Celui-ci se tourna vers la caméra comme un animal pris dans des phares.

« Est-ce que vous trouvez que la situation s'améliore ? lui demanda la jeune femme.

– Je ne sais pas, dit-il. Je viens tout juste d'arriver.

– Est-ce que c'est aussi terrible que ce à quoi vous vous attendiez ? » demanda-t-elle avec raideur.

Cosgrove fit basculer son poids d'une jambe sur l'autre. « Eh bien…, dit-il en croisant les bras, oui, c'est assez terrible. »

La journaliste attendit, lui brandissant le micro sous le nez comme un serpent à sonnette.

« Vraiment atroce, dit-il.

– Alors, bonne chance à vous, dit la jeune femme. Et merci pour tout le travail important que vous faites. »

Il répondit d'un hochement de tête.

La journaliste lui tourna le dos et se mit aussitôt en quête d'un nouveau témoin à accoster. Cosgrove s'éloigna en songeant aux derniers mots qu'elle avait prononcés. Personne ne lui avait jamais dit que son travail était important, personne ne l'avait jamais remercié pour tout ce qu'il faisait. Ce témoignage de gratitude, quoique dénué de tout fondement, lui fit chaud au cœur.

Son nouvel emploi lui procurait une certaine satisfaction, il fallait bien l'admettre. Cinq jours par semaine, à huit heures du matin, il venait pointer dans une sorte de hangar transformé en station de nettoyage, où de grandes bassines en plastique semblables à des baignoires pour bébé étaient alignées sur des tables étroites. Dans chacune d'elles se trouvait un oiseau mazouté – pélican, aigrette, héron. Les volontaires, vêtus d'une combinaison spéciale et équipés de gants, aspergeaient les volatiles et désencrassaient leurs ailes poissées de glu noire. Ils les shampouinaient avec du liquide vaisselle, les rinçaient au tuyau d'arrosage, puis les transféraient dans la bassine voisine, où le même processus était répété. Dans la dernière bassine, ils étaient de nouveau rincés, séchés avec une serviette, puis emmenés à l'extérieur, dans la volière, où ils restaient en observation jusqu'à ce qu'on les juge suffisamment rétablis pour être libérés. Enfin, les plus chanceux d'entre eux étaient convoyés par avion jusqu'en Floride et relâchés dans la nature dans la baie de Tampa.

Le premier oiseau dont s'occupa Cosgrove, un pélican, couinait comme un gosse qu'on torture et ne cessait de lui glisser entre les mains. Deux autres nettoyeurs, des lesbiennes aux cheveux ras en salopette et bottes de chantier, vinrent l'aider à maintenir l'oiseau en place. Celui-ci avait les yeux gonflés, encroûtés de mazout, les ailes imprégnées de graisse.

Cosgrove sentit un élan de colère lui nouer la gorge. Le pélican ne survivrait pas plus d'un jour ou deux, au mieux. Ou au pire.

Cosgrove posa la main sur le cou de l'animal et le plongea, comme en une cérémonie baptismale, sous l'eau. Puis il écarta ses plumes et vit apparaître un bout d'aile sous la couche de mazout.

« Eh ben voilà, dit l'une des deux filles, on jurerait que tu as fait ça toute ta vie. »

Cosgrove se surprit à rougir et les remercia toutes deux.

Il entamait sa deuxième semaine de travail au refuge aviaire quand il entendit quelqu'un tousser à une table derrière lui. « Cos-grove ! lui sembla-t-il entendre à travers la toux. Cos-grove ! » Tout en finissant de nettoyer l'aile d'un canard souchet, il se retourna et aperçut Hanson qui le regardait d'un air malicieux à l'autre bout du hangar. Ce dernier posa son tuyau, s'essuya les mains sur son jean baggy et s'approcha d'un pas de coq fanfaronnant plutôt mal assorti à sa petite taille. Un rayon de lumière se refléta dans son énorme boucle de ceinture rodéo.

« Tu crois au destin, Cosgrove ? demanda Hanson.

– Putain, c'est pas vrai.

– Tu pensais jamais me revoir, hein ?

– Tu me harcèles ou quoi ? » plaisanta Cosgrove.

Ils se saluèrent en cognant leurs poings l'un contre l'autre. Cosgrove remarqua, sur le côté droit du visage de Hanson, des traces d'ecchymose verdâtres, tirant sur le violet. Il lui demanda ce qui lui était arrivé.

« Un mec dans un bar qui m'a vu reluquer sa gonzesse d'un peu trop près, dit Hanson en jouant les gros bras. Mais j'étais pas au courant qu'elle avait un jules, moi. Sinon j'aurais jamais osé. J'ai bien essayé de m'excuser, mais le type m'a dit de me mettre à genoux et de le supplier. Une espèce de crétin d'enculé de Jackson, Mississippi. Je lui ai dit : “Écoute-moi bien, tête de nœud. John Henry Hanson se met à genoux pour personne, pigé ?” Et puis j'ai rajouté un truc sur sa mère, et là le mec m'a flanqué une belle dérouillée. »

Cosgrove siffla entre ses dents.

« Oh, t'inquiète, moi aussi je lui ai balancé quelques crochets bien sentis. Ça, putain, tu peux me croire sur parole. » Il hocha la tête, les yeux exorbités. Puis, comme si Cosgrove lui avait posé la question : « J'ai vu une annonce dans le journal.

Nettoyer des piafs pour quinze billets de l'heure. Aucun dépistage de drogue ni rien du tout. Putain, j'ai foncé. »

Pendant quelques minutes, ils continuèrent de travailler sans parler, Hanson plaquant le canard au fond de la bassine et Cosgrove enlevant le mazout collé aux plumes de son cou à grand jet. Au bout d'un moment, Cosgrove souleva le palmipède et le porta jusqu'à la table suivante. Il vida l'eau crasseuse de la bassine et la remplit d'eau fraîche avec son tuyau d'arrosage. Puis il alla à la table d'à côté attraper le pélican que lui tendait un volontaire vêtu d'un tablier en caoutchouc.

Hanson tenait l'oiseau en place tandis que Cosgrove l'arrosait.

« T'as pas du matos sur toi ? » murmura Cosgrove.

Hanson se tordit le cou pour le regarder dans les yeux. « Si seulement. Toi ? »

Son compère fit non de la tête.

« C'est quoi, cette bestiole ? » demanda-t-il.

Cosgrove le dévisagea un court instant avant de répondre. « Un pélican, vieux.

– Pélican mon cul », dit Hanson. Il jeta un coup d'œil à l'un des vétérinaires bénévoles, trois bassines plus loin. « Hé, doc. C'est quoi, cet oiseau ?

– Un pélican, répondit le vétérinaire.

– Moi, ça m'a plutôt l'air d'un oiseau de chiotte.

– Comment vous appelez-vous ?

– John Henry Hanson, m'sieur.

– Faites votre travail, Hanson », dit le médecin.

Hanson baissa la voix. « Tout le monde en fait tout un foin, de ces piafs, dit-il. Ils font quoi, ils soignent le cancer ? Ils taillent des pipes ?

– C'est de l'écologie, dit Cosgrove.

– Toi, t'es un homme de peu de mots, Yéti. On te l'a déjà dit, ça ? »

Cosgrove grommela et ils continuèrent de travailler en silence.

« Hé, tu te rappelles l'île dont nous a parlé Greenfoot ? dit Hanson. C'est à deux pas d'ici, non ? »

Grimes

Le problème avec ces péquenots des marais, se disait Grimes, c'est qu'ils étaient trop demeurés pour reconnaître une chance en or quand on la leur présentait sur un plateau. D'une année sur l'autre, ils s'échinaient à survivre dans le bayou – s'entêtant obstinément à refuser de voir la réalité en face –, et chaque année était pire que la précédente, comme s'ils essayaient de presser des cailloux pour en faire jaillir du sang.

Bob Trench. C'était lui le plus buté de tous. Pire encore, peut-être, que ce timbré de Lindquist.

Aujourd'hui, Grimes lui rendait visite pour la troisième fois. Il frappa à la porte mais n'obtint aucune réponse, alors il contourna la maison et passa par le jardin. D'énormes sauterelles brunes s'envolèrent sur son passage, crépitant comme des pétards. Trench était là, debout sous un filet de pêche tendu telle une toile d'araignée géante entre deux plaqueminiers. Occupé à démêler un nœud, il leva les yeux vers Grimes. Ses doigts boudinés, s'activant avec une agilité d'insecte, ne ralentirent pas. « Bon Dieu, dit-il.

– Bonjour, Mr. Trench. »

Grimes posa les mains sur ses hanches et regarda autour de lui. La pelouse tondue, un margousier taillé avec soin, un barbecue flanqué d'une table en fer forgé et quelques chaises disposées autour. Et au fond du jardin, juste avant l'endroit où l'herbe cédait la place aux broussailles, une coque de bateau dont on devinait la forme sous une bâche où stagnaient de petites flaques de pluie.

« Bel endroit », dit Grimes en hochant la tête d'un air approbateur.

Trench ne répondit pas. Des cigales craquetaient au loin dans les pins.

« Très beau jardin, vraiment. J'aimerais beaucoup vivre dans un environnement pareil, un jour. Paisible.

– Vous êtes sur une propriété privée. Et vous me harcelez. »

Grimes ignora cette remarque et poursuivit : « La maison a l'air plus ancienne que les autres du quartier. Du solide. » Il fit quelques pas pour se mettre à l'ombre des plaqueminiers. Il y faisait à peine plus frais. Sa chemise blanche cintrée, trempée de sueur, lui collait au dos, et il sentait émaner de ses aisselles une odeur d'oignon rance. Il savait que cette foutue chaleur n'était pas près de retomber.

« Il n'y avait que trente centimètres d'eau, dit Trench sans lever la tête.

– Ah oui ? » dit Grimes, qui s'en fichait mais fit semblant de s'intéresser. Il ne pensait qu'à ses chiffres : combien de signatures il avait déjà récoltées, combien il lui en fallait encore. S'il bossait bien, il pouvait faire encore dix maisons dans la journée.

« Quand je me suis retrouvé debout sur le toit », poursuivit Trench.

Grimes partit d'un grand rire exagéré, bouche ouverte. Peut-être avait-il une petite marge de manœuvre avec ce vieux salopard. Enfin.

Trench commença à s'occuper d'un autre nœud sans

desserrer les dents. « Trois mètres cinquante de flotte, dit-il. J'ai dû tout reconstruire. »

Grimes haussa les sourcils.

« Vous avez déjà entendu parler du programme Road Home ?

– Non, dit Grimes.

– Un de ces machins du gouvernement censés aider les gens après Katrina, dit Trench. Vous parlez d'un foutage de gueule. Ils m'ont envoyé une lettre, nous sommes très heureux de vous offrir zéro-virgule-zéro-zéro. Nous sommes très heureux de vous proposer que dalle. Un papelard pour la forme. Parce que j'avais une assurance. Qui a couvert un tiers de mes pertes.

– Je comprends, à votre place je serais sans doute furieux moi aussi », dit Grimes en chassant un taon du revers de la main. Il se demandait si dire à Trench qu'il était le fils de Chris Grimes pourrait l'amadouer. Probablement. Et il avait probablement intérêt à ne pas jouer cette carte tout de suite.

« Sans doute ? » dit Trench. Il tapota la poche de poitrine de son polo orange et en extirpa une cigarette. L'une de ces cigarettes toutes fines généralement appréciées des bonnes femmes, une Virginia Slim. Il l'alluma puis la laissa se consumer, plantée entre ses lèvres, plissant les yeux pour éviter la fumée, aussi blanche que ses cheveux.

« Et vous ne savez pas la meilleure ? continua Trench. J'avais un aide de pont. Un ivrogne. À peu près aussi inutile qu'une paire de nichons sur une tomate. Je ne l'ai pas viré, parce qu'il avait une femme et un gosse. Il avait un bateau à lui dans le temps, avant l'ouragan. Une vraie épave, qui devait pas valoir plus de deux ou trois mille à tout casser. Pas d'assurance. De sa vie entière, l'enfoiré n'a jamais réglé une facture à l'heure. Eh bien le gouvernement lui a refilé soixante-dix mille dollars. Le type se rachète un bateau à trente mille et empoche le reste. Claque tout au casino Harra à La Nouvelle-Orléans. Et puis, un mois plus tard, surprise surprise, il se crashe et fout en l'air son bateau. Putain d'ivrogne. »

Grimes était décontenancé par la volubilité de Trench. Il commençait à se demander si ce n'était pas le genre de type à alpaguer n'importe qui pour déverser ses harangues. L'Antéchrist.

« Ne le prenez pas mal, Mr. Trench, dit Grimes, mais pourquoi est-ce que vous me racontez tout ça ?

– Vous pouvez partir, si vous préférez », répliqua Trench du coin des lèvres. Sa cigarette, presque entièrement réduite à un long cylindre de cendre, brasillait toujours de l'autre côté de sa bouche. La cendre tomba et quelques flocons gris atterrirent sur le devant de son polo, qu'il envoya valser d'une pichenette.

« Non, non, c'est très intéressant. Mais pourquoi ? Puisque vous m'appréciez si peu ? »

Trench passa au nœud suivant. « C'est pas que je ne vous apprécie pas.

– Ah non ?

– Non. Je vous hais », dit-il sans lever les yeux.

Grimes sentit tout son sang lui monter au visage et ses oreilles se mettre à bourdonner. « Je comprends que vous soyez en colère, Mr. Trench », dit-il.

Le pêcheur continua de désemmêler son filet, en respirant bruyamment par le nez.

« J'essaie juste de vous aider. »

Silence.

« Vous pensez que vous êtes victime d'une terrible conspiration ?

– Tirez-vous.

– Je ne travaille pas pour le gouvernement.

– Vous êtes le gouvernement.

– Je travaille pour la compagnie pétrolière.

– Bonnet blanc et blanc bonnet.

– Je ne suis pas un politicien, Mr. Trench.

– À la seconde où vous avez commencé à bosser pour cette compagnie, vous êtes devenu politique. Bobby Jindal, Haley Barbour, Riley. Toute cette putain de clique. Vous êtes en plein dedans. »

Grimes soupira et secoua la tête. Il remarqua soudain les joues et les oreilles de Trench, la peau rougie et abîmée. S'il ne prenait pas soin de lui, le pauvre type allait tout droit à l'infarctus. Et il ne l'aurait pas volé. Il imaginait Trench tombant à genoux, s'écroulant à terre et se tordant de douleur comme un insecte retourné sur le dos. « Prêt à signer ? » lui dirait-il alors en faisant tournoyer au-dessus de lui son Montblanc et ses formulaires, telle la Grande Faucheuse.

« Bon, alors je vais aller droit au but, dit Grimes. Qu'est-ce qu'il faut que je fasse ?

– Pour ?

– Vous convaincre de signer.

– Rien. »

Grimes se pinça l'arête du nez et prit une grande inspiration, comme s'il comptait sur une bouffée d'oxygène pour lui redonner la force d'être patient. « Je ne comprends pas, Mr. Trench.

– C'est pas grave. Vous n'êtes pas obligé.

– Mais je veux comprendre.

– Où est-ce qu'ils vont aller, eux ? » dit Trench en indiquant le fond du jardin de la pointe du menton. Comme s'il y avait quelqu'un là-bas.

Grimes regarda. « Vos voisins ?

– Tous ceux qui sont dans mon jardin.

– Dans votre jardin ? » Grimes jeta un nouveau coup d'œil et secoua la tête, confus.

« Ma famille. Ceux qui sont enterrés là. »

Alors Grimes vit ce que Trench lui montrait. Derrière un bosquet de chênes à la lisière du jardin, quelques pierres tombales clairsemées, à moitié dissimulées sous le lichen ; l'une d'entre elles était manifestement plus récente que les autres et brillait comme une dent blanche sous la lumière du soleil.

« Vous pourriez les inhumer ailleurs. »

Trench laissa tomber sa mâchoire en une parodie grotesque d'incrédulité. « Les déterrer, vous voulez dire ? » demanda-t-il.

Grimes savait qu'il lui fallait avancer avec prudence. « C'est une procédure beaucoup plus courante que vous pourriez le croire. »

Trench baissa la tête et se gratta l'aile du nez avec l'index.

« Ce sont des professionnels qui s'en chargent. Certifiés et expérimentés. Vos proches – en prononçant ce mot, Grimes crut entendre un étron tomber mollement au fond d'un seau en fer-blanc, et Dieu seul savait quelle résonance il pouvait bien avoir aux oreilles de Trench – seraient traités avec le plus grand soin.

– Pas sûr que ça changerait grand-chose pour eux. »

Grimes marqua un temps puis reconnut qu'en effet, ce n'était pas faux.

« Je ne signerai jamais », dit Trench. Il tira une dernière fois sur sa cigarette puis la jeta dans l'herbe et l'écrasa sous sa botte.

« Oui, j'entends souvent ça.

– Écoutez-moi bien, poursuivit-il en le pointant du doigt. Vous pouvez m'immoler par le feu et me demander de pisser des flammes, je ne signerai jamais.

– Une dernière question », dit Grimes.

Trench croisa les bras sur sa poitrine, les yeux braqués sur le sol.

« Pourquoi ici ? demanda Grimes. Qu'est-ce qu'il a de si spécial, cet endroit ? »

Trench ne répondit pas. Et son silence exaspéra Grimes au point qu'il ne put se retenir de cracher le venin accumulé depuis des semaines. « Vous êtes au milieu de nulle part, dit-il. Ici, c'est la fin du monde. »

Trench se fendit d'un petit sourire sardonique. « Ah bon, vraiment ? »

Il faisait nuit quand Grimes rentra à son motel. Il se versa trois doigts de bourbon dans un gobelet en plastique et s'assit au bord du lit grinçant. Il ôta ses chaussures, desserra son nœud de cravate, prit son portable et appela Ingram.

« J'ai commis une erreur, dit-il.

– Quoi encore, Grimes ?

– J'ai perdu mon sang-froid.

– Qu'est-ce qui s'est passé ?

– Je n'ai pas pu m'en empêcher. »

Il entendit un briquet s'allumer à l'autre bout de la ligne. Ingram disait vouloir arrêter, mais Grimes avait l'impression qu'il s'en grillait une chaque fois qu'il l'avait au téléphone.

Son patron lui redemanda ce qui s'était passé.

« J'ai dit à ce type, Trench, que cet endroit était un trou à rats.

– Non, Grimes. Non.

– Je n'ai pas dit ça comme ça. J'ai dit un truc du genre : ici c'est la fin du monde. »

Son patron respira lentement en serrant les dents. « Et qu'est-ce qu'il a répondu ?

– Rien. Mais ça n'a pas eu l'air de lui faire plaisir.

– Grimes. Tu viens de foutre en l'air des semaines de boulot. Parce que tu n'as pas été foutu de fermer ta grande gueule. Combien de fois il va falloir qu'on recommence ce petit numéro ?

– Ça ne m'était pas arrivé depuis un bout de temps.

– Ça ne devrait jamais arriver. Jamais.

– Vous ne comprenez pas. Ce mec. Ce mec, c'est Bartleby le putain de Scribe.

– Je raccroche, Grimes.

– La nouvelle. De Melville. Sur le clerc de notaire ? Son patron lui demande de faire les choses les plus simples, les trucs les plus basiques qu'on puisse imaginer, et le type, quoi qu'il arrive, n'arrête pas de répéter : je préférerais pas. Tu veux un verre de limonade ? Je préférerais pas. Tu veux une augmentation ? Je préférerais pas. Tu veux une pipe ? Je préférerais pas. Eh bah ce type, c'est lui. Bob Trench.

– Dis-moi, Grimes. Honnêtement.

– Quoi ?

– Tu as recommencé à boire ?

– Non, mentit-il. Pourquoi ? »

Les frères Toup

Il était une heure et demie du matin quand le 4×4 noir gravit en cahotant la double ornière de terre qui constituait le chemin menant à la maison de Lindquist, sous l'unique lueur de la veilleuse de la véranda, cernée de phalènes, qui projetait dans le jardin l'ombre allongée du bassin aux oiseaux, comme la silhouette d'un homme coiffé d'un Borsalino.

Les frères Toup savaient que Lindquist se trouvait au même moment à bord de son bateau dans la Barataria. Que sa femme était partie depuis plusieurs mois. Que sa fille, Reagan, la rousse aux gros nichons, était majeure et avait quitté le foyer parental. Dans un bled aussi petit, il suffisait de poser quelques questions à droite à gauche. Parfois ce n'était même pas nécessaire. Ils savaient aussi qu'un type qui passait autant de soirées à promener son détecteur de métaux dans le bayou était forcément convaincu de courir après quelque chose d'important.

Victor et Reginald firent le tour de la maison en regardant par les fenêtres, l'une après l'autre. La nuit était silencieuse, à part le raffut des criquets et des grenouilles et le bruit de leurs propres pas sur les feuilles mortes et les orties. Le bruissement furtif d'un animal, un opossum ou un raton laveur, s'enfonçant dans les bois.

La serrure de la porte principale était de piètre qualité et en mauvais état. Il ne fallut à Victor que cinq secondes pour la crocheter. Ils entrèrent et Victor tâtonna sur le mur, trouva l'interrupteur et alluma.

Un canapé tout droit sorti de l'Armée du Salut. Un tapis vert à poils longs datant des années soixante-dix. Des murs lambrissés.

«Le genre de piaule où y a rien d'autre à faire que crever», dit Victor.

Du fond de la maison émanait une puanteur d'ordures. Les deux frères se regardèrent en fronçant le nez. Ils contournèrent la table du salon encombrée et se dirigèrent vers la cuisine, où ils trouvèrent trois sacs-poubelle noirs entassés à côté de la porte de derrière. L'un d'eux s'était déchiré et une flaque noire et visqueuse avait fui sur le linoléum vert olive.

«Putain de porcherie», dit Victor, une main plaquée contre ses narines.

Les jumeaux repassèrent par le salon puis empruntèrent le couloir, au fond duquel ils trouvèrent la chambre à coucher. Victor alluma, ouvrit une commode et se mit à fouiller dans le fatras de chaussettes, de caleçons et de T-shirts. Reginald, assis au bord du lit défait, passa en revue le contenu de la table de chevet. Un tube de crème à moitié vide et replié. Une bible de poche à la couverture verte. Une paire de lunettes de pharmacie. Des flacons de médicaments vides.

Ils fouillèrent une autre chambre puis retournèrent dans la cuisine où ils ouvrirent les placards et regardèrent dans les boîtes de café et les paquets de céréales.

Victor resta un moment les mains sur les hanches, les yeux levés vers le plafond grêlé de taches d'humidité. Puis il se dirigea vers le réfrigérateur, l'ouvrit et regarda à l'intérieur. Il était pratiquement vide. Une vieille moitié d'oignon recouverte d'une couche de moisi bleu-gris. Un pack de six bières Abita. Une bouteille de sauce piquante Texas Pete.

Reginald appela son frère et celui-ci le rejoignit dans le salon. Ils examinèrent les vieilles cartes étalées sur la table. Victor en saisit une sur laquelle figuraient les voies navigables et les îles de la Barataria, le labyrinthe intriqué des canaux et des cheniers. Eux aussi possédaient des cartes de ce genre. Sur celle-ci, Lindquist avait tracé au feutre violet son parcours sinueux à travers le bayou, comme une cicatrice en pointillés. La ligne s'arrêtait au petit chenier en forme de poire où ils étaient tombés sur lui l'autre nuit. À moins d'un kilomètre de là, un point minuscule, telle une goutte de rosée, indiquait l'emplacement de leur île.

« Regarde ça », dit Victor en pointant le doigt.

Reginald regarda et souffla par les narines.

« Nom de Dieu, ce mec est complètement taré. »

Lindquist

Lindquist dormait sur son canapé quand il entendit frapper à la porte. Il se redressa, se frotta les yeux et regarda sa montre en clignant des paupières. Trois heures de l'après-midi. La nuit précédente, en rentrant chez lui, il avait trouvé les tiroirs de sa commode ouverts, ses affaires en pagaille, des boîtes de conserve renversées dans les placards de la cuisine. D'abord il s'était dit que Gwen et Reagan avaient dû venir pendant son absence, mais il se rappela que ni l'une ni l'autre n'avaient les nouvelles clés. Non, c'était lui-même qui avait dû foutre le bazar sans s'en rendre compte, comme un somnambule, hébété par la bière et les médicaments.

Nouveaux coups à la porte, cette fois plus insistants. Il se leva du canapé et se dirigea vers l'entrée d'un pas traînant – sans faire de bruit, au cas où il s'agirait d'un créancier. Il retint sa respiration et regarda par l'œilleton. Sur le seuil se tenait sa fille, vêtue d'un chemisier violet orné d'un motif de petites fleurs couleur crème, un foulard en mousseline blanc autour du cou. Les cheveux attachés avec des pinces. Elle avait le regard clair et l'air reposé. Heureux changement.

«Je t'entends, papa, dit Reagan à travers la porte.

– J'arrive, dit Lindquist. Donne-moi une minute.»

Il se retourna et jeta un rapide regard circulaire dans la pièce. Les résidus d'un cachet écrasé sur la table basse, une ligne de poudre pharmaceutique qui ne laissait planer aucun doute. Il la balaya du tranchant de la main et la fit disparaître dans le tapis en la dispersant à l'aide de son talon.

Lindquist lissa ses cheveux en arrière et ouvrit la porte. Reagan entra, lui planta un baiser sur la joue et regarda autour d'elle. « Bon Dieu, papa, dit-elle. T'as fait une fête ou quoi ?

– Moi ? Non, dit-il. Pas du tout. »

Elle alla s'asseoir sur le canapé, son sac à main en cuir rouge posé sur les genoux. Lindquist s'assit en face d'elle dans le fauteuil inclinable en tissu écossais décoloré.

« Je ne m'attendais pas à de la visite, dit-il.

– Tu as l'air d'avoir maigri.

– J'ai perdu un bras.

– Papa. Ce n'est pas drôle. »

Lindquist haussa les épaules. « Ah, au fait, tu n'es pas passée hier soir, par hasard ? » demanda-t-il. D'un ton léger, pour qu'elle n'ait pas l'impression qu'il l'accusait de quoi que ce soit.

« Ici ?

– Oui, quand je suis rentré ce matin, c'était le foutoir dans mes papiers. Et on a fouillé dans ma chambre.

– Je n'ai même plus la clé. Tu te rappelles ? Maman a fait changer la serrure après cette dispute entre vous, il y a deux ou trois ans. »

La bouche de Lindquist forma un O. Ah oui, cette fameuse engueulade du 4-Juillet, lors de la fête organisée par l'une des collègues de Gwen. Ivre mort et défoncé aux médicaments, il avait raconté des tas de blagues polonaises salaces et avait fait exploser des pétards dans sa prothèse, mettant accidentellement le feu au mobilier de jardin. Gwen l'avait viré après cette bérézina et il avait passé une semaine dans une chambre de l'Econo Lodge à Houma.

« C'était peut-être Bosco, dit Reagan.

– Oh, ma chérie. Ça fait deux ans qu'il est mort, ce pauvre matou. »

C'était au tour de Reagan à présent d'avoir l'air surprise.

Puis Lindquist comprit enfin pourquoi sa fille portait un foulard. Une trace de suçon, comme un petit médaillon pourpre, dépassait du carré de tissu. Il faillit demander à Reagan si son petit ami était une lamproie. Si elle s'était fait agresser par un débouche-chiottes. Mais certaines blagues étaient *verboten* – un interdit dont il réservait le privilège exclusif à sa fille.

Il arracha une petite peluche laineuse sur l'accoudoir à moitié en lambeaux du fauteuil et la fit rouler comme un cachet entre le pouce et l'index avant de la balancer d'une pichenette à l'autre bout de la pièce telle une crotte de nez. Elle atteignit le lobe de l'oreille de sa fille, où Lindquist la vit rebondir comme une espèce de petite tique noire dans la lumière du jour avant d'atterrir quelque part sur le tapis.

« Joli suçon », ne put-il s'empêcher de lâcher.

Reagan ignora la remarque. « Pourquoi tu portes ce vieux truc immonde ? demanda-t-elle.

– Je l'aime bien, moi, ce T-shirt.

– Non, le crochet.

– Tu n'aimes pas ?

– Où est passé l'autre ?

– Je l'aime bien, finalement, ce vieux crochet. S'il y en a un qui me cherche ? Bam ! Un bon coup dans la gueule ! Ça ferait le tour de la ville. Lindquist, faut pas le chercher. Avec son crochet, il peut salement vous amocher… »

Sa fille le regardait. Attendait.

« Je me le suis fait voler », finit-il par lâcher.

La mâchoire de Reagan en tomba, révélant ses dents du bas – la même expression que prenait sa femme quand quelque chose la perturbait. De plus en plus comme sa mère, sa petite fille…

« Oh mon Dieu, papa, dit-elle. Mais pourquoi tu ne m'as rien dit ?

– À quoi bon ? Tu vas rassembler une équipe de recherche ?

– Je serais venue. Pour t'aider, faire la cuisine. Ou n'importe quoi d'autre.

– Faire la cuisine ? répéta Lindquist.

– Tu es obligé de prendre ce ton-là ?

– Ça va, je plaisante.

– T'as la plaisanterie rude aujourd'hui. » Elle sortit de son sac à main un paquet de cigarettes, en piocha une et l'alluma. Elle aspira, souffla la fumée puis se pencha en avant pour faire tomber la cendre dans le petit cendrier en forme de poire posé sur la table basse.

Lindquist regarda sa montre. Dans cinq heures il faudrait qu'il soit dans le bayou s'il ne voulait pas rater une bonne journée de pêche. La seule idée de se tuer à la tâche là-bas, au milieu des moustiques, pour quarante ou cinquante dollars à tout casser, lui donnait la nausée.

« Qui est l'espèce d'enfoiré qui a pu faire une chose pareille ? » demanda Reagan.

Lindquist haussa les épaules. « Comment va ta mère ? »

Reagan tourna la tête et le regarda en coin.

« Quoi, j'ai pas le droit de demander ?

– Ne compte pas sur moi pour jouer les intermédiaires. »

Ils restèrent silencieux pendant un moment. Reagan balaya la pièce du regard, le désordre, la table jonchée de cartes maritimes et de livres de pirates.

« Toujours à te balader avec ton détecteur de métaux ?

– Tu trouves ça bizarre ?
– Un peu.
– Bah merde alors. Avant, tu trouvais ça chouette.
– Oui. Quand j'étais petite. »
Lindquist se donna une claque sur la cuisse et se leva. « J'allais oublier, dit-il. J'ai quelque chose pour toi.
– Quoi ?
– Surprise.
– Je ne suis pas venue te demander quoi que ce soit », précisa-t-elle, mais Lindquist, qui lui tournait déjà le dos, s'engouffra dans le couloir.
Dans la chambre, il ouvrit un tiroir de la commode et fouilla dans le tas de pièces de monnaie, de factures et de breloques de Mardi gras. Il trouva ce qu'il cherchait : un pendentif en forme de cœur accroché à une fine chaîne en plaqué or. Il souffla dessus pour enlever la poussière, et aperçut sa fille dans le miroir de la commode. Elle était debout à la table du séjour, en train d'examiner et d'ouvrir ses flacons de médicaments. Il la vit glisser deux cachets dans son sac à main avant de reboucher le flacon et de le remettre à sa place.
De retour dans le salon, Lindquist tendit le pendentif à sa fille. Son sourire s'effaça. Elle s'attendait à plus, beaucoup plus. De l'argent, sans doute.
« J'ai trouvé ça avec mon détecteur. »
Elle suspendit le collier au bout de ses doigts pour le faire jouer dans la lumière. « C'est joli, dit-elle.
– Dis-le à ta mère. Dis-lui que je trouve des trésors.
– T'es sacrément gonflé », dit Reagan. Elle le prit dans ses bras et Lindquist la serra contre elle, son crochet positionné de manière bizarre dans son dos.
Il y avait quelque chose dans son attitude, une façon de lui faire comprendre qu'elle attendait quelque chose. Lindquist

fouilla dans sa poche, sortit un billet de vingt dollars et le lui donna.

« Tu es sûr ? »

Il tendit la main, lui prit les doigts et les referma sur le billet.

« C'est jamais que de l'argent », dit-il.

Wes Trench

Après que Lindquist l'eut raccompagné au port, Wes ouvrit les vitres de son pick-up Toyota déglingué et s'aménagea un lit de fortune sur la banquette. Une couverture miteuse pour tout matelas, un vieux T-shirt en guise d'oreiller, une serviette de plage pour couverture. Il était sale, il avait chaud et il était épuisé, mais il eut du mal à trouver le sommeil, parce que c'était le cinquième anniversaire de la mort de sa mère. Quelque part, en ce moment même, son père devait aussi se morfondre, ravagé par le chagrin. Comme lui. Eh bien il souffrirait seul. Chacun devrait souffrir seul désormais. Wes songea à la voix de sa mère, tenta de se bercer au souvenir de ses douces cadences – *tout ira bien, Wessy* – et il s'endormit en pleurant. De temps en temps, la voix rauque des pêcheurs s'interpellant d'un bout à l'autre du bayou le réveillait, mais il se retournait et se rendormait aussitôt.

Au coucher du soleil, il se réveilla en sursaut quand quelqu'un frappa à la vitre. Lindquist. Il ne restait plus qu'un pâle liseré de lumière orangée au sommet des arbres, comme le bord déchiré d'une bande de papier cartonné couleur citrouille, strié par l'envol de quelques oiseaux dans le crépuscule.

Wes ouvrit la portière arrière et sortit du pick-up.

Agrippant de sa main valide un détecteur de métaux, Lindquist grimaça en voyant Wes. « Bon Dieu, fiston. Qu'est-ce qui t'est arrivé, t'es mort ou quoi ?

– Désolé.

– Ben merde. Allez, va au moins te changer. Y a un placard plein de vieux vêtements dans la cabine de couchage. Prends ce que tu veux. Du moment que j'ai plus à sentir cette odeur. »

Wes monta à bord et Lindquist le suivit. Dans le placard, le garçon trouva un short en jean tout élimé, si large à la taille qu'il dut improviser une ceinture avec un morceau de corde en nylon. Puis il dénicha un vieux T-shirt sur le devant duquel on pouvait lire THE BAHAMAS, et il l'enfila.

Quand Wes remonta sur le pont dans sa nouvelle tenue, Lindquist était à la barre et tirait des bords dans la pénombre du bayou.

« Faut que je te dise quelque chose, annonça Lindquist.

– Quoi ?

– T'as l'air d'un con.

– C'est vos vêtements, dit Wes.

– Eh bah ils te vont pas du tout. »

Bientôt ils entrèrent dans la baie. Wes abaissa le chalut à tribord, déroula cent mètres de câble puis verrouilla la manivelle. Il répéta la manœuvre à bâbord puis attendit, les bras croisés sur le plat-bord. Une odeur âcre et chimique flottait dans l'air, semblable à celle du napalm, imaginait-il, dans les films sur la guerre du Vietnam que son père aimait tant. Son père – il essaya de le chasser de ses pensées. Il cracha par-dessus bord et contempla les eaux sombres et boueuses de la baie. Au loin se fit entendre le grondement gémissant d'un bimoteur, de plus en plus fort, puis si assourdissant quand l'avion passa à cinq cents mètres au-dessus de leurs têtes que le garçon dut se couvrir les oreilles.

Quelques instants plus tard, Lindquist réduisit au quart l'allure du bateau et Wes remonta les chaluts, surveillant les câbles et les poulies tandis que les filets se balançaient au-dessus du pont. Il en renversa le contenu, prit la petite pelle en bois accrochée à sa patère et se mit à fouiller dans le tas de poissons frétillants.

Lindquist coupa le moteur du *Jean Lafitte*, descendit de la cabine de pilotage et s'accroupit sur le pont pour trier les alevins et les crevettes minuscules du bout de son crochet. Plusieurs poissons étaient morts. Quelques crabes bleus aussi.

Lindquist en saisit un, le retourna et observa ses branchies grisâtres, qui auraient normalement dû être d'un blanc rosé. « Ça t'arrive de te demander ce qu'on fout là ? lança-t-il.

– Parfois », répondit Wes. Ses yeux étaient irrités et embués de larmes à cause des vapeurs chimiques. Il s'essuya la joue d'un revers de main.

« T'as beau trimer comme un chien, ça sert à rien.

– Mon père dit souvent ça.

– Eh bien ton vieux a raison. »

Ils ne dirent plus rien pendant un moment. Lindquist rejeta à l'eau un poisson-tambour, Wes un sébaste criblé de lésions grosses comme des petits piments.

« Tu sens ça ? » demanda Lindquist.

Wes hocha la tête d'un air dégoûté.

« Tu crois qu'il y a du poison là-dedans ?

– À la télé ils disent qu'il n'y a rien. L'Agence de protection de je ne sais plus quoi.

– Protection de l'environnement ?

– Voilà, c'est ça.

– Et tu les crois ?

– J'en sais rien.

– Moi, j'ai vu des crevettes qui n'avaient pas d'yeux, dit Lindquist.

– Moi, un jour, j'ai vu un sébaste qui en avait trois.

– Et moi une sirène avec trois nibards. »

Ils pouffèrent de rire.

« Tu vis tout seul avec ton père ? demanda Lindquist.

– Oui, m'sieur.

– Ta mère s'est tirée ?

– Elle n'est plus là.

– Indiana ?

– Quoi ?

– Elle est partie dans l'Indiana ?

– Non, elle est morte. »

Lindquist tourna la tête vers Wes, le regard soudain voilé. « Ah, merde, dit-il. Désolé pour toi, fiston. » Puis, quelques secondes plus tard : « Toc toc toc. »

Au début, Wes ne fut pas certain d'avoir bien entendu. Il n'allait quand même pas lui sortir une blague dans un moment pareil.

« Toc toc toc.

– Qui est là ? demanda Wes à contrecœur.

– C'est le trouduc. »

Wes marqua un temps. « Très drôle.

– Non, faut que tu dises "Quel trouduc".

– Quel trouduc ?

– Le trouduc qui porte mes fringues et qui passe la nuit dans sa bagnole. »

Wes secoua la tête.

À l'aube, ils livrèrent leur cargaison et Lindquist donna sa part au garçon sur l'aire de stationnement du port. Il faisait déjà une chaleur de plomb et l'eau du bayou frémissait, nappée d'une épaisse brume vaporeuse. Ils rejoignaient chacun leur véhicule garé dans la marina quand Lindquist demanda : « Tu vas encore dormir dans ta bagnole ?

– Ben oui, je crois », dit Wes.

Lindquist grommela et se rapprocha de lui. Il fouilla dans l'une des poches de son treillis, sortit un trousseau de clés et le lui lança. Wes l'attrapa au vol, d'une main plaquée sur la poitrine, et Lindquist lui dit de se servir de la petite clé en argent.

Wes lui demanda s'il était sûr.

Lindquist hocha la tête : « Démerde-toi juste pour ne pas foutre le feu à mon bateau, d'accord ? »

Durant les quelques jours qui suivirent, et qui marquaient le début du mois de septembre, Wes prit l'habitude de rester sur le *Jean Lafitte* une fois qu'ils étaient rentrés au port, à l'aube. Il lavait au jet le pont souillé de résidus de pêche gluants, prenait une douche dans la minuscule cabine de bain du bateau puis s'allongeait sur le matelas et l'oreiller bosselés du lit une place. La cabine de couchage était étriquée. Aux murs lambrissés étaient accrochés un vieux baromètre en cuivre, une plaque minéralogique toute rouillée de l'État de Louisiane et un poster de Farrah Fawcett en bikini rouge datant des années soixante-dix, aux couleurs fanées par le soleil. Les étagères croulaient sous les livres et les magazines consacrés à la chasse au trésor, et Wes les feuilletait quand il n'arrivait pas à trouver le sommeil. Il apprit un tas de choses sur les épaves de la guerre d'Indépendance et sur les trésors des pirates et corsaires en Louisiane, en Alabama et en Floride. Ces pages-là étaient toutes cornées et maculées de traces de doigts. Ces photos et ces histoires avaient beau être extravagantes, Wes devait bien reconnaître qu'elles avaient quelque chose de captivant.

Il trouva aussi quelques ouvrages sur le pirate Jean Lafitte, et en lut un de la première à la dernière page. Il connaissait déjà plus ou moins le contexte historique, dont il avait entendu parler à l'école. Jadis, expliquait le livre, la Louisiane était un trou paumé, que la France et l'Espagne se refilaient sans cesse, comme un enfant illégitime. Puis Thomas Jefferson la racheta à Napoléon pour environ huit *cents* par hectare, mais la région demeura un avant-poste. Une simple étape au diable vauvert sur la route de l'expansion vers l'Ouest. Surtout la Barataria, dont le réseau labyrinthique de canaux et d'îles-barrières constituait un havre idéal pour les esclaves en fuite et autres réfugiés.

Et aussi pour les pirates, d'après le livre, ce qui expliquait que Jean Lafitte ait choisi d'établir son quartier général dans cette région. C'est de là qu'il partait avec son équipage pour attaquer et piller les navires marchands, avant d'acheminer le butin en pirogue jusqu'à La Nouvelle-Orléans. Les Français et les Espagnols de la grande ville se souciaient comme d'une guigne de savoir d'où provenaient les marchandises, du moment qu'elles leur parvenaient. Les putains avaient leurs parfums et leurs soieries, les Créoles leurs épices et leur tabac, les bourgeois leur gnôle et leurs esclaves.

Pendant quelque temps, les affaires et la réputation d'infamie de Lafitte prospérèrent. Artilleurs, constructeurs de navires et charpentiers – renégats venus des quatre coins du monde – rejoignirent son équipage. Ils fondèrent des familles, travaillèrent la terre, bâtirent des palissades et des bordels. La Barataria devint une terre d'asile pour les pirates, les hors-la-loi et les canailles en tout genre. Et Lafitte lui-même, d'après la rumeur, engendra un ou deux bâtards. Tel était le terme employé par l'auteur : *engendra*. Wes ne savait pas ce que voulait dire ce mot et ne possédait pas de dictionnaire, mais il en devina le sens : Lafitte avait eu des enfants.

Quand le gouverneur Claiborne mit sa tête à prix, le pirate agit comme se doit d'agir tout bon pirate. Il dissimula ses richesses dans plusieurs endroits du bayou. Ses comparses, pressentant que les jours de gloire touchaient à leur fin, firent sans doute de même.

Le livre comportait très peu de passages consacrés à l'or caché de Lafitte, mais ils étaient tous surlignés. Peut-être Lindquist était-il sur une piste, après tout, songea Wes. Il ne voyait rien à redire à son obsession pour la chasse au trésor. Il ne pensait pas que c'était de la folie. Même s'il ne devait jamais rien trouver, quelle importance ? Il ne faisait de mal à personne.

Et puis, au fond, à qui une bonne chasse au trésor pouvait-elle déplaire ? Wes se disait que tout le monde, d'une manière ou d'une autre, cherchait un trésor. Un ticket de loterie, une carte de joueur de base-ball, la photo égarée d'un amour de jeunesse.

Un bateau.

Wes et Lindquist continuèrent de pêcher, et chacune de leurs expéditions se révélait plus décourageante que la précédente. Ils partaient au crépuscule et rentraient à l'aube, débarquant du bateau comme des mannequins de cire. Montegut les rétribuait toujours moins que ce qu'ils espéraient, c'en devenait presque insultant. Chaque jour, de nouveaux restaurants annulaient leurs commandes, préférant désormais se fournir en crevettes congelées importées de Chine, leur expliqua Montegut. Et, loin de s'en cacher, ils l'affichaient fièrement sur les menus et les enseignes de leurs établissements.

Wes dormait mal, parce qu'il n'arrêtait pas de se faire du souci pour son père. Plus le temps passait, plus il lui serait difficile de revenir à la maison, il le savait. Si tant est qu'il revienne jamais. C'était probablement ce qui finirait par arriver. Peut-être que son père avait essayé de le joindre, mais Wes n'avait pas réglé sa dernière facture de portable. À quoi bon ? Il n'avait aucune vie sociale. Quant aux filles, elles étaient aussi inaccessibles que les dieux. Il n'en avait embrassé et vaguement peloté qu'une seule, Lucy Arcinaux, une jolie petite blonde du lycée avec qui il était sorti pendant un mois. Mais Lucy était comme toutes les filles de seize ans, et quand elle avait compris que Wes passait tout son temps libre sur le bateau de son père et qu'il n'était jamais disponible pour s'amuser, elle l'avait largué. Une partie de Wes en voulait encore à son père.

Jour après jour, Wes et Lindquist voyaient diminuer le nombre des pêcheurs dans la Barataria. Parfois on avait l'impression qu'il y avait plus d'avions et d'hélicoptères dans le ciel que de bateaux sur la mer. Lindquist pestait contre BP, menaçant de faire péter toutes leurs plates-formes à la dynamite ; la minute d'après, il racontait des blagues, des histoires de putes françaises, de pingouins homosexuels et de prêtres polonais avec une jambe de bois. Le garçon ne voyait pas grande différence entre ses vannes et ses harangues furieuses. Les unes comme les autres semblaient surgir du même fond d'amertume.

Wes dépensait le peu d'argent qu'il gagnait pour s'acheter des provisions, des affaires de toilette et autres nécessités. Le reste, il le mettait de côté pour son bateau. Il savait qu'il n'arriverait jamais à épargner grand-chose, mais il pourrait toujours quémander, racler les fonds de tiroirs et emprunter ce qui lui manquait. Grandir dans les marais avait au moins cet avantage de vous apprendre à avoir de la ressource. Autrefois, dans la Barataria, il n'y avait pas si longtemps, les gens subsistaient uniquement grâce au bayou. Ils pêchaient leurs crevettes et leurs crabes. Ils braconnaient l'alligator pour son cuir et chassaient le rat musqué et le ragondin pour leur peau. C'était du temps de ses grands-parents et de ses arrière-grands-parents, avant que les gens ne se mettent à brader leurs terres, les cédant pour une bouchée de pain aux compagnies pétrolières dans les années vingt et trente, avant que BP ne défigure les marais en les transperçant de part en part de canaux et de pipelines. Les quelques octogénaires encore en vie à Jeanette évoquaient cette époque avec tristesse et nostalgie. Comme la Barataria était différente alors, racontaient-ils : une terre sauvage et sans frontières, que ni la main de l'homme ni les ravages du temps n'avaient altérée. Le ciel et l'eau n'avaient pas la même couleur qu'aujourd'hui, et les poissons avaient davantage de saveur ; même le soleil était différent.

Mais cette débrouillardise propre à la Barataria n'avait pas entièrement disparu chez les habitants de Jeanette. Wes en avait hérité, comme en hériteraient ses propres enfants, si tant est qu'il en ait un jour. Après ça, allez savoir. Ailleurs, même tout près d'ici, à La Nouvelle-Orléans par exemple, Wes était toujours sidéré de constater à quel point les jeunes de son âge ne connaissaient rien à rien. Ils étaient incapables de changer l'huile ou les pneus de leur voiture, sans même parler de construire un bateau de leurs propres mains.

Un soir, Lindquist prit son détecteur à bord du *Jean Lafitte*, et à deux heures du matin, ne voyant pas la queue d'une crevette à l'horizon, il monta dans sa pirogue et pagaya jusqu'à l'un des petits cheniers qui constellaient le bayou. Wes l'accompagna. Ils accostèrent sur le rivage d'un îlot pas plus grand qu'une piscine gonflable. Lindquist commença à faire tournoyer son détecteur au-dessus du sol boueux, Wes sur ses talons, armé d'une lanterne et d'une petite pelle.

Au bout d'un moment, Lindquist s'arrêta, s'appuya contre la tige du détecteur et frotta l'épaule de son bras invalide. Il grimaçait, le visage rouge, et paraissait souffrir. Il surprit le regard de Wes.

« C'est mon crochet que tu zyeutes comme ça ? demanda-t-il.

– Non, non. » Le garçon tourna la tête, les joues en feu.

« Eh, c'est pas au vieux singe…

– Comment vous l'avez perdu ? demanda Wes tout à trac, d'une voix nerveuse.

– Vietnam.

– Une mine ? Ou vous avez pris une balle ?

– Un tigre a surgi de la jungle et me l'a arraché. »

Wes regarda Lindquist d'un air horrifié.

« Il a jailli comme ça de la jungle, sans crier gare. Il m'a renversé et me l'a bouffé d'un coup. Simple comme bonjour. Un pro, cet enculé de tigre. Et puis il s'est barré. Mon bras ballant dans sa gueule. Comme un cigare. »

Wes, bouche bée, ouvrait de grands yeux ronds.

Lindquist ricana. « Fiston, dit-il.

– Quoi ?

– J'ai jamais fait la guerre. »

Wes resta silencieux.

« J'y étais pas, à la guerre. Tu crois que j'ai l'âge d'avoir fait le Vietnam ?

– Qu'est-ce qui vous est arrivé alors ? »

Lindquist regarda Wes droit dans les yeux. « Accident de manivelle. C'est tout. Un accident. Je n'étais pas en train de sauver un nourrisson ou de prendre une balle pour un copain ni rien de ce genre. » Lindquist tourna alors la tête, les traits figés. La voix tendue, monocorde. « J'étais défoncé. Bourré d'alcool et de médocs. Je ne me rappelle même pas ce que je faisais. Défoncé comme j'étais, va savoir. Peut-être que j'étais en train de faire des mots croisés. J'en sais rien. J'avais mes deux bras, et puis la seconde d'après j'en avais plus qu'un, et c'était un vrai film d'horreur. J'en fais encore des cauchemars si j'oublie mes cachets. Alors j'en ai toujours sur moi. »

Surpris par la confession de Lindquist et ne sachant trop

comment réagir, Wes baissa les yeux et enfonça la pointe de sa botte dans la boue. « Ah, merde, dit Lindquist. Parlons d'autre chose. » Il attrapa le distributeur Pez à l'effigie de Donald Duck au fond de la poche de son treillis et fit sauter un cachet dans sa bouche. La nuit était si calme que Wes entendit Lindquist le broyer entre ses dents.

Cosgrove et Hanson

Lassés de la vie spartiate des baraquements, Cosgrove et Hanson louèrent deux chambres mitoyennes à cent dollars la semaine dans un motel minable de Jeanette avec une petite cour infestée de chats de gouttière et un panneau stipulant PAS DE PROSTITUTION. L'endroit baignait dans une atmosphère délétère. Les portes étaient toujours fermées, les rideaux toujours tirés aux fenêtres, et les occupants, presque tous des hommes seuls et d'âge mûr, entraient et sortaient de leur chambre à pas furtifs, comme des voleurs. Le voisin de Cosgrove était une jeune tête de nœud d'homme d'affaires qui roulait dans une grosse berline et balançait des trognons de pomme sur le gravier de la courette. Il n'adressait jamais la parole à Cosgrove et Hanson, daignant à peine leur jeter un coup d'œil quand il les croisait, comme s'il les estimait indignes de son attention. Au moins il était discret. On ne pouvait pas en dire autant des autres. Cosgrove se faisait souvent réveiller au milieu de la nuit par le tintamarre de ses voisins. Le gémissement étouffé d'une femme, les grognements simiesques d'un homme, une flasque de whisky explosant en mille morceaux sur le macadam.

Dans leurs chambres, il y avait la même moquette bleu aéroport, des peintures à l'huile à motifs équestres, et un poste de télé à tube cathodique datant des années quatre-vingt. Les murs en ciment étaient recouverts d'une couche de peinture beige luisante, striée de coulures durcies qui ressemblaient à des veines. La baignoire et les toilettes étaient rongées par la rouille et la moisissure. De temps à autre ils trouvaient un poil pubien coincé dans les nodosités des serviettes de bain empestant le détergent.

Cadeau de la maison, plaisantait Hanson.

Il prit bientôt l'habitude de laisser entrer les chats errants dans sa chambre, six ou sept à la fois. Certains avaient six orteils à chaque patte. Comme les chats de Hemingway, disait-il. Il connaissait tout un tas d'anecdotes de ce genre ; ce type était infoutu de citer le nom du vice-président des États-Unis ou d'identifier les continents sur un planisphère, mais il était incollable sur les insectes, les Vikings et l'assassinat de Kennedy. Une encyclopédie vivante de conneries en tout genre.

Hanson donnait aux chats des morceaux de bœuf séché qu'il piochait dans un sac de congélation posé sur sa table de chevet. Il prenait les lamelles de viande entre le pouce et l'index et attendait que les chats se dressent sur leurs pattes pour les attraper, comme des otaries de cirque. Il pouvait y passer des heures, assis au bord de son lit, une bière dans une main et le sachet de bœuf séché dans l'autre.

Cosgrove lui rappelait régulièrement que les chats n'étaient pas des chiens.

« Je te parie cinquante dollars que j'arrive à faire parader l'un de ces petits cons d'un bout à l'autre de la pièce en moins d'une semaine, répondait-il. Comme sur un podium. »

Au bout d'une semaine, les jambes de Hanson étaient constellées de petits boutons rouge vif. Il passait toute la sainte journée à se gratter comme un lépreux. La femme de chambre, une Vietnamienne au visage rond qui crachait sans cesse des insultes incompréhensibles dans son casque Bluetooth, dut le dénoncer à la direction, qui glissa sous sa porte un petit mot d'avertissement rédigé à la main. Le motel n'était pas une antenne de la SPA, disait la lettre. Et Hanson était en outre prié de ne plus se servir dans la chambre froide du motel pour remplir sa glacière.

« Ce trou à rats est infesté de puces, probablement depuis l'époque où il a été construit, enrageait Hanson. Ça doit même être grâce à ça que la baraque ne s'est pas encore écroulée. Tu perces un trou dans le mur, je te fiche mon billet que tu découvriras toute une bande de saloperies de puces en train de danser la gigue à l'intérieur.

– Des termites, tu veux dire », répliqua Cosgrove en se caressant la barbe et en zappant d'une chaîne à l'autre. Courses automobiles. Matchs de football universitaire. Vidéo amateur d'un ours polaire déchiquetant un gardien de zoo à Milwaukee.

Hanson était un vrai moulin à paroles, surtout quand il était ivre et défoncé. Ce soir-là, il s'était confectionné un bang avec une bouteille de deux litres de soda à l'ananas pour se faire ce qu'il appelait « une fumette améliorée » dans le lavabo de la salle de bains. Hanson confia à Cosgrove qu'il n'avait jamais eu de femme ni d'enfants. Et qu'il n'en voulait pas, ça ne l'intéressait pas. Il avait bourlingué dans tous les États de l'Amérique continentale, à part les Dakota du Nord et du Sud sur lesquels le gouvernement, disait-il, aurait été bien inspiré de larguer quelques bombes, pour des raisons qu'il n'explicitait jamais. Il avait suivi la tournée de Bob Dylan et Tom Petty pendant trois mois en 1987. L'année suivante, AC/DC pendant deux mois, la tournée Blow Up Your Video. Son père, vendeur de hot dogs, était mort écrasé par une bétonneuse quand Hanson était encore tout minot. Un an plus tard, sa mère s'était remariée avec un éleveur de perroquets qui mit Hanson à la porte le jour de ses dix-huit ans. Il plaqua alors le lycée pour s'enrôler dans l'armée. Quelques semaines plus tard, il montait dans un bus Greyhound à destination de la base militaire de Fort Bragg, mais il fut réformé suite à un examen de santé de routine au cours duquel l'infirmière lui découvrit un souffle au cœur.

Il avait également passé un an derrière les barreaux du pénitencier d'État de Huntsville, au Texas. « Y a pas pire flic qu'un flic du Texas, dit-il à Cosgrove. Tu penses que les poulets de Louisiane sont corrompus ? Lemon, à côté, c'est un saint. Je bossais comme couvreur à Austin et je me suis retrouvé à traîner avec des mecs pas très recommandables. Ce putain de Texas grouille de sales types. Qui travaillent dans le bâtiment, pour la plupart. Mais c'est quoi cette merde que tu regardes ? Le *Cosby Show* ? Vas-y, change de chaîne. »

Cosgrove attrapa la télécommande posée sur la table basse branlante en Formica. Il était plus de minuit et il en était à sa neuvième bière. Il avait le tournis. L'impression que les murs se jetaient sur lui, comme si la pièce était sur le point de s'effondrer. Il dit à Hanson qu'il avait besoin de dormir.

« Tu veux que je te dise ? enchaîna Hanson. Si je pouvais recommencer cette vie de merde à zéro ? »

Cosgrove se leva. « Je vais me coucher », dit-il.

Allongé sur son lit, les yeux fermés, Hanson continua de soliloquer. Cosgrove sortit de la chambre et ferma doucement la porte derrière lui.

Les producteurs de cannabis, apprirent-ils après une brève enquête, étaient des frères jumeaux. Reggie et Victor Toup. Au début, les habitants de Jeanette étaient réticents et avaient refusé de leur donner de plus amples informations. Un type leur avait conseillé, pour leur bien, de ne pas fourrer leur nez là-dedans. Un autre leur avait demandé s'ils étaient du gouvernement. Un troisième, de quel asile à trous-du-cul ils débarquaient pour poser des questions pareilles – s'ils ne faisaient pas gaffe, avait-il ajouté, ils finiraient les tripes à l'air sur un lit d'hôpital.

En désespoir de cause, Cosgrove et Hanson avaient soudoyé leurs interlocuteurs à coups de gnôle. Ils n'avaient pas tardé à apprendre que les parents des jumeaux étaient morts dans les années quatre-vingt. Une sombre histoire de ménage à trois qui s'était terminée par un bain de sang dans une chambre du Roosevelt Hotel à La Nouvelle-Orléans. La mère, lassée des frasques de son mari, était allée chercher du réconfort dans les bras d'un amant. Le patron d'un restaurant grec, marié depuis vingt-cinq ans et père de trois adolescentes. Un jour, le père des jumeaux avait suivi le couple jusqu'au Roosevelt et avait frappé à la porte de leur suite nuptiale, persuadé de les surprendre en flagrant délit. Quand le Grec ouvrit la porte, le père des jumeaux déboula dans la chambre comme une furie et lui tira une balle de Colt .45 dans l'abdomen. L'homme s'effondra puis rampa sur la moquette, attrapa sa veste au pied du lit et en sortit son propre flingue, un Smith & Wesson Model 13. Il tira dans la rotule du père des jumeaux, lequel s'écroula à son tour mais eut le temps de tirer une nouvelle balle, atteignant cette fois le Grec à l'épaule. Puis la fusillade continua et, à la fin du feu d'artifice, le père des jumeaux tira une dernière balle dans la tête de sa femme. Intentionnellement ou par accident, nul ne le saurait jamais. Dix minutes plus tard, à l'arrivée des flics, ils étaient morts tous les trois. Un carnage. Il suffisait d'aller à la bibliothèque municipale de La Nouvelle-Orléans et de consulter les archives sur microfilms du *Times-Picayune*.

Les jumeaux avaient été recueillis par leur grand-mère, laquelle était déjà si vieille et sénile que les gamins étaient pour ainsi dire seuls maîtres à bord dans leur nouveau foyer. À treize ans, ils partaient la nuit rouler à tombeau ouvert au volant de la Cadillac de l'aïeule. À quatorze, ils volaient de l'alcool et des cigarettes à l'épicerie du coin pour les revendre à profit dans la cour de récré. Deux ou trois ans plus tard, ils claquaient la porte du lycée et devenaient les plus gros producteurs d'herbe de toute la Barataria.

Ils garèrent le pick-up de Hanson sur le parking du port et traversèrent la route à pied pour rejoindre la maison des jumeaux. Il était minuit et demi. Une odeur étouffante de boue et de poisson empuantissait l'atmosphère. Le vent tourbillonnant, chargé de vapeurs chimiques nauséabondes, d'essence ou de pétrole, leur tombait dessus en lourdes rafales.

La maison était exactement à l'endroit qu'on leur avait indiqué. Une jolie petite bicoque aux façades couleur menthe à l'eau, face au port, dont l'une des fenêtres était allumée. C'était la cuisine – ils distinguèrent des placards en bois foncé et une lampe au plafond, sous une coupole en verre multicolore.

« Sympa, la baraque, dit Hanson, tout à fait le genre d'endroit qu'il me faudrait. »

Cosgrove se contenta de grogner en se grattant la barbe. Il se demandait comment il avait pu se laisser embarquer par Hanson dans une telle folie. Il voulait de l'argent et il voulait encore plus de cette herbe, certes, mais beaucoup de gens voulaient la même chose et n'allaient pas pour autant entrer par effraction dans la maison de leurs voisins.

Ils grimpèrent les marches du perron et Hanson frappa à la porte. Pas de réponse. Alors il fit demi-tour et ramassa dans le jardin une pierre de la taille d'une tomate, s'approcha et la balança à travers le carreau d'une des fenêtres encadrant la porte.

Une alarme stridente se déclencha.

Hanson passa prudemment la main à travers le carreau brisé,

déverrouilla la porte de l'intérieur et entra. Cosgrove le suivit. Hanson récupéra la pierre dans le couloir, fit un pas en arrière et la lança de nouveau, visant cette fois le boîtier de l'alarme, qui explosa en mille morceaux – mais l'alarme continua de sonner, assourdissante.

Cosgrove vit bouger les lèvres de Hanson, l'air paniqué, mais n'entendit pas un mot de ce qu'il lui disait.

Hanson ramassa encore la pierre. La lança.

L'alarme hurlait toujours.

« Putain de merde », dit Cosgrove sans entendre sa propre voix.

Hanson leva trois doigts : trois minutes.

Il se dirigea vers la cuisine, où il ouvrit les placards à toute volée. Dans la chambre au bout du couloir, Cosgrove, de son côté, éviscéra les tiroirs de la commode et fit voler les chaussettes, les caleçons et les T-shirts. Puis il passa à une autre chambre et fit de même. Rien. Dans la salle de bains, il ouvrit l'armoire à pharmacie et n'y découvrit que les produits de toilette habituels : dentifrice, fil dentaire, aspirine.

Cosgrove et Hanson se retrouvèrent dans le hall d'entrée. Hanson criait et gesticulait comme un forcené. Cosgrove hurlait sans plus arriver à se faire entendre et secouait la tête. Ils sortirent de la maison et dévalèrent la volée de marches, puis traversèrent le jardin et la route au pas de course.

Dans la voiture, ils entendaient encore retentir l'alarme de la maison.

Ils restèrent assis là, le temps de reprendre leur souffle. Cosgrove fusilla Hanson du regard.

« Qu'est-ce qu'il y a, bon sang ?

– Incroyable », dit Cosgrove.

Hanson fouilla dans sa poche et lui tendit un bout de

papier-toilette sur lequel avaient été griffonnés des chiffres au stylo-bille.

« Des coordonnées, dit-il en lissant sa queue de cheval, le souffle toujours court. J'ai chopé ça sur un GPS, dans la cuisine. C'est un coin quelque part dans la baie. »

Grimes

Contrairement à ce qu'avaient d'abord pensé les gens du coin, Grimes n'était pas un étranger en vadrouille qui s'était paumé en chemin et avait pris la mauvaise sortie d'autoroute. À dire vrai ? Son visage leur était familier, les yeux et la bouche surtout. Peut-être était-il apparenté à quelqu'un qu'ils avaient connu autrefois. Et quand la rumeur commença à courir qu'il travaillait pour l'industrie pétrolière et qu'il était là pour affaires, les regards de tous les habitants de Jeanette se firent durs et menaçants. Au café, à l'épicerie, au Sully's Bar.

Même les gosses de la Barataria, des gamins malingres aux yeux de vieux sages, sentaient quelque chose chez ce type. Quelque chose de louche. Sur le parking du supermarché où ils traînaient, devant leurs jeux vidéo dans le salon des pêcheurs à qui il rendait visite, aux abords des motels où ils jouaient au ballon – chaque fois, ils l'accueillaient avec une franche appréhension. Comme si c'était un croque-mitaine en cravate et col blanc.

Toute sa vie, les gens l'avaient traité ainsi. Avec méfiance. Même quand il était petit. Surtout quand il était petit. Les gamins de sa classe disaient qu'il foutait les jetons, qu'il avait un regard de serial killer. Ils le surnommaient Jeffrey Dahmer, Charles Manson, Œil-de-Dingue.

En cours de gym, lorsqu'ils jouaient au football, les autres garçons lui réservaient leurs tacles les plus vicieux, l'envoyant si violemment mordre la poussière qu'un jour il avait même perdu connaissance. Et dans son casier, ils glissaient des photos obscènes de bites gigantesques, découpées dans des magazines pornos.

Un jour, alors qu'il faisait la queue au réfectoire, une petite bande derrière lui se mit à caqueter de rire. Grimes se dirigea sans ciller vers sa table, les joues en feu, les mains agrippées à son plateau, et les rires redoublèrent. Quand il s'assit à sa place, à la table des réprouvés – fans de Donjons & Dragons et autres gothiques à l'air maladif –, il passa la main dans son dos et tâtonna.

Et trouva évidemment, collé à son pull, un Post-it violet sur lequel était écrit en grandes lettres majuscules : PÉDALE DE CHAMALLOW.

Il n'avait aucune idée de ce que ça pouvait bien vouloir dire, mais le sens importait peu.

Il y avait simplement quelque chose chez lui qui avait toujours suscité l'antipathie.

« Les gens ici me détestent, dit-il un soir à Ingram au téléphone.

– Même si t'étais Mère Teresa, ils te détesteraient. Les messagers se font toujours tirer dessus. »

Grimes était allongé sur son lit, dans sa chambre de motel, un gobelet en plastique rempli de scotch posé en équilibre sur sa poitrine. Son oreiller était tout plat et sentait l'humidité. Le lendemain, il en toucherait deux mots à la femme de chambre. Si du moins il y en avait une. Ou peut-être irait-il dans le grand magasin le plus proche s'en acheter un. À condition d'en trouver un dans un rayon de moins de cinquante kilomètres autour de ce trou paumé.

« Je ne me sens pas bien. Je n'arrête pas de saigner du nez.

– Ça doit être une allergie.

– Plutôt un truc qui traîne dans l'air, je crois.

– Ne dis pas ça. Ne dis jamais ça. À personne.

– J'ai l'impression que je vais crever.

– La dernière fois que j'ai foutu les pieds en Louisiane, j'ai eu les intestins en vrac pendant un mois. Quelque chose dans l'eau. Ne bois pas d'eau. Tu bois de l'eau ? »

Grimes était malade, épuisé, et nostalgique de sa ville, de la grisaille des journées fraîches, des nuits électriques et multicolores. Les enseignes au néon brillantes, en chinois, en français, en espagnol. Les limousines effilées comme des requins, les taxis kamikazes, les bars et les restaurants ouverts toute la nuit, les vitres fumées et les éclairages subaquatiques. La bigarrure des visages inconnus, jamais deux fois le même. Le bruit lui manquait. Bon Dieu, ce que ça lui manquait, le bourdonnement sourd de la vie urbaine, le hurlement des sirènes, les harangues hallucinées des fous furieux au coin des rues, les basses et les aigus de la circulation. Mais ce qui lui manquait le plus, c'était l'anonymat. En ville, on pouvait être tout le monde et n'importe qui. En ville, le passé n'avait aucune importance. Chacun pouvait avoir celui qu'il voulait, du moment qu'il était capable de s'en inventer un et de le raconter à quelqu'un d'autre sans se démonter. Parfois, on arrivait même à s'en convaincre soi-même.

« Tu es retourné voir Tench ? demanda Ingram. Le type dont tu me parlais ?

– Trench, corrigea Grimes. Non.

– Vas-y.

– Je sais.

– Demain. »

Silence.

« Bon, je te propose un marché.

– J'écoute.

– Des petites vacances, tous frais payés, à ton retour, qu'est-ce que t'en dis ? Deux semaines. Novembre, décembre, quand tu veux.

– Et une promotion ?

– On pourra discuter. Si tout se passe bien. »

Grimes, songeur, sirota son whisky.

Le lendemain, Grimes retourna donc chez Trench mais celui-ci était absent, alors il alla voir au port. C'était la fin de l'après-midi et il faisait une chaleur étouffante, quasi irrespirable. Trench était en train de laver le pont de son bateau, balayant les abats de poisson à grands coups de jet d'eau. Les lambeaux de chair sanguinolents attiraient à la surface d'autres poissons qui se jetaient dessus comme des affamés.

Quatre signatures aujourd'hui, se disait Grimes. Avec un peu de chance, Trench serait la cinquième. Peut-être aurait-il même le temps d'en glaner encore une ou deux supplémentaires. « Sept signatures aujourd'hui », annoncerait-il à Ingram au téléphone.

« Où est votre fils ? » demanda Grimes. Parce qu'il fallait bien dire quelque chose. Une Granny Smith à moitié entamée à la main, il se tenait debout sur le quai branlant, les planches si usées par les intempéries qu'on aurait dit des os décapés à la javel. Des éclats lumineux à la surface de l'eau jaillissaient par intermittence entre les jointures irrégulières du bois.

Trench ne répondit pas. Il coinça l'embout du tuyau d'arrosage sous l'aisselle de son polo jaune citron, fouilla dans la poche de son jean et en sortit une Virginia Slim. Qu'il alluma, avant d'empaler Grimes du regard.

« Je ne suis qu'un intermédiaire, Mr. Trench. » *Cinq*, songeait-il. « Vous connaissez Chris Grimes ? »

Trench se frotta l'aile du nez avec le pouce et expulsa la fumée de ses poumons.

« C'est ma mère », dit Grimes. Il sourit et mordit dans sa Granny Smith.

Trench enregistra l'information. « Chouette dame. Une femme formidable. Mais la pomme est tombée loin de l'arbre. La pomme a roulé dans le caniveau et a atterri dans la merde, très loin d'ici.

– J'essaie de me comporter de manière civile, Mr. Trench. »

Trench siffla entre ses dents.

« J'essaie de vous tendre la main. » Grimes chercha des yeux une poubelle où jeter son trognon ; n'en trouvant pas, il le balança dans l'eau.

« Me tendre la main ? J'ai pour cent mille dollars d'équipement de pêche, qui est là et qui ne sert à rien. C'est vous qui allez payer pour ça ?

– Vous aurez de nouveau l'occasion de l'utiliser, cet équipement. Plus tôt que vous ne le pensez.

– Mon cul, oui. Même les chambres froides du Mississippi n'achètent plus rien.

– Vous êtes en colère, Mr. Trench. Je le serais tout autant, à votre place.

– En colère ? C'est comme ça que je me sens, vous croyez ? »

Trench se mit alors à arroser au jet un étrange engin qui ressemblait moitié à un monocle géant, moitié à une écumoire. « Ben ouais, et ça alors ? Ça aussi, vous allez payer pour ? Ça vaut une fortune, cette saloperie-là. »

Grimes, en nage, s'essuya le front avec le dos de la main.

« Ça sert à sauver les tortues qu'avant on n'attrapait même pas. C'est le gouvernement qui les a foutues là. Ici, on appelle ça le Dimanche noir. Y a un type qui a fait une vidéo, ce jour-là. Avec son téléphone ou je sais pas quelle merde. Ils ont balancé leurs saloperies par hélicoptère, un dimanche, et le lendemain c'est toute une tripotée de saloperies de tortues que les gens ont pêchées. Des tortues qu'on n'avait jamais vues avant. Vous avez une tortue ? J'en ai vingt. Vous avez une tortue ? J'en ai trente. Avant ça ? Que dalle. C'est ce putain de jour-là que tous mes cheveux sont devenus blancs, d'un coup. »

Grimes, debout sous le soleil de plomb, ne savait pas quoi dire. Il se demanda s'il restait une âme saine d'esprit, au moins une, dans toute la Barataria.

Bon Dieu, si seulement il pouvait en avoir fini avec ce type, une fois pour toutes.

« Vous vous demandez pourquoi je vous raconte tout ça, hein », dit Trench. Il s'avança vers le plat-bord, se pencha au-dessus de l'eau et cracha le mégot de sa cigarette. Puis il se remit à nettoyer le filtre à tortues. « J'en ai marre de me faire baiser. Alors je ne signe pas.

– Mr. Trench, dit Grimes.

– Mr. Trench, Mr. Trench. Je vous ai demandé un million de fois de me foutre la paix. C'est du harcèlement ce que vous faites. »

Grimes affecta une expression sincère. « Vous savez, Mr. Trench, parfois les gens veulent aider. Vraiment. Même les gens qui travaillent pour des entreprises. Ça s'est vu. »

Le visage tendu, Trench hésita, prit le temps de peser cette remarque. Puis il leva les mains en l'air. « D'accord, dit-il. Je vais y jeter un coup d'œil, à vos papelards. Une minute. Pas plus. Allez-y, montrez-moi votre jeu. »

Incrédule, Grimes resta pétrifié.

« Ben alors, qu'est-ce que vous attendez ? Vous feriez mieux de vous bouger le cul avant que je change d'avis. »

Grimes posa le pied sur la passerelle. Il était à mi-chemin quand Trench braqua son tuyau et lui balança une giclée d'eau si froide que Grimes sentit son cœur se ratatiner dans sa poitrine. Il poussa un cri, tourna les talons et repartit au petit trot, manquant de peu de tomber à l'eau. Puis, d'un bond, il rejoignit la terre ferme.

Trench continua de l'arroser.

« Connard de bouseux, dit Grimes.

– Ah, enfin on voit son vrai visage ! dit Trench en rigolant. *Monsieur* le Bouseux. Monsieur le Bouseux. »

Grimes s'en alla dignement, sans presser le pas, tandis que le jet continuait de lui marteler le dos. « Vous faites une grosse erreur », cria-t-il.

Trench le regarda s'éloigner sans lâcher son tuyau ni cesser de se marrer.

Les frères Toup

La maison était sens dessus dessous. Verre brisé dans l'entrée, tiroirs éventrés dans les chambres, boîtes et paquets divers éparpillés dans la cuisine. Reginald se précipita dans toutes les pièces comme si le coupable pouvait encore s'y trouver, caché quelque part. Victor s'accroupit et examina les empreintes de pas dans l'entrée en jurant dans sa barbe. Deux paires de chaussures distinctes, l'une plus grande que l'autre. Quand Reginald le rejoignit, Victor lui montra les traces de pas.

« Lindquist, dit Victor.

– Ou n'importe qui d'autre, dit Reginald.

– Tu parles, dit Victor, le visage rouge et fermé comme un poing. Ça peut être que Lindquist.

– Quelqu'un de plus vieux et un gamin, on dirait, hasarda Reginald.

– J'ai vu un gamin avec Lindquist.

– Non, c'était un adolescent.

– Qui d'autre, alors ?

– N'importe qui.

– Mon cul.

– Vaudrait mieux pas tirer de conclusions trop vite, dit Reginald.

– En tout cas, y en a un qui va se faire buter.
– Non, ça non plus.
– Quelqu'un va dérouiller, je te le dis. »

Pendant quelques jours, Lindquist garda ses distances, évitant de passer trop près de l'île des jumeaux, mais une nuit, sans le gamin, il s'aventura au sud-est, dans leur coin du bayou. Les deux frères suivirent de loin son chalutier vert avocat, tous phares éteints et moteur à bas régime.

Quand Lindquist jeta l'ancre, les jumeaux firent de même. Reginald prit ses jumelles et regarda le manchot mettre sa pirogue à l'eau et pagayer jusqu'au petit chenier, silhouette solitaire découpée dans la lueur orangée de sa lampe tempête. Il accosta quelques instants plus tard, s'arma de son détecteur de métaux et se mit à balayer le sol le long du rivage. De temps à autre, il posait le détecteur et creusait un trou avec sa pelle, puis il fouillait la terre retournée du bout de sa botte.

Reginald vit que Lindquist portait un treillis camouflage d'un surplus de l'armée. Ainsi qu'une prothèse de bras terminée par un crochet. Et il sortait sans cesse un objet de sa poche, le tripotant puis le portant à sa bouche pour gober quelque chose, du chewing-gum ou des pastilles.

Le gars était têtu, fallait lui reconnaître ça. Et déterminé. Ce n'était pas un avertissement ou deux qui allaient le décourager. Même un coup de chevrotine n'y suffirait peut-être pas. Il allait falloir recourir à des moyens plus persuasifs.

Pas le tuer, non. Pas encore. En tout dernier recours, éventuellement. Et puis ils avaient déjà enterré beaucoup trop de secrets dans les marécages. Si l'un d'eux venait à être découvert, les autres ne tarderaient pas à suivre. Une erreur en entraînait une autre, le soupçon engendrait le soupçon. Si le bayou, jusqu'à présent, avait toujours été leur meilleur alibi et leur plus fiable complice, il ne pouvait pas accueillir tous les cadavres du monde, et les dépouilles de leurs victimes, à force, risquaient de faire surface un jour ou l'autre, un ossement après l'autre.

Leur tableau de chasse affichait pour l'instant trois macchabées – trois grandes gueules, des mecs à l'ambition inversement proportionnelle à leur niveau d'intelligence qui avaient essayé de marcher sur leurs plates-bandes et de leur piquer leur herbe. Aucun des trois n'avait pris au sérieux les avertissements des frères Toup. Résultat : ils gisaient aujourd'hui dans les profondeurs abyssales du bayou, coulés dans la vase, les poches pleines de pierres, l'un avec la gorge tranchée d'une oreille à l'autre, les deux autres le cœur criblé de balles.

Lonny Brewbaker, formidable raté devant l'Éternel, devait aux frères Toup cinq cents dollars, qu'il leur avait empruntés pour acheter de la came. Ils savaient qu'ils ne reverraient sans doute jamais leur argent, mais ils avaient laissé le pauvre type s'endetter dans l'idée qu'ils pourraient toujours se rembourser, un jour ou l'autre, en lui demandant un petit service. Un soir, Victor appela Brewbaker pour solder les comptes : il avait besoin qu'il leur trouve le plus gros alligator possible, lui dit-il. Vivant. Et qu'il garde ses questions pour lui.

Brewbaker demanda à Victor de lui donner vingt-quatre heures.

Le lendemain soir, les frères Toup se rendirent chez Brewbaker, une baraque rongée par la rouille plantée au milieu d'un jardin noyé sous les ronces, avec sur la véranda un canapé recouvert d'un plaid en tissu écossais. Victor frappa à la porte ; Reginald, un pas derrière lui, regardait les insectes se cogner contre la lampe à décharge électrique et griller.

Un homme voûté et émacié leur ouvrit. Il portait un bermuda, un maillot de l'équipe des New Orleans Saints affichant le numéro du quarterback Drew Brees, et des Crocs orange fluo. Il leva le menton en guise de salut et descendit les marches du perron d'un pas de bossu.

Les frères suivirent Brewbaker dans le jardin à l'arrière de la maison. Sous un énorme chêne se trouvait une cage avec, à l'intérieur, un alligator d'environ deux mètres de long. Brewbaker dégaina sa lampe torche et la braqua sur l'animal. Les yeux de l'alligator étincelèrent comme des rubis. Sa mâchoire avait été muselée avec du ruban adhésif.

« Vise un peu le morceau, dit Reginald.

– Putain, mais comment t'as fait ? demanda Victor à Brewbaker.

– Je te raconte pas », dit celui-ci. Il posa la lampe par terre, dirigée de telle sorte que le faisceau de lumière continue d'éclairer l'intérieur de la cage.

« C'est peut-être un peu extrême », dit Reginald.

Les mains sur les hanches, Brewbaker avait l'air hésitant. Peut-être espérait-il que les jumeaux renonceraient au plan démentiel qu'ils avaient fomenté, quel qu'il soit.

« Extrême, mon cul ! dit Victor.

– Bon, allez, on embarque cette saloperie », dit Reginald.

Brewbaker déverrouilla le cadenas, ouvrit la porte de la cage et pénétra à l'intérieur. L'alligator siffla et recula dans un coin. Reginald et Victor entrèrent à leur tour et les trois hommes s'approchèrent de l'animal à croupetons, les genoux écartés, comme des lutteurs de sumo. Puis Brewbaker bondit sur l'alligator et lui immobilisa la tête par une clé de bras. Victor, des deux mains, s'empara de la queue, et Reginald se joignit à la mêlée en ceinturant la bête par le milieu du corps.

« Tenez-le, dit Brewbaker. Putain de chiotte, mais tenez-le ! »

Ils sortirent lentement de la cage, un pas après l'autre, glissant dans la boue, s'agrippant à l'alligator et à ses cent trente kilos de muscles déchaînés. Ils traversèrent le jardin et le portèrent jusqu'au pick-up de Brewbaker.

Vingt minutes plus tard, l'animal enfin chargé à l'arrière, ils prirent place tous les trois dans la cabine, empestant la boue et la pisse de reptile, salis des pieds à la tête ; à la lueur blafarde du plafonnier, le blanc de leurs yeux leur donnait l'air de fous furieux.

Brewbaker se mit à rire, bientôt rejoint par les jumeaux.

« Bon, et maintenant ? demanda-t-il.

– Roule, dit Victor. On t'indiquera le chemin. »

Arrivés devant la maison de Lindquist, Reginald et Brewbaker attendirent dans la voiture pendant que Victor grimpait le perron et sonnait à la porte. Il regarda sa montre, puis par-dessus son épaule. Au bout d'une minute, il sortit un petit crochet, força la serrure, entra dans la maison et alluma. Puis il ressortit et donna le feu vert aux deux autres en levant le pouce.

Ils traînèrent l'alligator à l'intérieur, jusque dans la chambre à coucher, où ils l'immobilisèrent au sol. Brewbaker tint fermement le cou de la bête pendant que Victor tranchait le ruban adhésif d'un coup de canif. Les trois hommes reculèrent alors d'un bond, comme s'ils venaient de sauter sur une mine, et sortirent de la chambre à toute allure, Victor éteignant la lumière avant de claquer la porte.

Dans le couloir, ils tendirent l'oreille. Bientôt ils entendirent un bruit sourd et régulier – *tonk, tonk, tonk* –, la queue de l'alligator qui tapait contre les murs. Ses griffes qui raclaient le parquet.

Brewbaker sourit et secoua la tête. Les jumeaux sourirent eux aussi, puis ils éclatèrent de rire tous les trois.

« On est quittes ? »

Lindquist

Lindquist retourna chez Trader John avec son petit sac Crown Royal en velours mauve rempli de breloques – les derniers rogatons de sa réserve d'urgence. Il avait les yeux chassieux, il était mal rasé et son pantalon était crotté aux genoux. Il aperçut trois autres hommes au comptoir, des pêcheurs du coin qu'il connaissait, et écarquilla les yeux. Puis il vit les trois types jeter un coup d'œil à son sac et comprit qu'il s'était fait griller. À contrecœur, il s'avança vers le comptoir.

« Salut les gars, dit-il.

– Tiens, regardez qui voilà, dit l'un des types. Barbe-Noire le Pirate. » C'était Michael Franklin, un petit mec au poitrail de pigeon qui évoquait toujours à Lindquist une espèce de nain de jardin.

Lindquist se dandina sur place en laissant fuser un semblant de rire entre ses dents. Pendant quelques instants, on n'entendit plus rien dans le magasin que le glouglou des aquariums à appâts et le bourdonnement électrique des frigos. Les deux autres, Jarred et Ricky, le toisaient d'un air menaçant.

« Qu'est-ce que vous m'apportez aujourd'hui, Mr. Lindquist ? » demanda Mrs. Theriot.

Lindquist posa son sac sur le comptoir et une main par-dessus.

« Vous avez vendu quelque chose de ce que je vous ai apporté la dernière fois ? demanda-t-il.

– Justement, dit la vieille dame, à ce propos. Quelqu'un est venu réclamer la montre. Garret ? Le pasteur ? »

Lindquist la regarda, la mâchoire tournant à vide. Restait-il une personne au monde qui n'ait pas en tête d'entuber son prochain ?

« Je voulais vous appeler, continua Mrs. Theriot en croisant les bras sur sa poitrine, faisant bouffer son chemisier ananas, mais je n'avais pas de numéro où vous joindre. Et puis je me suis dit que vous auriez pris la même décision que moi. Un pasteur : probablement quelqu'un d'honnête.

– Ben merde. Il avait une preuve ? »

Elle lui lança un regard interloqué : une preuve ?

« Un reçu ? demanda Lindquist. Quelque chose ?

– Ah bon, parce qu'il faut un permis pour porter une montre, maintenant ? dit Jarred. Et une carte de séjour, si elle vient de l'étranger ?

– Non, il n'avait pas de reçu, dit Mrs. Theriot à Lindquist. Il a vu la montre, il l'a bien regardée, il a tiré une drôle de tête et il a fait : "Hé, mais c'est ma montre !" À son expression, je savais qu'il mentait pas. »

Lindquist balaya du regard la marchandise étalée sous la vitrine du comptoir. « Et la bague ? dit-il.

– Vous connaissez Tracy Bascombe ? »

Lindquist se gratta le menton.

« Tracy Bascombe, la fille de George ? »

Lindquist attendit la suite.

« Qui a épousé le petit Marshall, celui qui est toujours en

Afghanistan ? Qui avait organisé toute cette opération de sacs de sable ?

– Y a un million de bagues dans le monde qui ressemblent à celle-là, dit Lindquist.

– C'est vrai. Mais avant même de la toucher, elle m'a demandé de vérifier s'il y avait une inscription à l'intérieur. Vous savez, ce que les gens font graver parfois, les dates et tout ? Impossible qu'elle ait vu ça de là où elle était. »

Lindquist tourna la tête et regarda la rôtissoire à hot dogs. Derrière la vitre maculée de graisse, les saucisses desséchées tournoyaient paresseusement sur leurs broches.

« Tu les trouves où, toutes ces merdes, Lindquist ? demanda Michael. Tu fais des cambriolages ou quoi ? »

Lindquist l'ignora. « Vous avez vendu quelque chose ? demanda-t-il. N'importe quoi ? Un truc que personne ne serait venu réclamer ?

– La montre de gousset, dit Mrs. Theriot.

– Combien.

– Cinq dollars.

– Cinq dollars ?

– Je vais te dire un truc, Lindquist », commença Jarred.

Lindquist le fusilla du regard.

« Les gens, ça leur plaît pas trop que tu ailles déterrer leurs affaires pour les revendre.

– Attends. C'est des conneries, ça. Moi, je cherche juste des trucs. Tout ce que je trouve, c'est sur des terrains qui n'appartiennent à personne. Pas des propriétés privées. »

Tous les regards étaient braqués sur lui.

Lindquist grimaça. « Et comme par hasard, tous ces trucs-là sont à eux ? Ben merde. Dans ce cas, il faudrait qu'il y ait un droit de prescription.

– Prescriquoi ? » fit Jarred.

Lindquist hésita. Puis tenta d'expliquer : « Bon, écoutez, à peu près tout ce qui existe a appartenu à quelqu'un à un moment donné, pas vrai ? »

Les trois hommes échangèrent un regard.

« Vous voulez me montrer ce que vous m'avez apporté aujourd'hui, Mr. Lindquist ? demanda Mrs. Theriot.

– J'avoue que je suis curieux de voir, dit Michael en jetant un coup d'œil aux autres.

– Moi aussi, je suis curieux, dit Ricky.

– Ça, tu peux le dire ! » plaisanta Jarred.

Lindquist renversa le sac et étala son butin avec dextérité, comme un joueur de bonneteau battant ses cartes. Puis il leva la tête, l'air aussi impassible que s'il se trouvait à une table de poker. Ou du moins était-ce l'impression qu'il croyait donner.

« Regardez-moi ça, dit Michael. Faut absolument que je me chope une de ces saloperies de détecteurs de métaux, moi aussi ! »

Le trésor de Lindquist était encore plus fourni que la dernière fois. La plupart des pièces étaient incrustées de terre, mais certaines brillaient encore comme si elles étaient neuves.

« Putain, dit Michael, ma bague de promo ! »

Il plongea les doigts dans le tas et attrapa la bague avant que Lindquist ait eu le temps de réagir.

« Te fous pas de ma gueule », dit celui-ci en essayant, en vain, de la lui reprendre.

Michael recula d'un pas, le poing serré autour de la bague. « Je te jure. C'est la bague que je portais le jour où je me suis fait dépuceler. »

Jarred fouilla à son tour dans le tas, prit quelque chose, et Lindquist tenta de l'intercepter. Jarred esquiva, tourna le dos et leva le morceau de quincaillerie à la lumière. « J'y crois pas, dit-il. Le médaillon de ma grand-mère.

– Ben voyons, dit Lindquist.

– On se calme, tout le monde », intervint Mrs. Theriot.

Puis ce fut au tour de Ricky. Il piocha un collier en or avec une petite perle oblongue en pendentif et s'éloigna furtivement du comptoir. « Jésus Marie Joseph, mais c'est à ma femme, ça ! Tu l'as trouvé où ? »

La mâchoire pendante, Lindquist regarda les trois hommes à tour de rôle. Avant qu'ils n'aient le temps de le dépouiller encore plus, il ramassa le reste de ses bijoux en toc et les remit dans son sac.

« Je veux une preuve, dit-il.

– Je vais t'en donner une, dit Jarred : ma botte dans ta gueule de con.

– Eh là ! dit Mrs. Theriot. Pas de ça chez moi. »

Lindquist aperçut quelque chose dans le présentoir qui l'interloqua, et il fronça les sourcils. Une fine chaîne en or avec un pendentif en forme de cœur. « Où est-ce que vous avez eu ça ? demanda-t-il à Mrs. Theriot. Celui avec le cœur, là ?

– Pourquoi ? dit Jarred. Tu vas dire que c'est à toi, maintenant ? Que t'as perdu ton petit collier ? »

Les trois hommes gloussèrent.

« Si vous avez l'intention de garder ce que vous m'avez volé, j'exige une compensation, dit Lindquist.

– Une compensation ? Putain, voilà qu'y se prend pour Ally McBeal tout à coup !

– Une commission d'intermédiaire, dit Lindquist.

– T'auras peau de balle, ducon.

– Allez tous vous faire mettre.

– Lindquist ! » protesta Mrs. Theriot, mais il avait déjà tourné les talons et se dirigeait d'un pas furieux vers la sortie.

Une fois dehors, il les conspua par la fenêtre et leur fit un doigt d'honneur. Il lâcha une bordée d'obscénités et vit les trois types se gondoler tandis que la vieille prêteuse sur gages les sermonnait.

Abruti par la bière et les médicaments, Lindquist rentra tard du Sully's Bar, ôta ses vêtements dans le couloir en titubant et les jeta n'importe où. Sa chambre était plongée dans l'obscurité, et quand il voulut rejoindre son lit, il trébucha sur quelque chose de massif avant de s'étaler de tout son long sur la moquette. Il resta sonné un moment, étendu sur le sol, et se demanda s'il avait eu une attaque. Oui, il gobait trop de cachets. Oui, il avait un peu forcé sur la boisson. Mais Lindquist avait encore suffisamment d'orgueil pour penser qu'il n'était pas le genre d'homme à oublier où se trouvaient ses putains de meubles.

Il se relevait à grand-peine quand il entendit un grondement, visqueux et reptilien, dans la pièce. Son cœur cogna une fois dans sa poitrine, puis s'emballa. Il se mit debout en toute hâte, se retourna et vit tout près du sol une silhouette ramassée, de la forme d'un kayak, qui avançait vers lui d'un pas prudent.

Il se dit qu'il devait être en train de rêver. Il n'y avait pas d'autre explication. Mais il sauta sur le lit, alluma la lampe et poussa un hurlement de castrat quand il vit ce qu'il vit.

Un alligator. Deux mètres, peut-être même plus.

Un putain d'alligator dans sa chambre.

Lindquist recula et alla se coller contre la tête de lit. L'alligator fit lui aussi marche arrière ; tapi près de la porte, il donnait de grands coups de queue et dévoilait ses dents plantées dans tous les sens.

Lindquist se pinça la joue, très fort, pour s'assurer qu'il ne rêvait pas, mais il sentit à peine la douleur, anesthésié par l'alcool et les cachets. À part ça, rien ne changea. La moquette et les murs étaient toujours barbouillés de boue, de merde et de pisse. L'une des petites tables décoratives était toujours renversée, les pingouins et les cochons en porcelaine de Gwen éparpillés sur le sol.

« Ouste, dit Lindquist en agitant absurdement la main pour faire signe à l'animal de déguerpir. Allez, ouste, j'ai dit. »

L'alligator siffla entre ses petites dents pointues.

Lindquist ouvrit un tiroir de la table de chevet et se saisit du premier objet qui lui tomba sous la main. Le godemiché de sa femme, un immonde machin violet terminé par un gros appendice bulbeux qui ressemblait à une prune. Il lança le phallus artificiel, qui rebondit sur la tête de l'alligator et alla rouler quelques centimètres plus loin sur la moquette.

L'alligator se renfonça dans le coin de la chambre et tourna la tête, dardant sur sa proie ses yeux dorés et affamés.

« Bon Dieu », dit Lindquist. Il attrapa le téléphone posé sur la table de nuit et composa un numéro, les doigts tremblants.

« C'est pour une urgence ? demanda l'opératrice.

– Oui, oui.

– Quel est votre problème ?

– Un alligator, dit Lindquist d'une voix haletante. Y a un alligator dans ma chambre. »

Wes Trench

Lindquist, remarqua Wes, avait un comportement étrange depuis le début de la soirée. Il semblait nerveux, terrifié. D'abord, il n'avait raconté aucune blague pourrie. Et plus le *Jean Lafitte* s'enfonçait dans la Barataria, plus il paraissait angoissé, jetant des regards affolés par les vitres de la cabine de pilotage, le visage dévoré de tics qui trahissaient une appréhension de chaque instant.

Vers minuit, Wes finit par lui demander ce qui n'allait pas, et Lindquist lui raconta que quelqu'un avait mis un alligator dans sa chambre.

« Quoi ? dit Wes, pensant qu'il s'agissait d'une de ses blagues.

– Un alligator, dans ma chambre », répéta Lindquist d'un air tendu, le plus sérieusement du monde.

Wes en resta bouche bée.

« Deux mètres de long, au moins. Il en aurait fait dix que ç'aurait été pareil. J'ai failli crever de trouille.

– Vous avez appelé la police ?

– Ouais. Deux flics ont débarqué, ils lui ont tiré une balle dans la tête et ils sont repartis avec. »

Ils faisaient une pause dans la kitchenette du bateau. Deux

sébastes grésillaient dans une poêle à frire sur le réchaud. Une averse tambourinait sur le pont au-dessus de leur tête et fouettait le carreau de la petite fenêtre. Au loin, les phares du bateau le plus proche n'étaient plus qu'une lueur trouble et vacillante. De temps à autre, la fourche lumineuse d'un éclair violet déchirait silencieusement le ciel dans les lointains du golfe. Lindquist se leva de table et alla retourner les poissons dans la poêle. L'odeur d'ail, d'oignon et de poivre de Cayenne faisait saliver Wes. Ces derniers jours, il ne s'était nourri que de saucisses en conserve et de gâteaux secs.

Lindquist posa les assiettes sur la table, une pour Wes et une pour lui. Filet de sébaste et riz créole à la sauce piquante tout droit sorti d'une boîte. Wes commença à dévorer son assiette, même si Lindquist avait eu la main un peu lourde avec le piment. La sauce lui fit monter les larmes aux yeux et il toussa. Lindquist se mit à rire et lui demanda si la tambouille était assez épicée à son goût.

Puis, quelques instants plus tard, il dit : « Je suis sûr que c'était un coup des jumeaux. Les frères Toup.

– Pourquoi auraient-ils mis un alligator dans votre chambre ?

– Parce qu'ils sont tarés. »

Ils restèrent silencieux pendant un moment, Lindquist mangeant son dîner d'un air groggy, roulant lentement des mâchoires, comme un ruminant. De temps en temps il fermait les yeux pendant plusieurs secondes et laissait sa fourchette pendre entre ses doigts. Puis il les rouvrait et reposait ses couverts sur son assiette d'un air absent.

Wes se disait que ça devait être les médicaments. Il ne savait pas ce que Lindquist prenait mais il dégainait sans cesse son distributeur Pez pour s'en enfiler deux ou trois à la fois.

« Ils pensent que je veux leur piquer leur herbe », dit Lindquist.

Le garçon ne répondit rien, ne sachant si Lindquist plaisantait ou non.

«Je leur ai dit que ça ne m'intéressait pas. Que moi, mon truc, c'était le détecteur de métaux. Mais ils m'ont quand même pris mon bras. Ma super prothèse.

– Vous êtes sûr de ça?»

Lindquist hocha la tête. «J'ai pas de preuve, mais j'en suis certain. Quelqu'un me l'a dit. Et je suis allé prévenir Villanova. Évidemment, il n'a rien fait.»

Wes laissa échapper un petit sifflement surpris. «Je serais vous, je crois que je ne m'approcherais pas trop de là où ils ne veulent pas que vous alliez.

– Pas question. Je refuse.»

La pluie crépitait sur le carreau comme de la grenaille.

Lindquist posa sa fourchette. «J'ai passé ma vie à fouiller la Barataria dans les moindres recoins. Ils n'ont pas le droit de me dire d'arrêter. Et puis c'est pas comme si je pouvais. Pas maintenant. Pas après tout ce temps.»

Wes lui demanda ce qu'il ferait d'un vrai trésor, si jamais il en trouvait un.

«Déjà, j'arrêterais de pêcher, ça c'est sûr. Je m'en irais. Très loin. Tout se barre en couille ici. Et puis je m'achèterais un nouveau bras. Un qui fasse plein de trucs super sophistiqués.»

Puis Lindquist posa à Wes la même question. Le garçon lui dit que, s'il avait le choix, il préférerait ne pas quitter la Barataria, mais avec cette histoire de marée noire et l'état dans lequel étaient les marais, c'était difficile de se projeter. Quand il aurait enfin terminé son bateau – si du moins il y arrivait –, il monterait sa propre affaire, une espèce de club pour amateurs de crevettes fraîches. «Sans intermédiaire, dit-il. Comme avant.

– Ben merde, dit Lindquist en secouant la tête.

– Quoi?

– T'es un putain de petit génie, fiston.

– Non, dit Wes en riant.

– Un putain de petit génie. »

Lindquist lui dit qu'il aurait aimé que sa fille soit aussi économe et ambitieuse. Quand elle gagnait un dollar, une heure plus tard elle en perdait deux. Ça le rendait dingue. Wes ne savait pas quoi répondre et ne voulait pas dire du mal de la fille de Lindquist, alors il garda le silence.

« Tu vas l'appeler comment ? » demanda Lindquist d'une voix pâteuse et postillonnante.

L'averse s'était calmée ; on ne voyait plus à présent, derrière le carreau zébré par la pluie, que les ténèbres du bayou. Wes tourna la tête et regarda Lindquist.

– Comment je vais l'appeler ? répéta-t-il.

– Ton bateau, fiston.

– J'en sais rien encore.

– T'as pas d'idées ?

– Je voulais lui donner le nom de ma mère, mais maintenant j'hésite. Ma mère n'est pas un bateau, vous voyez ce que je veux dire ? »

Lindquist hocha la tête d'un air à moitié endormi.

Wes haussa les épaules et posa sa fourchette. « Alors je crois que je vais attendre un peu avant de lui donner un nom. Je ne veux pas m'attirer la poisse. »

Lindquist ne dit rien mais observa le garçon d'une façon étrange, comme s'il s'était soudain fait une opinion sur lui – bonne ou mauvaise, Wes n'aurait pas su le dire.

Une heure plus tard, quand il eut cessé de pleuvoir et qu'ils eurent abaissé les filets, Wes remarqua que le bateau changeait de cap. Ils se dirigeaient droit vers l'une des petites îles-barrières à l'embouchure de la baie. Wes leva les yeux et vit

Lindquist penché sur le gouvernail, la tête inclinée sur le côté, les yeux fermés. Il dormait.

« Mr. Lindquist. »

Rien.

Wes mit les deux mains en porte-voix autour de sa bouche. « Mr. Lindquist ! »

Il ne bougea pas d'un pouce.

Ils étaient à trois cents mètres de l'île. Bientôt, la coque du *Jean Lafitte* raclerait le fond du bayou et le bateau ferait naufrage en un rien de temps.

Wes grimpa l'échelle quatre à quatre, entra dans la cabine de pilotage et secoua Lindquist par l'épaule. Ses yeux s'ouvrirent et il regarda autour de lui d'un air hagard.

« On fonce tout droit sur une île », lui dit Wes.

Une lueur de folie s'alluma dans les yeux de Lindquist ; il saisit le gouvernail et vira à droite toute. Quand il eut remis le bateau dans la bonne direction, il se gifla. Puis il regarda Wes, le visage rouge de confusion. « Quoi ?

– Vous vous êtes endormi.

– Ouais. Et alors ?

– Vous voulez aller vous allonger ? »

Lindquist marqua un temps. « Comment ça ?

– Je m'occupe de la barre. »

Lindquist lui lança un regard noir. « T'es en train de me dire que j'ai merdé ?

– Je vous demande juste si tout va bien.

– Bien ? »

Wes ne dit rien.

« Si tout va bien ? fit Lindquist d'une voix de petite fille. Tout va bien ? répéta-t-il sur un ton cette fois exaspéré, incendiant Wes du regard. Ce genre de conneries, j'en ai déjà assez soupé comme ça avec ma femme. »

Le garçon ne dit rien.

« *Tout va bien ?* qu'elle me demandait toutes les cinq secondes. En me regardant exactement comme t'es en train de le faire.

– Faut que je vous le dise. Vous prenez beaucoup de cachets, Mr. Lindquist.

– Ouais ? Et après ?

– Je vous dis ça juste comme ça, en tant qu'ami.

– On n'est pas amis. Je suis ton patron. Tu es mon employé. C'est ça, la situation. »

Wes avala sa salive, les joues brûlantes. « D'accord, dit-il. Mais on s'entend bien.

– Là, tout de suite, non, on ne peut pas dire ça. »

Wes redescendit sur le pont et s'occupa des filets. Dans sa tête, il se repassa plusieurs fois la conversation qu'il venait d'avoir avec Lindquist tout en pestant à voix basse. Plus que deux ou trois heures à tirer, se disait-il. Et il serait débarrassé de ce type, peut-être pour de bon. Oui mais après ? Retourner bosser pour son père ? Autant dire fuir la peste pour le choléra.

Bientôt, Lindquist l'appela depuis la fenêtre de la cabine. La voix complètement changée, presque amicale. « Eh, Wes », dit-il comme s'il ne s'était rien passé.

Le garçon leva la tête.

« Toc toc toc », dit Lindquist.

Wes secoua la tête et siffla d'un air mauvais entre ses dents.

« Toc toc toc », répéta Lindquist d'une voix plus forte.

D'un geste de la main, Wes lui fit signe de le laisser tranquille, et il lui tourna le dos.

« Ben merde, dit Lindquist. Bon, très bien, si tu le prends comme ça. »

Ils ne s'adressèrent de nouveau la parole qu'après avoir livré leurs crevettes à Monsieur Montegut et être rentrés au port.

Dans la lumière orangée de l'aube qui baignait le parking de la marina, devant leurs pick-up, Lindquist donna au garçon la moitié de leur paye du jour, au lieu du tiers habituel.

« Vous vous êtes trompé », dit Wes.

Lindquist plissa les yeux, creusant ses pattes-d'oie. « Prime de licenciement, précisa-t-il.

– Écoutez, si c'est à cause de ce que j'ai dit à propos des médicaments, Mr. Lindquist, je suis désolé. C'est pas mes affaires.

– T'as raison. C'est pas tes affaires. » Puis, peut-être parce qu'il regrettait d'avoir été si dur, il ajouta d'une voix plus douce : « Mais c'est pas à cause de ça, fiston. »

Wes resta silencieux.

« Je peux plus, dit Lindquist.

– Vous pouvez plus quoi ?

– Pêcher. C'est terminé pour moi. Je vais peut-être aller aider les gars à construire leur barrage. Nettoyer le pétrole. M'occuper des bébés pélicans. J'en sais encore trop rien.

– Je ne parlerai plus de vos cachets, Mr. Lindquist. Mais laissez-moi travailler.

– Fiston. Ça n'a rien à voir avec les cachets. Regarde la flotte. Regarde les infos. On bosse à perte. On ferait pareil dans n'importe quel autre boulot, ils nous enverraient direct dans un asile de dingues. »

Wes hocha la tête. « C'est beaucoup d'argent », dit-il.

Lindquist fit un geste avec son crochet pour lui signifier que ça n'avait pas d'importance.

« Bon bah, merci », dit Wes. Il fouilla dans sa poche et sortit les clés du bateau.

« Tu peux rester encore une nuit ou deux si tu veux. Le temps d'y voir plus clair.

– Merci, ça ira.

– Tu vas rentrer chez toi ?

– Probablement, mentit Wes.

– Parle avec ton père. Sois pas idiot.

– D'accord, Mr. Lindquist. »

Lindquist se dirigea vers son pick-up et leva la main sans se retourner. « À la prochaine, fiston.

– À la prochaine, Mr. Lindquist. Faites attention à vous. »

Cosgrove et Hanson

Il leur fallait un bateau pour trouver l'île des jumeaux. Si du moins elle existait vraiment. Il leur fallait un bateau mais Hanson n'avait pas d'argent et Cosgrove refusait de gaspiller ses maigres économies pour une chimère. Hanson lui dit alors qu'il avait en sa possession quelque chose dont il ne lui avait jamais parlé ; un objet qui venait de chez la veuve.

Une bague.

« Une bague ? dit Cosgrove. On était d'accord. Uniquement ce qu'il y avait dans le grenier.

– Elle était dans le grenier. »

Cosgrove regarda Hanson. Un regard dur, plein de reproches.

« Hé, le Yéti, au moins je te l'ai dit, non ? »

Ils apportèrent la bague en diamant chez un prêteur sur gages, en bordure d'autoroute. Trader John.

« On aimerait savoir combien vaut ce truc-là », dit Hanson à la vieille dame en chemise hawaïenne qui tenait la boutique. Il plongea la main dans sa poche et posa la bague sur la tablette en verre maculée d'empreintes. La femme l'attrapa et la fit tourner entre ses doigts noueux, puis l'observa à travers une loupe de bijoutier en plissant le front.

Cosgrove jeta un œil au bric-à-brac exposé au mur derrière le comptoir, que le soleil avait abîmé : banjos, têtes d'animaux empaillés et instruments médicaux côtoyaient des objets à la gloire de l'équipe des Saints et des autocollants de pare-chocs anti-Obama. Tous les habitants de ce foutu comté semblaient venir ici mettre leur vie au clou. Ils n'auraient bientôt plus que leur propre corps à remiser pour se payer leur bière et leurs cigarettes. Grande brocante de reins et de cornées chez Trader John.

« Où est-ce que vous l'avez trouvée ? » demanda la femme.

Sans ciller, Hanson lui répondit que cette bague avait autrefois appartenu à sa fiancée. Penelope. Décédée.

La vieille dame laissa retomber sa loupe, accrochée à une chaîne autour de son cou. Son menton s'enfonça dans les plis de sa gorge et elle fit claquer sa langue.

« Accident de voiture, dit Hanson en rajustant sa ceinture de cow-boy. Et pour rajouter à mon malheur, il y avait un type avec elle. Un jeune mec. »

Un gros chat à la robe couleur marmelade sauta sur le comptoir et se dirigea droit sur lui, le fixant de ses intenses yeux vert doré. « Le gars avait le falzar baissé, continua Hanson en caressant le chat. Jusqu'aux chevilles. Tellement excités tous les deux qu'elle a perdu le contrôle de la voiture et qu'ils sont passés par-dessus un pont, direct à la baille. »

Cosgrove se demanda s'il avait préparé à l'avance ce petit scénario digne d'une mauvaise série télé. Il espérait que oui. Car si son acolyte était assez tordu pour sortir ce genre de conneries à l'improviste, il avait du souci à se faire.

Hanson poursuivit son récit surréaliste. « Ce jour-là, elle portait cette bague, que je lui avais offerte. Je ne savais pas si je devais pleurer ou la déterrer pour la tuer une deuxième fois. »

Il affecta un air songeur après avoir prononcé ces mots. La

bonne femme ne mouftait pas, plus impassible qu'un bout de bois. Sans doute en avait-elle entendu d'autres au cours de ses soixante-quinze ou quatre-vingts années de vie. « Vous voulez que je vous dise ? fit-elle. Tout ça m'a l'air d'un beau ramassis de conneries. »

Hanson étouffa une exclamation faussement indignée et haussa les sourcils. Il retira sa casquette militaire, lissa sa queue de cheval noire, puis remit sa casquette. « Eh ben, je sais pas quoi vous dire. C'est ma vie entière qu'est une belle connerie, dans ce cas. »

La vieille dame leur en offrit neuf cents dollars. Mille cinq cents, contra Hanson. Neuf cents, répéta la vieille. Mille deux, dit Hanson. Neuf cents, dit la vieille. Mille, dit Hanson.

Neuf cents, dit la vieille.

Dès qu'ils eurent de nouveau un jour de congé, Hanson appela un numéro qu'il avait repéré dans une petite annonce, et vingt minutes plus tard ils étaient à bord de sa Dodge, direction l'autre extrémité de la ville. Quand ils arrivèrent devant la maison de plain-pied en briques, un petit homme chauve et trapu, avec une virgule de barbe sous la lippe et un gros morceau de tabac à chiquer dans la bouche, vint à leur rencontre en boitillant. Il leur serra la main. Cosgrove n'avait jamais vu des doigts aussi cornés – ce type avait de l'écorce à la place de la peau.

À l'arrière de la maison, un ponton en T se profilait au-dessus d'un lagon couleur purée de pois cassés. Cosgrove et Hanson examinèrent le bateau en aluminium, de trois mètres de long, équipé d'un vieux moteur de tondeuse à gazon. Le type les regarda faire, les mains enfoncées dans ses poches, en crachant de temps à autre du jus de tabac dans le lagon. Des petits vairons émergeaient à la surface de l'eau et grignotaient les bulles, leur minuscule bouche arrondie comme pour souffler un baiser.

« Bon, alors, on le met où ? demanda Hanson au type.

– Comment ça on le met où ?

– Où est-ce qu'on va le garer ? » Hanson se rapprochait insensiblement du type, et le type s'éloignait à chaque fois, comme mal à l'aise, regardant du coin de l'œil le T-shirt de Hanson, orné d'un dessin représentant un marteau sanguinolent et du carrelage éclaboussé de morceaux de chair, sous les mots METALLICA, KILL'EM ALL.

Le type mit une seconde à comprendre ce que voulait dire Hanson. « Vous n'avez pas de rampe ?

– Non. »

Le type se gratta le menton et réfléchit. « Ben j'imagine que vous pouvez en louer une pour pas trop cher à la marina. Si vous n'avez pas votre propre débarcadère.

– Et comment on l'amène là-bas ? » demanda Hanson.

Le type le regarda comme s'il croyait à une plaisanterie. « Eh bien vous le pilotez.

– Non, je voulais dire, est-ce qu'on peut le remorquer ?

– Vous avez une remorque ? »

Hanson fit non de la tête.

« Eh bien alors vous le pilotez.

– Vous en avez une à vendre ?

– Non. Non, j'ai pas de remorque. »

Les trois hommes restèrent silencieux pendant un moment, les yeux fixés sur le bateau comme s'ils s'attendaient à ce que celui-ci leur souffle la solution à leur problème.

« Au fait, dit le type, vous avez bien le permis ?

– De conduire ?

– Le permis bateau.

– Bien sûr. »

Le type regarda Cosgrove. Ce dernier haussa les épaules. Il voyait déjà le type raconter la scène à ses copains, plus tard. *Vous le croirez même pas, les deux têtes de nœud qui sont venus ici l'autre jour, ils n'avaient jamais mis les pieds sur un bateau.*

« Et puis merde, après tout c'est pas mes oignons, dit le type.

– C'est qu'un putain de bateau, dit Hanson à Cosgrove. Ça peut pas être bien compliqué, si ? »

À la mi-septembre, Cosgrove et Hanson avaient établi un petit parcours de reconnaissance. Chaque soir, après le travail au refuge aviaire, ils s'enfonçaient dans la Barataria à bord de leur bateau pour explorer l'archipel, voguant d'une rive à l'autre à la faible lueur de leurs lanternes tels deux fantômes de l'Apocalypse. Les îlots et les cheniers étaient innombrables, la plupart pas plus gros qu'un vague monticule d'herbes marécageuses. Les coordonnées GPS récupérées par Hanson menaient à une île au milieu de laquelle était planté un saule pleureur squelettique où venaient se percher des aigrettes blanches à moitié assoupies. Pas de cannabis. Mais ils utilisaient cette île comme point de repère. Si celle des jumeaux existait vraiment, elle ne devait pas être bien loin.

Ils apercevaient parfois les phares d'un bateau solitaire au loin, sur la ligne d'horizon. Pour le reste, la baie était étrangement déserte. Pas la moindre trace d'une présence humaine. Peut-être étaient-ils les seuls à être assez stupides pour s'aventurer dans les parages. Jour après jour, les panneaux d'avertissement plantés ici et là sur le rivage se faisaient plus comminatoires. ATTENTION À L'EAU. ATTENTION AUX ANIMAUX MORTS. INTERDIT DE NAGER. INTERDIT DE RESPIRER.

BARREZ-VOUS, CONNARDS, liraient-ils probablement dans une semaine ou deux.

Pour autant qu'ils le sachent, il n'y avait personne ici pour faire respecter ces lois.

Cosgrove se demandait pourquoi il se prêtait de si bonne grâce aux plans foireux de Hanson. Pourquoi il se pliait aux caprices de ce demeuré. Mais en réalité son consentement n'avait rien d'énigmatique. Il était désespéré. Désespéré et, il fallait bien l'avouer, curieux. Curieux de voir comment toute cette histoire allait se terminer. Curieux de voir s'il n'y avait pas un fond de vérité derrière les élucubrations de Hanson. Au pire, se disait-il, ça lui coûterait deux ou trois semaines supplémentaires de son existence. Deux ou trois semaines : il pouvait se le permettre. Du temps, ça au moins, il en avait ; il n'avait d'ailleurs pas grand-chose d'autre.

Et puis Cosgrove n'avait nulle part où aller, aucun projet en perspective. Il était coincé dans ce bled du fin fond de la Louisiane à gagner quinze dollars de l'heure pour récurer des oiseaux mazoutés. Et il n'avait sans doute pas beaucoup mieux à espérer. Il savait que chercher une île foisonnant de cannabis était absurde, bien sûr. Mais il savait aussi que, parfois, hasard ou destinée, il arrivait que la fortune sourie aux imbéciles.

Grimes

Grimes se gara sur le bas-côté de la route de terre cabossée et sortit de sa voiture. Il resta un moment devant le jardin – si on pouvait appeler ça comme ça – en mordant dans une Granny Smith et en se demandant s'il aurait le courage de braver la jungle de mauvaises herbes. Puis il se décida. Il balança sa pomme et franchit la barrière de ronces et de chiendent, gesticulant comme un nageur bataillant contre le courant, dérangeant au passage toute une armée de criquets qui sautèrent en l'air dans un froissement d'élytres.

Quand il eut enfin atteint la véranda du bungalow délabré, il était à bout de souffle, ses vêtements couverts de poussière et hérissés de chardons.

Un vieil homme aux joues creusées était assis là, dans un fauteuil à bascule en rotin. « Z'avez dans l'idée de vous faire tuer aujourd'hui, grommela-t-il dans sa barbe.

– Je vous demande pardon ? dit Grimes qui l'avait parfaitement entendu.

– Z'êtes sur une propriété privée.

– Désolé de vous importuner, monsieur », dit Grimes en essayant de reprendre haleine. Le chiffre 4 rougeoyait dans sa cervelle comme une enseigne au néon. Quatre signatures aujourd'hui. Plus que quatre mois avant la fin de l'année, quatre décennies passées en ce bas monde, et encore quatre à tirer.

Debout en plein soleil, à la lisière de la ligne d'ombre portée par la maison, il mit une main en visière. Le vieil homme ne disant rien, il regarda sur sa gauche et aperçut un poulailler en fer grillagé au bout du jardin. Des volatiles piaillaient et se pavanaient autour de la mangeoire. Puis il tourna la tête sur sa droite et vit une pirogue dressée à la verticale contre une resserre au toit en tôle ondulée. La porte du cabanon était grande ouverte, laissant entrevoir des peaux de rat musqué et de ragondin pendues aux poutres apparentes pour sécher.

« J'aurais voulu parler à Donald Baker, finit par dire Grimes. Mr. Baker nous a envoyé une réclamation. Vous le connaissez ?

– Ça se pourrait.

– C'est vous ?

– Z'êtes qui ?

– British Petroleum.

– Z'avez le temps d'un battement de cœur pour faire demi-tour et foutre le camp de ma propriété, dit le vieux.

– Monsieur ? Je viens vous dédommager. »

Le vieil homme se renfonça dans son fauteuil. « Me dédommager de quoi ?

– De vos tracas. Si vous êtes Mr. Baker. Celui qui nous a envoyé une réclamation. C'est bien vous ?

– Z'êtes venu me filer du pognon, c'est ça que vous êtes en train de me dire.

– Le chèque est prêt, je l'ai avec moi.

– J'ai pas de compte en banque.

– Eh bien je suis sûr que vous pourrez l'encaisser n'importe où. Avec vos papiers. Votre carte d'identité.

– J'en ai pas non plus.

– Vous êtes bien Donald Baker ?

– P'têt' ben que oui, p'têt' ben que non. »

Grimes posa les mains sur ses hanches et baissa les yeux vers ses chaussures crottées. « J'ai l'impression que j'ai mal choisi mon moment.

– Y aura jamais de bon moment. »

Ne sachant quoi répliquer, Grimes leva une main à contrecœur en guise de salut, tourna les talons et retraversa les mauvaises herbes pour regagner sa voiture. Il regarda par-dessus son épaule et vit le vieil homme qui continuait de l'observer, impassible, le visage aussi inexpressif qu'une pierre.

Le lendemain, Grimes retourna chez le vieux et dut à nouveau se frayer un chemin parmi les ronces du jardin. Pas un nuage dans le ciel, et le soleil cognait comme du plomb en fusion. Quand il eut atteint le petit périmètre dégagé qui entourait la maison, il était déjà en nage.

Le vieux le regardait, assis dans son fauteuil à bascule. « Z'avez du cash ? demanda-t-il.

– Seulement un chèque de banque, dit Grimes.

– Tout ce que j'ai à faire, c'est signer un bout de papelard et vous me filez le pognon, c'est bien ça que vous dites ?

– Exactement.

– Je suis bien Donald Baker.

– Eh bien voilà, Mr. Baker, dit Grimes. Vous voyez, on avance. »

Le vieux se leva et lui fit signe de le suivre à l'intérieur.

Grimes pénétra dans le bungalow et regarda autour de lui, avisant les serpentins de papier tue-mouche au plafond, le canapé déplumé en peau de ragondin, les trous dans les murs colmatés avec des boîtes de sardines aplaties et des morceaux de carton. Encore cinq heures avant la tombée de la nuit, se disait-il. S'il expédiait la visite, il aurait le temps d'aller frapper à dix ou douze autres portes.

« Z'avez soif ? demanda le vieux.

– Merci, ça va.

– Je vais vous chercher un verre d'eau.

– Vraiment, merci, sans façon.

– Vous devez être assoiffé. »

Grimes s'assit à la table de la cuisine, le dos droit et les épaules raides, sa sacoche en cuir posée devant lui. Il l'ouvrit et en retira une enveloppe en papier kraft dont il sortit une liasse de photocopies. Le vieil homme prit un seau en étain sur le comptoir et y puisa une louche d'eau qu'il versa dans une tasse en porcelaine à l'anse fêlée. Il l'apporta à Grimes.

Ce dernier baissa les yeux, les mains sur les cuisses. Une empreinte de lèvres maculait le bord de la tasse.

Le vieil homme tira une chaise et s'assit en face de lui. « Buvez un coup », dit-il.

D'une main hésitante, Grimes porta la tasse à sa bouche et prit une timide gorgée. Avala. Puis il reposa la tasse et poussa les papiers au centre de la table.

Le vieil homme se frotta le menton, examina la paperasse avec un air d'intense concentration. Grimes n'était pas sûr que ce vieux péquenot comprenne un traître mot de ce qui était écrit. « Et vous êtes pas du gouvernement », dit-il.

Grimes secoua la tête.

« Mille dollars comme ça, pour rien.

– Eh bien, votre communauté a souffert. Nous avons à cœur de tenir nos promesses. Aider la communauté à se reconstruire.

– Faut que j'aille pisser », dit le vieux en se levant avec une agilité surprenante, faisant craquer ses genoux.

Quand il eut disparu dans le couloir, Grimes se mit à songer avec angoisse à sa mère. Il appréhendait chaque jour un peu plus la perspective de cette visite. Il imaginait son visage, ses lèvres fripées, ses petits yeux humides à demi clos, sévères. « Depuis quand es-tu en ville ? » lui demanderait-elle. Puis viendrait le moment qu'il redoutait le plus, le moment où il sortirait les papiers de sa sacoche. Elle pousserait une exclamation bougonne en y jetant un coup d'œil, puis elle lui dirait à quel point elle était déçue. Comme un an plus tôt, la dernière fois qu'ils s'étaient parlé au téléphone.

Grimes décida qu'il irait la voir le jour même. Voilà, oui, aujourd'hui, sans faute.

Non, pas aujourd'hui. Demain.

Aujourd'hui.

Les pensées de Grimes continuaient de jouer au yoyo quand le vieux revint dans la cuisine, des plumes de paon plantées dans les cheveux comme une coiffe indienne ratée. Marmonnant de manière incompréhensible, roulant des yeux comme une truie égorgée, il tenait à la main un verre rempli à ras bord d'un liquide ambré qui ressemblait à du jus de pomme.

Grimes entreprit de se lever, la bouche entrouverte, ne sachant que penser. « Mr. Baker, dit-il.

– *Putain !* éructa le vieux en français. *Va niquer ta mère !*

– Mr. Baker », dit Grimes en regardant tour à tour le verre et le visage du vieux.

Celui-ci projeta alors son bras en avant et vida le contenu de son verre sur son visiteur. De la pisse. Grimes le sut tout de suite, à l'odeur. Il poussa un cri étranglé et bondit sur ses pieds. Sa chaise bascula en arrière et tomba au sol.

« Qu'est-ce que c'est ? dit-il, le visage luisant. Putain, mais c'est de la pisse ?

– *Va niquer ta mère !*

– Espèce de taré !

– *Ta gueule !* »

Grimes attrapa sa sacoche, la glissa en bandoulière sur son épaule et, sans quitter l'autre des yeux, sortit de la cuisine à reculons, comme un crabe. Il s'essuya frénétiquement le visage avec la manche de sa chemise. Une fois dans le salon, il fit volte-face et ouvrit la porte à toute volée, puis dévala les marches du perron dans une bordée d'injures.

Les frères Toup

La main sur la barre du bateau à moteur, Victor accéléra quand ils sortirent du canal pour entrer dans le bayou proprement dit. Bientôt ils passèrent devant un énorme saule mort sur les branches duquel étaient perchées des aigrettes à moitié assoupies. Elles étaient des centaines, luisant dans la nuit comme des loupiotes blanches. C'était là, en général, que les gens rebroussaient chemin ; le point de non-retour. Ils n'avaient aucune raison de s'aventurer plus loin, à moins de chercher des ennuis. Ou de les fuir.

Ce soir-là, les jumeaux étaient sortis inspecter leur île. Ils avaient embarqué plusieurs sacs en toile de jute remplis d'outils et de pièges divers.

« Tu te souviens d'*Espion contre espion* ? » demanda Victor à Reginald en criant pour se faire entendre par-dessus le bruit du moteur.

Ni l'un ni l'autre n'avaient prononcé un mot depuis vingt minutes.

« Ouais », dit Reginald. Petits, ils avaient été d'ardents collectionneurs du magazine *Mad*, et ils avaient une affection toute particulière pour le comic strip intitulé *Espion contre espion*.

«J'adorais ces bouquins, dit Victor. Je parie qu'ils sont toujours quelque part dans le grenier. Je devrais les ressortir.

– On trouverait ça sans doute à chier aujourd'hui.

– Je parie que certains de leurs pièges pourraient marcher. Toutes ces saloperies moyenâgeuses.»

Puis plus rien pendant un moment, à part le bruit du moteur et le sifflement du vent dans leurs oreilles.

«Il te fait pas de la peine, ce mec?

– Qu'il crève.

– Il y a clairement quelque chose qui tourne pas rond chez lui.

– Qu'il crève.

– Tu as bien émoussé les dents des pièges?

– Tu m'as déjà posé la question un milliard de fois.

– Tu les as émoussées?

– Oui, Mère Teresa.

– Toutes?

– Oui.

– J'ai pas envie de me retrouver avec un nouveau cadavre sur les bras.

– Eh bah ça tombe bien parce que je les ai émoussées.»

Ils accostèrent, sautèrent du bateau et balayèrent le rivage de l'île avec le faisceau de leurs lampes torches. Ils s'avancèrent dans les fourrés, enjambèrent la petite barrière grillagée puis s'enfoncèrent dans les taillis et la végétation rampante en prenant soin d'éviter les traquenards qu'ils avaient déjà posés. Au centre de l'île, leur production, hissée au-dessus du sol sur des plates-formes en bois et recouverte d'une fine bâche en tissu, était intacte. Profuse et florissante, même. Dans leurs pots séparés, les plants de cannabis ployaient sous le poids de leurs bourgeons et embaumaient la nuit de leur parfum capiteux. L'heure de la récolte n'allait pas tarder.

« Tu vois, dit Reginald. Tu t'inquiétais pour rien.
– Qu'il crève », dit Victor.

Ils retournèrent à leur bateau, sortirent les sacs en toile de jute et commencèrent à disposer leur attirail. Victor posa sur le sol un piège à ours aux dents métalliques acérées. Il l'ouvrit, le recouvrit de feuilles avec le bout du pied, puis il recula d'un pas, s'accroupit sur ses talons et disposa le suivant.

Pendant ce temps, Reginald creusait avec une bêche de jardinage. Il fora un trou d'une trentaine de centimètres de profondeur, y enfonça une broche à kebab, pointe en l'air, puis dissimula celle-ci sous une couche de terre boueuse.

Les deux frères passèrent ainsi une bonne heure à mettre en place tous les pièges. Puis ils se rejoignirent devant leur bateau, le visage perlé de gouttes de sueur brillant dans l'obscurité.

« Ça devrait suffire, dit Reginald.
– Qu'il crève », dit Victor.

Lindquist

Comme un enfant qui compte les jours avant Noël, Lindquist attendit quelque temps, aussi longtemps que sa patience le lui permit, avant de reprendre ses recherches dans le bayou. Une minute de plus et il aurait été incapable de fonctionner normalement, trop remonté pour ça, comme ces jouets à ressort qu'il y avait jadis chez ses grands-parents, dans la salle de jeux réservée aux enfants. Il se revoyait tourner jusqu'à l'extrême limite la clé en forme de papillon du petit dinosaure en fer-blanc, puis le jouet se mettait à cliqueter et à tressauter frénétiquement comme s'il était possédé. Lindquist avait l'impression que tous ses nerfs s'étaient noués, serrés telle une énorme vis au creux de son ventre. Il avait peur d'exploser en vol comme l'un de ces pauvres jouets en fer-blanc, de péter les plombs au beau milieu de l'épicerie du coin, gesticulant dans tous les sens comme un fou furieux et faisant tomber les boîtes de conserve des étagères du magasin jusqu'à ce que le propriétaire sorte le fusil caché sous son comptoir pour l'abattre.

Lindquist quitta le port à minuit et demi. Une brume digne d'un film d'horreur nappait la surface de l'eau, charriant une odeur de mazout nauséabonde. Du haut de la cabine de pilotage, il apercevait des bancs entiers de poissons morts, ventre en l'air, luisant d'un éclat blanchâtre dans la lumière de ses phares.

Il sortit son distributeur Pez, appuya sur la tête du canard et avala un cachet. Puis un autre. Un double uppercut, Oxy-Contin et Percoset. Il les broya entre ses dents et avala. Peu à peu, une onde d'euphorie, chaude et colorée, se diffusa dans tout son corps.

Il passa bientôt devant le dôme de sel surmonté d'une croix en bois ornée de couronnes de fleurs en plastique. Puis l'îlot au gigantesque saule mort. Ses branches, ce soir, étaient nues. Parfois les aigrettes étaient là, parfois non. Un mystère.

Il était presque deux heures du matin quand il atteignit le petit lopin de terre qu'il cherchait, envahi par les herbes des marais, les souches de cyprès et les racines de nyssa pétrifiées par le sel. Il jeta l'ancre, grimpa dans sa pirogue et gagna l'île à la rame. Décelant un mouvement furtif du coin de l'œil, il se retourna brusquement, mais ce n'était que son ombre qui s'agitait dans les remous éclairés par les phares.

Bientôt le nez de l'embarcation vint frotter contre l'étroit ruban de fougères qui bordait le rivage, et il sauta dans l'eau, marchant à grandes enjambées dans la vase jusqu'à la souche sur laquelle il posa sa lanterne. Puis il retourna au bateau pour y prendre son détecteur de métaux et sa pelle. Il posa cette dernière contre la souche, alluma le détecteur et se mit à faire osciller le plateau métallique. Des salamandres s'enfuirent sur son passage, glissant entre les feuilles détrempées comme des virgules d'encre noire.

Le détecteur émit un faible bip. Il posa son engin et se mit à creuser, sans grand espoir mais rapidement. Tel un automate. À chaque coup de pelle, la vase remplissait le trou comme une plaie se gorgeant de sang. Lindquist continua de creuser – silhouette de Capitaine Crochet découpée dans le faisceau de sa lanterne, seule source de lumière à des kilomètres à la ronde, au beau milieu de ce renflement de glaise à fleur d'eau, pas plus grand qu'un trampoline.

Moins d'une minute plus tard, il heurta quelque chose du bout de sa pelle. Lindquist s'accroupit et se mit à fouiller dans la boue. Ses doigts se refermèrent sur un petit objet rond de la forme d'une pièce, mais relativement lourd pour sa taille. Il se releva, planta sa pelle dans le sol, puis alla examiner le morceau de métal à la lumière de la lanterne.

Un boulon, se dit-il. *Un écrou.*

Son cœur s'emballa.

Il cracha dessus, l'essuya sur son pantalon puis s'accroupit pour l'examiner de nouveau.

C'était une pièce de monnaie.

Pour de vrai.

Et pas une pièce ordinaire. Sur une face était gravé le profil de quelque personnage royal, coiffé d'une perruque. Sur l'autre, un sceau ou des armoiries.

Lindquist se releva d'un bond et, en un réflexe absurde, jeta des regards affolés autour de lui. Personne. Le clapotis des vagues minuscules. L'éclat laiteux d'une lune voilée de nuages.

Il leva la pièce, la mit sous son nez et la regarda encore. Les yeux écarquillés, n'arrivant pas tout à fait à croire ce qu'il voyait.

« Ben merde », se murmura-t-il à lui-même. Puis, d'une voix plus forte et soudain gagnée par un élan de joie démente : « C'est pas vrai, dit-il. Putain de nom de Dieu, c'est pas vrai. »

La pièce d'or faisait la taille d'un demi-dollar et pesait agréablement dans la paume de Lindquist. Il passa des heures à tripoter son doublon, à le faire rouler entre ses doigts et glisser d'une phalange à l'autre tel un magicien de rue. Pendant les repas, il la posait sur un coin de la table et l'observait sous tous les angles. Pile : CAROL.IIII.D.G.HISP.ET IND.R.1798. Face : IN.UTROQ.FELIX.AUSPICE.DEO.FM.

Au bout de vingt-quatre heures, il la connaissait par cœur, jusque dans ses moindres rainures. Les minuscules indentations de sa bordure. Le palimpseste de ses rayures, plus fines que les fils de soie d'une araignée. Il aurait reconnu son doublon au milieu de cent autres semblables. Les yeux fermés. Au toucher, au poids.

Lindquist savait que cette pièce lui rapporterait des centaines, peut-être même des milliers de dollars dans une vente aux enchères pour collectionneurs. Mais il ne s'en séparerait pas. Pas de celle-là.

C'était la preuve qu'il ne s'était pas trompé. Pour la première fois de toute son existence.

Les autres ? Il s'en débarrasserait sans aucun problème. Il y en avait peut-être des centaines, des milliers dans la Barataria. Et il songeait à cette possibilité des centaines, des milliers de fois par jour.

Si jamais il trouvait d'autres pièces – et il savait qu'il en trouverait –, il commencerait par régler ses dettes. Lindquist n'était pas un raté, mais un homme qui n'avait tout simplement pas eu de chance. Comme la plupart des habitants de la Barataria. La façon dont ses créanciers l'avaient traité – pire qu'un animal. Encore un peu et ils auraient défoncé la porte de chez lui pour l'anesthésier et l'embarquer dans une cage.

Que lui avait dit le mec de la pompe à essence, déjà, l'autre jour sur le quai ? « Vous n'êtes pas du genre à mettre des chèques en bois dans le panier, Lindquist. Vous êtes un dribbleur. Un Harlem Globetrotter. »

Puis le type avait laissé tomber le chèque de Lindquist sur le plancher en pin de son bureau. Celui-ci avait regardé ce chèque. Longuement. Puis avait demandé au type ce qu'il foutait. L'autre lui avait répondu qu'il attendait que le chèque se transforme en bois pour lui péter les dents avec.

Le mec de la pompe : c'est lui qu'il irait voir en premier pour effacer son ardoise. *Tenez, un p'tit quelque chose pour vous*, lui dirait-il en lui filant un billet de vingt dollars en prime. *Je suis un homme de parole.*

Le mec de la pompe ne se foutrait jamais plus de sa gueule.

Et il donnerait aussi un peu de pognon au petit Trench, pour son bateau. Chouette gamin, ce Wes. Si seulement sa fille avait pu être moitié aussi honnête que ce gosse. C'était horrible de penser cela, il le savait, mais c'était vrai. Au fond, peut-être que Reagan avait seulement besoin d'un nouveau départ, d'une nouvelle chance. Comme lui avec Gwen. Eh bien soit, il donnerait à sa fille une nouvelle chance. Avec un peu d'argent, elle pourrait reprendre ses études – à l'université de La Nouvelle-Orléans, ou à Nicholls State – et se remettre dans le droit chemin. « Tu es encore jeune, tu peux encore y arriver », lui dirait-il. Il se voyait déjà attablé en face d'elle, derrière la vitre du café Magnolia, un après-midi ensoleillé ; il sortirait le chèque de sa poche et le ferait glisser sur la table.

Et puis il y avait Gwen. Gwen, bien sûr. Peut-être lui redonnerait-elle sa chance, elle aussi. Avec un peu d'argent sur le compte en banque, les choses se passeraient peut-être autrement cette fois-ci. Marrant, le pouvoir de l'argent. L'amour ne s'achète pas, qu'ils disaient ; et pourtant l'argent avait le pouvoir de rapprocher les gens, ce qui revenait à peu près au même, pas vrai ?

Il s'imaginait, avec Gwen, partir en vacances quelque part, très loin, dans un futur proche. Un crépuscule dans les Caraïbes, une plage de sable comme du sucre roux. Des palmiers noueux dont la brise ferait ployer la silhouette dans les lueurs tropicales du soleil couchant. Qu'est-ce qu'il ferait ? Il promènerait son détecteur de métaux le long du rivage, les orteils baignés par la tiédeur de l'écume vif-argent. Et, tout près de lui, allongée dans un transat sous son parasol, Gwen siroterait un cocktail à la noix de coco. Il tournerait la tête vers elle, elle lui sourirait, et il lui sourirait en retour. Elle lèverait son verre à sa santé, les yeux brillant d'amour et d'admiration pour lui, comme avant.

La banque. Sa femme lui avait bien dit de ne pas y mettre les pieds, mais Lindquist avait là-bas deux cent trente dollars à son nom. Tout l'argent qu'il possédait. Et si tout l'argent qu'il possédait au monde se trouvait dans cet endroit, ça voulait bien dire que cet endroit lui appartenait au moins en partie, non ? Dans son raisonnement, la réponse était oui.

Quand il entra dans l'agence, un vendredi après-midi, dix minutes avant la fermeture, les collègues de sa femme levèrent la tête derrière leurs bureaux et leurs guérites. À la caisse, Gwen était en train de distribuer des billets à une vieille dame vietnamienne qui portait une minerve en mousse. Quand elle leva les yeux et vit son mari sur le seuil, son visage s'assombrit.

Lindquist se dirigea vers le comptoir clients et prit un bordereau de dépôt ainsi qu'un crayon à papier. Puis il s'assit dans un fauteuil en vinyle sous un ficus, posa le bordereau sur ses genoux et commença à le remplir. Quatre dollars et trente *cents*. En général il ne se déplaçait pas pour de si petites sommes, mais il voulait montrer la pièce à Gwen. Il voulait lui montrer qu'il avait raison depuis le début.

Quand sa femme en eut terminé avec la vieille dame, Lindquist se leva et se rendit à la caisse en zigzaguant entre les barrières de sécurité tendues de velours.

« Salut, Gwen », dit-il. Il posa le bordereau et son argent sur le comptoir.

Gwen baissa les yeux, vit la somme ridicule qu'il avait apportée et secoua la tête d'un air exaspéré.

« Comment tu vas ? » demanda-t-il à sa femme.

Ses collègues observaient la scène d'un œil qu'ils croyaient discret.

« Pas très bien », dit Gwen d'une voix glaciale. Son chemisier violet en satin était échancré et Lindquist apercevait la naissance de sa poitrine, la peau rouge pâle.

« Qu'est-ce qui se passe ?

– Je crois que tu le sais très bien, Gus.

– Ah ben merde. Je suis juste venu déposer ça. Je ne veux pas te causer d'ennuis. »

Elle prit l'argent et le bordereau, puis se mit à pianoter furieusement sur son clavier d'ordinateur.

« Ça te va bien, cette couleur, dit Lindquist. Ton vernis à ongles. Chouette couleur. Très flatteuse. »

Gwen imprima le reçu et le lui tendit.

« Bonne journée », dit-elle.

Lindquist resta planté devant le comptoir, le reçu à la main, tout sourire. « Tiens, j'en ai une bonne, dit-il.

– Gus, s'il te plaît.

– Tu es de mauvaise humeur. Une bonne petite blague, ça te redonnera peut-être le sourire.

– Non. » Une immense lassitude perçait dans la voix de Gwen.

« Mais tu ne la connais pas, celle-là.

– Il y a des gens qui attendent. J'ai du travail. »

Lindquist regarda derrière lui. Personne.

« Toc toc toc », dit-il.

Silence.

« Toc toc toc, répéta Lindquist, un peu plus fort.

– Qui est là ? demanda Gwen d'une petite voix dépitée.

– Ted, dit Lindquist en posant l'avant-bras sur le comptoir, le nez contre la vitre. Et là tu es censée me demander "Ted qui".

– Ted qui ? demanda calmement Gwen.

– Ted Accord pour qu'on arrête de mettre des capotes ? » dit Lindquist. Sa tête partit en arrière et il se mit à caqueter de rire, sa pomme d'Adam jouant au yoyo sous son menton comme un roulement à billes bien huilé.

Le visage de Gwen était empourpré et agité de tics nerveux.

« Ben quoi, ça te fait pas rire ? » demanda Lindquist.

Derrière lui, un homme se racla la gorge. Lindquist se retourna et se retrouva nez à nez avec l'un des directeurs de l'agence, celui qui avait des cheveux comme Bela Lugosi. Il le toisait tel un shérif avant un duel, les bras furieusement croisés sur la poitrine.

« Permettez ? » dit Lindquist. Il se retourna et sourit à sa femme. Il vit que la collègue aux cheveux orange de la caisse d'à côté ne perdait pas une miette de la scène.

« Comment ça va, Marcy ? lui demanda Lindquist.

– Ça va, Gus.

– Tu m'en vois ravi. C'est joli, ta coupe de cheveux. Ça te va bien.

– Merci, Gus, dit Marcy.

– Tu vas pas me remercier parce que je te dis la vérité ! Dire la vérité, y a rien de plus facile.

– Gus, s'il te plaît, l'implora Gwen.

– S'il te plaît quoi ?

– S'il te plaît, va-t'en.

– C'est pas très sympa, ça. Je suis un aimable client.

– Un peu de dignité, c'est tout ce que je te demande.

– Bien sûr, pas de problème, dit Lindquist en regardant

autour de lui comme s'il cherchait le buffet des hors-d'œuvre. Je t'en sers tout de suite une petite assiette, c'est où déjà ? »

Un grand silence s'était fait. On n'entendait plus que le ronronnement de l'air conditionné, le bruit des feuilles froissées et des crayons qui grattaient le papier.

« Toc toc toc », dit Lindquist.

Gwen baissa les yeux.

« Toc toc toc », répéta-t-il.

Toujours aucune réaction.

« Bon, d'accord », dit Lindquist. Puis il se tourna vers Marcy. « Hé, Marcy, toc toc toc.

– Qui est là ? demanda Marcy.

– Le petit café, dit Lindquist.

– Non, dit Gwen. Ne lui réponds pas. Marcy, ne lui pose pas la question.

– Marcy, demande-moi qui est à la porte, dit Lindquist.

– Je ne suis pas sûre que je devrais, Gus.

– Mais qu'est-ce qui se passe ? Tout le monde a perdu le sens de l'humour ou quoi ? »

Personne ne répondit.

Le cow-boy solitaire se racla de nouveau la gorge.

« D'accord, j'arrête de vous embêter, dit Lindquist. Oh, juste un petit truc quand même, avant que je m'en aille. » Il sourit, plongea la main dans sa poche et posa le doublon sur le comptoir.

Gwen regarda la pièce mais son expression ne changea pas. « Je vais finir par me faire virer à cause de toi, dit-elle.

– Non mais attends, regarde ! C'est un doublon. Un vrai doublon. Et c'est moi qui l'ai trouvé. Un vrai de vrai. »

Les yeux de Gwen s'embuèrent et il vit rouler une larme sur sa joue. Elle l'essuya du bout des doigts.

Lindquist rempocha sa pièce. « D'accord, ça va, j'ai compris, dit-il. Je m'en vais. »

Vers trois heures du matin, Lindquist entendit du bruit sur le pont du bateau, un choc sourd, des pas précipités. Une décharge d'adrénaline le foudroya. Il regarda par la vitre de la cabine de pilotage. Personne. La baie était endormie, tout était silencieux, la nuit aussi obscure que possible, bercée par la discrète mélodie des vagues contre la coque. Il se demanda si un chien était monté à bord en douce pendant qu'il était à quai. Ou un autre animal.

Lindquist tournait et retournait toutes les possibilités dans sa tête quand il entendit quelqu'un grimper à l'échelle d'un pas leste. Il chercha frénétiquement autour de lui un objet qui pourrait lui servir d'arme. Il ne trouva qu'une batte de baseball, calée à la verticale dans un coin de la cabine, mais il n'aurait pas le temps de l'attraper : l'intrus était déjà presque en haut de l'échelle.

Une tête surgit enfin de la trappe dans le sol, tel un diable de farces et attrapes. L'un des frères Toup.

« Bonsoir, Lindquist », dit-il. Il entra dans la cabine et s'avança si près de lui qu'il arrivait à distinguer les poils fins de son troisième sourcil, entre les deux autres.

« Vous êtes de grands malades », dit Lindquist.

C'était Victor. Il le reconnut à ses tatouages. Et à ses yeux, qui brûlaient de mépris quand il déclara : « Tu sais ce que je peux te faire ? »

À une dizaine de mètres d'eux, une lumière apparut alors dans la baie. Lindquist tourna la tête. Un petit bateau à l'arrêt, et l'autre frère, Reginald, posté comme une sentinelle aux confins des ténèbres.

Victor alla s'emparer du détecteur de métaux accroché au

mur. Il l'empoigna à deux mains, comme un club de golf, puis le fracassa plusieurs fois contre le sol. Lindquist le regarda avec stupéfaction. Le plateau métallique se dévissa, pendouillant au bout du manche par les câbles, puis Victor retourna l'engin pour le fracasser par l'autre extrémité. Le boîtier de contrôle explosa, des éclats de plastique et de fils rouges et verts volèrent à travers la cabine. Un écrou vint érafler la joue de Lindquist, qui se mit à saigner.

Victor laissa tomber par terre le détecteur en miettes et planta son regard dans les yeux de Lindquist. Un troglodyte aux épaules de géant, les bras recouverts d'une véritable ménagerie de tatouages. « On t'avait prévenu, dit-il.

– Vous allez me le payer », dit Lindquist, comme un gosse. Il avisa le pistolet qui dépassait de la ceinture du jean noir de Victor, sur la crosse duquel étaient gravés les mots SIG SAUER.

« Te le payer ? Je viens de l'exploser, ton putain de truc.

– Je ne fume même pas, d'abord.

– Fumer ? Putain, mais de quoi tu parles ?

– Du cannabis. »

Victor montra les crocs. « T'as même pas idée de la merde dans laquelle tu t'es fourré.

– Mais qu'est-ce que je vous ai fait ? Pourquoi vous venez m'emmerder ?

– Je sais très bien ce que t'as fait à ma maison, espèce d'enculé. » Ce dernier mot fut prononcé avec tant de force et de venin qu'il envoya une volée de postillons au visage de Lindquist. Il recula d'un pas.

« Votre maison ?

– Je vais t'éclater la tête, Lindquist.

– Parce que me piquer mon bras, c'était pas assez, peut-être ? Et l'alligator que vous avez foutu chez moi ? »

Victor lui lança un regard noir, le souffle court, fulminant par les naseaux.

« Je vais aller voir Villanova, dit Lindquist.

– Vas-y. Je nierai tout. “Quoi ? Un détecteur de métaux ? Mais c’est quoi cette histoire ?” Tout le monde sait que t’es qu’une pauvre cloche qui carbure aux médocs. Même ta fille le dit. »

Lindquist cligna des yeux, remuant les lèvres sans prononcer un mot.

« Regarde-toi. Espèce de crétin. »

Victor le toisa encore un moment puis redescendit l’échelle, sans quitter Lindquist des yeux jusqu’à ce que sa tête disparaisse sous la trappe. Puis il sauta à bord du bateau à moteur qui vacilla sous son poids. Reginald démarra. Les jumeaux s’accroupirent et Victor leva la tête vers la cabine de pilotage. Lindquist regarda leur embarcation s’éloigner à toute vitesse, ses phares se réduire à un petit point de lumière tremblotant dans la nuit avant de disparaître complètement.

Il contempla son détecteur en morceaux. Jura dans sa barbe et voulut commencer à ramasser les bouts de plastique éparpillés, mais il n’en eut pas la force et se rassit aussitôt.

Une ruine. Irréparable.

Sa gorge se serra et une bouffée de chaleur l’envahit. Il ne voulait pas pleurer, mais les larmes coulèrent malgré tout.

Lindquist s’accouda au comptoir, les avant-bras posés sur la tablette de verre, la voix réduite à un murmure de conspirateur bien qu’il n’y eût aucun autre client chez Trader John. Il demanda à la patronne de garder le plus grand secret sur ce qu’il s’apprêtait à lui dire.

« Pourquoi vous prenez une drôle de voix ? demanda Mrs. Theriot.

– J'ai besoin de votre discrétion dans cette affaire.

– Ne vous appuyez pas trop, c'est fragile. »

Il était tôt et le soleil brillait à travers la vitrine de la boutique. Lindquist n'avait pas dormi depuis vingt-quatre heures et sa tête bourdonnait d'épuisement. Il avait mal aux cheveux, aux yeux. Il s'était rationné en cachets, car il ne lui en restait plus qu'une dizaine. Le matin même, il avait fouillé la maison de fond en comble, à la recherche de quelque chose à mettre au clou, mais tout ce qui avait de la valeur était déjà parti. L'écran plat, la stéréo, le micro-ondes, le mixeur – vendus, tous. Pour s'acheter des cachets. Lindquist avait bien précisé que l'électroménager ne devait servir que de caution, mais comme il n'était jamais revenu avec l'argent, Mrs. Theriot avait fini par tout écouler.

À présent, Lindquist regardait du coin de l'œil le détecteur de métaux, un Fisher résistant à l'eau, suspendu au mur derrière le comptoir.

« J'ai quelque chose. J'ai besoin que vous me le mettiez de côté pendant deux semaines.

– Une.

– Dix jours ?

– Une semaine. Ça a toujours été une semaine et ce sera toujours une semaine. »

Lindquist hésita, regarda autour de lui d'un air gêné. Puis il sortit la pièce de sa poche et la posa sur la tablette de verre.

Les sourcils broussailleux de la vieille femme se haussèrent et elle se saisit de la pièce. La tapota contre ses dents. Puis elle en examina les deux faces, l'une après l'autre, avec sa loupe de bijoutier.

« Ben ça alors, dit Mrs. Theriot. Où est-ce que vous l'avez trouvée ?

– Sérieusement, dit Lindquist. Ne la montrez à personne. S'il vous plaît. »

Mrs. Theriot lança un regard dubitatif à Lindquist.

« Regardez-vous. Depuis quand vous n'avez pas dormi ?

– Vous me donnez dix jours ?

– Une semaine. »

Lindquist indiqua du menton le mur derrière le comptoir.

« Ce détecteur de métaux, accroché là-haut. »

Wes Trench

Wes chercha du travail un peu partout, arpenta les quais et alla s'adresser aux capitaines et aux aides de pont. Personne n'embauchait et tout le monde en souffrait. Les capitaines, solidaires dans la pénurie, l'envoyaient voir ailleurs d'un air contrit. « Essaie peut-être du côté de Capitaine John, là-bas dans la Grande Embouchure », disaient-ils. Ou encore : « T'es allé voir le bateau de Harry Bogardus ? Le *Mustang Sally* ? Un tas de rouille, tu peux pas le louper. »

À la mi-septembre, la canicule n'avait pas cédé d'un pouce et il faisait une chaleur apocalyptique. Halloween paraissait encore bien loin. La nuit, Wes dormait à l'intérieur de son pick-up, garé dans la rue. Son dix-huitième anniversaire tomba un lundi et ce jour ne fut guère différent d'un autre. Il s'acheta une barre Twinkie et alla au cinéma voir un film sur Wall Street avec Michael Douglas.

Wes savait qu'il aurait mieux fait de laisser tomber, de rentrer chez lui tête basse et d'implorer le pardon de son père. Ça faisait plus d'un mois. Plus que toute autre chose, à part son lit peut-être, son bateau en chantier lui manquait. Il aurait voulu le terminer à temps pour le début de la prochaine saison de pêche, mais il était désormais trop tard. Peut-être n'y arriverait-il jamais. Peut-être devrait-il quitter la Barataria, comme tous les autres. Renoncer.

Une nuit, Wes fut réveillé en sursaut par des coups violents à la vitre du pick-up. Il se dressa d'un bond et se cogna la tête contre le plafond. Il se frotta le crâne, reprit ses esprits et vit que c'était Lindquist.

Wes le salua, passa les doigts dans ses cheveux ébouriffés de sommeil, ouvrit la portière et descendit du véhicule.

« Ben merde alors, fiston, dit Lindquist en plissant les yeux. Tu vis comme un clodo. »

Encore à moitié endormi, Wes haussa les épaules et regarda sa montre. 3 h 25.

« Pourquoi tu ne rentres pas chez toi ? lui demanda Lindquist. Enterrer la hache de guerre ? »

Wes secoua la tête.

« C'est à ce point-là, hein ? dit Lindquist.

– Faut croire. »

Lindquist s'assit à ses côtés sur le marchepied et ils gardèrent le silence un moment.

« Qu'est-ce que vous faites là ? » demanda Wes.

Lindquist lui montra son détecteur de métaux et le secoua. « Je prospectais. Je me suis dit que lâcher un peu la baie et la pêche ne me ferait pas de mal. »

Le garçon acquiesça.

« T'as une gueule de déterré », reprit Lindquist.

Wes réfléchit. « Ça ne se voit peut-être pas mais je me sens plutôt bien.

– Eh bah j'espère pour toi. Parce que t'as l'air d'un macchabée. »

Wes gloussa.

« Retrouve-moi à la marina ce soir, dit Lindquist. Au coucher du soleil.

– Vous repartez à la pêche ? »

Lindquist secoua la tête. « C'est pas aussi facile que ça en a l'air, de chercher du métal et de creuser avec un seul bras. »

Puis il dit à Wes qu'il resterait dans le coin pendant encore deux jours au moins, le temps de le laisser réfléchir. Le garçon dit que c'était tout réfléchi et qu'il était partant. N'importe quel boulot lui irait.

Lindquist ne lui avait pas menti : c'était plus dur que ça n'en avait l'air. Les insectes, la chaleur, la boue aux relents de méthane. À la fin de sa première journée de travail, il avait les doigts boursouflés d'ampoules et la peau des mains à vif à force de manier la pelle.

Et quand leur deuxième journée s'acheva, Wes ne savait même plus à quel endroit de la Barataria ils se trouvaient, tellement ils s'étaient éloignés. Il s'était toujours cantonné au même coin, et aucune des îles dans lesquelles ils s'aventuraient à présent ne lui était familière. Cinq ou six heures de sommeil par nuit, les mains en sang, le dos perclus de douleurs, et ils n'avaient absolument rien trouvé. Mais Lindquist brûlait d'enthousiasme. Rien ne semblait pouvoir le décourager, comme s'il était animé par quelque chose de plus fort encore que la foi.

Le quatrième jour, Lindquist était en train de promener son détecteur dans la frange d'ajoncs bordant le rivage d'une petite île quand soudain sa machine émit quelques bips. C'était le début de la soirée, les dernières lueurs du jour pâlissaient dans le ciel, se diluant en lambeaux de pourpre, de rose et d'orange au-dessus des nuages ventrus. Les insectes voletaient par essaims entiers autour d'eux, épais comme des fumerolles.

Lindquist fit tourner trois ou quatre fois son détecteur

au-dessus du même endroit. Puis il s'arrêta sur un point précis, en lisière du rivage. Il sortit sa lampe torche et la braqua sur le sable. Arêtes de poisson, éclats de coquillages et de silice. « Là, dit-il. Y a quelque chose. »

Wes ne bougea pas. La sueur lui coulait sur le visage, dans les yeux. Il n'arrivait pas à comprendre où ce type allait chercher une énergie pareille. C'était un vrai phénomène.

« Qu'est-ce que t'attends ? » dit Lindquist.

Je veux rentrer chez moi, aurait voulu dire Wes. Mais, lentement et sans entrain, il se mit à balancer de grosses mottes de terre molle par-dessus son épaule. Lindquist fit un pas de côté pour esquiver les projections de tourbe et fit tournoyer le plateau métallique du détecteur au-dessus de la terre retournée. Wes continua à creuser pendant un moment et bientôt la nuit tomba ; il n'entendait plus dans l'obscurité que le souffle chaud du vent qui lui frôlait les oreilles et le bruissement des ajoncs le long du rivage.

Puis Lindquist se baissa, ramassa quelque chose et poussa une espèce de gémissement triomphal. Il courut laver dans la mer le petit objet qu'il tenait à la main. Puis il se retourna et manqua trébucher en sortant de l'eau à toutes jambes, son visage illuminé d'un air de démence dans l'obscurité.

« Je te l'avais bien dit, s'écria-t-il. Regarde ! »

Dans la paume de Lindquist, au milieu d'une petite flaque d'eau vaseuse, flottait une pince à billets argentée, ornée d'un calendrier aztèque. Wes s'en empara, l'examina de près et aperçut une minuscule inscription gravée au dos : MADE IN TAÏWAN.

Lindquist rappelait à Wes l'un de ses anciens copains au lycée, qui se comportait comme lui de manière hystérique. Preston Teague était si intenable en cours – sans cesse à gesticuler, remuer et ricaner – que leur professeur, Mrs. Brown, l'envoyait régulièrement se calmer dans le couloir. Assis par terre, adossé aux casiers, il passait la fin de l'heure à marmonner tout seul et à taper du bout de la semelle sur le linoléum en jouant avec son téléphone portable.

Puis, le lendemain, Preston changeait du tout au tout. Il entrait d'un pas traînant dans la salle de classe, affaissé sous le poids de son sac à dos, restait figé à sa place, l'air hébété, et passait tout le cours à dessiner des culs, des nichons et des petits bonshommes grimaçants sur une feuille arrachée à son bloc-notes Trapper Keeper.

Oui, songeait Wes, Lindquist et Preston avaient beaucoup en commun. Cette énergie bizarre, cette façon de bouger tout le temps la tête à droite à gauche, comme un furet. Comme s'ils voulaient aller dans toutes les directions à la fois.

Lindquist ne dormait que par tranches d'une heure ou deux, à peine une sieste. Puis, inexplicablement ragaillardi, il restait debout huit heures d'affilée. Wes craignait qu'il ne finisse par avoir une crise cardiaque. Et tous ces cachets qu'il avalait. Il ne savait pas quel âge avait le bonhomme, et se gardait bien de lui poser la question, mais quel que soit le chiffre, il paraissait évident que tous ces médicaments étaient dangereux.

Une nuit, après avoir passé au peigne fin le dernier chenier de la journée, ils s'assirent tous deux sur le pont avant du *Jean Lafitte*. Le jour se lèverait dans trois heures ; la lune était si fine et brillait d'un éclat si pâle que Wes n'avait jamais vu autant d'étoiles d'un seul coup dans le ciel. Elles se déployaient en longs rubans laiteux jusqu'à la surface de la terre. Même Lindquist, d'ordinaire indifférent à de tels spectacles, regardait le ciel avec émerveillement, la tête renversée en arrière aussi loin que possible, la bouche si grande ouverte que le garçon pouvait apercevoir sa glotte.

Wes lui dit qu'ils feraient peut-être mieux de regagner la

terre ferme pour un jour ou deux. Reprendre des forces avant de repartir dans la Barataria.

Lindquist répondit d'un regard muet. Hors de question. Puis il se remit à étudier la carte qu'il avait étalée sur ses genoux. De temps à autre il posait sa lampe torche et ajoutait une marque au feutre vert sur un point de la carte.

Le bateau tanguait doucement sur l'eau ; les bras et le visage de Wes étaient constellés de petites gouttes d'écume brumeuse.

« Encore une journée, dit Lindquist comme s'il venait tout juste d'entendre la suggestion de l'adolescent. Encore une et ensuite on fait une pause.

– Mr. Lindquist. Je ne me sens pas bien. Je commence à avoir le mal de mer.

– Ça ne fait que trois jours qu'on est là.

– Ça fait une semaine.

– Foutaises.

– Huit jours, peut-être. »

Lindquist avait l'air stupéfait. « T'es sûr ? »

Wes hocha la tête.

« Bah, et alors ? Les Viets, ils restent parfois en mer jusqu'à deux semaines d'affilée.

– Je ne suis pas sûr d'en être capable, c'est tout ce que je dis.

– On peut jamais être sûr tant qu'on n'a pas essayé. »

Wes secoua la tête.

« T'as faim ? Je vais te préparer quelque chose.

– Non, ce n'est pas ça.

– Allez, je vais te préparer un truc à manger. Y a des oignons et de l'ail en bas. Je peux te faire un petit sébaste grillé. Promis, j'y vais mollo sur le poivre et la sauce piquante cette fois.

– Je n'ai pas faim.

– Toc toc toc », dit Lindquist.

Wes se tritura nerveusement les sourcils ; il sentait monter la nausée. Lindquist le regardait, tout sourire. L'adolescent savait qu'il ne le lâcherait pas. « Qui est là ? » demanda-t-il. Il était si épuisé qu'il arrivait à peine à articuler.

« Ricky, dit Lindquist.

– Ricky qui ? demanda Wes d'un air accablé.

– Mais non, t'inquiète, elle est pas si petite que ça !

– C'est complètement con.

– Mais tu souris.

– Parce que c'est complètement con.

– Mais ça marche. Tu souris.

– Mr. Lindquist, il faut que je descende de ce bateau.

– Pourquoi ?

– Parce que.

– Parce que, c'est pas une raison.

– Parce que ça fait une semaine qu'on est là. »

Lindquist changea d'expression ; sa bouche s'entrouvrit et ses lèvres s'arrondirent pour former un O, comme s'il était en train d'essayer de résoudre un problème d'algèbre. « Tu me jures de ne parler à personne de ce que je vais te dire ? » demanda-t-il.

Wes hocha la tête avec la plus totale indifférence.

« De l'or. J'en ai déjà trouvé. Un doublon. »

Wes ne savait pas quoi dire. « D'accord. En tout cas, quoi que vous cherchiez, ce sera encore là demain, dit-il. Et le jour d'après. On pourra couvrir plus de terrain si on est reposés.

– Mais si quelqu'un le trouve avant nous ?

– Mr. Lindquist, je ne veux pas vous manquer de respect, mais il n'y a personne dans le coin.

– Si. Les jumeaux.

– Je ne les ai pas vus.

– Parce qu'on s'est éloignés de leur île. Et maintenant on fait demi-tour. On a sauté une dizaine d'îles. Faut que j'y retourne. »

Une chouette hulula dans une île voisine. Une autre lui répondit.

«Je ne peux pas, dit Wes.

– Et si jamais on en trouve d'autres ?»

Le garçon se gratta un genou, rougi par une piqûre d'insecte.

«Si on en trouve d'autres, reprit Lindquist, t'auras ta part.

– Faut que j'y aille maintenant. Je suis malade. Faut que je reste à terre pendant un moment. Ramenez-moi, s'il vous plaît.»

Lindquist se gratta la nuque et regarda autour de lui d'un air contrarié. «Bon, bah rentre chez toi alors.

– Vous voulez bien me ramener ?»

Lindquist fit un geste agacé du bout de son crochet. «Vas-y tout seul.»

Wes ne comprit pas et prit un air ahuri. «À la nage ?

– Bien sûr que non. Prends le bateau.

– Et je vous laisse ici ?»

Lindquist hocha la tête.

«Je ne peux pas faire ça, dit Wes. Je ne peux pas, hors de question.

– Alors tu restes.

– Jamais de la vie.

– Prends le bateau. Laisse-moi la pirogue. Ils ne me repéreront pas là-dedans.»

Wes se rembrunit, serra les mâchoires.

«Reviens me chercher dans vingt-quatre heures. Je vais continuer à l'est. Je ne serai qu'à quelques îles d'ici.»

Lindquist se leva, disparut dans la cabine et revint avec un sac à dos passé sur l'épaule. De sa main valide, il lança son détecteur de métaux dans la pirogue, puis grimpa à bord.

«Je vous en prie, ne faites pas ça, Mr. Lindquist.»

Mais Lindquist mit la petite embarcation à l'eau. «Un jour ou deux», cria-t-il à Wes en pagayant d'une main.

« Non, ne faites pas ça. »

La voix de Lindquist s'éloignait déjà. « C'est ça, l'aventure. »

Wes se retrouva seul dans les ténèbres et le silence du bayou, où ne résonnaient plus que les gifles des vagues contre la coque du bateau. Il tourna la tête vers le nord ; les lumières du port de Jeanette brillaient d'un éclat si infime, si lointain à l'horizon, qu'on eût dit un mirage.

Il démarra le moteur.

Cosgrove et Hanson

Un jour de la fin septembre, une semaine après le début de leur expédition, tandis que Hanson se frayait un chemin dans les fougères et que Cosgrove pataugeait dans son sillage, une chouette poussa soudain un hululement strident, tout près d'eux, dans les bois. Hanson sursauta et trébucha sur une racine de cyprès. Il tomba en avant, se retrouva les quatre fers en l'air dans la boue comme un cochon dans une porcherie, et essaya de se relever en pestant.

Cosgrove enjamba péniblement la racine et tendit sa lanterne au-dessus de Hanson.

Ce dernier leva la tête, le blanc des yeux brillant au milieu de son visage maculé de boue. On aurait dit qu'il venait d'être expulsé par le rectum d'un éléphant.

« Putain, mais qu'est-ce que tu fous avec cette lumière ? s'énerva Hanson. J'y vois que dalle. »

Cosgrove réprima un fou rire nerveux.

Hanson lui tendit une main boueuse. « Aide-moi, dit-il.

– Merde, pas question.

– Ça te fait marrer ? »

Cosgrove sentit un sourire s'étirer lentement sur son visage.

« Mais sors-moi de là, merde ! »

Cosgrove fit la grimace, saisit la main de Hanson pour l'aider à se relever, puis ils retournèrent au bateau et mirent le cap sur le chenier suivant.

Une puanteur chimique et capiteuse régnait dans l'air, comme le parfum du goudron chaud en été. Cosgrove apercevait des filaments de mazout dans l'eau, des flottilles d'écume diarrhéique. Il avait peur de respirer des émanations nocives, tous ces produits toxiques inquiétants dont ils parlaient au journal télévisé. Benzène, arsenic, Corexit. Les dauphins de la baie, avait-il entendu dire, toussaient et crachaient du sang par tous les pores. Pas bon, ça.

« Je ne me sens pas très bien », cria Cosgrove par-dessus le bruit du moteur. Il sentait arriver la migraine.

« Tu te sentiras mieux une fois qu'on aura trouvé ce qu'on va trouver, Yéti. » Un sourire dévoila les dents de traviole de Hanson, toutes blanches au milieu de son visage souillé.

Combien de fois avait-il répété cette phrase au cours des dernières semaines ? Impossible de les compter. Mais à présent, à cet instant précis, à dix mètres de l'île, ils échangèrent un regard. Hanson renifla, puis Cosgrove.

Une odeur évocatrice. Verte et résineuse, familière, reconnaissable entre toutes.

Ils ne dirent rien, comme saisis par un élan panique de superstition à l'idée qu'un seul mot puisse leur porter la poisse.

Ils accostèrent et Hanson sauta du bateau. Cosgrove le suivit. À quelques mètres du rivage, l'île était corsetée d'une clôture de barbelés, une barricade contre les animaux nuisibles. Ils l'aplatirent au sol en la piétinant, la franchirent et commencèrent à s'enfoncer dans les fougères détrempées.

« Attends », dit Cosgrove.

Hanson s'arrêta et jeta un regard impatient par-dessus son épaule.

« Si quelqu'un a mis une clôture ici, ce quelqu'un a forcément installé autre chose. »

Hanson baissa la tête d'un air pensif, comme si cette idée ne l'avait pas effleuré.

Cosgrove regarda autour de lui, se dirigea vers un cyprès bourgeonnant et en arracha une branche. Puis il se remit en marche, s'enfonçant plus lentement dans les taillis, testant le sol à ses pieds du bout de son bâton comme un aveugle avec sa canne. Des salamandres se faufilaient entre les feuilles visqueuses.

Quelque chose se referma alors avec un grand bruit métallique sur l'extrémité du bâton et Cosgrove fit un bond en arrière. À la lueur de la lune, il aperçut le reflet mat d'un morceau de métal. Un piège, ses mâchoires en dents de scie agrippées à son bâton.

« Putain de merde », dit Hanson.

Le cœur de Cosgrove vint lui percuter les tempes, comme une tête de marteau enveloppée dans du coton heurtant une pièce de ferraille. Il avança à petits pas, suivi de près par son acolyte.

Plus ils approchaient du centre de l'île, plus l'odeur familière se précisait.

« Ça ne peut pas être vrai, dit Cosgrove.

– Ce serait l'endroit idéal, dit Hanson.

– Je veux bien avoir les deux pattes coupées. »

Quand ils débouchèrent dans la clairière, Hanson laissa échapper une puissante exclamation jubilatoire. Comme le cri d'un prédicateur en transe. Côte à côte, ils braquèrent devant eux leurs lampes torches, sidérés. Ce qu'ils avaient sous les yeux relevait du prodige, un véritable miracle d'ingéniosité. Du sol marécageux s'élevaient des poteaux soutenant des plates-formes en bois, sur lesquelles s'alignaient une quantité astronomique de plants de cannabis – une espèce de jardin hydroponique suspendu. Des pans de tissu ajouré à motif camouflage, saupoudrés çà et là de quelques poignées de feuilles, étaient tendus comme une canopée à une cinquantaine de centimètres au-dessus des plants. Ces derniers poussaient dans de gros bidons de huit litres remplis d'une espèce de fertilisant de couleur pâle qui ressemblait à du gravier pour aquarium, entre lesquels serpentait un réseau de tubes reliés à des seaux disposés de façon à récolter l'eau de pluie.

Impossible de savoir combien d'herbe il pouvait y avoir là – il faisait trop noir. Assez, sans doute, pour envoyer dans les vapes l'État de Louisiane tout entier pendant plusieurs semaines. Cosgrove se sentait chanceler d'incrédulité devant ce spectacle auquel ses yeux lui disaient pourtant de croire. Il se demandait si toute cette herbe était bien réelle, ou si la contrefaçon pouvait avoir un équivalent dans le monde de la nature. Ce jardin suspendu devait faire au moins la taille d'un court de tennis. L'odeur puissante lui faisait tourner la tête.

« Putain, on se croirait dans *Charlie et la chocolaterie* ! » lança Hanson. Il se précipita dans les plants de cannabis, les serrant contre sa poitrine et enfouissant son visage dans les feuilles.

« Fais gaffe », dit Cosgrove. Un mélange étrange de jubilation et de terreur s'emparait de lui. Comment un tel coup de chance avait-il pu leur tomber dessus ? Personne n'avait à ce point le cul bordé de nouilles.

Hanson arrachait les feuilles, en remplissait les poches de son short en jean par poignées entières. Ses mains tremblaient, il transpirait et avait l'air d'un illuminé.

« Hanson, dit Cosgrove qui sentait un nœud se former dans ses entrailles, comme un mauvais pressentiment. Cet endroit est piégé. C'est obligé.

– Putain, c'est le plus beau jour de ma vie ! » répondit son compère avec des trémolos dans la voix.

Cosgrove attendit, inspira profondément, puis le rejoignit au milieu des plants. Il arracha une petite poignée de feuilles, puis une autre. Bientôt ses mains étaient toutes collantes, la tête lui tournait, et il se remplit les poches avec abandon.

Le lendemain soir, ils mirent de nouveau le cap sur l'île. Cosgrove tenait la barre tandis que Hanson fumait quinze grammes d'herbe tassée dans un joint de la taille d'une banane. En temps normal, Cosgrove aurait vu d'un mauvais œil un tel gâchis, mais ils avaient déjà du cannabis à ne plus savoir qu'en faire.

Alors qu'ils n'étaient plus qu'à quelques encablures de l'île, Hanson tendit le joint à Cosgrove.

Ce dernier refusa. « Il faut que l'un de nous deux reste clean, dit-il.

– C'est ça ton problème, dit Hanson. T'es foutrement trop clean. »

Cosgrove poussa un soupir dédaigneux. Hanson était dans un drôle d'état, le blanc des yeux strié de marbrures écarlates, la bouche entrouverte et constellée de postillons. Un enfant à moitié demeuré dans le corps d'un adulte après trois jours de bamboula. Si, par malheur, ils s'étaient fait arrêter par un garde-côte ou un garde-chasse, Hanson, avec la tête qu'il avait, se serait pris une balle dans le buffet sans sommation.

Ils s'enfonçaient dans les marécages, laissant derrière eux les affleurements d'ajoncs, fendant la nappe d'écume blanche. Bientôt ils passèrent devant des îles-barrières hérissées de cyprès morts et de nyssas, dont les rives étaient frangées de mousse noircie par le mazout.

Derrière eux, les lumières de Jeanette disparaissaient peu à peu, marquant la lisière du ciel d'une lueur orangée. Et à l'horizon se dressait la silhouette des plates-formes pétrolières dont les feux de brouillard clignotaient au loin dans le golfe.

« Un vaisseau spatial, dit Hanson en les pointant du doigt.

– Reprends une taffe, dit Cosgrove.

– Cette saloperie est tellement trempée que j'arrive plus à la rallumer. »

Ils croisaient de temps à autre une pinasse ou un Boston Whaler arborant un pavillon triangulaire orange : VAISSEAUX DE LA CHANCE, les bateaux privés réquisitionnés par BP pour patrouiller dans les eaux de la baie et récupérer les galettes de pétrole à la dérive. Ils slalomaient sans la moindre coordination apparente, se frôlant les uns les autres, manquant chaque fois d'entrechoquer leurs bômes. À ce qu'on racontait, la compagnie pétrolière les payait mille dollars la journée. Il suffisait de signer le registre le matin en arrivant et le soir en repartant. Rien d'autre. Aucune supervision.

Un crevettier passa près d'eux en bourdonnant, avec à son bord, dans la cabine de pilotage, un capitaine coiffé d'une casquette plate et deux aides de pont qui les toisèrent, le visage cadavérique dans les lueurs rouges et vertes des phares directionnels. L'un d'eux avait une cigarette fichée au coin de son sourire de travers, et l'autre portait une chemise écossaise aux manches arrachées, déboutonnée de haut en bas.

« Salut les gars, leur lança Hanson.

– Salut connard », dit celui à la cigarette.

Les deux hommes ricanèrent et disparurent dans un grondement de moteur, engloutis par la nuit.

Sur l'île miraculeuse, Cosgrove et Hanson remplirent des sacs-poubelle de grandes brassées de feuilles. Chaque fois que Cosgrove entendait une branche craquer dans les bois, un bruissement dans les taillis, il se figeait et tendait l'oreille.

Une heure plus tard, ils avaient fait le plein. L'odeur de la marijuana était si puissante qu'on la sentait même à travers trois épaisseurs de plastique. Ils avaient les doigts poissés de sève comme s'ils les avaient trempés dans de la résine de pin, et ils eurent beau se frotter vigoureusement les mains dans l'eau et le limon du marais, impossible de se débarrasser de cette puanteur.

De retour au motel, ils planquèrent les sacs dans la salle de bains de Hanson, fermèrent la porte, coincèrent une serviette sous le seuil et aspergèrent toute la pièce de désodorisant. Mais l'odeur de cannabis était plus forte, étouffante, et elle envahit la chambre tel un miasme hallucinogène. Cosgrove, rien qu'à la respirer, se sentait à moitié défoncé. N'importe qui aurait pu les repérer – il suffisait de passer devant leur porte. La femme de chambre, le gérant. Cosgrove se voyait déjà entrouvrir le rideau à la fenêtre et découvrir une escouade de véhicules de police encerclant le bâtiment.

Alors ils transbahutèrent de nouveau les sacs-poubelle dans le pick-up de Hanson et sortirent du parking par la voie de service. Quatre heures du matin. Une lune en forme de cimeterre. Dans une clairière à moins d'un kilomètre du motel, ils aperçurent un petit cabanon en bois, sans fenêtres. Dissimulé sous une épaisse couche de lierre, derrière un alignement de chênes massifs, il était quasiment invisible depuis la route.

Ils s'arrêtèrent sur le bas-côté et transportèrent leurs sacs jusqu'au cabanon. Hanson posa sa lampe tempête sur le sol en terre battue et vit, punaisés aux murs, des posters pornos arrachés à des numéros antédiluviens de *Penthouse*. Le cabanon était infesté de toiles d'araignée et de nids de guêpes abandonnés, mais il faisait sec et il y avait de l'ombre – l'endroit idéal pour faire sécher leurs feuilles de cannabis.

Ils laissèrent les sacs dans le cabanon et y retournèrent à pied le lendemain après-midi pour accrocher la récolte aux poutres du plafond avec de la ficelle de cuisine. Ils avaient une seule idée en tête : l'argent qu'ils allaient se faire et les manières les plus folles dont ils allaient bien pouvoir le dépenser.

Grimes

C'est George, le voisin de Trench et l'un des tout premiers habitants de la Barataria à avoir signé l'accord à l'amiable, qui annonça la nouvelle à Grimes : Trench avait fait un infarctus sur son bateau et se trouvait maintenant au Mercy General Hospital, dans un état stationnaire. Grimes y fonça aussitôt et signa le registre des visiteurs à l'accueil sous le nom de « Peter Lorre ».

La chambre était plongée dans la pénombre ; les rideaux étaient ouverts mais un voilage tiré devant la fenêtre filtrait la lumière du jour. À moitié redressé dans son lit, Trench était vêtu d'une blouse en crépon verdâtre, harnaché de tubes en plastique qui lui sortaient du nez et des bras. Le lit à côté du sien était vide. Un petit poste de télévision accroché en hauteur dans un coin de la chambre était allumé, le son coupé. C'était l'une de ces émissions de téléréalité judiciaire où on voyait un juge se mettre en pétard.

Grimes se tenait dans l'embrasure de la porte quand Trench tourna la tête. Ses yeux lui évoquèrent ceux d'un animal blessé. Troubles et lourds d'un mauvais présage, sans plus la moindre étincelle de combativité.

Grimes laissa glisser sa sacoche de son épaule et la tint par la poignée en entrant dans la chambre. Quand il s'approcha du lit, il remarqua le teint cireux de l'homme et ses cheveux aussi blancs que son oreiller.

«Je suis venu dès que j'ai su, Mr. Trench», dit-il.

Une jeune infirmière noire passa à cet instant dans le couloir et il lui sourit. Elle lui rendit son sourire puis disparut.

«Vous avez une mutuelle, j'espère ?» demanda Grimes.

Trench cligna des paupières, les yeux braqués au plafond.

«Pas de mutuelle ? Ah, c'est terrible, ça.»

Silence. Le murmure d'une télévision, deux ou trois chambres plus loin. Dans une autre, un éternuement. Et la voix d'une jeune femme : «À vos souhaits, Mr. Lafourche.»

Grimes se tourna vers l'un des moniteurs de contrôle et montra l'écran du doigt. «C'est quoi, ce machin ? demanda-t-il. La petite ligne qui sautille, là ? C'est votre cœur ?»

Pour seule réponse, la respiration râpeuse de Trench.

«J'avais espéré que vous auriez une mutuelle.»

Enfin, Trench regarda Grimes. «C'est bon, filez-moi vos papelards», dit-il.

Grimes écarquilla les yeux de manière théâtrale. «Vous êtes sûr ?»

Au bout d'un moment, il prit les papiers dans sa sacoche et les posa sur la poitrine du malade. Puis il lui tendit son Montblanc orange. Trench apposa sa signature – une rature rapide au bas de la feuille, comme un coup de canif.

Grimes reprit le formulaire et le tint à bout de bras pour l'examiner. *Et de six*, se dit-il. Six signatures pour l'instant, aujourd'hui. Puis il fourra le contrat dans sa sacoche et reprit son stylo.

«Vous êtes un dur, hein ?» demanda-t-il à Trench.

Silence.

« Vous êtes un dur, pas vrai ? »

Trench serra les dents.

« Allez vous faire foutre, Trench », dit Grimes. Il tourna les talons et sortit de la chambre à grands pas.

Lindquist

Lindquist se souvenait des tics de son père, de ses habitudes compulsives dont il avait si souvent été témoin pendant son enfance et qui ne lui avaient jamais paru étranges jusqu'au jour où il avait remarqué que les autres pères, ceux de ses copains de classe, ne passaient pas leur temps à toucher les poignées de porte, à actionner la chasse d'eau plusieurs fois de suite, à regarder par l'œil-de-bœuf de la porte d'entrée vingt ou trente fois par jour. Sans doute, se disait-il, avait-il hérité des obsessions paternelles comme d'autres naissaient avec la poitrine cave ou un bec-de-lièvre congénital. C'était dans son sang.

« Et si tu te trompais ? » ne cessait de lui demander Gwen à propos du trésor. Sa façon à elle de lui dire qu'il perdait son temps. Qu'il perdait la tête. À la fin, elle ne s'embarrassait même plus de politesses et lui disait que sa quête était triste et pathétique. « Trente ans, et tu es toujours persuadé de ne pas te tromper ? »

Non, il ne se trompait pas. Lindquist le savait, au plus profond de son âme. Il en avait la certitude providentielle, comme un sourcier sait qu'il y a de l'eau dans le sol, comme un médium sait qu'il y a un fantôme dans la pièce. Et tant qu'il continuerait à chercher, tant qu'il continuerait à creuser des trous dans la terre, il ne se tromperait pas.

Lindquist n'avait pas croisé âme qui vive dans cette partie du bayou depuis quoi ? Plusieurs jours. Et voici à présent qu'une embarcation approchait ; ses lumières, encore lointaines, avançaient lentement vers lui, et lui allait à sa rencontre. Dans la brume jetée par la chaleur du soir, il scintillait faiblement à l'horizon telle une étoile à l'agonie. Plus la lumière se rapprochait, plus Lindquist était persuadé qu'il s'agissait d'un petit bateau. Un petit chalutier. Il le devinait à ce que lui disaient non pas ses yeux – il était encore trop loin – mais ses oreilles : un infime grondement de moteur, comme le bourdonnement d'un insecte.

Les jumeaux ? Son cœur s'emballa et il sentit une décharge d'adrénaline lui traverser tout le corps. Si c'étaient bel et bien les jumeaux, alors Lindquist était un homme mort.

Ce n'était pas eux, mais il y avait bien deux hommes à bord du bateau. Un petit, avec une queue de cheval et une casquette à motif camouflage toute sale, et un grand, les épaules voûtées, barbu et sévère comme un croque-mort. Ils saluèrent Lindquist d'un mouvement du menton et celui-ci leur fit un signe de la main.

« Salut les gars, dit-il depuis sa petite pirogue.

– Salut », répondit le poids coq. Il portait un débardeur à l'effigie de Tom Petty sur lequel était écrit DAMN THE TORPEDOES.

« Vous pêchez ?

– Non », répondit-il.

Lindquist aperçut alors un gros sac-poubelle bien rempli sur le pont du bateau. Des braconniers, songea-t-il. Non pas qu'il en eût quoi que ce soit à foutre.

« J'allais vous dire, à votre place je boufferais pas les poissons d'ici.

– On pêche pas, dit le poids coq. Vous ?

– Non plus. Une petite sortie en mer, c'est tout.

– Ouais. Nous aussi. On admire le panorama.

– Y a pas grand monde par ici, dit Lindquist.

– Non », reconnut le petit. Puis il considéra l'embarcation de Lindquist. « Putain, ça fait une sacrée distance à la rame. »

Sans doute, oui, concéda Lindquist. Il regarda l'autre homme, qui n'avait toujours pas dit un mot. « Comment va ? lui demanda-t-il.

– On fait aller.

– Vous êtes pêcheur ? demanda le petit.

– Ça m'arrive, dit Lindquist. Et vous ?

– Nous, on vient du Missouri. Défense de l'environnement. Diverses missions.

– Eh les gars, dit Lindquist, voulez que je vous en raconte une bonne ? »

Les deux hommes échangèrent un regard méfiant. Le petit haussa les épaules.

« Vous savez pourquoi les pédés tortillent tout le temps du cul ? »

Les deux autres attendirent.

« Parce que les homozygotes.

– Ah ouais, dit le petit. D'accord.

– Bref, dit Lindquist.

– Ouais, dit le petit.

– Faut qu'on y aille, dit le grand.

– Voulez que je vous en raconte une autre ?

– Faut qu'on y aille », répéta le grand.

Le poids coq salua Lindquist d'un geste de la main et

redémarra. Lindquist lui rendit son salut. Ils s'éloignèrent sans se quitter du regard et chacun poursuivit sa route de son côté.

Deux ou trois jours ? Ça devait bien faire ça, se disait Lindquist, depuis que le gamin était parti. Peut-être même plus. C'est vrai qu'il perdait facilement la notion du temps quand il partait à la chasse au trésor. Mais ça ne pouvait pas faire si longtemps que ça non plus, vu le nombre de bouteilles d'eau et de barres vitaminées qu'il lui restait dans son sac à dos.

Il était quatre heures du matin quand Lindquist, qui était en train de creuser dans le sol d'un chenier à la faible lueur de sa lanterne, heurta quelque chose de dur du bout de sa pelle. Un rocher, se dit-il. Il redonna quelques coups de pelle et entendit un son creux, comme s'il avait tapé dans du bois. Il s'accroupit pour retirer les feuilles détrempées et la boue. Puis il plongea la main dans le sol et sentit sous ses doigts une espèce de vieille planche, lisse et dévorée par la moisissure.

Une boîte. Une très vieille boîte en bois.

Lindquist se redressa, empoigna sa pelle et l'enfonça sous la boîte, posant un pied sur la tête pour faire levier. Au bout d'un moment, quelque chose céda sous son poids et il tomba à la renverse, le cul dans la vase.

Il se précipita à quatre pattes jusqu'au bord du trou et vit à l'intérieur un vieux coffre incrusté de terre. Il bondit sur ses deux pieds, se saisit de nouveau de sa pelle et donna un grand coup dans le bois, qui se fendit aussitôt.

Il était victime d'une hallucination. C'était forcément ça. Ça faisait si longtemps qu'il était dans la Barataria, si longtemps qu'il n'avait pas fermé l'œil et qu'il n'avait pratiquement rien mangé, qu'il voyait simplement ce qu'il avait envie de voir. Un mirage délirant. Il avait épuisé sa réserve de cachets depuis plusieurs heures et ne cessait de retarder le moment de rentrer au port pour se ravitailler. *Encore une heure*, se répétait-il sans cesse. *Encore un trou.*

N'était-ce pas ce qui arrivait aux gens qui traversaient le désert pendant plusieurs jours ? Ils se mettaient à voir des choses, des apparitions. À voir ce qu'ils désiraient le plus ardemment.

À la faible lumière de sa lanterne, quelque chose étincelait au milieu du bois et de la terre. Il s'agenouilla, plongea la main dans le coffre et prit l'objet entre ses doigts. Une pièce. Il l'examina de près. De l'or. Il réitéra son geste et se mit à fouiller. Il y avait d'autres pièces à l'intérieur. Plein d'autres. Impossible de savoir combien. Sans doute des centaines. Il en ramassa une pleine poignée, les approcha de son visage et les embrassa. Ses lèvres étaient barbouillées de terre. Il s'en fichait. Il leva vers le ciel un visage illuminé par l'exaltation.

Cet instant était si parfait que tous les accidents, tous les revers de fortune, toutes les déconvenues qui l'avaient précédé lui semblaient à présent autant de signes miraculeux.

« Merci, merci », dit-il. Il vida les poches de son pantalon et commença à les remplir de pièces d'or tout en répétant : « Merci. »

Les frères Toup

Quand ils retournèrent sur leur île, les frères Toup découvrirent leurs plants saccagés, leur jardin hier encore grand comme un terrain de tennis crevé d'énormes trous. Une tornade de tiges brisées et de feuilles mortes jonchait le sol, et les pots renversés y gisaient, éparpillés un peu partout. Impossible, dans l'obscurité, de prendre la mesure exacte des dégâts. Ici et là, dans la boue, l'emballage d'une barre chocolatée, un sachet de chips vide, une canette de bière écrasée.

Victor arpentait les lieux en tous sens d'un pas frénétique, les yeux exorbités, incrédule devant le cataclysme. Il mit la main devant sa bouche, cracha une bordée d'insultes et se remit à aller et venir de long en large. « Bon Dieu », répétait-il d'une voix étranglée par la colère.

Pendant ce temps, Reginald observait le champ de ruines depuis la lisière de la clairière, les épaules affaissées, ployant sous le découragement. Inquiet pour la suite.

« Regarde-moi ce bordel ! » s'écria Victor en lançant à son frère un regard où perçait une sorte d'accusation, comme s'il s'attendait à ce que Reginald le contredise. Presque comme s'il le soupçonnait de complicité dans ce désastre. « On dirait qu'ils y sont allés à la débroussailleuse. »

Une brise légère s'éleva dans la nuit, un souffle chaud et imprégné d'une odeur de goudron, envoyant doucement tourbillonner les feuilles à leurs pieds.

Reginald jetait des regards autour de lui, comme si les voleurs étaient toujours là, tapis quelque part dans l'obscurité. Son frère n'en finissait pas de pester, serrant les poings et tombant à genoux au milieu des empreintes de pas et de pattes d'oiseau. Il alluma sa lampe torche et inspecta les empreintes laissées par des bottes dans la boue. Deux paires distinctes, qui se croisaient et s'entrecroisaient, une petite et une grande. Elles menaient au rivage, où l'on voyait la trace d'une coque de bateau qui avait glissé sur le sol vaseux.

« Je vais le tuer », dit Victor.

Reginald ne dit rien. Il leva sa lanterne et s'accroupit en prenant appui sur ses talons, puis ramassa le mégot d'un joint aussi gros qu'un barreau de chaise.

« Lindquist. Je te l'avais bien dit, fit son frère. T'as pas voulu m'écouter et maintenant voilà.

– D'accord, ça va, putain.

– Là, juste là. Regarde.

– Quoi, qu'est-ce que tu veux ? Je vois bien. »

Le visage de Victor, illuminé par la lanterne, était tordu de rage. « Je veux que t'arrêtes de faire ta fiotte, voilà ce que je veux. »

Reginald baissa la main d'un geste dédaigneux et laissa tomber le mégot. Victor vint l'achever d'un coup de pied.

« Pris la main dans le sac », dit-il.

Wes Trench

La maison avait beau se trouver à deux kilomètres à peine, jamais Wes ne s'était senti si loin de chez lui. Son corps perclus de douleurs brûlait de retrouver son lit, mais la seule idée de devoir faire face à son père lui était insupportable. Alors il continua de dormir à l'arrière de son pick-up, sur le parking du port, avec pour toute couverture un plaid empestant le moisi et un T-shirt roulé en boule en guise d'oreiller. Même s'il laissait toujours les vitres ouvertes, l'humidité était étouffante, comme si on lui avait enfoncé un torchon humide au fond de la gorge. La saison du championnat de football avait commencé depuis plusieurs semaines déjà, et pourtant l'automne semblait encore loin. Sans doute faudrait-il l'attendre encore plusieurs mois. Parfois il se réveillait en pleine nuit au bord de l'asphyxie ; parfois encore, c'étaient les voix des capitaines et des marins qui le tiraient de son sommeil. Des silhouettes obscures, sans visage, inquiétantes, passaient de manière furtive devant les vitres du pick-up, leurs ombres allongées par les lueurs orange des réverbères du parking.

Épuisé et à moitié délirant, Wes alla sonner à la porte d'un vieux copain de lycée, Grant Robicheaux, dont la famille l'accueillit avec une joie qui paraissait sincère. Dieu merci, ils eurent le tact de ne poser aucune question sur sa situation familiale.

Il dîna en leur compagnie d'un gombo d'écrevisses accompagné de pain de maïs fait maison – son premier repas depuis bien longtemps qui ne fût pas sorti d'une boîte de conserve –, puis ils déplièrent le canapé-lit de la véranda à l'arrière de la maison. À vingt et une heures, il dormait à poings fermés, d'un sommeil sans rêves. Mais à minuit, les trois bassets de Grant débarquèrent dans la véranda et se jetèrent sur lui pour lui donner des petits coups de patte et lui lécher le visage. Au matin, il avait des plaques rouges partout sur les bras et les jambes, comme des piqûres de puce, et il était si fatigué qu'il en aurait pleuré.

À la table du petit-déjeuner, il remercia Grant et sa famille pour leur hospitalité et leur annonça qu'il ferait sans doute mieux de rentrer chez lui.

Un peu plus tard ce matin-là, Wes reprit son pick-up, retourna au port et monta à bord du bateau de son père. Il avait des vertiges et parvenait à peine à garder les yeux ouverts. Il savait que son père le trouverait là en arrivant le soir, et il s'en fichait. Les retrouvailles seraient sans doute violentes et humiliantes, mais Wes se sentait prêt à l'affronter.

Au bout de quelques minutes, il s'endormit sur la couchette de la cabine.

Quand il se réveilla, il faisait nuit noire. Il monta sur le pont et attendit. Vingt et une heures trente. Normalement son père aurait déjà dû arriver à cette heure-là. La plupart des autres débarcadères étaient vides.

Wes s'assit en tailleur sur le vieux pont en bois patiné par le temps, les yeux tournés vers la route de terre menant au port. Étoiles et criquets, bruits d'éclaboussure des poissons dans le bayou. Quelques instants plus tard, des phares clignotèrent entre les arbres, et un pick-up déboula sur le parking dans un crissement de gravier écrasé. Wes se leva, rassembla son courage. Quand il s'aperçut que ce n'était pas celui de son père, le nœud se desserra dans son estomac. Le Ford moucheté d'enduit se gara sous l'un des réverbères, et Randy Preston, un vieil ami de la famille, en sortit. Il s'avança vers le quai, glacière à la main et cigarette au bec.

« Comment va, Wes ? » dit Randy en s'approchant. Son énorme dentier luisait dans l'obscurité.

« Ça va. Et toi ?

– Ça va. T'attends ton paternel ?

– Ouais.

– Lui, ça va ?

– Ça va, ça va.

– Tant mieux, dit Randy en s'éloignant pour rejoindre son bateau. Tiens bon la barre, Wes.

– D'accord, répondit le garçon en lui tendant le majeur. Toi aussi.

– Tous les soirs », dit Randy en lui retournant son doigt d'honneur par-dessus l'épaule, sans se retourner.

Wes attendit jusqu'à vingt-deux heures, puis il remonta dans son pick-up et rentra chez lui. Pas de lumière dans la maison. Les rideaux aux fenêtres étaient ouverts, et deux numéros du *Times-Picayune* gisaient dans l'allée, encore emballés. Wes les ramassa et entra.

Il fut aussitôt assailli par une odeur de pourriture. Il alluma et se rendit directement dans la cuisine, d'où semblait provenir la puanteur. Dans la poubelle, par-dessus le petit tas de café moulu et les vieux journaux, il découvrit des morceaux jaunis de graisse de poulet. Wes sortit le sac, fit un nœud et alla le jeter dans la poubelle du jardin. Il jeta un coup d'œil à son bateau inachevé, tristement à l'abandon sous sa bâche moisie.

Il retourna à l'intérieur et alla voir le répondeur. Douze messages, indiquait le petit écran lumineux. Wes décrocha le combiné et fit défiler l'historique des appels. Que des numéros inconnus au cours des trois derniers jours – autrement dit des créanciers, selon toute probabilité, ou en tout cas de mauvaises nouvelles.

Un filet de sueur glissa le long de sa joue et il l'essuya d'un revers de main. Il s'aperçut alors qu'il faisait beaucoup plus chaud que d'ordinaire dans la maison, comme si on n'avait pas mis l'air conditionné depuis un bout de temps.

Il se rendit dans la chambre de son père et vit que le lit était défait – pour le coup, rien d'inhabituel. Personne dans la salle de bains, ni dans les autres pièces et le garage. Wes retourna dans la chambre et ouvrit la penderie. Tous les vêtements de son père étaient là, ainsi que sa valise.

La viande pourrie. Les appels en absence. Le bateau toujours amarré au port.

Le cœur de Wes se mit à tressauter dans sa poitrine comme une patte de grenouille.

Il sortit son portable, ouvrit le clapet, puis se souvint qu'il ne marchait plus. Il n'avait pas payé sa dernière facture. Quel con.

Il remonta dans son pick-up et se rendit chez le voisin. Peut-être que Chuck saurait quelque chose. Son père et lui s'entendaient plutôt bien.

Corpulent, le visage rubicond, Chuck ouvrit la porte. Il resta planté là devant Wes sans dire un mot pendant quelques instants, levant et baissant ses sourcils blancs sur son front. Puis :

« T'es pas au courant, hein ? »

Wes ne réagit pas.

« Oh, fiston. Je suis désolé. »

Tenaillé par la peur et la culpabilité, Wes prit l'ascenseur et monta au deuxième étage de l'hôpital, où se trouvait la chambre de son père.

Un médecin était venu à sa rencontre dans le hall d'accueil pour lui raconter ce qui s'était passé : son père, après avoir travaillé seul pendant deux jours sans s'arrêter, avait fait une crise cardiaque dans la Barataria. Alors qu'il tenait la barre, il s'était effondré, puis il avait réussi à ramper jusqu'au placard où étaient rangées les fusées de détresse. Il en avait pris une, s'était redressé en prenant appui sur le vilebrequin de la cabine de pilotage et avait tiré la fusée par la vitre. Un autre crevettier avait aperçu le signal et était venu aborder le *Bayou Sweetheart*, où le père de Wes gisait, inconscient, sur le sol de la cabine.

« Sacré coup de bol », avait conclu le médecin.

Le garçon sortit de l'ascenseur et s'avança dans le couloir à pas lents, les yeux braqués droit devant lui, s'efforçant de ne pas tourner la tête vers les chambres dont la porte était restée ouverte. Il sentait peser sur lui les regards malades et funestes des patients allongés dans leur lit.

Quand il entra dans la chambre, son père souleva légèrement la tête et la tourna vers le seuil. Puis sa tête retomba sur l'oreiller, mais ses yeux, voilés par les substances chimiques, restèrent fixés sur Wes. Des tubes lui sortaient du nez, des bras, et il avait le visage hagard, les traits tirés.

Le garçon s'approcha du lit, se demandant s'il devait l'embrasser sur la joue comme quand il était gamin. Mais il se contenta de lui poser brièvement la main sur l'épaule. Sous la blouse d'hôpital amidonnée, son corps paraissait frêle et chétif, sur le point de se briser.

Wes attrapa une chaise dans un coin de la pièce, la tira au bord du lit et s'assit.

« Qu'est-ce qu'ils disent ? demanda-t-il à son père avec nervosité.

– Qu'il me reste trois heures à vivre. »

Ils gardèrent le silence pendant un moment.

« Je suis désolé, dit Wes.

– T'en fais pas.

– Mon portable ne marchait plus.

– Je sais.

– Je n'ai pas payé ma facture.

– Bravo, très malin. »

La télé était allumée. Une jolie détective blonde avec un chapeau de feutre et une grande gueule. Ils regardèrent l'épisode quelques instants comme s'il les passionnait.

« J'ai accepté leur fric », dit son père sans quitter l'écran des yeux.

Wes hocha la tête, même si nul ne pouvait voir sa réaction.

« Le type est passé hier et j'ai signé sur les petits pointillés, sans broncher.

– Ah.

– Je ne veux même pas imaginer la facture, continua son père. Dès que je l'aurai sous les yeux, je suis bon pour un deuxième infarctus. Et une deuxième facture, du coup.

– Tu veux quelque chose ? demanda Wes. Il y a un distributeur dans le couloir.

– Non. Ça va. »

Ils continuèrent à regarder la télé. Une publicité maintenant, pour un cathéter de poche. Une mélodie au xylophone et un type d'âge mûr en train de jouer au frisbee dans un parc avec trois jeunes nanas en débardeur.

« Tu peux y aller, si tu veux, dit son père. Tu as probablement des trucs à faire.

– Je regarde ça.

– Ça ? La pub ?
– La série.
– Tu attends que la série reprenne ?
– Oui.
– Tu aimes bien cette série ?
– Je ne sais pas.
– C'est quoi ? Juste une fille avec un drôle de chapeau qui résout des énigmes, c'est ça ?
– Je ne sais pas. Je ne l'ai jamais regardée avant.
– Elle est pas mal roulée.
– Oui. » Wes transpirait. Il frotta ses paumes sur son jean.

Quand l'épisode reprit, ils continuèrent à le regarder en silence.

« Hein ? » dit son père à un moment.

Wes se pinça les sourcils entre le pouce et l'index. « Je n'ai rien dit.

– T'en fais du boucan.
– Je n'ai rien dit.
– T'es assis là, on dirait que tu vas faire une attaque.
– Je suis assis, c'est tout.
– Oui, bah je crois que tu ferais aussi bien d'y aller. Je commence à être fatigué, de toute façon. Je veux pas te retenir.
– Ça va.
– Je crois que je vais dormir un peu. Avec tous ces médocs qu'ils me filent. »

Wes se leva et se dirigea vers la porte.

« Hé », dit son père.

L'adolescent se retourna.

« Je sais que je ne suis pas toujours facile.

– Pas de problème.
– Tu me rapporterais quelque chose à manger, la prochaine fois ? Si t'as rien de prévu ?

– Je viendrai demain. C'est ça que j'ai prévu.

– Un sandwich du Sully's Bar ou n'importe quoi. La bouffe à l'hosto, c'est comme du poison. Ça doit en être, d'ailleurs. Comme ça ils peuvent me garder plus longtemps et allonger la note.

– Je te rapporterai quelque chose du Sully's Bar.

– Hé, Wes. »

Le garçon attendit.

« J'essaie, tu sais. »

Wes hocha la tête. « À demain. »

Cosgrove et Hanson

Il y avait tellement de cannabis entreposé dans le cabanon abandonné que même Hanson, aussi défoncé fût-il, reconnut qu'il fallait faire quelque chose. Jamais ils ne pourraient fumer ou vendre une telle quantité d'herbe. Même un million d'années n'y suffiraient pas. Il appela donc son vieux copain Greenfoot, lequel prit contact avec un autre copain, et quelques minutes plus tard, le téléphone sonnait dans la chambre de motel de Hanson. Il était dix heures et demie du matin ce vendredi-là, le 1er octobre, et Cosgrove, assis à la petite table dans le coin de la chambre, l'écouta répondre aux questions du type à l'autre bout du fil.

« Peut-être cinquante, dit Hanson. À trois ou quatre près. »

Il faisait les cent pas, tirant au maximum sur le cordon du vieux téléphone en bakélite ; au bout d'une minute, il s'assit au bord du lit et adressa un clin d'œil à Cosgrove.

« Ouais, dit Hanson. Kilos. »

Son interlocuteur dut éclater de rire car Hanson se mit à rire lui aussi. « Oui, m'sieur, fit-il, comme je vous le dis, vrai de vrai. »

Ils sortirent les sacs-poubelle du cabanon et les chargèrent à l'arrière du véhicule de Hanson. Quand ils eurent terminé, leur cargaison formait un énorme tas sur le plateau du pick-up.

Au-dessus de la ligne des arbres, baignant dans un halo de chaleur, flottaient les dernières traces d'une lune spectrale, comme découpée dans du papier calque.

« Je te le dis, c'est le plan le plus foireux du siècle », lança Cosgrove. Du revers de la main, il essuya son front couvert de sueur.

« T'as une meilleure idée ?

– Ouais. Un camion de déménagement.

– T'as déjà conduit ça dans les rues de La Nouvelle-Orléans ?

– Je pourrais me débrouiller. Je sais conduire un camion.

– C'est l'Ouzbékistan là-bas, mec. Je te jure. Et des vrais kamikazes du volant. C'est pire que Mad Max au-delà de ce putain de Dôme du tonnerre. »

Hanson mit les mains sur ses hanches et contempla la montagne de sacs. Il monta sur le plateau et s'assit au sommet pour essayer de la tasser.

« Je le conduirais, moi, le camion de déménagement, reprit Cosgrove.

– Jamais de la vie je prends le risque de traverser un pont à bord d'un camion rempli de cannabis.

– T'as une bâche au moins ?

– Une bâche ? répéta Hanson en remontant la boucle de sa ceinture de cow-boy. Qu'est-ce que tu me chantes ?

– Une bâche, c'est un truc basique. Tout le monde a une bâche.

– Qu'est-ce que tu veux que je foute avec une bâche ?

– Il nous faut au moins ça, dit Cosgrove. Pour camoufler toute cette came.

– Les sacs pèsent une tonne. Ils risquent pas de se faire la malle.

– Là, ça bat tous les records de connerie.

– Putain, vieux, on dirait une mémé de quatre-vingts balais. Les plaques d'immatriculation sont à jour. Les feux arrière marchent impec. Tout est nickel. »

Cosgrove laissa échapper un soupir résigné, et Hanson se mit au volant.

Ils passèrent devant un alignement de mobile homes montés sur poutrelles et rongés par la rouille, des devantures poussiéreuses de magasins abandonnés derrière lesquelles étaient suspendus des écriteaux CESSATION D'ACTIVITÉ et À LOUER. Bientôt toute trace de civilisation disparut, hormis la route elle-même, une voiture de temps à autre, ou un panneau publicitaire rongé par les intempéries. ARRACHAGE DE SOUCHES JÉSUS EST NOTRE SEIGNEUR, lisait-on sur l'un d'eux. Sur un autre, JIMMY DIAMOND BROUSARD, L'AVOCAT DU SEIGNEUR.

Ils traversèrent des fourrés d'ajoncs et de jacinthes violettes, des bosquets de pins des sables, des champs de fleurs sauvages aux couleurs éclatantes parmi lesquelles voletaient de minuscules papillons orangés comme un ouragan de confettis. Sur le bas-côté, une phalange de vautours sautillaient autour de ce qui ressemblait à un gros morceau de caoutchouc noir. Cosgrove aperçut des crocs blancs luisant au milieu d'un fouillis d'entrailles. Un alligator.

Il jeta un coup d'œil au compteur. « Ralentis, dit-il à Hanson.

– Je suis à quatre-vingts.

– C'est limité à soixante-dix.

– Je viens de voir quatre-vingts. »

Ils aperçurent bientôt un panneau de signalisation. « Soixante-dix, regarde, dit Cosgrove. Putain, réveille-toi. »

Hanson réduisit l'allure, et il leur fallut une demi-heure pour rejoindre l'autoroute. Cosgrove se dévissait la tête toutes les trente secondes pour vérifier que les sacs ne bougeaient pas à l'arrière, tandis que Hanson s'agrippait au volant, le nez contre le pare-brise, comme un octogénaire. Les panneaux publicitaires des chiropracteurs et des avocats prêts à tout pour vendre leurs services cédèrent peu à peu la place à ceux des clubs de strip-tease et des bars à huîtres. Puis ils passèrent devant l'aéroport Louis-Armstrong, et un avion qui atterrissait frôla l'autoroute de si près que Cosgrove aperçut la silhouette des passagers derrière les hublots.

À Metairie, la circulation devint tout à coup plus dense, entre vieilles guimbardes à la traîne et pick-up zigzaguant à tombeau ouvert d'une voie à l'autre. Quelques voitures de police allaient leur petit bonhomme de chemin ; les flics ne voyaient rien ou s'en foutaient, manifestement. Peut-être étaient-ils ivres ou défoncés, eux aussi. En train de se faire pomper le dard sous le tableau de bord.

Cosgrove se retourna pour la énième fois. Les sacs étaient toujours là, toujours bien en place. De quoi l'envoyer derrière les barreaux pour un bon bout de temps.

Hanson lui adressa l'un de ses habituels sourires en coin. « C'est qui le roi du volant ?

– Regarde la route, dit Cosgrove.

– Le meilleur putain de conducteur que t'aies jamais vu, continua Hanson. Plus de sang-froid que dans les tétons d'une Esquimaude. »

La Nouvelle-Orléans se profilait à l'horizon – la brique des usines désaffectées, les gratte-ciel gris et noirs couronnés de brouillard toxique, le titanesque Superdome. Sous les bretelles d'autoroute, quelques grappes de taudis misérables, souvent incendiés ou éventrés, la plupart ornés des symboles cruciformes de la National Guard, peints à la bombe aérosol. Le funeste langage codé des chiffres et des sigles.

Cosgrove se retourna une fois encore. Un sac se mit à

tressauter sur le plateau quand le pick-up roula sur une série de nids-de-poule. Puis, avec une lenteur aussi terrifiante qu'inexorable, il glissa vers le hayon.

« Le sac, là, dit-il sans le quitter des yeux, horrifié. Il glisse. »

Hanson, la main posée sur sa casquette camouflage, écarquilla les yeux dans le rétroviseur.

Une grosse camionnette de livraison blanche leur collait maintenant au train, les pare-chocs presque à touche-touche.

« C'est qui, cet enculé ? dit Hanson.

– Fais gaffe, il y a un nid-de-poule un peu plus loin.

– Cette putain de ville tout entière est un gigantesque nid-de-poule. »

Hanson passa l'obstacle à vive allure et le pick-up décolla de la route. Cosgrove vit le sac d'herbe sauter du plateau arrière et partir en vol plané. Le véhicule atterrit brutalement, se cabrant sur ses amortisseurs. Derrière eux, la camionnette changea de voie en un éclair et le conducteur écrasa son klaxon. Le sac se mit à valdinguer sur le macadam et d'autres voitures l'esquivèrent dans un grand concert énervé de klaxons. Puis une Tercel marron des années quatre-vingt roula dessus, faisant aussitôt jaillir une explosion de feuilles vertes étincelantes.

« Le sac », articula péniblement Cosgrove après quelques instants de sidération.

Hanson regarda son acolyte.

« Il y a un sac qui est tombé », dit celui-ci.

Hanson jeta un coup d'œil dans le rétro, bouche bée. « Faut faire demi-tour, tu crois ? demanda-t-il.

– Roule, nom de Dieu, roule. »

Ils poursuivirent leur route dans un silence tendu, à l'affût des sirènes de police.

Au bout d'un moment, Hanson se mit à pouffer de rire.

« Bah putain, j'en connais qui vont faire une sacrée fiesta ce soir », dit-il.

Toujours aucun bruit de sirène.

C'était La Nouvelle-Orléans, après tout.

Sur Royal Street, Hanson se gara devant une maison de ville de style créole à la façade parme : balcon en fer forgé rococo, grandes fenêtres à volets, énorme porte verte ornée d'un heurtoir en cuivre figurant une tête de gargouille. Des touristes éméchés titubaient sur le trottoir. Un trio d'étudiants arborant des T-shirts à la gloire de l'équipe de football des Seminoles. Un vieux type au bras d'une jeune Asiatique vêtue d'un uniforme d'écolière. Un ouvrier du bâtiment grisonnant portant un déguisement de farces et attrapes avec des faux seins en mousse sur le devant. Tous avaient une bouteille de bière ou un gobelet à la main.

Quand Cosgrove descendit du pick-up, il aurait pu s'agenouiller et embrasser le sol. Il l'aurait fait si le trottoir n'avait pas été aussi sale – perles de Mardi gras souillées, étrons canins pétrifiés et mégots de cigarette.

Une brise chaude soufflait, charriant des effluves d'ordures et de pisse, de fruits de mer et de café à la chicorée, de purin et de fruits pourris.

Les mille et une épices fétides de La Nouvelle-Orléans.

Hanson sonna à la porte de la maison créole. Quelques instants plus tard, un jeune homme torse nu sortit sur le balcon et regarda en bas. Il mâchouillait une sucette, dont il balança le bâtonnet dans la rue avant de retourner à l'intérieur.

Cosgrove et Hanson attendirent près du pick-up. Une calèche remontait la rue, les sabots des chevaux martelant les pavés. Un Noir émacié, coiffé d'un haut-de-forme qui dissimulait ses yeux, menait doucement l'attelage. Six ou sept touristes étaient installés sur les banquettes de la calèche brinquebalante. Ils dévisagèrent les deux hommes comme s'ils faisaient partie du décor.

Quand un Japonais brandit son téléphone portable et prit une photo, Cosgrove le fusilla du regard.

Le jeune homme sortit enfin et se présenta : Benji. Il se tourna vers le pick-up, avisa l'énorme tas de sacs-poubelle et se mit à rire. « Vous avez fait la route depuis le bayou comme ça ? » demanda-t-il. Il regarda à gauche dans la rue, puis à droite.

« Comme ça, répondit Hanson fièrement.

– Putain, elle fouette, cette came », dit Benji en rigolant de plus belle.

Cosgrove ne s'attendait pas à quelqu'un d'aussi jeune. Il avait la vingtaine, vingt-cinq ans à tout casser. Un gosse. Une bonne tête d'Américain, les cheveux blonds en bataille sur le front et des dents hollywoodiennes. Si Cosgrove l'avait croisé dans la rue, il se serait dit que c'était sans doute un fils à papa, un étudiant de l'université de Tulane.

« Sans déconner, dit le jeune homme, toujours ébahi devant la cargaison. Faudra que je raconte ça dans mon mémoire de fin d'année. »

Benji et Hanson déchargèrent les sacs et les transbahutèrent dans la maison tandis que Cosgrove montait la garde devant le pick-up. Quand ils eurent fini, ils pénétrèrent tous les trois à l'intérieur.

Sous le haut plafond, ça sentait la cire de bougie et la poussière de bibliothèque. Meubles anciens en merisier, objets d'art. Une grande porte-fenêtre donnait sur un jardin enclos par un mur de briques, avec au milieu un gigantesque olivier sur les branches duquel pépiaient une dizaine d'oiseaux aussi bariolés que des jouets d'enfant.

Et là, au beau milieu de ce décor, les sacs-poubelle de

Cosgrove et Hanson, amoncelés au centre de la pièce sur le parquet en damier.

Benji sortit de sa poche un couteau suisse, entailla l'un des sacs et en retira une grosse poignée de feuilles. Il les porta à son nez et respira un grand coup. Puis il fit rouler une brindille entre ses doigts et l'examina.

« Il y a beaucoup de pistil là-dedans qui est encore un peu vert, dit-il.

– Ah ouais ?

– Cueilli trop tôt.

– J'en ai fumé, dit Hanson. C'est de la came de première classe. Vrai de vrai.

– J'en doute pas, mec. Mais elle est encore humide. Il faut qu'elle sèche. »

Hanson se tut. Derrière lui, Cosgrove se tenait les bras croisés. Il y avait quelque chose chez ce gamin qui ne lui plaisait pas. Son petit sourire ironique. Bien sûr, Cosgrove était jaloux. Les rôles auraient dû être inversés : ça aurait dû être à un gamin dans son genre de se taper le sale boulot, pas à lui.

« Ouais, il va falloir le sécher, ce matos, répéta le jeune homme. Vous n'arriverez pas à le vendre comme ça. »

Hanson ôta sa casquette, lissa sa queue de cheval, remit sa casquette.

« Vous mettez du fertilisant ? demanda Benji.

– Ouais », dit Hanson sur le ton d'un écolier qui a bien répondu à une question.

Le gamin sortit de sa poche une nouvelle sucette. Il défit l'emballage et la fourra dans sa bouche, où elle forma une petite boule à l'intérieur de sa joue. « À quelle fréquence vous en mettez ? »

Hanson avala sa salive et prit un air songeur. Agita vaguement la main. « Tous les quinze jours.

– Faut faire gaffe à ne pas trop fertiliser. »

Hanson haussa les épaules.

« Et l'arrosage, tous les combien ?

– Pareil, à peu près.

– Redites-moi ? Depuis combien de temps vous faites ça ?

– Deux, trois ans. »

Pendant un moment, Benji considéra Hanson sans rien dire, se contentant de faire passer sa sucette d'une joue à l'autre, la petite boule venant à chaque fois cogner contre ses dents. « Où est-ce que vous avez piqué tout ça ? » demanda-t-il enfin.

Cosgrove jeta un coup d'œil vers la porte, se demandant combien de temps il leur faudrait pour déguerpir.

« Qui dit qu'on l'a piqué ? dit Hanson.

– Moi.

– Et ça poserait un problème ?

– Si des mecs débarquent chez moi ce soir pour tout arroser à la mitraillette ? Ouais, ça poserait un problème.

– Mais personne fera un truc pareil.

– Non ?

– Non.

– Personne ne vous a suivis ?

– Bon, je te dis tout. On a trouvé un endroit, au large de la Barataria. »

Le gamin attendit la suite.

« Une île remplie de matos. Y a tellement de came là-bas, celui qui la cultive s'apercevra jamais de rien. Pour te dire.

– Au large de la Barataria.

– Super au large. Au milieu de nulle part. »

De dehors leur parvenaient les pépiements des oiseaux du jardin.

« Et personne n'est au courant, dit Benji.

– T'as qu'à demander au type qui t'a rencardé. Je suis plutôt le genre de mec à faire gaffe.

– Vous avez fait la route depuis le bayou avec tout ça à l'arrière de votre pick-up. Et vous êtes le genre de mec à faire gaffe. »

Hanson s'agrippa d'une main à sa ceinture. « Je sais ce que je fais. »

Le gamin réfléchit un instant, puis se tourna vers Cosgrove. « Et vous, c'est quoi l'histoire ?

– Moi, je suis là, c'est tout, répondit celui-ci.

– Ce n'est pas une histoire, ça.

– Écoute, mon pote, je veux pas de problèmes.

– Moi non plus. C'est pour ça que je vous demande.

– Tout ce qu'il raconte est vrai, dit Cosgrove.

– Et je suis censé vous croire sur parole.

– Bon, écoute, petit. Déjà, tu vas arrêter de me parler comme si j'étais ton chien. »

Benji leva les mains en l'air. « Eh, je pose les questions que je dois poser, dit-il. Mettez-vous à ma place. »

Cosgrove et lui se défièrent du regard. Puis le jeune homme poussa un soupir, secoua la tête et s'accroupit. Il déchira un autre sac, fourra une poignée de feuilles sous son nez et respira profondément. Il en préleva quelques-unes parmi les plus sèches et en fit une petite boulette en les roulant entre son pouce et son index, puis il sortit de sa poche une minuscule pipe à eau en verre multicolore. Il enfonça la boulette d'herbe dans le fourneau, l'alluma, prit une bouffée et retint son souffle. Il attendit un moment, recracha la fumée, regarda Hanson, puis Cosgrove.

« Ça vient de chez les jumeaux ?

– Les jumeaux ? dit Hanson.

– J'ai déjà fumé ça. Une défonce très douce. Puissante, mais douce.

– C'est peut-être la même semence.

– Il n'y a que cinq ou six personnes dans tout le pays qui cultivent cette beuh. Et encore. Le reste, en général c'est coupé au Crack Vert ou à l'Agent Orange.

– Je connais rien à tout ça, moi.

– Cette herbe-là, elle a été fertilisée exactement de la même manière. Même couleur. Mêmes brins. Même tout.

– On ne connaît pas de jumeaux, dit Cosgrove.

– Vous foutez pas de ma gueule», lança Benji.

Cosgrove et Hanson restèrent silencieux.

«Deux des plus gros connards que j'aie jamais rencontrés, continua le jeune homme. Si j'avais l'occasion de les dévaliser, je ne me gênerais pas.

– Non, on ne connaît pas de jumeaux, dit Hanson.

– Vous êtes sûrs ?

– Allez, on s'en va, dit Cosgrove à Hanson.

– Vingt mille, cash, annonça Benji.

– Vingt ? dit Hanson. Mais c'est du vol ! Y a de quoi s'acheter un jet privé avec toute cette came.»

Le jeune homme ne broncha pas. «Peut-être. Probablement. Mais à qui d'autre allez-vous la vendre ?

– Trente.

– Reprenez vos sacs. Remettez-les dans votre caisse.

– Vingt-huit.

– Reprenez vos sacs.

– Vingt-sept et on n'en parle plus.

– Reprenez vos sacs. Allez-y. Sans rancune.»

Quelques minutes plus tard, Cosgrove et Hanson se retrouvaient sur Royal Street avec chacun dix mille dollars en billets de cent dans la poche. Hanson affichait un sourire de benêt triomphant. Ils s'en allèrent à pas pressés, comme s'ils craignaient que Benji ne se ravise et ne leur coure après pour récupérer son fric.

La foule des fêtards du vendredi envahissait déjà les rues. Ils croisèrent deux types à l'allure de bûcherons qui se tenaient par la main. Et une jolie jeune fille noire avec une énorme coiffure afro, qui pédalait sur un vélo-taxi. Une femme d'un certain âge passa devant eux en sautillant, vêtue d'un legging et d'une espèce de perruque à foufoune en plumes aux couleurs criardes.

Quelques rues plus loin, on entendait une joyeuse fanfare de cuivres jazz, sur fond de tambour et de basse dont les pulsations métronomiques battaient une cadence binaire.

« C'est du viol, dit Cosgrove. On vient ni plus ni moins de se faire violer.

– C'était même pas à nous, ce matos, dit Hanson.

– Tu es le pire négociateur de toute l'histoire de l'humanité.

– Merde, c'est toi qui as failli déclencher la baston avec ce type. »

Cosgrove resta silencieux.

« T'aurais voulu quoi ? Qu'on la vende nous-mêmes ? »

Cosgrove savait que Hanson n'avait pas tort, en l'occurrence. Et il avait la sensation d'avoir un poids en moins sur les épaules. Même sa respiration était plus légère, comme débarrassée d'un fardeau. On pouvait faire pas mal de choses avec dix mille dollars. On avait déjà vu des gens bâtir une nouvelle vie avec moins que ça.

Ils se dirigèrent vers Bourbon Street et plongèrent dans la grande nouba du vendredi soir. Tout le monde était ivre. Touristes canadiens, transsexuels, jeunes mariés, étudiants, camelots, montreurs de marionnettes érotiques, péquenots, musiciens de seconde zone. L'air était saturé d'une odeur de fromage rance. Du zydeco, du funk et du rap se déversaient des bars, entremêlés de hurlements hystériques et d'éclats de rire. Fausses toiles d'araignée, citrouilles en carton et têtes de mort géantes, annonçant les festivités prochaines d'Halloween, ornaient déjà la devanture des clubs de strip-tease.

Cosgrove et Hanson se payèrent quelques shots de tequila qu'ils firent passer avec de la bière, puis ils allèrent déambuler dans Bourbon Street, où se concentrait l'essentiel des attractions. Des étudiantes ivres mortes étaient à moitié écroulées sur le trottoir, vomissant entre leurs genoux écartés. Un type de la taille d'un morse portant une quantité astronomique de colliers de perles comatait dans le caniveau. D'autres ivrognes l'enjambaient ou lui marchaient dessus. Un gamin lui planta une cigarette allumée entre les lèvres.

Hanson entra dans une boutique de souvenirs et acheta une veste en satin noir au dos de laquelle était cousue une gigantesque feuille de cannabis en tissu. Il l'enfila d'un coup d'épaules et parada fièrement dans la boutique. Alors qu'il s'apprêtait à ressortir, une casquette de base-ball noire, ornée d'une fleur de lys et d'un «2010», attira son attention. Cousus en lettres cursives argentées sur la visière, les mots LE BON TEMPS ROULÉ. Hanson l'acheta aussi et balança sa vieille casquette miteuse dans une poubelle. Il marchait d'un pas de coq orgueilleux dans son nouvel accoutrement, les pouces coincés dans les passants de sa ceinture. À ses côtés, Cosgrove remarqua le sourire moqueur des touristes qu'ils croisaient. Les petits coups de coude, les murmures : visez-moi un peu ce mariole. Un élan de pitié monta en lui, mêlée d'un instinct protecteur. *Et vous, bande de connards, est-ce que vous pouvez vous vanter d'avoir ramassé vingt mille dollars ce soir ?* aurait-il voulu leur dire.

À l'Old Absinthe House, ils descendirent deux shots de tequila chacun, puis, de retour dans Bourbon Street, Hanson retourna à la boutique de souvenirs. Il voulut acheter une autre veste noire en satin mais l'Indien qui tenait la caisse lui fit remarquer qu'il portait déjà la même. Hanson, d'un air ahuri, le remercia. Puis lui dit dans une soudaine bouffée de colère qu'il voulait acheter une autre veste – qu'il en avait l'intention en tout cas, avant que l'autre ne lui sorte sa remarque de petit malin. Tant pis pour lui, il irait dépenser son fric ailleurs. Dans un endroit où il pourrait acheter deux vestes identiques, et même vingt si ça lui chantait.

Aux environs de deux heures du matin, au Lafitte's Blacksmith Shop Bar, ils lièrent conversation avec deux femmes en décolleté, âgées d'une quarantaine d'années. L'une d'elles portait un chapeau de cow-boy au pourtour décoré de coquillages ; l'autre, un Borsalino posé tellement de traviole sur sa tête qu'elle sentait la touriste à des kilomètres. Elle avait un tatouage sur l'avant-bras, le visage angélique de son petit garçon décédé, avec au-dessus ses dates de naissance et de mort, et en dessous les mots RENDEZ-VOUS AU PARADIS, RUSTY. Moins de trois ans passés sur terre. Hanson et Cosgrove eurent le tact de ne pas poser de questions.

Les filles avaient la ferme intention de s'éclater ; elles riaient tellement fort chaque fois que Hanson lâchait une vanne que Cosgrove se demanda si elles n'avaient pas fait un pari, ou si elles ne s'étaient pas tout bonnement évadées d'un asile. Hanson alla se percher deux tabourets plus loin pour qu'elles soient assises entre eux deux. Celle au chapeau de cow-boy était à côté de Cosgrove, et il remarqua une fine trace de bronzage à la base de son annulaire. Il n'en avait rien à carrer.

Elles leur racontèrent qu'elles étaient en ville pour une convention d'entreprises de pompes funèbres et qu'elles ne cherchaient pas à s'attirer des ennuis, seulement à passer une soirée un peu fun. Hanson leur dit que dans ce cas elles venaient de toucher le gros lot : Fun, c'était son deuxième prénom. Il paya une tournée générale.

Cosgrove leur dit qu'il était le premier astronaute afro-américain de toute l'Histoire.

« Le Yéti a fait une blague », se moqua Hanson.

Ils éclatèrent tous de rire.

À un moment, la cow-girl, prénommée Dixie, glissa à l'oreille de Cosgrove : « T'as pas d'autres amis dans le coin ce soir ? J'ai l'impression que Mary Ann n'est pas très sensible au charme de ton copain. »

Cosgrove se caressa la barbe. « Ben, c'est-à-dire qu'on fait un peu la paire, lui et moi », dit-il.

La femme réfléchit.

« Le prends pas mal, hein ? murmura Cosgrove. Mais ce petit mec, là ? Hanson ? C'est un Égyptien. Monté comme un âne. Un chameau. Et à broute-minou ? Champion du monde. Un vrai magicien. »

Bon Dieu, il commençait à parler comme lui.

Dixie, à son grand soulagement, se mit à pouffer de rire. Mary Ann et elle s'excusèrent et disparurent aux toilettes ; à leur retour, elles avaient l'air tendues, droguées peut-être. Mary Ann avait le visage écarlate, le Borsalino encore plus de travers que tout à l'heure. « Vous avez à boire chez vous, les gars ? » demanda Dixie.

Cosgrove et Hanson les ramenèrent toutes les deux au JW Marriott sur Canal Street, où ils avaient pris deux chambres mitoyennes au vingtième étage. Hanson emmena Mary Ann dans sa chambre ; Cosgrove rentra dans la sienne avec la cow-girl. Quand elle se déshabilla, elle eut un moment de gêne en dévoilant la cicatrice de sa césarienne, mais il lui dit que ça ne le dérangeait pas, et ce n'était pas un mensonge. Et puis elle avait des marques de bronzage et de larges aréoles boursouflées, ce dont il était particulièrement friand. Elle lui demanda d'éteindre la lumière et de tirer les rideaux ; il s'exécuta et elle le remercia, le qualifiant de vrai gentleman. Cela faisait longtemps qu'une femme ne lui avait pas dit une chose pareille.

Peu avant l'aube, alors qu'elle dormait encore, nue entre les draps, Cosgrove, en peignoir, s'approcha de la fenêtre et regarda la ville en contrebas. Même depuis cette hauteur, il entendait le bourdonnement de la rue, la symphonie des klaxons des taxis. Il contempla la longue coulée fourmillante de Canal Street, la cohorte des voitures et des navettes, l'alignement des fast-foods et des attrape-touristes. Il apercevait les enseignes au néon rouge des hôtels voisins, le Roosevelt, l'Astor. À sa droite se détachaient les lettres cursives en néon vert et jaune du Dickie Brennan's Palace Café.

À surplomber ainsi le panorama gothique et lumineux de La Nouvelle-Orléans, Cosgrove se sentit soudain envahi, pour la première fois depuis très longtemps, par une sensation proche de l'espoir.

Le lendemain matin, ils repartirent pour la Barataria et passèrent la journée à dormir pour éponger leur gueule de bois. Le soir, Hanson alla frapper à la porte de Cosgrove, et ils restèrent un long moment à regarder la télévision en silence, chacun allongé sur l'un des deux lits jumeaux de la chambre du motel. Ils avaient le teint cendreux et les yeux jaunes, comme deux macchabées fraîchement débarqués du cimetière.

« On a raté combien d'heures au boulot ? demanda Cosgrove.

– Et après ? Qu'est-ce qu'ils vont faire ? dit Hanson. Nous virer ? »

Cosgrove grommela. Puis : « Il te reste combien ?

– Huit mille. »

Cosgrove se tourna vers Hanson. « Tu plaisantes.

– Plutôt sept mille cinq.

– Tu as claqué deux mille cinq cents dollars, dit Cosgrove, convaincu à cet instant qu'ils étaient les deux plus grands abrutis que la terre ait jamais portés.

– Ça a filé tout seul. Entre les verres et les pourboires. Les filles et la dope. Les chambres d'hôtel. »

Cosgrove ferma les yeux et frotta ses paupières irritées.

« Il te reste combien, toi ? lui demanda Hanson.

– Entre l'hôtel, les bouteilles et tout le reste ? Je crois que je dois en être de mille billets, à peu près. »

Hanson lâcha un petit éclat de rire rauque et se mit à tousser. « Bah ça, pour faire la fête, on s'y connaît. On a dû régaler une bonne cinquantaine de pouffiasses. »

Ils restèrent silencieux pendant un moment.

« Hé, et si on allait se ravitailler ?

– Non.

– Juste une fois.

– Hors de question, putain.

– On en prend le maximum et basta. »

Cosgrove resta allongé, les yeux fermés, et fit semblant de ne pas l'entendre.

« Moi j'y retourne une dernière fois, dit Hanson. Après, c'est toi qui vois. »

Wes Trench

Aux premières lueurs de l'aube, Wes se gara sur le parking du port et sortit de son pick-up avec un sac en papier à la main. Quelques bouteilles d'eau, des barres vitaminées, un grand sachet de bœuf séché. Pour Lindquist, au cas où il aurait épuisé toutes ses réserves. Quel idiot, mais quel idiot de l'avoir laissé seul dans la Barataria. Il savait bien que jamais il n'aurait pu le raisonner : Lindquist avait perdu la tête, aveuglé par sa quête chimérique. Et pourtant il avait commis une grosse erreur en l'abandonnant à son sort. Il aurait dû le forcer à le suivre, lui mettre littéralement le couteau sous la gorge. Prévenir les flics. Ou rester avec lui, mal de mer ou pas.

Il aurait dû faire quelque chose. N'importe quoi.

Wes grimpa à bord du *Jean Lafitte* et mit le cap sur l'île au saule mort. Quand il atteignit sa destination, une brume cuivrée nappait encore la surface du bayou. Les aigrettes avaient déjà quitté leur promontoire pour se rassembler sur le rivage ; certaines regardaient autour d'elles, dressées sur une patte, et d'autres fouillaient la vase à petits coups de bec. Wes s'approcha de l'île, coupa le moteur et observa la rive.

Pas de Lindquist, pas de pirogue.

Il attrapa la paire de jumelles posée sur le tableau de bord et balaya du regard la ligne des arbres gris-vert.

Pas de Lindquist, pas de pirogue.

Il ouvrit la fenêtre de la cabine de pilotage, mit ses mains en porte-voix autour de sa bouche et l'appela. Sa voix se perdit presque aussitôt, engloutie par l'immensité du bayou. Puis plus rien, à part le frémissement des vagues.

Cap à l'est, avait dit Lindquist. Alors Wes vira de bord et se dirigea vers l'île la plus proche. Il ralentit, ouvrit la fenêtre de la cabine et appela de nouveau à s'en érailler la voix.

Pas de Lindquist, pas de pirogue.

Le temps que Wes aborde la troisième île, le brouillard s'était entièrement dissipé. Les eaux du bayou, à cet endroit, avaient l'air étranges, comme plus sombres, mais c'était difficile à dire car les vitres de la cabine étaient sales, maculées d'un mélange de traces de gras et de sel séché. Wes en aurait entendu des vertes et des pas mûres de la part de son père s'il avait entretenu son bateau avec si peu de soin. Du plat de la main, il tenta d'essuyer le pare-brise, mais sans grand résultat ; alors il ouvrit la vitre à tribord. Oui, l'eau était plus sombre, teintée d'ocre et de rouge. Et tout autour du chenier flottait un ruban noir de mazout.

« Mr. Lindquist ! » cria Wes.

Son imagination commença à s'emballer. Lindquist était peut-être rentré à Jeanette en pirogue et se trouvait à présent chez lui, sain et sauf. S'il avait su où il habitait, il serait allé vérifier. S'il avait eu son numéro de téléphone, il aurait appelé.

Wes se dit qu'il s'inquiétait pour rien. Le bayou était immense, certes, mais Lindquist avait de la ressource. Et n'importe qui, même avec un seul bras, même dans un état aussi pitoyable que le sien, aurait pu rentrer à la rame sans trop de difficulté. Autrefois, des types deux fois plus âgés que Lindquist y arrivaient. Tout le temps.

Wes rouvrit la fenêtre et cria de nouveau. Un petit bataillon de colverts surgirent à tire-d'aile des taillis et s'envolèrent en poussant des caquètements indignés, comme s'ils pestaient contre ces hommes qui décidément ne les laissaient jamais en paix.

Le Point-G ressemblait à une salle de bingo, un bâtiment austère et trapu en parpaings, avec une enseigne au néon rose plantée sur le toit comme un œillet sur le chapeau d'une veuve. Wes entendait la déferlante de musique dans le bar, même à travers les vitres fermées du pick-up. À l'intérieur, la ligne de basse était assourdissante, si forte qu'il dut crier à l'oreille du type derrière la caisse, un Goliath noir au crâne rasé, deux mètres au bas mot et les bras ballants le long du corps de manière menaçante.

« Interdit aux moins de vingt et un ans, dit le colosse.

– Je sais, monsieur, dit Wes. Je ne veux pas entrer. Il faut juste que je parle à quelqu'un.

– Ben voyons, dit le type. Allez, tire-toi.

– Une dame qui s'appelle Reagan, monsieur. Lindquist. »

Le type marqua un temps d'arrêt et dévisagea le garçon. « C'est quoi ton problème ? Tu la harcèles ? »

Wes se balançait nerveusement sur place. Un goût de craie dans la bouche. « Non, monsieur. C'est à propos de son père. »

Le type se racla bruyamment la gorge puis quitta son guichet et ouvrit la porte à double battant d'un coup de poing. L'espace d'une fraction de seconde, avant que la porte ne se referme, Wes aperçut l'intérieur du bar proprement dit. Dans la lumière de bathyscaphe, une jeune femme blonde vêtue d'un minuscule bikini tournoyait autour d'une barre en acier, sous le regard d'une dizaine de types agglutinés autour de la scène comme des vautours.

Wes attendit, la poitrine martelée par les échos sourds de la basse. Un sticker À SAC L'IRAK à moitié décollé ornait la caisse.

Une rousse au cou allongé déboula alors dans le vestibule. Elle portait un bikini-string d'où débordaient généreusement ses formes. Wes dut mobiliser toute sa concentration pour la regarder dans les yeux. Il expliqua la raison de sa présence, et le visage de Reagan se crispa soudain d'inquiétude.

« Je suis sûr qu'il est chez lui, lui dit-il. Je voudrais juste en être certain.

– Je ne comprends pas. Pourquoi tu as pris son bateau ? »

Derrière la caisse, le colosse noir faisait semblant de ne pas écouter la conversation, grattant les cases d'une grille de sudoku avec la pointe d'un stylo-bille.

« J'étais malade, il fallait que je rentre, expliqua Wes. Mais lui, il refusait. J'ai dû lui demander un millier de fois. Je vous assure, madame, c'est la vérité. »

Reagan attendait, les bras croisés sur la poitrine, si bien que Wes se sentit obligé d'en dire plus.

« Ça faisait une semaine qu'on était partis. Mais il ne voulait pas faire demi-tour. Il a même catégoriquement refusé. Je lui ai dit que je pouvais prendre la pirogue et c'est lui qui m'a fait prendre son bateau.

– Et c'était il y a combien de temps, cette histoire ? » Elle se mit à triturer sa lèvre inférieure comme si elle pétrissait un petit bout de pâte entre ses doigts.

« Deux jours.

– Deux jours dans le bayou sur cette petite pirogue pourrie.

– Il avait de quoi voir venir. Des réserves. » Plus Wes parlait, plus il avait conscience d'être ridicule. « J'aurais juste voulu avoir son adresse et son numéro, si ça ne vous embête pas. »

Reagan demanda au colosse un bout de papier et de quoi écrire. Elle griffonna les coordonnées de son père au dos d'un reçu, le tendit à Wes, puis le reprit et nota un autre numéro. Le sien.

Le grand Noir secoua la tête.

« Je t'emmerde, Antoine.

– C'est ta vie, lança-t-il avant de retourner à son sudoku, les sourcils froncés.

– C'est comment ton nom déjà, chéri ? » demanda Reagan.

Il ne le lui avait pas dit. Il se sentit rougir de la tête aux pieds.

« Wes.

– D'accord, Wes, fit-elle en lâchant un profond soupir, la main posée sur le front.

– Je suis sûr qu'il va bien », conclut le garçon, même si, à ses oreilles aussi, ces mots sonnaient cruellement faux.

Grimes

Elle était encore là. Sa mère, derrière la vitre du café, assise seule dans un box. Grimes se demanda un instant s'il ne ferait pas mieux de rebrousser chemin, de s'éloigner au plus vite comme la dernière fois. Mais il ne pouvait plus reculer. Et il était toujours à cran après son entrevue avec Trench à l'hôpital. Il sortit de sa Lincoln de location et resta un moment debout au milieu du parking écrasé de chaleur. Il prit une grande inspiration, serra les dents et poussa la porte du Magnolia. Il était huit heures du matin et il n'y avait presque personne à l'intérieur, à part la jeune serveuse qui tripotait son téléphone portable derrière la caisse en mâchonnant un chewing-gum. Et un vieux monsieur qui buvait son café au bout du comptoir, plié en deux au-dessus de son journal.

Grimes lança un bonjour à la cantonade.

Rien. Pas même un grommellement en guise de réponse.

Il portait ses lunettes d'aviateur aux verres fumés, mais sa mère le reconnut immédiatement. Les petits muscles autour de sa bouche se pincèrent quand il s'approcha du box. Elle se leva, et Grimes lui planta un baiser sur la joue. Elle le prit dans ses bras, il la serra contre lui, et ils s'étreignirent ainsi pendant cinq bonnes secondes. Puis il s'assit en face d'elle. « Enlève-moi ces lunettes, lui dit-elle. Que je te voie un peu. »

Grimes ôta et replia ses lunettes de soleil, qu'il posa sur la boîte chromée de serviettes en papier. Il cligna des yeux. Quand il se fut habitué à la lumière matinale, il vit sa mère de près pour la première fois depuis des années. Son visage sec et austère. Ses sourcils grisonnants. Ses dents tachées par le thé. Mais son regard était toujours aussi vif, ses yeux brillants, et elle avait l'air contente de le voir. Nerveuse, comme elle l'avait toujours été en sa présence, mais contente.

« Oh, Brady, dit-elle en tendant les deux bras au-dessus de son assiette d'œufs brouillés et de toasts pour prendre les mains de son fils dans les siennes. Ça fait si longtemps. »

Grimes opina. « Comment vas-tu ? » demanda-t-il.

Elle n'eut pas le temps de répondre : la serveuse arrivait avec une tasse supplémentaire et un pot de café. La mère de Grimes leva la tête et lui sourit. « Comment allez-vous, Grace ? Tout se passe bien ?

– Ça va, Mrs. Grimes », répondit la fille d'une voix douce, sans jeter un seul regard au visiteur.

Sa mère attendit que la serveuse soit repartie pour reprendre la parole. « Tu as vu ça ?

– Vu quoi ? demanda Grimes.

– La plus charmante fille du monde, d'habitude. Un vrai moulin à paroles. Et aujourd'hui ? »

Elle portait une casquette de base-ball de l'université de Louisiane, qu'elle ôta alors et posa à côté d'elle sur la banquette. Ses cheveux étaient plus fins, remarqua Grimes. Plus gris. Évidemment.

« Alors ? dit-elle. Tu es venu me mettre ta paperasse sous le nez ? » Elle sourit comme si elle venait de lancer une bonne blague.

« Tu crois que c'est pour ça que je suis là ? Je suis venu te voir. »

Sa mère lui lança un regard sévère.

« J'aurais voulu passer plus tôt, dit-il.

– Quand es-tu arrivé ?

– Il y a environ un mois.

– Ça fait plus longtemps que ça, d'après ce que j'ai entendu dire.

– Je perds la notion du temps », fit-il avec une pointe de remords.

Elle ne dit rien, les yeux fixés sur le visage de son fils. Comme si elle essayait de comprendre par quel mystère l'individu qui se trouvait en face d'elle pouvait être sa chair et son sang.

« Je ne sais pas comment les choses ont pu en arriver là », reprit-il.

Sa mère but une gorgée de café. Elle posa les mains sur la table et les regarda. Grimes les regarda aussi. Les petites lunules de crasse noire sous les ongles. Elle ne réussissait jamais à s'en débarrasser. Comme son père, quand il était encore en vie. Il avait beau se récurer les ongles comme un damné, ces traces-là ne partaient jamais.

« Un jour passe, et puis un autre », dit Grimes. Il n'avait pas prémédité les paroles qu'il s'apprêtait à prononcer. Il parlait d'une voix mesurée, comme s'il avait écrit ces mots à l'avance et qu'il les avait répétés devant son miroir. « Très vite ça fait un mois et on ne s'est aperçu de rien. Puis une saison entière. Du coup, ça devient un peu bizarre, tu vois ce que je veux dire ? Et on n'ose plus appeler parce que ça fait trop longtemps. Trop de choses à rattraper. Les petites choses du quotidien qui font la vie, sans qu'on s'en rende forcément compte.

– Je sais, dit sa mère.

– Ben oui, voilà. »

La mère de Grimes renifla et les petites pattes-d'oie se creusèrent au coin de ses yeux. « On ferait peut-être mieux de poursuivre cette conversation à la maison. »

L'odeur. C'est la première chose qui frappa Grimes. L'odeur des vieux livres, du bois ancien et de la poudre de noyer, des cartons humides dans le grenier et de la cire de parquet, l'odeur du cigare de son père, depuis longtemps éteint mais dont la fumée imprégnait encore les rideaux et les coussins du canapé. Ce bouquet nostalgique remua en Grimes des émotions confuses. Il sentit soudain combien lui-même avait vieilli, combien le temps avait passé, à quel point les choses étaient restées inchangées.

La maison – l'endroit où il avait grandi – était une bâtisse robuste de brique blonde qui avait vaillamment résisté aux assauts de Katrina. Seules les tuiles couleur charbon étaient neuves, ainsi que certaines fenêtres de la façade sud. Grimes fit le tour des pièces. L'ancien bureau de son père, avec ses rayonnages remplis d'éditions de *L'Almanach du fermier*, de livres sur la guerre de Sécession et de polars de John D. MacDonald. Le salon, avec l'antique téléviseur à tube cathodique, le canapé à motifs fleuris et le fauteuil inclinable en velours dans lequel s'installait son père pour regarder les matchs de l'équipe des Saints ou de l'université de Louisiane. La cuisine, avec son sol en parquet et ses placards en Formica olivâtres. Et bien sûr, sa chambre, exactement telle qu'il l'avait laissée. Les figurines des *Maîtres de l'univers* et de *La Guerre des étoiles* alignées sur les étagères, les cartons remplis de BD entassés dans la penderie, les posters de Kiss.

Kiss. Comment diable avait-il pu autant aimer ce groupe ? Aujourd'hui il ne le supportait plus.

« Rien n'a changé », dit-il à sa mère en revenant s'asseoir dans la cuisine.

Elle était aux fourneaux, en train de remuer une cuillère en bois dans une casserole où mijotait son fameux ragoût à la sauce rouge, le plat préféré de Grimes. Quand il était petit, le lundi c'était riz aux haricots rouges, le dimanche ragoût.

La cuisine embaumait la fricassée d'ail, d'oignon et de poivron vert.

« Pourquoi aurais-je changé quoi que ce soit ? dit sa mère. Ce n'est pas comme si j'attendais la visite de la reine d'Angleterre. » Ou des *marmots*, disait-elle autrefois, mais elle n'osait plus employer ce mot, devenu un peu embarrassant, depuis quatre ou cinq ans. Depuis qu'elle avait compris que son fils était célibataire et avait la ferme intention de le rester.

« Il y a un chouette endroit sur lequel je me suis renseigné, le Century Village », dit Grimes.

Sa mère cogna le bord de la casserole avec sa cuillère, ce qui le fit sursauter. « Le *Century* Village ? Quoi, parce qu'il faut être centenaire pour y habiter ?

– C'est un endroit agréable pour les retraités à Boca, m'man.

– Boca Raton », le corrigea-t-elle en faisant traîner son accent du bayou sur le « a » de « Raton ». Puis elle se retourna et recommença à remuer sa tambouille. « Un tas de vieux New-Yorkais. Et moi au milieu. Une vieille maboule débarquée de chez les ploucs. Tu imagines ?

– Laisse-moi au moins appeler quelqu'un pour débarrasser ma chambre. Tu pourrais peut-être vendre certaines choses. Ou louer la pièce à des amis.

– Fallait toujours que tu aies les nouveaux jouets dès qu'ils sortaient. Les bandes dessinées, les cartes de base-ball. »

Grimes prit une gorgée de sa bouteille d'Abita. « Vas-y doucement sur la sauce piquante, m'man. »

Au bout d'un moment, elle reposa le couvercle sur la casserole et alla elle aussi se servir une bière dans le réfrigérateur. Puis elle s'assit en face de son fils à la table en bois d'érable tout éraflée. Depuis quand ne s'étaient-ils pas retrouvés ici, ensemble ? Il ne savait même plus. Le temps leur échappait, à tous les deux.

« Fais voir un peu ces papiers », dit sa mère en poussant un grand soupir. Quand elle vit qu'il hésitait, elle le pressa en agitant les doigts. « Allez, montre, fais voir dans quel pétrin tu t'es fourré. »

Il prit sa sacoche accrochée au dos de sa chaise et fouilla à l'intérieur. Il tendit l'un des contrats à sa mère. Elle feuilleta les pages en fronçant les sourcils. « Tous les habitants de cette terre damnée sont en train de vendre leur âme, dit-elle.

– Toujours à sortir les violons, répliqua Grimes.

– Évidemment qu'ils sont prêts à signer n'importe quoi, s'ils sont désespérés. Et il y a beaucoup de gens désespérés par ici.

– Ils avaient le choix. Je ne leur ai pas mis un pistolet sur la tempe. »

Elle gardait les yeux fixés sur la table. Elle ne voulait pas le regarder en face. Elle ne pouvait pas. « Je trouve ça bizarre, c'est tout. »

Grimes sentit le feu lui monter au visage et dans le cou. « Eh bien moi, en tout cas, tu me manques. Vraiment.

– Mais toi aussi tu me manques, bien sûr. Beaucoup. Je suis ta mère.

– Allons au Commander's Palace. Faisons une petite escapade à La Nouvelle-Orléans.

– Je peux te poser une question ? » dit-elle.

Il fit un geste rapide de la main : vas-y, et finissons-en.

« Tu y gagnes quoi, toi ? » demanda-t-elle.

Il haussa les épaules. « C'est un boulot comme un autre. » Il avala une gorgée de bière, puis une autre, pour ne pas avoir à en dire plus. Mais elle continuait de le regarder, d'attendre. « C'est mon job. Qu'est-ce que tu veux que je te dise ?

– Ils auraient pu t'envoyer n'importe où.

– M'man ? C'est eux qui m'ont demandé de venir ici.

– Tu aurais pu refuser.

– Ils m'ont demandé de venir. Ils m'y ont forcé. Je vais avoir une promotion. »

Ils se turent. Chacun sirota sa bière.

Puis, au bout d'un moment : « Tu sais bien que je ne t'ai jamais jugé, dit-elle.

– Ce n'est pas toujours l'impression que j'ai eue.

– Mais ça ? »

Grimes se demanda ce qu'il pouvait bien dire à présent. Il ferma les yeux et se massa du doigt les paupières, puis il les rouvrit et se pencha en avant, les bras croisés sur la table. « N'as-tu jamais imaginé que tout ce en quoi tu croyais était peut-être faux ? »

Sa mère observa un silence déconcertant. Elle le regardait fixement, et une sensation étrange l'envahit. C'était tout son passé qui le dévisageait à travers les yeux de sa mère. Ses grands-parents, leurs parents et les parents de ces derniers. Tous. Une légion.

« Il se peut que tout le monde ne soit pas forcément ligué contre toi. Tu vois ce que je veux dire ? »

Sa mère se leva pour aller inspecter le ragoût. Puis elle revint avec une autre bière pour Grimes et se rassit. Sur son visage transparaissait à présent un trouble, une émotion ; elle baissait la tête, les yeux embués. Elle lui dit qu'elle avait quelque chose à lui annoncer. Autant le faire maintenant.

Il lui demanda quoi.

Elle releva enfin les yeux. « Je suis malade, Brady.

– Comment ça ? Malade… malade ? »

Elle hocha lentement la tête, regardant Grimes bien en face, pour être sûre qu'il comprenait.

« Quoi ? Dis-moi. » *Tu me fais peur*, avait-il envie d'ajouter.

Alors elle lui expliqua. Elle était allée voir son médecin, quelques semaines plus tôt, parce que son visage était gonflé et douloureux. Sinusite, avait diagnostiqué le toubib dans un premier temps. Il avait vu beaucoup de patients souffrant des mêmes symptômes, surtout parmi les gens qui travaillaient au contact de l'eau et avaient été exposés aux émanations de pétrole et de produits chimiques. Puis la mère de Grimes lui avait parlé de ses migraines. Par précaution, le médecin lui avait fait passer toute une batterie de radios et avait alors découvert les tumeurs.

Grimes se rendit compte à cet instant qu'il serrait sa bouteille de bière dans sa main mais qu'il ne l'avait pas portée à ses lèvres une seule fois. Il la reposa sur la table, les phalanges crispées, la peau des doigts glacée et fripée comme un pruneau. « On va te trouver un médecin. Je vais te dégoter le meilleur spécialiste sur le marché.

– Brady. »

Grimes était envahi par une sensation de vertige, comme s'il manquait d'air tout à coup. « Je paierai, m'man. Ne t'en fais pas pour l'argent.

– Ils ne peuvent pas l'atteindre. C'est dans les membranes. Carcinomatose leptoméningée. Un nom à coucher dehors, pas vrai ? On dirait un truc sorti tout droit d'un bouquin du Dr. Seuss. » Elle afficha un sourire tendu, qui s'évanouit très vite.

Il secoua la tête. « Tu n'as vu qu'un seul médecin, c'est ça ? On ira en voir un autre, pour avoir un deuxième avis.

– Brady. C'était le professeur Oschner. À La Nouvelle-Orléans. »

Il continuait de secouer la tête, la main posée sur la gorge. « On t'emmènera en voir un à Tulane, m'man.

– Mon chéri », dit-elle. Elle tendit le bras par-dessus la table et Grimes lui prit la main. Ses doigts étaient toujours glacés à cause de la bouteille de bière, si bien que ceux de sa mère lui parurent chauds. Osseux et râpés par le labeur.

Une idée absurde le traversa : fuir. Le visage triste et las de sa mère dans la lumière orangée de la cuisine – c'était presque insoutenable. Il avait envie de fuir, envie de prendre ses jambes à son cou et de courir jusqu'à ce qu'il soit débarrassé de ce sentiment de panique et de fatalité qui l'écrasait comme si une gargouille s'était assise sur ses épaules.

Il se mit à songer malgré lui à tout ce pétrole, toutes ces substances. Ce n'était quand même pas à cause de ça ? Non, sûrement pas, pas si rapidement.

Sa mère serra sa main dans la sienne. Puis elle la relâcha et lui pressa l'avant-bras. « Ça va aller, lui dit-elle. C'est surtout pour toi que je m'inquiète. »

Grimes n'osait plus rien dire. Il avait la gorge obstruée par quelque chose de chaud et de salé, et il renifla. Il voulut prendre sa mère par le bras, mais elle s'était déjà levée. Elle retourna remuer son ragoût, ce plat qui était l'une des dernières choses en ce bas monde pour lesquelles il s'autorisait à éprouver de la nostalgie.

Après ça, que resterait-il ?

Avant d'appeler Ingram, Grimes descendit trois doigts de bourbon coup sur coup. Puis il s'assit au bord du lit, en pantalon et T-shirt blanc amidonné, dégaina son portable et annonça la nouvelle à son patron. Sa mère avait un cancer. Inopérable.

« C'est terrible », dit Ingram.

Grimes entendit le clic de son briquet à l'autre bout de la ligne.

« Je ne sais pas combien de temps il lui reste.

– Je suis désolé, Grimes.

– Ils disent que c'est peut-être lié aux produits chimiques dans la baie. »

Il perçut une certaine tension dans la voix enfumée d'Ingram. « Non, ce n'est pas possible.

– C'est pourtant l'avis des médecins...

– Les toubibs racontent que des conneries. C'est impossible. Tu m'entends ? Tout bonnement impossible. »

Un long silence. Grimes n'entendait même pas Ingram respirer. « Ingram ? Vous êtes là ?

– Je suis là.

– Je crois que j'ai envie de rentrer chez moi. De ramener ma mère. Voir ce qu'ils peuvent faire.

– Rentrer ? Maintenant ? Après tout ce que tu as accompli ? T'as fait exploser toutes nos statistiques, Grimes. T'es notre putain de colonel Kurtz ! »

Grimes ne dit rien.

« Tu piges ? Kurtz ? Toi et tes bouquins ?

– J'ai compris, Ingram. »

Ingram poussa un profond soupir. « Tu ne peux pas rentrer, pas maintenant. On a besoin de toi, mon vieux. »

Du coin de l'œil, Grimes perçut un mouvement furtif. Il tourna la tête. Un gecko gris-vert crapahutait sur le mur, ses organes sombres, gros comme des pistaches, visibles en transparence sous la peau opaque. Le lézard se faufila jusqu'au plafond et se figea dans le coin de la chambre, ses yeux braqués sur Grimes comme deux petites graines noires.

« Bon, et sinon, t'as eu sa signature ? demanda Ingram.

– Qui ça ?
– Ta mère. »

Sur le chemin de l'aéroport, au volant de sa voiture de location, Grimes passa devant l'endroit où aurait dû se trouver la maison de Donald Baker. Elle était là, bon sang, Grimes en était sûr et certain. Il n'était pas en train de perdre la boule. Il avait encore une sacrée bonne mémoire, malgré l'alcool. Il n'était pas superstitieux et ne croyait pas au vaudou, mais il ne pouvait s'empêcher de repenser au vieil homme. Le chapelet d'insultes en français qu'il avait crachées dans son dos tandis qu'il s'enfuyait de la maison en courant. Et la malchance qui lui collait au train depuis ce jour-là.

Grimes fit demi-tour, roula pendant une minute sur la route de terre, puis fit de nouveau marche arrière. Il se souvenait de ce saule pleureur comme on se souvient d'un visage aperçu la veille au milieu de la foule. On n'en voyait plus des comme ça, aussi grands, aussi larges. Une famille de dix personnes aurait pu s'installer pour pique-niquer à l'ombre alanguie de ce saule.

Il se souvenait parfaitement de ce champ d'iris de Louisiane, de ce bosquet de pins sculptés par le vent qui marquait le carrefour sur cette route de terre. Il tourna à droite et continua son chemin en cahotant. Il repassa devant la clairière. À l'endroit où pointait autrefois le sommet du toit, le soleil brillait à présent d'un éclat pourpre entre les arbres, tamisé par les nuages tressés dans le ciel comme des guirlandes de fumée ocre.

Il s'arrêta sur le bas-côté, sortit de la voiture et regarda autour de lui, les mains sur les hanches, en se demandant s'il s'était trompé. Mais il savait qu'il avait raison. Il ne perdait pas la tête. La première fois qu'il était venu ici, c'était par hasard ; la deuxième, parce qu'il s'en souvenait. C'était aujourd'hui la troisième fois et il savait. Ce nyssa. Ce nyssa lui était familier. Il s'était appuyé contre son tronc pour reprendre ses esprits après s'être enfui de la maison du vieil homme, choqué, essoufflé, le visage dégoulinant de pisse.

Il appuya alors des deux paumes sur le haut de la clôture grillagée à moitié affaissée puis passa par-dessus, une jambe après l'autre. Il se mit à avancer dans le chiendent qui lui fouettait les cuisses. Des flopées d'insectes jaillirent devant lui, s'envolant à tire-d'aile pour aller atterrir un peu plus loin, sur les brins d'herbe cassants qui ployaient sous leur poids.

Une fois arrivé dans la clairière, Grimes regarda autour de lui. Rien. Une étendue de caillasse et de terre grise charbonneuse. Il se baissa, en ramassa une poignée et la laissa filer entre ses doigts. Çà et là, des bouts de métal, des éclats de verre, des morceaux de plastique racornis et boursouflés.

Les grenouilles et les criquets commençaient à donner de la voix, et une chauve-souris fusa en tournoyant dans le crépuscule avant de disparaître.

La maison était exactement là, bon sang. Il le savait. Il n'avait pas perdu la tête.

Wes Trench

La première chose que Wes remarqua en arrivant chez Lindquist fut la pile de journaux, plusieurs numéros du *Times-Picayune* encore sous leur emballage en cellophane, éparpillés dans l'herbe kaki autour du bassin aux oiseaux. Et puis les fleurs en pots fanées sur la véranda, et le courrier en souffrance encombrant la boîte aux lettres. Des relances de factures impayées, reconnaissables à leur enveloppe pastel bleue ou rose. *Attention*, *avis*, *urgent*. Il avait déjà vu bon nombre de ces enveloppes chez lui ; chaque fois que l'une d'elles atterrissait dans leur boîte, il savait qu'il était bon pour passer une soirée déprimante à devoir écouter la complainte ordurière de son père. Comme si celui-ci pensait qu'il suffisait d'y croire très fort pour que les créanciers vous oublient un peu. Comme s'il se berçait de l'espoir délirant que quelqu'un, un jour, commette une erreur ou fasse preuve de pitié.

Wes frappa à la porte et sonna. Attendit. Frappa et sonna de nouveau.

Pas de réponse.

Il était tard, le soleil du soir étirait l'ombre des pins et des magnolias dans le jardin. Les insectes nocturnes commençaient déjà à grincer et à bourdonner dans les bois.

Il fit le tour de la maison ; à l'arrière, une porte-fenêtre coulissante donnait sur la cuisine. Il frappa au carreau à s'en blanchir les phalanges. Attendit. Puis il essaya d'ouvrir mais la porte était verrouillée. Il mit sa main en visière pour atténuer les reflets et colla son visage à la vitre pour regarder à l'intérieur. Vaisselle sale dans l'évier, un bucket de poulet KFC sur le comptoir. Et par-delà l'encadrement de la porte de la cuisine, il aperçut la moquette sombre du salon, la table de la salle à manger jonchée de papiers et de livres. Wes crut voir un détecteur de métaux cassé en deux, la boîte de circuits éventrée vomissant ses entrailles électriques.

Cela faisait trois jours qu'il avait abandonné Lindquist dans la Barataria.

Ce soir-là, Wes alla voir le shérif et lui montra sur une carte de la baie l'endroit où il avait laissé Lindquist. Il dit à Villanova qu'ils étaient partis à la chasse au trésor dans le bayou, qu'ils étaient restés là-bas plusieurs jours d'affilée, jusqu'à ce qu'il tombe malade et supplie Lindquist de faire demi-tour. Quand il raconta le moment où il l'avait laissé dans la Barataria, seul avec sa pirogue, il se sentit soudain tellement embarrassé par le ridicule de toute cette histoire qu'il baissa les yeux et se mit à frotter le lino du bout de la semelle.

Villanova examina la carte. « Toute cette zone, là, dit-il.

– Oui, m'sieur.

– C'est vaste, comme zone.

– Il y a une île avec un saule mort. Plein d'oiseaux blancs.

– Ce qui réduit le périmètre à environ dix mille endroits possibles. »

Le shérif avait des allures de bon gars – son visage épais, sa petite moustache à l'américaine comme en portaient les gentils dans les films en noir et blanc des années trente. Ceux que sa mère aimait tant. « Née à la mauvaise époque, disait-elle pour plaisanter. Celle de ton père. »

Villanova dut sentir que Wes était inquiet et essaya de le rassurer : « Fiston, ce type-là est plus coriace que toutes mes ex-femmes réunies. »

Wes ne savait pas trop s'il fallait rire, alors il préféra s'abstenir.

« Ce ne serait pas une première, dit le shérif. Tu n'imagines pas combien de fois sa femme m'a appelé pour m'annoncer qu'il avait disparu dans la nature. » Villanova marqua d'une croix au feutre rouge la zone que lui avait indiquée Wes. Puis : « Et si tu allais faire un tour là-bas avec l'adjoint, lui montrer ? Tu pourrais ?

– Oui, m'sieur. »

Wes marqua un léger temps d'hésitation, puis ajouta : « Il faut que je vous dise autre chose. »

Villanova lui demanda quoi.

« Les jumeaux. Les frères Toup. Mr. Lindquist m'a raconté qu'ils lui faisaient des ennuis. »

Villanova se renfonça dans son fauteuil, qui émit un couinement. Il prit une grande inspiration, lourde de lassitude, puis laissa lentement ses poumons se vider tout en répondant. « Il y a beaucoup de gens qui font des ennuis à Lindquist, et Lindquist fait des ennuis à beaucoup de gens.

– Oui, je me disais aussi que vous seriez au courant. »

Une pause. « Lindquist a des problèmes, fiston. Je ne peux pas en dire plus. Mais rassure-toi, il refera surface. Il est sûrement en train de rentrer en ce moment même. »

Wes partit explorer la Barataria avec l'un des adjoints, Melloncamp, sur le bateau à moteur du shérif. La nuit était humide, pas un souffle de vent sinon celui que soulevait leur embarcation. À deux kilomètres derrière eux, les lumières de Jeanette brillaient comme un autel de bougies votives.

« Tu sens cette odeur de pétrole ? » cria l'adjoint.

Wes le regarda. Visage rond comme un moule à tarte, moustache de flic et tignasse rousse.

« Mon père ne parle que de ça », lui répondit-il. Le vent lui sifflait aux oreilles et lui ébouriffait les cheveux. La sueur qui commençait à sécher sur son visage lui tirait la peau.

« Les spots à la télé, dit l'adjoint. Tu les as vus ? Les trucs de BP, avec un acteur qui joue un pêcheur. Un type avec la gueule de Sam Shepard ou je sais pas qui et qui dit ouais, ouais, allez-y, la flotte est nickel. Et pendant ce temps-là, tous les oiseaux et les poissons crèvent de partout. » L'adjoint fit claquer sa langue d'un air de réprimande. « Moi je dis, y a des têtes qui devraient tomber.

– Oui, c'est aussi ce que dit tout le temps mon père, dit Wes. Avec plus de gros mots. »

L'homme sourit. Une petite rangée de chicots de la campagne. « Ce dont j'ai peur, c'est qu'un connard décide de faire ça lui-même. De jouer les justiciers. »

Quand ils arrivèrent en vue de l'île au saule, Melloncamp coupa le moteur. Le silence soudain fit bourdonner le crâne de Wes. À la poupe du bateau, un gros poisson jaillit du bayou et vrilla dans le clair de lune. Le ventre blanc, les écailles argentées. Puis il retomba dans l'eau et une cascade de vaguelettes vint éclabousser les flancs du bateau.

« Tu es sûr que c'était là ? »

Wes hocha la tête.

L'adjoint brandit son mégaphone, appuya sur le bouton et lança un appel, plusieurs fois de suite.

« Il a déjà trouvé des trucs par ici ? » demanda Melloncamp.

Wes se demanda ce qu'il devait répondre. «Je n'en suis pas sûr.»

L'adjoint haussa les épaules, comme si ça lui était égal au fond, et cria de nouveau dans son mégaphone. Il se gratta le menton avec l'ongle du pouce. «Lindquist. Toujours avec son détecteur de métaux.

– Oui.

– Il me faisait un peu de peine, quand on était gamins. Les autres n'arrêtaient pas de le charrier. De se foutre de sa gueule parce qu'il était bizarre. Et puis ils le harcelaient pour l'obliger à faire des tas de trucs à la con. Fais ci, fais ça. Comme si c'était une espèce de singe apprivoisé. Lui, il croyait que les autres voulaient juste se marrer avec lui, tu vois. Mais en fait c'est de lui qu'ils se moquaient.»

Ils observèrent l'île en silence pendant quelques instants, puis Melloncamp pouffa de rire. «Une fois ? La prof de maths, Miss Hooven ? Lindquist a mis une capote remplie de riz au lait dans le tiroir de son bureau. Oh la vache, la tête qu'elle a fait ! J'oublierai jamais. On aurait dit que quelqu'un venait de lui balancer une brique en pleine poire.»

Ils rirent de concert pendant un petit moment.

Melloncamp renifla. «Une autre fois, je sais plus où on allait. Une sortie scolaire, un truc de ce genre. Et j'ai vu Lindquist bouffer une coccinelle dans le bus.

– Quoi ?

– Il avait tout le monde sur le dos. Et il répétait : “Vous croyez que je suis pas cap' ?” Au bout d'un moment, il l'a mise dans sa paume et il l'a avalée. Une coccinelle vivante. Comme si de rien n'était. Comme si c'était un bonbon.

– Sans déconner.

– Attends, c'est pas fini. Ça y est, je me souviens maintenant. On faisait une visite guidée des marais, sur un bateau pour touristes, tu vois. Eh bah crois-moi si tu veux, un peu plus tard, Lindquist rote, et là, y a la coccinelle qui sort tout droit de sa bouche et qui s'envole. »

Ils s'esclaffèrent de nouveau.

« Moi j'ai rien vu, mais c'est un copain qui nous a dit que c'était vraiment arrivé. Juré craché. »

Silence.

« Il va revenir. Bon sang, le mec a déjà perdu un bras. Il est coriace, le salopard. »

Les frères Toup

Les frères Toup longèrent le rivage de l'île puis s'enfoncèrent dans les taillis. Moins d'une minute plus tard, ils aperçurent de la lumière à travers les arbres et entendirent un froissement, des sons furtifs mais humains, sans le moindre doute.

Quand ils débouchèrent dans la clairière, ils virent un petit homme, le dos tourné. Un mètre cinquante à tout casser, casquette de base-ball vissée sur la tête, queue de cheval. Un casque sur les oreilles, il arrachait des plants de cannabis et les fourrait dans un sac-poubelle noir. Victor s'avança à pas de loup, effleurant sans un bruit le tapis de ronces et de feuilles mortes. Quand il se fut suffisamment rapproché, il entendit la mélodie familière de la chanson que le type était en train d'écouter. « Don't Do Me Like That » de Tom Petty.

Victor tira le Sig Sauer de sa ceinture. « Hé.

– Fais pas de connerie », lui souffla Reginald.

Le type, qui n'avait rien entendu, continuait de remplir son sac.

« Hé », répéta Victor d'une voix plus forte.

Pas de réponse.

Alors il se rapprocha encore et botta les fesses du type.

Celui-ci partit d'un bond en avant en poussant un cri de bête et atterrit tête la première dans la boue.

« Cosgrove ! » beugla-t-il d'un ton enragé. Il arracha son casque. « Putain, je vais te buter.

– C'est qui, Cosgrove ? » dit Victor.

Le type se raidit, se mit debout et se retourna. Il regarda les jumeaux d'un air ahuri. « Salut », dit-il. Un sourire nerveux, un peu tremblant. Il portait un T-shirt sur lequel était écrit TOM PETTY AND THE HEARTBREAKERS, et un short en jean ; des bouts d'herbe étaient restés collés sur son front et son menton. Sa casquette était ornée d'une fleur de lys et annonçait LE BON TEMPS ROULÉ.

Le pistolet de Victor était braqué sur le nabot.

« Pourquoi vous pointez ce flingue vers moi ?

– C'est toi qui nous as piqué tout ça ? »

Le type regarda autour de lui. « Je ne savais pas que c'était à quelqu'un.

– C'est quoi ton nom ? »

Le type ne semblait pas avoir envie de se présenter mais quelque chose dans le regard de Victor l'incita à répondre. « John Henry Hanson.

– Et tu croyais que tout ça avait poussé comme par magie, grâce à Dame Nature, hein ? »

Hanson ne répondit rien.

« C'est qui, Cosgrove ?

– Le gars qui est avec moi d'habitude.

– Il est ici maintenant ? »

Hanson fit rouler sa mâchoire comme s'il mastiquait des graines de tournesol.

« Je t'ai demandé s'il était ici maintenant. T'as une seconde pour me répondre.

– Oui, il est ici, dit Hanson d'une voix plus basse.

– Où ça ? » demanda Victor.

Le type fit un geste vague du menton. « Sur le bateau, j'imagine.

– Quel connard monumental. »

Reginald se baissa pour passer sous les branchages et s'enfonça dans les fourrés à la recherche du dénommé Cosgrove.

Le Sig Sauer pointé sur le visage du petit mec, Victor lui dit de se mettre à genoux. Hanson s'exécuta et croisa les mains sur sa nuque, le visage agité de spasmes.

« Écoutez, mon vieux, dit-il. Je suis vraiment désolé pour tout ça. Prenez ce que j'ai ramassé. C'est à vous. J'en ai pas besoin.

– T'es en train de me dire quoi, là ? Que je peux tout prendre ?

– Ouais. Oui, m'sieur.

– Ça alors, c'est vachement généreux de ta part. »

Silence.

« C'est à moi, tu dis ?

– Oui, m'sieur.

– Bah alors pourquoi tu viens me le faucher ? »

Hanson secoua lentement la tête.

Victor s'approcha et appuya le canon du pistolet sur son front. « Alors comme ça c'est toi qui commandes, hein. Toi qui m'expliques comment ça se passe. Prends ce qu'est à toi, tu me dis. Comme si tu me faisais une fleur.

– On va s'en aller. Tout de suite. Et on reviendra jamais.

– Non, ça marche pas comme ça. »

Hanson le regarda bouche bée, passant sa langue sur ses lèvres desséchées. « Mais si, dit-il d'une petite voix plaintive et haut perchée.

– Non, je t'assure.

– Pourquoi ? »

Victor ne répondit rien.

« Pourquoi ? On n'est pas des stups. »

Victor regarda Hanson sans ciller. Ne sachant plus quoi dire, ce dernier baissa la tête, jetant des regards affolés dans tous les sens, se creusant la cervelle pour y trouver la bonne réplique, le mot magique qui n'existait pas. Autour d'eux, les insectes bourdonnaient et grattaient le sol. Puis on entendit un bruit de pas, de semelles glissant dans la boue et les feuilles mortes. Reginald émergea des taillis avec l'autre type, épaules carrées, visage barbu et petite bedaine. Cosgrove.

« Regarde un peu le rougarou que j'ai trouvé », dit-il à son frère.

Cosgrove lança à Hanson un regard dépité et lourd de reproche. Je te l'avais bien dit, croyait-on lire dans ses yeux. Reginald pointait le canon de son Bearcat Ruger sur sa nuque et lui dit de se mettre à genoux. Cosgrove hésita.

« À genoux », répéta Victor.

Cosgrove grimaça et s'agenouilla à côté de Hanson.

« Comment tu t'appelles ? demanda Victor au petit nouveau.

– Baker.

– Quel Baker ?

– Larry Baker.

– T'es sûr ? »

Silence. Le hululement d'une chouette dans un chenier voisin. Le murmure du vent dans les plants de cannabis.

« Ça commence mal, dit Victor.

– Et pourquoi ça ?

– Parce que c'est pas comme ça que tu t'appelles. »

Cosgrove n'eut aucune réaction.

« C'est quoi ton vrai nom ?

– Nate Cosgrove.

– Si je regarde dans ton larfeuille, c'est ça qu'il y aura marqué sur tes papiers ?

– Allez-y. Regardez.

– Et toi ? demanda Victor à Hanson.

– J'ai pas mon portefeuille. Vous pouvez vérifier si vous voulez. Allez-y, vérifiez, monsieur. Je vous jure, c'est la vérité.

– De toute façon, au point où on en est, je me fous pas mal de connaître vos noms », dit Victor.

Les lèvres de Hanson tremblaient sur ses dents déchaussées. Il lança un regard terrorisé à Cosgrove, lequel, de son côté, semblait s'efforcer de fixer un point droit devant lui et d'éviter le regard des jumeaux.

« Vous êtes pas exactement ce qu'on appelle des petits génies, tous les deux, hein ? dit Reginald.

– Probablement pas, dit Cosgrove.

– Eh ben voilà, fit Victor, enfin une bonne réponse !

– Je sais vraiment pas trop ce qu'on va faire de vous deux, dit Reginald.

– Laissez-nous partir, continua Cosgrove.

– Vous laisser partir, répéta Victor d'une voix neutre.

– On vous rendra tout votre argent. »

Silence.

« Avec les intérêts, continua Cosgrove.

– Et j'y gagne quoi ?

– Vous récupérez votre argent.

– Donc quoi, j'accepte le pognon et je vous laisse partir, c'est ça ? En dédommagement de toutes mes emmerdes ?

– C'est ça.

– Pourquoi ?

– On vous donnera ce que vous voulez. En dédommagement.

– Ce que je veux.

– Ce que vous voulez, acquiesça Hanson.

– Votre vie ? »

La tête de Hanson retomba sur sa poitrine comme si son cou était en caoutchouc.

« Ce que je veux. C'est bien ça que t'as dit ?

– Et merde, dit Hanson.

– Prenez ce que vous voulez, je m'en fiche complètement de cet argent, dit Cosgrove. On doit avoir treize, quatorze mille dollars à notre motel. Cash. Je peux aller vous les chercher tout de suite. Dans la seconde. Treize, quatorze mille, facile. »

Hanson le regarda et secoua la tête, le menton tremblant. « Ces mecs sont en train de se foutre de notre gueule.

– Ferme-la, dit Cosgrove.

– Ils se foutent de nous, insista Hanson.

– Ferme ta gueule, putain.

– Quatorze mille, t'as dit ? demanda Victor.

– Cash, dit Cosgrove. Tout de suite.

– Quatorze mille, c'est loin, très loin du chiffre qu'il vous faudrait. À des années-lumière, même.

– Vous faites pousser du cannabis, dit Hanson. Vous êtes en train de vous foutre de nous. Hein, c'est ça votre truc ? Vous voulez nous la jouer *Scarface* ?

– Personne ne vous retrouvera jamais, dit Victor. C'est ça le truc. Jamais.

– Vous vous foutez de notre gueule, répéta Hanson.

– Bla-bla-bla », dit Victor. Il tendit son flingue et, sans la moindre hésitation, lui tira une balle dans la tête.

Cosgrove

La tête de Hanson explosa comme un melon ; des particules de sang restèrent un moment figées en l'air comme une brume sombre alors que les derniers échos du coup de feu résonnaient encore dans le bayou. Le corps demeura un instant à genoux avant de s'effondrer dans la boue. Les milliers d'insectes et d'animaux cachés dans les taillis cessèrent aussitôt leur raffut, comme s'ils craignaient de subir le même sort. Alors on n'entendit plus que la quiétude de la nuit.

Les jumeaux regardèrent le corps de Hanson à travers la fumée du pistolet. Celui qui n'avait pas de tatouages lança un coup d'œil à son frère. Manifestement, descendre quelqu'un ne faisait pas partie de son plan initial. Le tatoué passa la main dans ses cheveux, se demandant ce qu'il allait bien pouvoir faire de ce type à présent. Du moins de ce qu'il restait de lui, de toute cette bouillie.

Cosgrove se dressa d'un bond sur ses pieds et, dans le même mouvement, fonça dans les taillis. Un coup de feu retentit et une volée de feuilles pulvérisées lui cingla la joue. Il plongea au sol et continua d'avancer à quatre pattes, s'accrocha à une branche et se remit debout. Nouveau coup de feu, et cette fois, la balle siffla si près de ses oreilles que Cosgrove sentit ses cheveux se rétracter sur sa tête comme les pattes d'une araignée en flammes.

Il se fraya un chemin en battant des deux mains devant lui pour écarter le sous-bois touffu et leva la tête vers le ciel piqueté d'étoiles pâles. Il se demanda si c'était la dernière chose qu'il verrait avant de rejoindre les ténèbres. Une balle dans la tête. La cagoule du bourreau baissée une fois pour toutes.

Cosgrove sentit le souffle de la troisième balle avant même de l'entendre. Son corps fut projeté en avant, puis l'affreux rugissement de la détonation lui percuta les tympans. Une douleur subite dans l'épaule, comme une pointe de feu. Il posa la main sur l'endroit de son corps qui le brûlait soudain, puis la mit devant son visage et vit ses doigts maculés de sang noir et visqueux.

Mais il ne pouvait pas s'arrêter.

Il continua d'avancer en titubant dans le bourbier ; ses bottes poissées de vase semblaient avoir doublé de volume et des éclairs blancs lui passaient devant les yeux. Il secoua la tête pour chasser le vertige, jusqu'à ce que la jungle autour de lui se remette en place dans son champ de vision, les lianes de mousse, longues comme des barbes de sorcier, les entrelacs de lierre pareils à des serpents entortillés.

Il entendit des pas lourds derrière lui. Le craquement des branches, le frémissement des broussailles. Puis la voix d'un des jumeaux qui gueulait contre l'autre. Connard par-ci, connard par-là.

Cosgrove trébucha sur un obstacle et bascula en avant, atterrissant sur ses mains et ses genoux, le visage éclaboussé de boue pestilentielle. Derrière, la cavalcade cessa et l'un des jumeaux dit à l'autre de se taire. Cosgrove crapahuta à quatre pattes jusqu'à l'arbre le plus proche et se recroquevilla derrière, adossé au tronc. Ses bottes étaient trempées et il sentait les coulures de boue tiède s'infiltrer sous ses vêtements.

Quelques mètres plus loin, le faisceau d'une lampe torche s'alluma entre les arbres. « Tu l'as touché ? demanda l'un des deux frères.

– Ouais.

– Où ça ?

– À la tête.

– T'es sûr ? »

Silence. Puis Cosgrove entendit le bourdonnement d'un avion qui traversait le ciel, très loin au-dessus de lui. Que n'aurait-il donné pour être dans les airs à cet instant précis, en route pour un ailleurs, pour une autre vie que la sienne.

« Bah en tout cas il s'est pas envolé, cet enculé, dit le premier jumeau.

– Mon cul que tu l'as touché.

– Il doit être quelque part par là, raide mort. Tu paries combien ?

– Et tu m'expliques comment il a fait pour disparaître ?

– Je l'ai eu, je te dis.

– Putain mais qu'est-ce qui t'a pris, de canarder ce mec comme ça ?

– Je veux rien entendre.

– Alors là tu peux te gratter, je peux te dire que tu vas en entendre parler pour le restant de tes jours. »

Cosgrove eut l'impression d'attendre une éternité avant que les jumeaux s'éloignent, leurs voix querelleuses diminuant puis se mêlant aux murmures de la nuit. Il ne voyait plus la lumière de la lampe torche mais resta immobile. Au bout d'un moment, se penchant dans un petit cercle de lumière bleu pâle projeté par le clair de lune, il inspecta son épaule. La plaie avait l'air noire, mais le sang était déjà en train de coaguler. Une belle entaille. Il n'en mourrait pas.

Il enleva son T-shirt blanc crasseux, l'enroula autour de sa blessure et fit un nœud avec ses dents. Il cracha pour chasser de sa bouche le goût du sang mêlé à l'eau des marais. Puis il s'assit et ne bougea plus, l'oreille aux aguets. Un cri d'oiseau dans le lointain. Le fourmillement frénétique des insectes.

Hanson est mort, se répétait-il. Hanson est mort. Il resta ainsi longtemps, pris de vertige, incrédule. Il essaya de se rappeler si Hanson avait quelqu'un, des amis ou de la famille. Un frère, éleveur de perroquets, des aras, lui avait-il dit. C'était tout ce dont Cosgrove se souvenait. S'il avait su que la vie de Hanson finirait ainsi, il lui aurait prêté plus d'attention. C'était étrange, de songer qu'après tous ces mois passés ensemble il en savait si peu sur lui, à part ce détail fondamental : la fin. Certaines personnes iraient dans la tombe sans jamais savoir ce qu'il était advenu de lui. Et si Cosgrove ne s'en sortait pas vivant, cela vaudrait pour lui aussi.

Au bout d'un long moment, Cosgrove entendit de nouveau la voix des jumeaux. Toujours lointaine, si distante qu'il ne comprenait pas ce qu'ils disaient. « Liquide », crut-il entendre. Mais les voix étaient sèches, menaçantes. Puis Cosgrove entendit une rafale de tirs.

Il se figea et tendit l'oreille. Quand il perçut un bruissement dans les bois, il braqua les yeux vers l'obscurité, attendant que l'un des frères surgisse des taillis. *Te voilà, enculé*, dirait le jumeau. Il avancerait d'un pas rapide, le mettrait en joue, et Cosgrove disparaîtrait de la surface de la planète avant même que le bruit de la détonation ne lui parvienne.

Et ensuite ? Plus rien. Un cadavre dans le bayou, comme

Hanson. Un secret bien gardé par les charognards. Plus une seule âme au monde pour se souvenir de lui.

Cosgrove avait envie de pleurer, mais ses yeux étaient secs, parcheminés par l'épuisement. La fin de sa vie, et il n'était même pas capable de verser une larme.

Était-ce donc cela ? La fin de sa vie ? Pouvait-on même appeler ça une vie, d'ailleurs ? Il n'en connaissait pas d'autre à laquelle il eût pu comparer la sienne, à part la vie des héros de cinéma et de séries télé, ou celle que lui avaient racontée des ivrognes sentimentaux dans des bars, lesquels lui mentaient sans doute autant qu'ils se mentaient à eux-mêmes. Ce qui surnageait à présent dans sa mémoire était confus, un remugle aléatoire d'images charriées depuis les profondeurs de son cerveau. Il se rappela la branlette prodiguée par une fille affublée d'un appareil dentaire et atteinte de strabisme – il ne se souvenait même plus de son nom – sur la banquette de sa Tercel déglinguée après le bal de fin d'année au lycée. Son père dans le jardin, un 4 juillet, allumant des feux d'artifice plantés dans une bouteille de bière Pabst. Le jour où il était tombé d'un arbre, chez un ami, à neuf ou dix ans ; il était rentré chez lui à pied, un kilomètre en sanglotant, avec deux côtes cassées.

Les frères Toup

Peu avant l'aube, les frères Toup étaient en train de passer la pointe de l'île au peigne fin pour retrouver Cosgrove lorsqu'ils aperçurent une pirogue qui glissait en direction de l'île voisine. Une lanterne luisait à son bord et une silhouette voûtée pagayait furieusement. Victor regarda par le viseur de son fusil et reconnut Lindquist. Il avait dû entendre les coups de feu et maintenant il fuyait ; il était à une centaine de mètres de leur île et à une dizaine de la suivante.

« Lindquist, dit Victor.

– C'est bien ce que je disais, fit Reginald. Une chose en entraîne toujours une autre.

– Je vais le buter », dit Victor. Il braqua son fusil, l'œil collé au viseur.

« Non. » Reginald saisit le canon du fusil et le releva à la verticale d'un geste brusque.

Victor arracha l'arme des mains de son frère et se remit en position de tir, le doigt tendu sur la gâchette. « Il nous a vus. Merde, cet enculé a sûrement un portable.

– T'en sais rien.

– Toi non plus.

– T'as aucune chance de si loin, de toute façon », dit

Reginald. Puis : « Villanova. Il saura tout de suite que c'est nous s'il lui arrive quelque chose.

– Pas si personne ne le retrouve.

– Lindquist ! cria Reginald.

– Mais qu'est-ce que tu fous ? Tu crois qu'il va gentiment s'arrêter si tu l'appelles ?

– Lindquist !

– Comme un putain de clébard ? dit Victor. Tu crois qu'il va venir au pied ? » Et il tira trois coups rapides. La pirogue se renversa et la lueur de la lanterne disparut. Victor tira encore deux fois, mais impossible de savoir, à cette distance, s'il avait atteint sa cible. S'il avait atteint quoi que ce soit.

Il regarda dans le viseur et attendit. Rien. La pirogue retournée et les remous de l'eau. Enfin il vit Lindquist émerger en rampant sur le rivage du chenier, puis foncer se mettre à couvert dans l'obscurité des taillis et des branches. Il tira trois autres coups de feu.

« L'enculé, dit Victor.

– Tu l'as eu ? »

Victor grinça des dents et ne répondit pas.

Reginald lui reposa la question, et cette fois, face au silence de son frère, il lâcha : « C'est le plus gros bordel de foirade que j'aie jamais vu de ma vie. »

Lindquist

Il entendit l'un des jumeaux crier son nom. Puis quelques coups de feu en rafale. Suivis d'une autre salve après que son bateau se fut retourné, le projetant à l'eau. Ses bottes heurtèrent le fond du bayou et il se mit à patauger furieusement pour rejoindre le rivage du chenier. À peine l'avait-il atteint que l'un des frères tira un nouveau coup de feu, et il plongea dans les ajoncs pour s'abriter.

Cent mètres plus loin, au milieu des bois, il s'arrêta et fouilla dans ses poches. Son or était toujours là, en tout cas la plus grande partie.

Saisi d'une peur panique, il continua de clopiner à l'aveugle dans les taillis.

Bientôt le jour se leva et les contours de la nature sauvage se précisèrent. Les chênes moussus au tronc plus large que des citernes. Les cyprès, dressés comme des obélisques.

Derrière le tronc abattu d'un pin, Lindquist tomba nez à nez avec un vieux lynx au museau gris. L'animal grimpa se réfugier dans les branches d'un laurier et darda sur lui deux yeux jaunes enragés. Lindquist remarqua qu'il lui manquait une oreille, réduite à un moignon de chair déchiquetée. Il ressentit envers la pauvre bête un élan de compassion solidaire, mais sentit que ce n'était pas réciproque.

Rats musqués, opossums, ragondins – Lindquist perdit très vite le compte des animaux sauvages qu'il croisa. Chaque fois qu'il entendait un bruissement dans les fourrés, il se figeait. Les bêtes faisaient de même et le toisaient d'un air ouvertement hostile. Peut-être n'avaient-elles encore jamais croisé d'être humain. Peut-être sentaient-elles sur lui, grâce à quelque sixième sens animal, l'odeur de la mort.

Le bourdonnement des insectes, comme un mantra. Les petits lézards aux fanons rouges déployés en éventail autour de la gorge. Les taons gros comme des prunes. Les scarabées, semblables à des pommes de terre ailées.

Vers midi, il traversait une petite clairière tapissée d'herbe marine lorsqu'une ombre effleura son visage. Il leva les yeux. Une buse tournoyait dans le ciel, énorme et dépenaillée ; sa tête ressemblait à un morceau de chewing-gum recraché.

Il leva de nouveau les yeux et vit un deuxième charognard ; puis, une minute plus tard, un troisième. Ils volaient en cercle au-dessus de lui tel un mobile sinistre.

« Espèces de saloperies », dit Lindquist. Il se mit à genoux, fouilla d'une main dans la terre boueuse et en extirpa une pierre grosse comme son poing. Il se redressa et la lança vers les rapaces. Le projectile s'éleva dans les airs avec une mollesse pitoyable, ratant sa cible de deux ou trois bons mètres avant de s'écraser dans la vase. Lindquist alla ramasser la pierre et la lança de nouveau. Cette fois, un éclair de douleur lui lacéra les reins et il se plaqua la main sur le bas du dos en gémissant.

« Espèces de saloperies », répéta-t-il en regardant le ciel.

Il laissa tomber et poursuivit son chemin. Les buses, elles aussi, semblèrent bientôt renoncer, devinant sans doute que leur proie n'en valait pas la peine.

Le marais était un infernal parcours d'obstacles. Pas une seule ligne droite. Des bourbiers poisseux, d'impénétrables entrelacs de branches, des lagons vaseux, des ornières de boue si profondes qu'elles auraient pu l'engloutir tout entier. À force d'errer en zigzag, se disait Lindquist, il ne devait guère se rapprocher que d'un ou deux kilomètres de la rive nord de l'île chaque fois qu'il en parcourait en réalité le double.

Au moindre faux pas, il était foutu, il le savait. Il s'imaginait dégringoler dans un gouffre de sables mouvants, manquant de peu une liane à laquelle se rattraper de justesse. Il voyait déjà le crochet au bout de son bras qui ferait de grands moulinets en l'air, inutiles, tandis que lui continuerait de s'enfoncer inexorablement. Les pièces d'or qui tomberaient de ses poches, l'une après l'autre, pour aller se perdre à tout jamais dans les profondeurs des marécages.

Wes Trench

Le père de Wes sortit de l'hôpital un mardi matin, sous un grand soleil. Le protocole de l'établissement était très strict : les patients sortants, quel que soit leur état, devaient quitter le bâtiment en chaise roulante. Aucune exception, même pour les plus intraitables têtes de mule comme Bob Trench. Vêtu comme à son arrivée – polo framboise et jean délavé, repassés de frais à la lingerie de l'hôpital –, il s'enfonça à contrecœur dans le fauteuil que Wes poussa jusqu'aux portes vitrées automatiques. Dès qu'ils furent dehors, il en bondit comme un prisonnier amnistié et tapota ses poches à la recherche de cigarettes qui ne s'y trouvaient pas.

« Tu te sens comment ? lui demanda Wes dans le pick-up alors qu'il manœuvrait pour quitter le parking de l'hôpital.

– Je pète le feu », répondit-il.

Un bras posé sur le volant, l'autre sur le rebord de la portière, toutes vitres baissées, Wes ne quittait pas la route des yeux. Il savait qu'au moindre regard soucieux, au plus petit coup d'œil lourd d'inquiétude ou de doute, son père prendrait la mouche. Il y verrait un affront, le signe d'un manque de confiance en ses capacités à se rétablir.

C'était une belle journée, la chaleur tempérée par une légère brise, le ciel paré d'un bleu céruléen typique à cette époque de l'année, après une bonne averse. Cahotant sur la route défoncée et rafistolée au goudron, ils passèrent devant un petit cimetière, dix ou douze pierres tombales noyées sous le lichen et plantées de guingois dans une clairière envahie de fleurs sauvages. Du coin de l'œil, Wes remarqua que son père remuait nerveusement sur son siège. Il tripotait les grilles de ventilation, ouvrait et refermait la boîte à gants, inspectait le tapis de sol. Il cherchait quelque chose à critiquer, un détail idiot sur lequel il aurait pu pester afin de briser le silence. *Regarde-moi ce tableau de bord, non mais regarde-moi ce putain de pare-brise.* Sauf que le pare-brise était d'une propreté cristalline et pas une seule miette ne traînait sous les sièges. La seule chose dont il aurait pu se plaindre, et encore, c'était le grincement incessant du pick-up ; mais ça, ce n'était pas la faute de Wes. Le Toyota, une vieille guimbarde qui avait appartenu à son père avant lui, affichait deux cent quatre-vingt mille kilomètres au compteur. Et la route était plus gondolée qu'une veste-frottoir de musicien zydeco.

« Putain de colonie pénitentiaire là-dedans », dit son père comme s'il poursuivait une conversation déjà engagée.

Le garçon grommela.

« T'as dit quoi ?

– Oui, je veux bien le croire. »

Devant eux se profilait un petit magasin en rondins de bois usés par les intempéries et au toit en tôle. Quand ils furent suffisamment proches, Wes distingua ce qui était écrit sur le panneau fiché dans les gravillons de l'aire de stationnement. LAIT. PAIN. TABAC. BIÈRE FRAÎCHE. ALLEZ LES TIGERS. C'EST QUI LES MEILLEURS.

« Arrête-toi, dit le père de Wes.

– Cigarettes ?

– Arrête-toi, je te dis. J'ai un truc à prendre.»

Wes attendit dans le pick-up en regardant deux merles se pourchasser autour d'un petit mûrier sali de terre. Un chat à la queue à moitié arrachée – une femelle, visiblement en gestation – s'approcha en douce pour observer leur manège, puis bondit sur le buisson. De concert, les deux oiseaux s'envolèrent et dessinèrent une même parabole dans le ciel, comme s'ils étaient reliés l'un à l'autre par un fil invisible.

Le père de Wes remonta dans le pick-up et arracha l'emballage en cellophane d'un paquet de Virginia Slims.

«Pas dans la voiture», dit le garçon.

Son père l'ignora et alluma une cigarette avec un briquet en plastique sur lequel était écrit CLIC TON BIC en lettres colorées sur fond de drapeau américain.

Wes le regarda du coin de l'œil.

«C'est pas une clope qui va me tuer.

– Et celle d'après ?

– Oh, ça va, fous-moi la paix. Laisse-moi profiter deux secondes.»

Wes pencha la tête par la vitre, prit une bouffée d'air pur et ne dit plus un mot.

Les médecins avaient interdit à son père de remettre le pied sur son bateau avant un mois, mais dès le lendemain de sa sortie de l'hôpital, il trouva de quoi s'occuper dans la maison. Il arracha les mauvaises herbes dans la cour et le jardin, nettoya le garage encombré de chutes de bois. Il ne savait pas que Wes l'observait, et ce dernier, par la fenêtre de la cuisine, le vit s'adosser au tronc d'un plaqueminier dans le jardin et poser la main avec appréhension sur sa poitrine, comme il l'aurait posée sur un petit chiot malade pour s'assurer qu'il respirait bien.

Ce soir-là, devant leur dîner réchauffé, le père de Wes demanda soudain : « C'est quoi ton problème ? »

Surpris, le garçon leva la tête. Ils n'avaient pas décroché un mot depuis de longues minutes, écoutant le vague murmure de la télévision allumée sur une chaîne de sport.

Wes lui demanda ce qu'il voulait dire par là. Sa fourchette s'était figée à mi-chemin entre son assiette et sa bouche. Il pensait à Lindquist. Il l'imaginait mort, son cadavre flottant dans les marais.

« La tronche que tu tires.

– Rien », répondit Wes. Il remarqua que son père avait le teint couperosé, la peau du visage tavelée, le bout du nez tout rouge.

« D'accord. Comme tu voudras. »

Le raclement des couverts sur les assiettes.

« Tu sais ce que j'ai l'intention de faire ? »

Wes grogna en guise de réponse.

« Aller dire deux mots à ce connard de la compagnie pétrolière. Grimes. Lui péter les rotules avec un pied-de-biche. »

Wes ne savait pas trop s'il parlait sérieusement. « Ouais, sauf que non, tu ne vas pas faire ça.

– N'empêche que ça me fait du bien, rien que d'imaginer la scène.

– Imagine autant que tu veux. »

Quelques instants plus tard, son père lui redemanda ce qui le turlupinait. Wes posa alors sa fourchette et secoua la tête. Son estomac était vide et gargouillait mais il n'avait aucun appétit. « Je n'aurais pas dû le laisser là-bas », dit-il.

Son père continua de manger en silence pendant un moment, le front plissé. « Je ne comprends toujours pas ce qui s'est passé, dit-il.

– Il est devenu dingue. Je ne saurais pas comment te le décrire.

– Il n'est pas devenu dingue, Wes. » C'était étrange d'entendre son père prononcer son prénom, ce qu'il ne faisait presque plus jamais. « Il était déjà timbré. Depuis longtemps.

– Non, il n'est pas timbré », dit le garçon. Il avait failli dire *était*. Il fallait faire attention à la grammaire dans des situations comme celle-ci. Il se rappelait, pendant les mois qui avaient suivi la mort de sa mère, la façon dont ils s'emmêlaient les pinceaux entre le passé et le présent.

Maintenant, hier. Était, est. Rien ne semblait coller.

« Du moins pas comme les gens le pensent. »

Silence. Wes reprit sa fourchette mais se contenta de la garder serrée dans son poing.

« Parfois, il faut laisser les gens faire leurs conneries jusqu'au bout, dit son père. Parce que, quoi qu'il arrive, ils les feront.

– Si jamais il ne revient pas, dit Wes.

– Si ceci, si cela, si gnagnagna – penser comme ça, c'est le plus sûr moyen de se rendre la vie impossible, crois-moi. »

Wes comprenait ce que voulait dire son père. Il comprenait parfaitement. Mais il ne se laisserait pas embarquer dans cette discussion-là.

Les torchons et les serviettes.

Les torchons et les serviettes, il ne fallait pas tout confondre, d'accord, mais Wes ne pouvait pas s'empêcher de se rappeler ce qu'il avait ressenti quand sa mère s'était noyée pendant la tempête, cette noirceur atroce qui était venue se loger dans sa poitrine. C'était arrivé un peu plus tard, cependant, pas tout de suite après sa mort.

Tout de suite après, pendant les premiers mois qui avaient suivi l'ouragan, ni Wes ni son père n'avaient eu le temps de s'appesantir sur leurs sentiments. Trop de choses à faire, trop de distractions. Comme leur maison était en ruine, ils avaient vécu pendant six mois à Baton Rouge, chez un cousin de son père, dormant sur des matelas gonflables dans une salle de jeux reconvertie en chambre d'amis, à côté d'une table de ping-pong et d'un flipper. Le cousin, surnommé « Oncle Eddie », était vendeur de voitures, pompier volontaire et éleveur de chiens à mi-temps, spécialisé dans les labradors. Oncle Eddie avait une femme et trois enfants, tous en âge d'aller au collège, si bien que la maison était toujours pleine de monde et d'agitation. Et le père de Wes lui aussi avait la bougeotte : il faisait la navette tous les jours entre Baton Rouge et la Barataria au volant de son pick-up, traversant le champ de détritus que l'ouragan avait laissé dans son sillage.

Et puis, à l'époque, ils avaient encore de l'espoir, Wes et lui. Un espoir irrationnel, insensé – mais ça restait de l'espoir. Ils ne s'étaient jamais confiés l'un à l'autre sur ce sujet ; ils n'en avaient pas besoin. L'espoir était là, évident, dans les affichettes RECHERCHE PERSONNE DISPARUE qu'ils collaient sur les poteaux téléphoniques et à la devanture des magasins ; l'espoir se lisait aussi dans la dévotion religieuse avec laquelle ils regardaient le journal télévisé du soir, et il s'entendait dans leur voix quand ils appelaient les abris d'urgence, les hôpitaux, les postes de police. Peut-être avait-elle été emportée loin par les flots dans le bayou, peut-être était-elle échouée sur un îlot où elle attendait les secours. En état de choc, aux portes de la mort – mais vivante. Peut-être, au milieu de tout ce chaos, avait-elle réussi d'une manière ou d'une autre – ce *d'une manière ou d'une autre* avait toujours paru douteux à Wes – à rejoindre Houston, à grimper dans un bus avec la cohorte innombrable des évacués du sud de la Louisiane. Peut-être gisait-elle, inconsciente, sur un lit d'hôpital dans quelque comté voisin. Peut-être avait-elle reçu un coup à la tête, si violent qu'elle ne se rappelait plus son propre nom.

Peut-être, peut-être, peut-être.

Leur déni, alors, n'avait aucune limite.

Ce ne fut qu'après leur retour à Jeanette, dans la grisaille d'un vendredi après-midi du mois de février, qu'ils reçurent le coup de fil. Wes, avachi dans le canapé du salon, était en train de résoudre une équation linéaire sur un cahier d'école. Devoir de maths. Il entendit son père, dans la cuisine, prononcer les mots « dossier dentaire » d'une voix neutre. Le garçon se leva et se dirigea vers la cuisine, s'arrêtant sur le seuil, l'épaule appuyée contre l'encadrement de la porte, puis écouta. Son père lui tournait le dos ; sa main était agrippée au cordon du téléphone comme s'il cherchait à l'étrangler. Wes entendit bourdonner une petite voix métallique à l'autre bout du fil.

Quelques instants plus tard, son père remercia son interlocuteur, raccrocha, puis demeura immobile, la main posée sur le mur comme pour s'y retenir. Ses épaules se secouèrent plusieurs fois comme s'il avait le hoquet. Wes entendait sa respiration, bruyante et rapide.

« Papa », dit le garçon.

Son père ne répondit pas. Il se raidit, puis se mit à donner de grands coups de poing dans le mur, plusieurs fois, jusqu'à s'en faire saigner les phalanges, dans un nuage de poussière de plâtre. Wes le regarda, impuissant. Il entendit de minuscules craquements – les os de la main de son père qui se brisaient. Quand il s'arrêta enfin, il y avait un trou dans le mur, de la taille d'un pamplemousse, et sa main n'était plus qu'un morceau de chair inerte et sanguinolente qui pendait contre sa hanche. Le sang perlait de ses doigts à grosses gouttes, qui s'écrasaient l'une après l'autre sur le lino de la cuisine comme autant de pièces de monnaie rondes et brillantes.

« Ta mère », dit-il d'une voix étranglée. Et ce fut tout.

Alors, à cet instant précis, une brèche s'ouvrit dans les entrailles de Wes, laissant déferler un sentiment si puissant, si monstrueux, qu'il aurait pu l'engloutir vivant. Tristesse, colère, terreur, regret – tout en même temps. Sa mère était morte et il ne la reverrait plus jamais. Jamais il ne lui dirait qu'il l'aimait. Jamais elle ne le verrait remporter un trophée d'athlétisme, décrocher son diplôme de fin d'études ou achever son bateau. Tout fut balayé d'un coup, annihilé – toute l'histoire qui aurait pu être la leur mais qui n'adviendrait jamais parce qu'ils s'étaient trouvés au mauvais endroit au mauvais moment.

Parce que son père avait dit : « On n'évacue pas. On reste là. »

De ce jour, le père de Wes avait sombré dans la colère. Il était devenu ce qu'il était aujourd'hui. Un homme qui s'emportait pour un rien. Coup de fil importun, feu rouge qui s'éternise, miche de pain rassie. Le monde entier était ligué contre lui. À la moindre provocation, son visage s'enflammait et se crispait. Il cassait des bouteilles. Des assiettes, des tasses. Il traitait la salière de saloperie de merde, un ruban à mesurer cassé de putain d'enculé de sa race.

Bob Trench avait toujours été du genre bougon – la mère de Wes, non sans affection, le surnommait Grincheux – mais désormais sa fureur était totale et inextinguible. Rien ni personne n'était épargné.

Pas même Wes.

Il n'insultait jamais le garçon, ne levait jamais la main sur lui, mais il lui aboyait dessus pour les choses les plus insignifiantes. Parce qu'il ne faisait pas attention au ton de sa voix, parce qu'il avait oublié d'éteindre la lumière. Wes laissait passer l'orage, comme il faisait le dos rond les jours de pluie quand il était petit. Il allait se réfugier dans sa chambre, fermait la porte et s'allongeait sur son lit pour écouter de la musique au casque à plein volume, en attendant que la tempête se calme.

Pourquoi elle ? songeait-il.

Il faisait de son mieux pour tenir à distance les idées noires, mais celles-ci ne cessaient de ressurgir, comme les petites figurines bondissantes du jeu de la taupe.

Il se demandait quel tour aurait pris l'existence si sa mère avait survécu. Si c'était son père qui avait disparu. Ces pensées le plongeaient dans un gouffre de malaise et de culpabilité, mais il ne pouvait pas se mentir. Il aimait son père ; mais il ne l'appréciait pas beaucoup.

Celui-ci ne s'excusait jamais quand il prenait un coup de sang, mais Wes découvrait parfois un petit cadeau, une offrande de paix posée sur la table du dîner. Un bon petit plat, une BD, une friandise. « J'ai trouvé ça au magasin, disait alors son père. C'était en promo. »

Et, oui, parfois, Wes avait pitié de lui. Rarement, mais ça arrivait. Surtout le soir, la nuit, quand il était réveillé par ses hurlements. Le cœur battant la chamade, Wes restait couché dans son lit et l'écoutait s'étouffer, gémir et se débattre au milieu d'un cauchemar. Puis, au bout d'un moment, le silence retombait sur la maison et Wes se laissait peu à peu glisser de nouveau dans le sommeil.

Le garçon s'était demandé, à l'époque, pourquoi son père n'avait pas quitté la région, qu'il semblait tant haïr. Sans doute était-ce pour lui une manière de se punir. Il mit plusieurs années à comprendre qu'il n'était pas parti parce que tout ce qui restait de sa femme était ici, dans la Barataria. Il ne pouvait pas tourner le dos à l'histoire, au passé.

Et il lui fallut attendre plus longtemps encore, jusqu'à la

disparition de Lindquist, pour comprendre la nature véritable de ce fardeau de rage et de regrets qu'il portait comme une pierre attachée autour du cou.

Le monde entier suspendu à une décision, une seule.

Un mot.

Cosgrove

Vers le milieu de journée, Cosgrove entendit quelqu'un, ou quelque chose, traverser les fourrés à vive allure. Un craquement de feuilles et de brindilles, des bruits d'éclaboussure dans l'eau marécageuse. Quelque chose de gros. Un homme, forcément. Ou un ours. Il se demanda s'il y avait des ours dans les marais et pria pour que ce ne soit pas le cas.

Cosgrove demeura immobile tandis que les pas se rapprochaient, prudents, furtifs. Enfin, un homme surgit des taillis, petit et bedonnant, avec un crochet à la place d'une main et une casquette de marin sur la tête. Les yeux écarquillés, un regard de dément, le visage crasseux.

« Eh, l'ami, le héla Cosgrove d'une voix aimable en lui montrant ses deux paumes. Eh. Tout va bien, je ne cherche pas les ennuis. »

Le type cligna des paupières, bouche bée.

Les rayons du soleil transperçaient les feuillages comme de longues flèches ardentes. Cosgrove dut mettre sa main en visière pour voir le visage du type.

« Vous êtes qui ? demanda le manchot en le scrutant les yeux plissés.

– Je suis perdu.

– Vous êtes qui ? » La voix était plus dure, mais d'une dureté surjouée, un rien tremblante et déraillant un peu dans les aigus, comme celle d'un gosse qu'on aurait chahuté.

« Personne, dit Cosgrove. Juste un mec qui a paumé son chemin. »

Le type continua de le toiser sans rien dire. Les insectes bourdonnaient dans l'air fétide des marais, cachés dans les feuillages criblés de taches de soleil.

« Je ne cherche pas les ennuis », répéta Cosgrove.

Quelque chose se relâcha dans la posture de l'autre, et les rides au coin de ses yeux se détendirent. Il jeta un regard à droite et à gauche. « Les jumeaux, vous les avez vus ? demanda-t-il à mi-voix.

– Il y a de ça plusieurs heures.

– Vous êtes avec eux ? »

Cosgrove fit non de la tête.

« Ils en ont après vous ? »

Cosgrove hésita. Acquiesça.

« Je m'appelle Lindquist.

– Moi, c'est Cosgrove. Je cherche mon bateau. »

Cette nouvelle information sembla piquer l'intérêt du type, qui ouvrit de nouveau grand la bouche. « Il est dans le coin ?

– Je ne sais pas trop.

– Aucune idée ?

– Non. »

La lueur d'espoir qui s'était allumée dans le regard du type s'éteignit d'un coup. Il secoua la tête d'un air penaud. « Alors vous ne le retrouverez jamais », dit-il.

Ensemble, ils poursuivirent leur route, pataugeant dans les marécages, se frayant un chemin à travers les souches de cyprès, les arbres étranglés de lianes et les troncs abattus grouillant de larves blanchâtres ; ils écartaient les branchages et les plantes grimpantes qui leur barraient le passage, déclenchant chaque fois une averse de gouttes d'eau froide qui leur dégoulinaient sur la tête et les épaules.

« Vous avez quelque chose à manger ? » demanda Lindquist.

Cosgrove fit non de la tête.

Ils continuèrent d'avancer en silence pendant un moment, leurs bottes s'enfonçant dans la boue avec un bruit de succion. Des toiles d'araignée se brisaient délicatement sur leur passage et venaient se coller aux joues de Cosgrove, mais il n'y faisait plus attention. Il avait d'autres sujets d'inquiétude désormais. Sa gorge était sèche, comme tapissée de silice, tellement déshydratée que c'en était douloureux. Il avait mal à la tête et ses pieds étaient engourdis. Il craignait d'attraper une infection qui tournerait à la gangrène.

« Eh, votre tête me dit quelque chose, dit Lindquist en coulant un regard en coin vers Cosgrove.

– Je me disais la même chose à votre sujet.

– Je vous ai vu là-bas, sur un bateau. Avec un petit mec.

– Ça fait combien de temps que vous êtes là ?

– Je ne sais pas, une semaine peut-être ? »

Une semaine, se dit Cosgrove. Pas étonnant que le type ait l'air complètement frappadingue.

Puis Lindquist lui demanda : « Vous cherchez un trésor ? » Il se donna une grande claque sur la joue pour écraser un moustique, puis se débarrassa de la bestiole en secouant la main.

Cosgrove n'était pas sûr d'avoir bien entendu. À moins que *trésor* ne fût une façon détournée de parler de cannabis. « Qu'est-ce que vous dites ? demanda-t-il.

– Un trésor de pirate ?

– Mon copain et moi, on a eu des bisbilles avec les jumeaux.

– Marijuana ? »

Cosgrove tourna la tête vers Lindquist. « Oui.

– Le petit mec ?

– Oui.

– Il est où ?

– Ils l'ont tué », dit Cosgrove.

Lindquist laissa échapper un cri rauque et étranglé, presque un sanglot. Il regarda Cosgrove, la mâchoire tombante.

« Ils lui ont tiré une balle dans la tête. Sans la moindre hésitation.

– Une balle dans la tête », répéta Lindquist. Il retira sa casquette répugnante et se gratta le sommet du crâne, ses yeux paniqués roulant dans leurs orbites. « Oh la vache, dit-il, oh putain.

– On ne va pas dans la bonne direction, dit Cosgrove.

– Si, c'est par là. Vers les terres. Y a pas d'autre moyen.

– Mon bateau est de l'autre côté.

– Vous ne le retrouverez jamais, votre bateau.

– Je crois que je suis déjà passé par ici, je reconnais.

– C'est partout pareil. C'est le bayou.

– Non, je me souviens de cet endroit.

– Vous êtes sûr ?

– J'ai vraiment l'impression d'être déjà venu ici. »

Une nouvelle lueur d'espoir s'alluma dans les yeux de Lindquist. « Si vous le retrouvez, je peux venir avec vous ? »

Cosgrove le regarda. La bouche entrouverte, les cheveux sales, des croûtes de salive sèche à la commissure des lèvres.

« Vous ne le regretterez pas, je vous le garantis, dit Lindquist. Vous avez devant vous un mec plein aux as. Faut juste que je me sorte d'ici. Après ça ? Riche comme Crésus. »

Ils continuèrent leur chemin. Cosgrove épongea la sueur sur son visage avec le bas de son T-shirt. Il s'arrêta devant une oreille-d'éléphant et se pencha sous la grande feuille incurvée pour laisser quelques gouttes d'eau s'en déverser dans sa bouche desséchée. Puis il rattrapa Lindquist.

« Vous leur avez piqué leur came ? demanda ce dernier.

– Comment vous le savez ?

– Ils ont une île bourrée à craquer de marijuana. Tout le monde est au courant. Et tout le monde est au courant qu'il vaut mieux pas s'en approcher. »

Si seulement ils avaient croisé ce type plus tôt, songea Cosgrove. Hanson serait encore en vie. Et lui ne serait pas là, au beau milieu de nulle part, sans doute à deux doigts de crever. Il éprouvait soudain une immense nostalgie pour les journées qu'il avait passées à purger sa peine de travaux d'intérêt général. Pour les heures passées à bosser sur le toit des maisons à Austin, sous la chaleur accablante d'un soleil qui brûlait la nuque comme un fer à repasser.

Quel paradis, vu d'ici.

C'était le début de l'après-midi et maintenant Cosgrove ne reconnaissait plus rien autour de lui. Le terrain, qui paraissait encore vaguement familier quelques minutes plus tôt, lui était désormais complètement étranger – une étendue infinie de jacinthes d'eau, de fleurs des marais et de nénuphars, d'où s'envolaient et fusaient par centaines des libellules aux ailes scintillantes comme des bijoux.

Le manchot avait raison : c'était partout pareil.

Cosgrove s'arrêta. « Ce n'est pas la bonne direction », dit-il.

Lindquist siffla entre ses dents d'un air dépité.

« Il faut faire demi-tour », dit Cosgrove.

Lindquist s'arrêta et le regarda. Il se tâtait sans cesse les poches, Dieu sait pourquoi. « Ce bateau a disparu, laissez tomber, dit-il.

– C'est à combien d'ici, les terres ?

– Putain, au moins cinq bornes. Six peut-être.

– On n'y arrivera jamais.

– Suivez-moi, l'ami. Vaut mieux rester ensemble. »

Cosgrove secoua la tête. « Moi, je fais demi-tour. Je vais retrouver mon bateau. »

Lindquist se remit à patauger dans la boue d'un pas déterminé. « Allez, venez. »

Cosgrove ne bougea pas. « Je ne peux pas.

– Vous allez crever ! lui lança Lindquist par-dessus son épaule.

– Fermez-la, dit Cosgrove. Ils vont nous entendre.

– Vous allez crever, c'est sûr et certain, dit Lindquist. Soyez pas con. »

Cosgrove tourna les talons et commença à rebrousser chemin.

« On va crever tous les deux ! » entendit-il Lindquist lui crier, mais il ne s'arrêta pas.

Lindquist

À la nuit tombée, Lindquist pataugeait encore dans les flaques de boue, cherchant son chemin à travers la végétation, lampe torche brandie au-dessus de la tête. La plupart du temps, il la laissait éteinte, afin de ne pas se faire repérer par les jumeaux. Dans les profondeurs du bayou, l'obscurité était incroyable. Pareille à nulle autre. Derrière son voile de nuages, la lune brillait tout juste assez pour découper l'ombre projetée par d'autres ombres, la silhouette torturée des buissons, des arbres et des souches de cyprès.

Il lui semblait parfois distinguer des formes humaines, comme si ses poursuivants avaient soudain surgi devant lui. Comme s'il avait pris un mauvais tournant dans le palais des glaces à la fête foraine. Et parfois ces formes étaient massives et monstrueuses, des figures à tête de gargouille tout droit sorties des pages d'un conte de Grimm.

Ses bottes étaient pleines de vase, ses chaussettes trempées. Combien de temps encore avant qu'il ne commence à perdre un à un ses doigts et ses orteils ?

Des heures ? Des jours ? Et ensuite ?

Ne pense pas à ça, songea-t-il. Ou dit-il à voix haute.

Il espérait qu'il n'était pas en train de perdre la raison.

De temps à autre, au loin, il les voyait communiquer en morse avec leurs lampes torches, quelques clignotements rapides, puis plus rien.

Il se demandait ce qui serait le pire : se faire attraper par les frères Toup ou par une bête sauvage. Un puma, un ours noir, un lynx. Ils pullulaient par ici.

Et les alligators. Il devait y avoir des centaines, des milliers d'alligators au kilomètre carré ; certains, disait-on, avaient cent ans, étaient aussi gros qu'une berline et pouvaient avaler un cerf tout entier d'un seul coup de mâchoire.

Et puis il y avait les serpents corail, les vipères cuivrées, les mocassins d'eau, les crotales, certains si venimeux que leur morsure vous paralysait en quelques secondes. Que disait son père, déjà ? Qu'il y avait dans le monde deux sortes de serpents : les vivants et les morts.

Qui sait quelles autres créatures rôdaient dans les marais. Il y avait des types qui collectionnaient les espèces les plus rares d'Amazonie ou d'ailleurs, des types qui n'avaient rien de mieux à faire de leurs journées, et quand leurs serpents et leurs lézards devenaient trop gros pour être gardés en captivité, ils les relâchaient dans la nature. Lindquist était persuadé qu'il y avait des pythons et des cobras par ici. Des saloperies de deux ou trois mètres de long, sorties de la jungle de Bornéo, avec des dents aussi acérées que celles d'un grand requin blanc.

À un moment, Lindquist trébucha et tomba en avant ; il tendit le bras pour arrêter sa chute, et l'attache de sa prothèse s'enfonça dans la chair de son bras, percutant l'os de l'épaule. Il poussa un hurlement de panique. Puis il se redressa, crapahuta jusqu'à une souche d'arbre et s'assit, au bord des larmes tant la douleur était forte. Il tapota ses poches pour s'assurer que les pièces étaient toujours là. Il fut rassuré de sentir leur poids, la fraîcheur du métal contre ses jambes.

Que n'aurait-il donné à cet instant pour un cachet. Oui, il aurait même accepté de se délester d'un peu de son or.

Que n'aurait-il donné pour un autre bras.

Pour sortir de là.

C'était un petit refuge, bâti à la diable avec un peu de tout et n'importe quoi, des plaques de vinyle imperméable, des pneus mouchetés de taches blanches, des morceaux entortillés de clôture grillagée. Des balises flottantes – vert pomme, orange vif, jaune canari – pendaient sur les côtés comme de fantasques ornements. Pour le reste, le cabanon était si affaissé, rongé par les intempéries et la moisissure, que Lindquist l'aurait cru abandonné s'il n'avait aperçu, à l'intérieur et filtrant par les fissures des parois, la lueur jaune orangé d'une lanterne.

Lindquist demeura planté là pendant un moment, ahuri, persuadé qu'il était victime d'une hallucination. Il n'avait qu'une très vague idée de l'endroit où il se trouvait. Il s'était guidé à la position de la lune et des étoiles, cap à l'est des marais, et il savait qu'il lui restait encore beaucoup de chemin à faire, un chemin si long qu'il ne se serait jamais attendu à tomber sur cette cabane. Si long qu'il avait peine à croire qu'elle se dressait là, devant lui.

Il avança en titubant, de l'eau jusqu'aux tibias, et appela. Agita le bras en l'air, sans trop savoir pourquoi. Appela encore.

Un vieil homme vêtu d'une salopette crasseuse ouvrit la porte. Ou plutôt ce qui en tenait lieu : une plaque de tôle, accrochée à la façade par un morceau de corde. Il l'entrouvrit à peine, passant la tête dans l'embrasure, les yeux hagards au milieu d'un visage parcheminé. « Vous êtes du gouvernement ? demanda-t-il.

– Du gouvernement ? » répéta Lindquist. Il aurait éclaté de rire s'il n'avait pas eu si peur et si mal à l'épaule. « Non, m'sieur, dit-il. Je ne suis pas du gouvernement. »

Le vieil homme ouvrit un peu plus la porte. Les cheveux en

bataille, plus fins que des soies de maïs. Ses yeux se posèrent sur le bras invalide de Lindquist puis ne bougèrent plus. En temps normal, Lindquist lui aurait dit de se mêler de ses oignons, mais ce genre de remarque n'avait à présent plus lieu d'être.

« Vous êtes Lindquist ? » demanda le vieux.

Lindquist rétracta le menton, hésitant à répondre.

« Vous êtes Lindquist, pas vrai ? Le manchot. »

Lindquist le dévisagea en silence.

« Ouais, z'êtes Lindquist. J'ai entendu des tas d'histoires sur votre compte, depuis le temps.

– Ici ? demanda Lindquist, conscient de la confusion qui infléchissait sa voix.

– Oh, j'ai pas toujours vécu ici. Avant, je vivais à Jeanette. Avant que tout se barre en couille. »

Lindquist attendit. Sale, haletant, le visage boursouflé par les piqûres d'insecte, les cheveux poisseux. Il devait avoir l'air d'un fou furieux aux yeux du vieil homme – aussi fou que ce dernier à ses propres yeux.

« Et alors, qu'est-ce que vous voulez ? demanda le type.

– Je suis perdu.

– Ça, j'avais compris. » Il jeta un regard méfiant par-dessus l'épaule de Lindquist. « Y a quelqu'un avec vous ?

– Non.

– Bon », dit-il. Puis il lui fit signe d'approcher.

À l'intérieur du cabanon brûlait un poêle portatif, posé sur le plancher en contreplaqué au centre de la pièce. Au-dessus, une petite marmite en fonte dans laquelle mijotaient des haricots et un gruau pâle. Dans le coin, un matelas taché, un oreiller et une couverture bleue. Un transistor, une pile de livres de poche au dos craquelé. Lindquist reconnut certains noms, Thoreau et Franklin.

Ils s'assirent par terre, face à face, de part et d'autre du maigre feu crépitant. Un ruban de fumée s'élevait de la marmite tel un serpent du panier d'un charmeur. Un coup de vent l'attrapa et il disparut, aspiré à travers une fissure.

« Vous avez foutu en rogne pas mal de gens à Jeanette », dit le type en caressant son menton hérissé de poils, d'un air évasif et sévère.

Lindquist eut à peine la force de hausser les épaules. « Oui, j'imagine », dit-il.

Pourrait-il demander au vieil homme de le laisser passer la nuit dans son cabanon ? Il se serait amplement contenté de s'allonger en boule dans un coin pour dormir une heure ou deux. Mais il savait qu'il ne pouvait pas se le permettre, même si le type était d'accord. Les frères Toup n'étaient sans doute pas très loin. Peut-être étaient-ils même déjà là, devant la cahute, avec leurs flingues et leurs couteaux. Peut-être que le vieux était de mèche avec eux et le poignarderait dès l'instant où il aurait fermé les yeux.

« Les gens racontent que vous creusez dans les cimetières, dit celui-ci d'une voix égale.

– Les cimetières ? Jamais creusé dans les cimetières, moi.

– C'est pas ce que j'ai entendu dire.

– Ben merde alors. J'ai jamais fait ça.

– Il paraît que vous déterrez des cadavres.

– Ben merde. J'ai jamais déterré aucun foutu cadavre non plus. »

Le type le regarda.

« C'est ça qu'on raconte ? Que je déterre des macchabées ? »

Le type fit un petit geste de la main. « Peu importe, dit-il.

– Eh bah c'est faux. Je vous le dis. »

Le vieil homme attrapa la louche et remua son gruau.

« Comment vous m'avez dit que vous vous appeliez, déjà ? demanda Lindquist.

– Je ne vous l'ai pas dit. »

Lindquist attendit que le type se présente, mais l'autre resta silencieux. Il regarda autour de lui, mal à l'aise. Dans la pénombre, derrière la pile de livres, il aperçut trois bidons en plastique. « Je pourrais avoir un peu d'eau ? » demanda-t-il.

Le vieil homme refit son petit geste dédaigneux de la main, que Lindquist prit pour un assentiment. Il se pencha et attrapa l'un des bidons par la poignée. Il souleva le bouchon-capuchon avec le pouce et renversa la tête en arrière. Dès que le liquide coula dans sa bouche, il s'étrangla et cracha. Aucune idée de ce que c'était, mais ça avait un goût de dissolvant. Il s'essuya les lèvres du revers de la main.

Le vieux se tapa sur les cuisses en caquetant de rire, dévoilant les rares chicots pourris et plantés de travers qu'il lui restait dans la mâchoire inférieure. « C'est pas celui-là, dit-il. Attendez, je vous attrape l'autre. »

Il lui tendit un autre bidon ; cette fois, c'était bien de l'eau. Lindquist but à grandes goulées, avalant huit ou neuf gorgées d'affilée, jusqu'à s'en couper la respiration. Puis il reposa le bidon. Il ne s'était pas rendu compte à quel point il avait soif.

« Vous voulez manger quelque chose ? »

Lindquist se pencha en avant, tendit le cou et jeta un coup d'œil à l'intérieur de la marmite : des petits morceaux de gras jaunis et des lamelles de viande grise baignaient dans le gruau. Il hocha la tête.

« Qu'est-ce que vous fichez dans le coin, alors ?

– Quelqu'un est à mes trousses.

– Le gouvernement ?

– Des types. Juste des types.

– Vous êtes sûr que c'est pas le gouvernement ?

– Oui, c'est des types qui croient que je leur ai volé de la drogue. »

Le vieil homme sembla soudain très intéressé. « Vous en avez ? demanda-t-il.

– De la drogue ?

– Oui.

– Non. »

Le vieux fronça les sourcils. « Dommage. »

Lindquist, ne sachant trop comment réagir, garda le silence.

Le vieil homme se leva et alla fouiller dans le bric-à-brac entassé derrière lui. Il prit un bol en plastique bleu dans lequel il versa cinq généreuses louches de gruau fumant, puis il le tendit à Lindquist.

« Merci.

– Pas de couverts », s'excusa le vieux.

Lindquist hocha la tête et plongea les doigts dans la tambouille filandreuse. Un goût de sauce piquante. Du poivre de Cayenne. Il fut surpris de constater que c'était délicieux. Aussi bon que dans n'importe quel restaurant de La Nouvelle-Orléans, les rares fois où il y était allé avec sa femme. Et même meilleur.

« C'est bon », fit-il.

Le vieil homme hocha la tête ; la flamme vacillante du poêle se reflétait dans ses yeux chassieux.

« Vous avez déjà entendu parler des Toup ? lui demanda Lindquist. Les jumeaux ?

– Non.

– Eh ben ce sont eux qui me courent après.

– D'accord. Et ? »

Cette réponse le prit de court. « Ben… Si jamais il m'arrive quelque chose. Ça voudra dire que c'est à cause d'eux. »

Aucune réaction. Lindquist continua de dévisager le vieil homme et le vieil homme continua de dévisager Lindquist.

« Qu'est-ce que vous regardez ? dit le vieux.

– Rien.

– Vous trouvez que j'ai une drôle de tête ?

– Non.

– Si vous êtes capable de répondre, c'est que vous étiez en train de regarder. »

Lindquist secoua la tête. « D'accord. »

Le type plissa les yeux. « Vous avez quoi, là, dans vos poches ? Vous arrêtez pas de vous tripoter.

– Rien. »

Le type tendit le cou. « Mon cul, dit-il. C'est quoi ? De la drogue ?

– Je vous l'ai dit, j'ai pas de drogue.

– Alors c'est quoi ?

– Je préfère pas le dire.

– Alors vous devez être dans un sacré pétrin », conclut le vieux.

Lindquist termina son bol et le reposa par terre. « Il faut que je rentre à Jeanette, dit-il.

– Ah oui ? Eh bah bonne chance.

– C'est à combien d'ici, à votre avis ?

– Cinq kilomètres très exactement.

– Cinq kilomètres ? » répéta Lindquist. Seigneur, comment trouverait-il la force de marcher encore cinq kilomètres ?

« Cinq kilomètres très exactement.

– Et comment on fait ? C'est quoi le meilleur chemin ?

– Il faut un bateau. C'est le seul moyen. » Il anticipa la question suivante de Lindquist et agita le pouce par-dessus son épaule. « Y a un petit bateau à moteur derrière.

– Vous me ramèneriez à Jeanette ?

– Non », dit le vieux.

Lindquist attendit.

« Je vois pas bien, de nuit, expliqua-t-il.

– Et si c'était moi qui pilotais ? Vous pourriez passer la nuit là-bas et rentrer au matin.

– C'est pas trop mon truc, les soirées pyjama.

– Mais faut que je rentre à Jeanette.

– Je vous connais pas.

– Non mais attendez. Je peux vous donner de l'argent.

– Ben voyons.

– Beaucoup d'argent. »

Le vieil homme regarda Lindquist par-dessus la flamme du poêle, sans ciller. « Combien ?

– Combien vous voulez ? »

Le type secoua la tête. « J'ai quatre-vingt-cinq ans, j'ai pas besoin qu'on vienne m'emmerder.

– Je peux vous donner de l'or. »

Le type partit d'un grand rire hululant. « Vous êtes vraiment taré, hein ? » Il se mit à secouer la tête sans s'arrêter. Ou peut-être que sa tête dodelinait toute seule. « Tout le monde disait que j'avais un grain, moi aussi. J'en ai jamais rien eu à foutre.

– Monsieur. Je vous en supplie.

– Vous pouvez dormir ici si vous voulez. Prenez une couverture, là-bas. On en reparlera demain matin.

– Monsieur.

– Je vous ai déjà donné ma réponse, dit-il d'une voix plus dure.

– Bon », fit Lindquist. Il se leva, se dirigea vers la porte et attendit que le vieil homme change d'avis. Qu'il fasse preuve de pitié.

Silence. Rien que le crépitement du feu.

« Bon, bah je crois que je ferais mieux d'y aller, dit Lindquist.

– Je crois que vous feriez mieux, en effet », dit le vieil homme.

Les frères Toup

Il était minuit passé et le bayou aux ombres verdâtres était gonflé d'humidité suintante, les feuillages tapissés de perles de rosée tremblant dans le clair de lune. Les frères Toup se retrouvèrent devant un chêne abattu en travers de leur route, le tronc perforé par les vers et grouillant de larves. Il était trop gros pour être enjambé, aussi durent-ils l'escalader, le bois vermoulu craquant sous leurs bottes, puis ils sautèrent de l'autre côté.

Ils avaient passé le plus gros de la journée à traquer Cosgrove et Lindquist, et chaque fois qu'ils étaient sur le point de renoncer, se disant que les deux hommes devaient être perdus ou déjà morts, ils entendaient ou apercevaient un signal. Un bruit soudain dans les broussailles, le clignotement furtif d'une infime source de lumière dans le lointain.

Un nouvel obstacle se dressait à présent devant eux : une toile d'araignée géante, aussi large qu'un filet de pêche, tendue entre deux troncs d'aulne dévorés de tumeurs. Une araignée, grosse comme la main, trônait au centre telle une sculpture en verre soufflé, immobile dans le faisceau de leur lampe torche.

Tandis qu'ils contournaient la toile d'araignée, un souvenir rejaillit dans la mémoire de Reginald. Au début il ne dit rien, et continua d'avancer d'un pas distrait, le regard tourné vers un autre endroit. Ou vers une autre époque. Peut-être ce souvenir n'était-il qu'une chimère née de son imagination, le fruit d'un léger court-circuit neurologique provoqué par l'épuisement et la déshydratation.

Non, c'était bel et bien un souvenir. Reginald en était sûr. Il y avait dans sa vision ce quelque chose d'indéfinissable, aussi indélébile qu'un rêve, gravé dans l'acide, qui la rendait pour ainsi dire plus réelle que le moment présent.

« Tu te rappelles quand on s'est retrouvés paumés ici ? » demanda Reginald à son frère. Dans l'obscurité, son murmure lui parut un cri.

Ils se frayaient un chemin côte à côte, trempés de boue jusqu'à la taille.

« C'est maintenant qu'on est paumés, dit Victor.

– Non, je voulais dire quand on était petits. »

Victor jeta un coup d'œil à Reginald, fulminant par les narines. « Quoi, t'as rencontré Dieu dans le coin ? dit-il. Si c'est ça, je veux pas en entendre parler.

– On s'est déjà perdus ici, il y a longtemps. J'en mettrais ma main au feu.

– Ici ?

– Pas exactement à cet endroit. Mais pas loin. »

Victor secoua la tête.

« Bon sang, j'arrive pas à croire que je m'en souvienne encore.

– Tu as dû faire un rêve.

– Non, c'est pas ça. Tu étais là aussi. Et tu pleurais. Je me souviens maintenant. »

Victor se récria d'un geste de la main. « N'importe quoi.

– On était tout gosses. Quatre ou cinq ans. Vraiment tout petits. Je me souviens. »

Ils continuaient de progresser à pas lourds parmi les plantes immenses aux feuilles visqueuses ; Reginald observait Victor, guettant du coin de l'œil une réaction, un éclair révélateur sur son visage, un infime mouvement des lèvres ou de la mâchoire. Mais son frère, renfrogné, demeurait imperturbable.

« Tu t'en souviens forcément, dit Reginald.

– Et qu'est-ce qu'on aurait foutu dans un endroit pareil ?

– Papa nous avait lâchés ici. Il nous avait laissés tout seuls. »

Victor essuya la sueur sur son front de toute la longueur de son avant-bras. « Tu as dû le rêver.

– Tu peux me répéter ça autant de fois que tu veux, mais c'est vrai. Papa nous a abandonnés ici.

– D'accord.

– Il nous a lâchés ici et il fallait qu'on retrouve le chemin de la maison tout seuls.

– D'accord, répéta Victor.

– Tu te souviens comme on a marché ? On a erré toute la journée. Tu n'arrêtais pas de dire qu'on devait toujours aller dans la même direction. Tu avais vu ça dans un film. Ou un dessin animé. Je sais plus. On a marché sur une énorme toile d'araignée et tu t'es enfui en courant, complètement paniqué, en te donnant des claques partout. Et ensuite tu as marché sur un truc qui s'est enfoncé dans ta chaussure. Un bout de métal ou je sais pas quoi. Un clou. J'ai dû faire au moins deux kilomètres en te portant sur mon dos. »

Victor poussa un grognement et secoua la tête.

« Quoi ? dit Reginald.

– Tu racontes que des conneries, c'est jamais arrivé, tout ça.

– Tu es sûr que c'est pas toi qui refuses de t'en souvenir ? »

Victor lança à son frère un coup d'œil assassin. « Tu te la joues psy, maintenant ?

– Peut-être qu'il ne voulait pas qu'on retrouve notre chemin », dit Reginald.

Victor ne réagit pas et Reginald laissa tomber. Peut-être

essaierait-il d'aborder de nouveau le sujet une autre fois. Un jour où ils ne seraient pas occupés à pourchasser un manchot dans le bayou comme des cons.

« On devrait retourner au bateau, fit Reginald.

– On est trop loin pour rebrousser chemin.

– Et qu'est-ce qu'on fera une fois qu'on les aura rattrapés ?

– À ton avis ?

– C'est de la folie, dit Reginald. Faut qu'on retourne au bateau. »

Ils continuèrent d'avancer en silence. Le bourdonnement électrique et lancinant des insectes.

Au bout d'un moment, Victor dit : « Les rêves, c'est jamais intéressant pour personne, sauf pour ceux qui les font. »

Cosgrove

Cosgrove entendit les jumeaux avant de les voir ; l'un était en train de dire à l'autre que quelque chose était du grand n'importe quoi, de la folie furieuse. Puis son frère lui demanda d'arrêter de faire sa fiotte. Le reste échappa à Cosgrove, les voix étouffées par la végétation touffue, noyées sous les murmures de la faune des marais. Cosgrove et Lindquist s'étaient séparés depuis déjà plusieurs heures. Et à présent il entendait craquer les brindilles piétinées par les jumeaux qui se rapprochaient dans les fourrés. Il regarda autour de lui, cherchant une branche, un bâton qui pourrait lui servir d'arme, ou un endroit où se cacher. N'importe quoi ferait l'affaire.

À quelques mètres de là, il aperçut un tronc d'arbre sur le sol, près d'un petit bosquet de fleurs des marais aux couleurs vives. Il s'y précipita, s'allongea sur le ventre, dans la boue, et se glissa sous le creux de l'arbre en oscillant tel un serpent.

Quand il entendit les jumeaux arriver tout près de lui, il retint sa respiration. Il était couvert de vase, de chiures d'asticots et de Dieu sait quoi d'autre encore. Des insectes lui rampaient sur les bras et le visage, leurs pattes lui chatouillant la peau comme des milliers de cils.

Le bruit des pas englués dans la vase cessa tout à coup.

« Tu vois ces trous, là ? dit l'un des frères.
– C'est un nid de serpent. Gaffe.
– De la taille d'une jambe. Quelqu'un est passé par ici. »

Une énorme araignée aux longues pattes atterrit soudain sur le menton de Cosgrove et se mit à arpenter son visage. Elle s'enfonça dans sa bouche ouverte, pour en ressortir aussitôt en toute hâte. Puis, tricotant des pattes, elle se hissa sur le bout de son nez et s'immobilisa. Cosgrove souffla un coup sec et la bestiole déguerpit à toute vitesse, passa sur son front, sauta par-dessus son oreille, puis disparut.

« Regarde, il y a une empreinte de botte. Juste là. »

Le cœur de Cosgrove s'étrangla. Il retint son souffle et attendit le coup de pied qui ferait exploser le tronc d'arbre au-dessus de lui, le canon du fusil qui serait bientôt braqué sur son crâne. Et ensuite ? Le néant.

Mais finalement, rien. Il entendait à présent les jumeaux s'éloigner, leurs voix hargneuses s'éteindre peu à peu.

Il resta immobile un long moment. Puis il passa la tête hors de sa cachette et regarda alentour. La lune blême, les feuilles et les branchages dont les formes noires se découpaient sur l'obscurité moins prononcée de la nuit.

Il s'éloigna du tronc en rampant, puis se redressa.

Et se mit à courir.

Lindquist

Au milieu de la nuit, Lindquist commença à parler tout seul, pour se tenir compagnie. Un galimatias improvisé, entrelardé de blagues et de devinettes.

« Quelle est la différence entre un homard à gros nichons et un arrêt de bus ? »

« Comment font les péquenots pour circoncire leurs enfants ? »

« Comment Joe le Chameau a-t-il réussi à arrêter de fumer ? »

Il ne se donnait même pas la peine de raconter la chute. Il les connaissait déjà toutes. De toute façon, le plus marrant, c'étaient les prémisses de la blague.

Parfois son rire résonnait de manière étrange à ses propres oreilles, comme s'il ne lui appartenait pas. Il se figeait alors, tournait vivement la tête, mais il était seul dans le noir. Il croisait son reflet, éclairé par le halo de la lune dans le miroir uniformément sombre de l'eau. Il ressemblait à un sorcier fou : les cheveux gras et hirsutes, les lèvres meringuées de salive sèche, un bâton de marche à la main tel un sceptre.

L'aube n'était pas loin ; les marais bruissaient d'un million de frémissements. Lindquist percuta soudain quelque chose de dur. Il poussa un cri et porta la main à son nez endolori. Puis il recula d'un pas et, sans savoir ce qu'il avait heurté, tendit son crochet en avant pour parer à tout éventuel assaut.

Une silhouette massive et d'apparence humaine, qui le dépassait d'une bonne tête, se tenait devant lui. La chose prononça une espèce de borborygme. « Je te tiens, enculé », crut comprendre Lindquist.

Il partit en arrière, reculant le torse comme pour esquiver un coup. Les jumeaux. Sûrement l'un des jumeaux.

Il recula encore d'un pas, sur le côté, en laissant échapper de ses lèvres un bruit à mi-chemin entre le sanglot et le gémissement. « Mais qu'est-ce que je vous ai fait ? » demanda-t-il.

Silence. Sa respiration haletante, le bruissement infini des marécages autour de lui – bourdonnements, pépiements, froufroutements en tout genre –, et rien d'autre.

« Je vous ai jamais rien fait. Pourquoi vous faites ça ? »

L'immense silhouette demeura muette et imperturbable. Comme si elle cherchait à l'intimider. À le rendre fou.

Une onde de panique le traversa comme une décharge électrique. « Laissez-moi tranquille », supplia-t-il.

Silence.

Lindquist perdit son sang-froid, donnant avec son bras de grands coups de battoir hystériques, enfonçant son crochet dans le torse dur et musclé du jumeau. Le crochet resta planté à l'intérieur plusieurs fois et il dut reculer pour prendre appui et l'arracher comme s'il tirait sur une corde. Il se déchaîna jusqu'au moment où, pris de vertige, il fut incapable de lever sa prothèse. Alors, titubant sur place comme un ivrogne, il tendit le bras devant lui, les doigts tremblants. De l'écorce. Un arbre. Rien de plus.

Tremblant, fiévreux et en nage, Lindquist sentit ses jambes se dérober sous lui comme celles d'un pantin et il s'écroula au sol. Sa joue se colla contre la terre humide et rêche. Son moignon saignait, ses cicatrices le brûlaient le long de son torse. Il ne se rappelait pas avoir jamais ressenti pareille douleur, en tout cas pas depuis le jour où il avait perdu son bras, le jour où les gardes-côtes l'avaient évacué de la Barataria en hélicoptère pour l'amener aux urgences du Mercy General Hospital. La douleur, ce jour-là, avait tout oblitéré, si bien qu'il n'avait rien compris à ce qui était en train de se passer. Il avait perdu un bras ? Comment ? Comment pouvait-on perdre un bras ? Quel genre de crétin fallait-il être pour qu'une telle chose vous arrive ? Quel genre de pauvre type ?

Une fois que les urgentistes lui eurent posé un garrot, ils l'avaient gavé de morphine. Aussitôt, la douleur cuisante, insoutenable, s'était évaporée, remplacée par une sensation de fraîcheur et de bien-être ; il avait eu l'impression que son corps était devenu creux et qu'à l'intérieur tourbillonnait un courant d'air glacial. Il avait eu l'impression que Dieu l'embrassait.

À présent, couché sur le flanc dans la boue, sanglotant et le souffle coupé, il aurait donné la moitié des pièces d'or qui alourdissaient ses poches pour ressentir de nouveau ce soulagement.

Les souches de cyprès noueuses ressemblaient à une armée de petits diablotins voûtés dans le demi-clair de lune ; leur visage d'elfes aux aguets depuis les profondeurs de l'écorce, leurs yeux creusés dans le bois le suivant à la trace. Quand le vent se levait, il claquait dans les branchages, et Lindquist aurait juré entendre la voix grinçante des diablotins. Mais en quelle langue parlaient-ils ? En latin, peut-être, ou en gaélique. Ou peut-être une autre langue, enfouie sous les siècles, réduite au silence par l'Histoire. La langue des sorcières ou des succubes.

Quoi qu'il en soit, Lindquist comprenait l'essentiel. Les diablotins disaient qu'il était déjà mort, ou tout comme. Qu'il ne sortirait jamais du bayou. Que sa vie ne valait désormais pas plus qu'un filet d'urine.

« Et si une chauve-souris me pissait dans l'œil ? » dit Lindquist. Était-ce une blague ? Il ne le savait pas lui-même, mais il éclata de rire.

« Et si une chauve-souris te pissait dans l'œil ? » dit quelqu'un. Lindquist sursauta et regarda à gauche. À quelques mètres de lui, un diablotin des cyprès le toisait, son énorme gueule creusée dans le bois comme une plaie ouverte affichant la grimace d'un sinistre précepteur. Il pencha la tête sur le côté, de manière si imperceptible que Lindquist aurait pu croire que sa vision lui jouait des tours si la souche ne s'était mise aussi à sourire.

« Quoi ? dit Lindquist.

– Et si une chauve-souris te pissait dans l'œil ? » répéta la souche. Sa voix était profonde, patricienne.

« Ta gueule, dit Lindquist.

– Ta gueule toi-même », rétorqua la souche.

Lindquist s'enfuit à toutes jambes dans l'obscurité, cerné par les ricanements des cyprès. Il bondit par-dessus les feuilles mortes au pied des pins, puis sa jambe gauche s'enfonça dans la boue. Lindquist poussa un juron et tira sur sa jambe pour se dégager ; un rot visqueux s'échappa de la vase en libérant sa botte.

« Eh là, le barjot ! » dit une autre souche.

Les cyprès voisins éclatèrent d'un rire sauvage.

C'est donc à ça que ressemblait le sevrage, se dit Lindquist. Les souches hystériques ne l'impressionnaient pas. Si d'autres hommes arrivaient à affronter la guerre, la famine, les cataclysmes, la sécheresse, ce n'étaient pas des souches de cyprès douées de parole qui allaient le faire trembler.

Lindquist se remit en marche d'un pas tranquille, presque

orgueilleux. *Allez-y, bande d'enfoirés, riez*, essayait-il de leur dire en marchant ainsi.

Il se rappela qu'il avait quarante-cinq ans mais qu'il aurait pu tout aussi bien en avoir cent, tant il s'était esquinté. Eh bien c'était fini, tout ça ; plus jamais il ne ferait subir à son corps l'essoreuse de ses excès rituels. Quand il sortirait d'ici, si jamais il y arrivait, il se plierait au régime de santé le plus strict. Cure de vitamines, centrifugeuse dernier cri pour se faire des jus. Il s'achèterait un nouveau bras et il partirait loin du bayou. Peut-être même quitterait-il le pays. Il s'installerait avec une belle brune aux yeux bleus et au visage expressif, une petite Française qui l'écouterait, fascinée, raconter l'histoire qu'il était en train de vivre.

Ce rêve éveillé lui apparaissait avec la plus vive clarté.

La fille ressemblait beaucoup à sa femme.

Elle lui ressemblait en tous points.

Les frères Toup

Le jour se levait à peine quand les frères Toup trouvèrent le cabanon. Ils s'arrêtèrent, guettant les signes d'une présence humaine. Les seuls bruits qu'ils entendaient montaient de la faune sauvage encore à moitié assoupie. La myriade de frémissements des bêtes tapies dans les fourrés. Le chant lointain des oiseaux. Pour le reste, le monde entier était nimbé d'un silence de cloître.

Victor se pencha dans les herbes hautes, ramassa une pierre et la lança en direction du cabanon. Elle le percuta sur le côté avec un bruit aussi sec et puissant qu'une détonation. Une volée de tristes tourterelles jaillirent d'un buisson dans une explosion de plumes et allèrent s'éparpiller sur la cime des arbres.

Les frères attendirent.

Rien.

Victor donna un coup de pied dans l'herbe, ramassa cette fois un bâton et le lança tel un athlète olympique. Le projectile tournoya en sifflant dans les airs et heurta la porte du cabanon.

Ils entendirent un faible remuement à l'intérieur. Des bruits humains. Puis une voix d'homme, craquelée par le grand âge. « Putain, mais c'est quoi ce bordel ? »

Victor traversa la clairière en fonçant droit devant lui. Quand il eut atteint le cabanon, il leva une jambe, sans s'arrêter, et défonça la porte en sautant à la façon d'un karatéka. La bâtisse trembla puis se figea de guingois pendant une seconde avant de s'écrouler, tel le château de cartes d'un magicien. Comme si elle n'avait jamais tenu que par la seule force de l'illusion.

Quelqu'un s'agitait sous les débris.

Resté en lisière des bois, Reginald enfonça les mains dans ses poches et s'avança d'un pas prudent. Encore un connard dont il allait falloir s'occuper.

« Bordel de merde, éructa une voix furieuse sous le cabanon effondré.

– Sors de là, dit Victor.

– Sortir ? Sortir d'où ? dit le type. Y a plus rien. »

Victor donna un coup de pied dans le tas.

Le type remua sous les débris. Des bouts de bois et de tôle ondulée dégringolèrent. Une main squelettique surgit des décombres, s'empara d'une planche et la balança sur le côté. Puis une autre, et une autre encore. Au bout d'un moment, une silhouette se dressa, tel un Lazare de dépotoir, couverte de copeaux de bois qui lui glissèrent des épaules et du dos. Le vieil homme épousseta sa salopette crasseuse d'un geste empreint d'une dignité ostentatoire et incongrue. Dans la pénombre violacée de l'aube naissante, il regarda Victor, puis Reginald, cheveux blancs et duveteux en bataille, les yeux bouffis de sommeil sous des sourcils de vieux renard.

« On cherche quelqu'un », dit Reginald.

Le type le dévisagea. « Ben merde, vous auriez pu simplement frapper à la porte, non ?

– Vous avez vu passer quelqu'un ? »

Le type montra du doigt le sol, le tas de bois effondré. « Ici ?

– Joue pas au con, on n'a pas le temps, dit Victor.

– Un type avec un seul bras », dit Reginald.

Quelque chose dans le visage de Victor fit hésiter le vieil

homme. Il se balança sur place, pris d'une indécision panique, les poings serrés le long du corps. Comme si une partie de lui avait envie d'en découdre tandis que l'autre ne songeait qu'à fuir. D'un coup, son attitude bravache disparut. « Ouais, j'ai vu passer quelqu'un, dit-il.

– Quand ? » demanda Victor.

Le vieil homme baissa la tête d'un air confus. Comme s'il attendait que la boue lui souffle la bonne réponse. Lui dise quoi faire.

« Quand ? répéta Victor.

– Attendez, laissez-moi réfléchir, dit le type. Vous m'avez réveillé en plein roupillon, putain. »

Un silence étrange s'était abattu sur les marais ; même les oiseaux et les criquets s'étaient tus. Peut-être observaient-ils la scène, tapis dans leurs nids, leurs tanières, attendant de voir comment elle allait se terminer. Et pendant ce temps le jour prenait ses quartiers ; peu à peu le marais recouvrait sa forme et ses couleurs habituelles, telle une vieille peinture à l'huile décapée par le dissolvant du restaurateur, un pigment à la fois. Le brun des champignons, le vert de la mousse, le gris du lichen.

« Ça doit faire environ quatre heures, dit le vieil homme. Peut-être cinq.

– Il est parti où ? » demanda Victor.

L'homme tendit un doigt raide en direction de l'est. « Il a dit qu'il rentrait à Jeanette. Qu'il avait quelque chose que vous vouliez.

– Allez, on y va, dit Reginald à son frère.

– De la drogue », dit le vieil homme.

Les épaules de Reginald s'affaissèrent. Il se pinça l'arête du nez et ferma les yeux.

« Vous êtes des dealers, pas vrai ?

– Qu'est-ce qui te fait dire ça ? demanda Victor.

– De toute façon, j'en ai rien à foutre.

– Qu'est-ce qui te fait croire qu'on est des trafiquants de drogue ?

– C'est lui qui me l'a dit.

– Et tu crois tout ce qu'on te raconte ?

– Allez, viens », dit Reginald.

Victor ne bougea pas. Les bras croisés sur la poitrine, la tête légèrement penchée, tel un maître devant son élève. « Et si je te disais que ta mère était une pute ? » lança-t-il.

Le vieil homme ne répondit pas.

« C'était une pute, ta mère ?

– Écoutez. Fichez-moi la paix, d'accord ? Vous avez déjà détruit ma maison.

– Non, parce que je me suis laissé dire que ta mère était une pute. C'est vrai ? »

Le vieil homme roula des mâchoires d'un air songeur. « Oui, dit-il. C'est vrai.

– Vraiment ?

– Oui.

– Ta mère faisait le tapin ?

– Oui. »

Reginald tourna les talons et prit la direction des bois. Arrivé au bord de la clairière, il s'arrêta et se retourna vers son frère. « Allez, dit-il.

– C'était une pute, dit le type. Une bonne vieille grosse putain. Ça ira comme ça ?

– Paraît qu'elle turlutait des inconnus aux chiottes, dit Victor. Ça aussi, c'est vrai ?

– Allez, bon sang, dit Reginald. Arrête tes conneries, on n'a pas le temps.

– Sans doute, répondit le vieil homme à l'intention de Victor.

– Qui vendrait sa mère comme ça ? » demanda ce dernier.

Le vieil homme s'assit d'un air las sur le tas de décombres, ses avant-bras tavelés posés sur les cuisses, les mains ballantes entre les genoux.

« Même si c'était vrai ? continua Victor. Qui vendrait sa mère comme ça ? »

Le vieil homme secoua la tête. Il garda le silence encore un long moment, puis il répondit, à voix basse : « Je ne me souviens même pas de ma mère.

– Quand est-ce qu'elle est morte ?

– Il y a longtemps.

– Quand ?

– J'avais dix-huit, dix-neuf ans.

– T'es fâché avec les chiffres, toi.

– Putain, j'ai quatre-vingt-cinq piges.

– T'es sûr ?

– C'est vous, les frères Toup ? » demanda le vieil homme.

Les jumeaux échangèrent un regard.

« D'où tu sais comment on s'appelle ? demanda Victor.

– C'est ce type qui me l'a dit. »

Silence.

« Du moment que vous n'êtes pas du gouvernement, j'en ai rien à branler. »

Victor attendit.

« Vous auriez pas de la drogue sur vous, par hasard ?

– Putain, t'es complètement taré, toi, hein ? » dit Victor, le visage fendu d'un sourire taillé à la serpe.

Le vieil homme réfléchit mais ne répondit rien.

« C'est quoi ton nom ? »

Le vieux leva la tête et regarda Victor. Affligé, suppliant. « Vous avez déjà détruit ma maison.

– Ah, parce que c'était une maison, ça ?

– Je vais crever ici de toute façon. J'ai plus de toit. Et s'il y a bien un truc dont je suis sûr, c'est que je ne remettrai jamais les pieds à Jeanette. Alors vous n'avez qu'à me laisser là. Les loups s'occuperont de moi.

– Les loups. Merde alors, remballe tes violons.

– Vous avez démoli ma putain de maison.»

Victor toisa le vieil homme, puis il souleva le bas de son T-shirt et referma la main sur la crosse du pistolet coincé dans sa ceinture.

«Hé», dit Reginald, toujours posté à l'orée du bois.

Victor l'ignora.

«Ma mère n'était pas une pute, dit le vieil homme à Victor.

– Et?

– Juste pour dire.»

Victor posa le canon du Sig Sauer sur le front du vieil homme, appuyant assez fort pour laisser une petite empreinte ronde dans la chair.

«En revanche, la vôtre, oui, dit le vieux. Votre mère à vous, c'était une pute.»

Victor arma son pistolet.

«Même qu'elle a dû se faire enfiler par un sacré connard pour pondre une chiure de votre espèce.

– Hé», répéta Reginald.

Victor finit par tourner la tête vers son frère.

«Arrête tes conneries», dit Reginald.

Victor désarma son pistolet, le remit sous sa ceinture, tourna le dos et commença à s'éloigner. Le vieil homme lui cracha une rafale d'insultes en français, la voix basse mais pleine de fureur. Sans se retourner, Victor le traita de taré et de fils de pute. Le vieil homme plongea la main dans la poche de sa salopette et lança en l'air une poignée de poudre grise, comme de la cendre. Elle retomba doucement au sol, s'éparpillant dans un soupir parmi l'herbe et les feuilles mortes.

Cosgrove

Une brindille après l'autre et feuille après feuille, l'entrelacs des bois autour de lui prit forme dans la pâleur grise de l'aube. Il entendait des bruits dans l'eau, les petits poissons sautant à la surface, et il devinait le scintillement brumeux de la baie à travers les feuillages. Il avançait d'un pas prudent, les yeux irrités par l'épuisement, l'épaule lancée par une douleur cuisante à chaque battement de cœur.

Elle était là, de l'autre côté du plan d'eau nappé de brume. L'île. Un putain de miracle.

Cosgrove se mit à courir, enfoncé dans l'eau jusqu'aux genoux, trébuchant plusieurs fois dans la vase. Il se relevait et jetait alors des regards paniqués autour de lui, car il était maintenant à découvert et l'un ou l'autre des jumeaux aurait pu l'aligner dans son viseur sans la moindre difficulté. Quand l'eau se fit plus profonde, il continua en battant des bras et des pieds en une sorte de nage désordonnée. Puis il sentit de nouveau ses pieds toucher le fond du marécage et il émergea, titubant et trempé, sur le rivage.

Au milieu de la clairière, le cadavre de Hanson gisait dans la boue, ventre en l'air. Cosgrove le regarda. Il y avait du sang, déjà presque sec et noir, partout sur le sol. Des éclaboussures de sang sur une souche de cyprès. Des mouchetures sur les feuilles d'un jasmin de Virginie.

Des taons, gros comme des pamplemousses, se gorgeaient du nectar de ce massacre.

Cosgrove détourna les yeux devant la tête de Hanson transformée en bouillie, puis tomba à terre, plié en deux, les mains sur les genoux, et vomit dans les fourrés.

Puis il se plaça à califourchon sur le corps de Hanson, en tournant la tête, et fouilla dans l'une de ses poches. Rien. Il fouilla dans l'autre, sentit les clés et s'en saisit. Ensuite, il recula en toute hâte, s'attendant presque à ce que la main de Hanson jaillisse pour l'attraper par le collet. Absurde, il le savait. Il était à moitié délirant.

Il lui fallut dix minutes pour retrouver le bateau à moteur, envasé dans son lit d'ajoncs et de plantes grimpantes. Toujours persuadé qu'une balle pouvait lui brûler la cervelle à tout instant, il sauta à bord puis s'écarta du rivage maladroitement, envoyant par-dessus le bastingage de grandes gerbes d'eau qui vinrent s'accumuler dans le fond de l'embarcation.

Il tira sur le démarreur, le moteur gronda et le bateau partit à toute vitesse, la proue se soulevant et s'abaissant violemment contre la surface de l'eau. Cosgrove jeta un regard vers l'île, dont les contours se brouillaient déjà dans son dos, engloutis par le brouillard gris du matin. Son épaule le faisait souffrir, sa poitrine, son cœur.

Il prit une grande inspiration. Le vent qui soufflait sur le bayou charriait des odeurs de sel, de soleil et de mazout. *T'es pas encore tiré d'affaire*, se dit-il.

Au jugé, il devait être aux environs de dix heures quand il atteignit enfin le port ; il faisait déjà si chaud que le soleil lui brûlait les épaules. Sur le parking, parmi les autres pick-up, il trouva le Dodge à plateau de Hanson. Personne en vue – Dieu soit loué. Si quelqu'un l'avait aperçu, il aurait sans nul doute suscité la méfiance. Avec l'allure qu'il avait, n'importe qui se serait souvenu de son visage.

Arrivé au motel, il resta assis dans le véhicule pendant plusieurs minutes en laissant tourner le moteur, les mains agrippées au volant. Des voitures filaient sur la route d'accès, ralentissant légèrement en passant à hauteur de l'établissement.

Dans sa chambre, il se débarbouilla le visage au lavabo et nettoya son épaule blessée avec une serviette humide. Puis il enfila un jean et un T-shirt propres, mit ses affaires sales dans un sac en plastique de supérette et le jeta à la poubelle. Ensuite, il ouvrit le petit coffre-fort de la chambre et en retira son argent. Il caressa brièvement l'idée d'aller dans la chambre voisine pour vider également celui de Hanson, mais il en ignorait la combinaison. Une femme de chambre allait bientôt connaître la plus belle semaine de sa vie.

Après avoir fourré ses habits et ses effets personnels dans son sac en toile, il ouvrit les rideaux et regarda par la fenêtre. À l'autre bout du bâtiment, il aperçut la femme de chambre qui poussait son chariot de porte en porte. Sur le parking, un homme en polo et pantalon gris verrouillait sa Lincoln et se dirigeait vers sa chambre.

Personne d'autre.

Il était onze heures quand Cosgrove quitta le motel et grimpa dans le pick-up. Son sac en toile posé à côté de lui sur le siège passager, avec à l'intérieur les quelques milliers de dollars et les quelques affaires qu'il possédait au monde, il démarra et se glissa sur la bretelle d'accès à l'autoroute.

Cette fois ça y est, se dit-il. *Je me tire d'ici, et je suis vivant. Le pauvre Hanson est mort, mais moi, je suis vivant. Ça y est. Pour de vrai.*

Il ne savait pas où il allait – loin d'ici, c'était tout ce qui importait. Si jamais il se faisait arrêter par les flics, il leur dirait qu'il avait emprunté le pick-up d'un copain.

Lindquist

Lindquist ne dormait que depuis une heure quand soudain il entendit des voix. L'aube pointait à peine ; les frondaisons étaient transpercées de longues flèches de lumière cendreuse. Il se redressa dans le hamac de fortune qu'il s'était confectionné au sein du tronc d'arbre creux. Tendit l'oreille. Les jumeaux ? Forcément. Qui d'autre pouvait-il y avoir dans les parages ? À vingt ou trente mètres de là, il les entendait grommeler. Fouler le tapis de feuilles mortes, écraser les branchages à leurs pieds.

Lindquist bondit et plongea dans les ajoncs, vit les ronces lui lacérer les bras et le visage. Au bout d'un moment, l'idée l'effleura qu'il n'avait rien entendu du tout. Que ces voix n'existaient peut-être que dans un rêve né de son délire.

Il avait mal partout. Aux paupières, au bout des doigts, aux dents.

Il se rencogna sous une branche de pacanier épaissie d'un fourreau de lichen, en prenant soin de rester bien à l'écart d'un olivier noir aux branches duquel était suspendu un nid de tourbe grouillant de guêpes. De grosses sangsues étaient collées à sa peau. Il en sentait une lui suçoter les côtes, une autre son genou, une autre encore son avant-bras. Il n'essaya pas de s'en débarrasser. Il avait d'autres soucis en tête. Son or. Il n'arrêtait pas de tâter ses poches pour s'assurer qu'il n'avait pas perdu la moindre pièce.

Un héron l'observait, dressé sur une souche de cyprès avec une patte en l'air, plus immobile qu'une statue. À un jet de pierre, là où le marais s'enfonçait pour former un lagon, un alligator s'approcha en fendant la surface de l'eau, le petit renflement cuirassé de sa tête à peine visible. D'un coup de queue, le reptile bifurqua et s'éloigna de Lindquist.

Plus loin, il aperçut un serpent corail aux couleurs éclatantes accroché à la branche la plus basse d'un saule, dardant une langue frémissante comme un serpentin obscène.

Lindquist sursauta et poussa un geignement.

Sa voix était celle d'un déséquilibré. Il savait qu'il avait intérêt à garder la tête claire. Il suffisait de laisser s'échapper une seule pensée biscornue pour que les autres suivent en cascade – et avant d'avoir pu dire ouf, il se retrouverait coincé pour l'éternité au milieu du bayou, dans la peau d'un fou furieux en proie au délire, condamné à tâter ses poches remplies de pièces d'or jusqu'à la fin des temps.

« Un manchot traverse les marais en titubant », dit Lindquist. Ou songea-t-il.

« Fais comme si et ça deviendra vrai », dit-il. Ou songea-t-il.

Il s'arrêta et tendit l'oreille, à l'affût de ses poursuivants. Il n'entendait plus rien à présent que le bourdonnement des insectes, les trilles d'un oiseau vacher. La lumière blanche et brûlante du matin étincelait sur le bayou. Cyprès, nénuphars et jacinthes violettes à perte de vue. Libellules planant par centaines à la surface de l'eau. Demoiselles d'Halloween, odonates tachetées et autres jouvencelles rosées.

Il se sentait pris de fièvre, de vertiges. Il n'avait presque pas dormi ces derniers jours et ne s'était désaltéré qu'en buvant de l'eau de pluie dans le creux des feuilles. Son visage et son bras étaient constellés de piqûres de moustique purulentes.

En revanche, pour voir le bon côté des choses – *le bon côté des choses !* se dit Lindquist en lâchant un petit éclat de rire dément –, il ne devait plus être très loin de la terre ferme. Jeanette se trouvait peut-être juste derrière cette longue frange de lauracées, ce bosquet de pins odorants. Sans doute arriverait-il à rentrer chez lui avant la fin de la journée. Il prendrait une longue douche froide et se préparerait un festin de roi. Il compterait ses pièces d'or. Puis il irait les vendre à La Nouvelle-Orléans. Avant la tombée de la nuit, il serait riche, billet d'avion en poche. Pour ailleurs. Pour une nouvelle vie.

Il passait devant un buisson de chèvrefeuille des marais quand il entendit un bruit dans l'eau. Il baissa les yeux. Un serpent de près d'un mètre de long ondulait en surface. Lindquist ne savait pas de quelle espèce il s'agissait, mais ses écailles étaient noires et orange et il fonçait droit sur lui. Il dit au serpent de déguerpir.

Le reptile ne dévia pas de sa trajectoire d'un pouce. Il était à deux mètres de lui à présent. Puis un mètre.

Lindquist poussa un cri et prit ses jambes à son cou.

Il détala à travers la végétation jusqu'au moment où une pointe de douleur dans la poitrine le foudroya, comme une coulée de feu propulsée par une décharge de chevrotine. Il se retrouva étendu sur le dos, au milieu d'un tapis de fougères et d'herbes des marais. Son cœur battait à se rompre ; sa langue gonflée par la fièvre brûlait dans sa bouche. Il attendrait ici que le gosse revienne. Si le gosse revenait d'ici une heure, d'ici deux heures, il pourrait le ramener en bateau et le conduire chez un médecin. Il lui donnerait même quelques pièces d'or, au gosse, assez pour lui permettre de changer de vie, lui aussi.

Il ferma les yeux et se sentit partir, aspiré dans les profondeurs de l'inconscience par une force irrésistible. Pris de panique, il rouvrit les yeux. S'il s'endormait, il risquait de ne plus jamais se réveiller.

Il essaya de se lever. En vain. Il resterait allongé là jusqu'à ce que le gosse arrive et l'emmène chez le toubib. Il se demanda si ce dernier accepterait de se faire payer en doublons.

Il tâta ses poches, soupesa son trésor de pirate.

Ses yeux se fermaient, s'ouvraient, se refermaient, encore et encore. Au-dessus de lui, les rayons du soleil perçaient les feuillages vert de jade ondulant sous la brise matinale, les criblant de milliers de petits trous de lumière comme autant de pièces d'or étincelantes.

Les frères Toup

En milieu de matinée, les frères Toup comprirent que poursuivre les recherches ne rimait à rien. Ils firent demi-tour et repartirent vers leur bateau. Quoi qu'ils aient prévu de faire à Lindquist et au dénommé Cosgrove une fois qu'ils les auraient retrouvés, les marais s'en étaient sans doute déjà chargés. Il était impossible qu'ils soient arrivés à sortir de cette jungle et à regagner Jeanette, alors qu'eux-mêmes se sentaient à deux doigts de perdre la raison.

Reginald ouvrait la marche ; Victor le suivait, les veines du front gonflées, le visage luisant de sueur. La végétation – magnolias, cyrillas et saules noirs – se refermait sur eux comme s'ils s'enfonçaient dans une grotte aux parois dégoulinantes de vert. Ils devaient parfois se baisser pour franchir le tunnel des branches et des feuillages entrelacés. Le bayou vorace voulait les engloutir tout entiers.

Au bout d'un moment, ils repassèrent devant le cabanon en ruine. Le vieil homme n'était plus là.

Ils longeaient un marécage bordé de roseaux quand Victor fit un pas de côté et tomba dans la boue avec de grands gestes désarticulés. Il se rattrapa au tronc d'un frêne rouge. Reginald s'arrêta et se retourna. Le visage de Victor était aussi cramoisi qu'une orange sanguine, ses yeux jaunes et vitreux.

Il était près de onze heures et déjà la chaleur était suffocante. Chaque fois qu'une trouée se dessinait dans les frondaisons, ils apercevaient le ciel, d'une pâleur mauve et brumeuse.

« Ce vieux salaud m'a lancé une malédiction, dit Victor.

– Tu racontes n'importe quoi.

– Cet enculé m'a lancé une malédiction, j'te dis.

– Tu es déshydraté. Épuisé. Et moi aussi.

– Je l'entends encore dans ma tête.

– Essaie juste de garder ton sang-froid. »

Reginald continua d'avancer prudemment mais s'arrêta aussitôt, n'entendant pas son frère lui emboîter le pas. Il se retourna.

« Victor, dit-il.

– Encore combien ?

– Une heure. Peut-être deux. J'en sais rien.

– Il m'a lancé une malédiction, Reggie.

– Tu es en train de faire une crise de panique.

– N'importe quoi. »

Ils continuèrent de patauger dans la boue pendant encore trois bons quarts d'heure, selon les estimations de Reginald, puis se retrouvèrent de nouveau devant le cabanon écroulé. Les deux frères jetèrent des regards alentour, désemparés. Reginald se gifla et se demanda comment ils avaient pu arriver ici alors qu'ils n'avaient à aucun moment cessé de marcher en ligne droite dans la même direction.

Était-il en train de perdre la tête ? Étaient-ils tous les deux devenus fous ?

« Reggie », dit Victor.

Son frère ne répondit pas.

« Reggie, répéta Victor.

– Quoi ?
– On est revenus à notre point de départ.
– C'est impossible.
– C'est le cabanon. Le même putain de cabanon. On tourne en rond. »

Reginald passa les doigts dans ses cheveux poisseux et regarda autour de lui. Les rayons du soleil de midi traversaient la chape des feuillages au-dessus d'eux. Une grosse sauterelle verte se débattait, prise au piège d'une toile d'araignée tendue entre deux palmiers-scies. Une néphile dorée l'observait, postée en lisière de la fine membrane de soie frémissante.

« On tourne en rond, Reggie.
– C'est pas en flippant comme des malades qu'on va s'en sortir.
– Je crois qu'il y a une tique qui s'est enfoncée dans mon oreille, dit Victor. Je crois que j'ai chopé le typhus des marécages.
– Vic ? Ferme-la. »

Ils reprirent leur route. Moucherons, taons, punaises d'eau. Un viréo à jabot doré perché dans un buisson de houx. Des bébés alligators par dizaines, ondulant à la surface de l'eau comme des jouets de bain en plastique.

Puis, soudain, Victor l'aperçut. Un alligator de près de trois mètres de long, un vrai monstre, qui prenait le soleil, alangui sur une espèce de barge composée de bouts de bois et de détritus flottants. Il tendit un doigt tremblant. « Nom de Dieu, regarde ce truc, dit-il.
– Continue d'avancer, dit Reginald.
– Cette saloperie nous observe.
– Arrête de gueuler. Avance.
– Et maintenant il se rapproche.
– Il a plus peur de nous que nous de lui. »

Victor tomba à genoux, les mains dans la vase, le menton léché par les flaques d'eau verdâtre. Il se releva à grand-peine – et retomba aussitôt. Reginald se retourna, fit demi-tour et vint aider son frère à se redresser en le prenant par le bras. Victor réussit à faire quelques pas en s'appuyant contre lui, puis il s'écroula de nouveau. Cette fois, il entraîna Reginald dans sa chute. Ce dernier se releva et agrippa à pleines poignées le T-shirt de son frère pour le hisser. Il sentit le cœur de Victor cogner sous sa main. Il sentit pulser sa fièvre, aussi palpable que la chaleur s'échappant d'un poêle.

« Il y en a un autre là-bas, énorme, dit Victor.

– Continue d'avancer.

– Il faut que je m'assoie.

– Avance.

– Porte-moi sur ton dos.

– Hors de question.

– Alors vas-y, toi. Moi je peux plus. »

Quelque chose s'approchait d'eux à vive allure, traversant les palmiers et les broussailles dans de grands tourbillons d'eau. Un chevron d'étourneaux poussa une note aiguë en signe d'alerte et s'envola d'un érable rouge.

Puis Victor fut arraché aux mains de son frère. Il poussa un hurlement hystérique avant de disparaître sous l'eau. Reginald regarda, bouche bée, muet d'horreur. Il vit de la chair rose. La vision éclair, noire et bosselée, d'une peau d'alligator. Puis le bras de Victor qui surgissait de l'eau et tentait de se raccrocher à quelque chose qui n'était pas là.

Les mains agitées de tremblements violents, Reginald dégaina son Bearcat Ruger et mit l'alligator en joue. Il n'arrivait pas à l'aligner dans son viseur au milieu du tumulte des eaux bouillonnantes, déjà transformées en un épais brouet rouge et rose. Quand il vit un autre alligator se diriger vers lui, il mit son fusil à l'épaule, tourna les talons et courut se réfugier dans l'arbre le plus proche. Il grimpa comme un singe au tronc noueux du chêne vert et s'agrippa à l'une de ses branches.

Il baissa les yeux. L'eau redevenait calme. D'autres alligators, de moindre envergure, s'approchèrent. Une dizaine d'entre eux repartirent avec de gros paquets de chair rose dans la gueule. Reginald aperçut un morceau d'organe flottant à la surface, comme un bout de saucisse crue. Il sentit un relent de bile brûlante lui monter dans la gorge. Il n'arrivait pas à croire ce qu'il avait sous les yeux. Refusait de le croire.

Il vomit dans l'eau.

Quand les alligators se furent dispersés, Reginald, toujours perché sur sa branche, se mit à pleurer. Il attendit le moment où il se réveillerait, où ce cauchemar prendrait fin – et quand il comprit que ce moment n'arriverait pas, il continua de pleurer encore longtemps.

Wes Trench

Lindquist était porté disparu depuis presque une semaine quand Villanova se décida enfin à rassembler une équipe en vue d'une mission de sauvetage : quelques pêcheurs du coin, l'adjoint Melloncamp, un autre adjoint d'une commune voisine, un enseigne des gardes-côtes, un agent du Service de protection des eaux et forêts de Louisiane. En milieu de matinée, une noria de bateaux se dispersa dans la baie, chacun chargé de passer au peigne fin une parcelle de la Barataria. Parmi cette armada se trouvaient Wes, à bord du *Jean Lafitte*, et son père, aux commandes du *Bayou Sweetheart*. C'était la première fois qu'il prenait la mer depuis son infarctus. Wes lui avait dit de rester à la maison et de se reposer, mais il avait déclaré qu'il en avait ras le bol d'être assis sur son cul à ne rien faire ; et puis, avait-il ajouté sur le ton de la plaisanterie, il n'y avait rien d'intéressant à la télé de toute façon.

C'était une journée maussade et venteuse ; le ciel et la mer étaient d'un même gris d'ardoise, la baie houleuse et coiffée de crêtes d'écume blanche. Wes fit le tour des îles qu'il avait déjà explorées, scrutant le rivage et les taillis à l'aide de ses jumelles. Chaque fois que la radio crépitait, chaque fois qu'un grésillement retentissait avant qu'une voix ne prenne la parole, son cœur faisait un bond dans sa poitrine. Wes, terrifié, était alors convaincu qu'on venait de remonter un cadavre dans un filet de pêche. De trouver un corps mutilé échoué sur le rivage d'un îlot.

Mais non. Les nouvelles étaient toujours les mêmes : rien. Rien ici et rien là. On va voir par ici, on va voir par là.

En fin d'après-midi, les nuages crevèrent. Le vent se mit à siffler dans la baie, la mer à bouillonner, et une brume humide serpenta à la surface de l'eau. Les bourrasques chahutaient et faisaient grincer la carcasse du bateau de Lindquist. On ne voyait rien à dix mètres du *Jean Lafitte*, le paysage tout entier englouti par l'obscurité. Les pêcheurs et l'enseigne des gardes-côtes annoncèrent qu'ils faisaient demi-tour. Une heure plus tard, Wes songeait à faire de même quand il entendit un appel radio de l'adjoint Melloncamp. Un crevettier avait trouvé une pirogue abandonnée à l'endroit où le bayou rejoignait la baie.

Lindquist avait donc dévié de trajectoire, en fin de compte.

Wes se dirigea vers le lieu indiqué à pleine vitesse, saisi d'une frayeur nauséeuse. Bientôt il aperçut la lueur des phares des bateaux derrière le voile gris du ciel. Il se rapprocha et vit des halos de lumière plus petits, des lampes torches et des projecteurs dont le faisceau balayait la surface de l'eau. Puis, à travers le rideau trouble de l'averse, il distingua le bateau de l'adjoint, puis celui de son père, et celui du SPEFL, immobiles sur la mer, l'un derrière l'autre. Parvenu à leur hauteur, Wes se joignit à la petite grappe d'embarcations et coupa les gaz. Il descendit de la cabine de pilotage et se pencha par-dessus le plat-bord, le visage cinglé par la pluie et les rafales de vent.

La pirogue tanguait et tournoyait dans les eaux tumultueuses. C'était un petit bateau semblable à beaucoup d'autres dans la Barataria, mais Wes vit quelque chose dans le fond

– des couleurs vives, une espèce de jouet d'enfant perdu au milieu des détritus.

Le distributeur Pez de Lindquist.

L'État de Louisiane, faisait souvent remarquer le père de Wes, aurait toujours les mains sales. Ça avait toujours été le cas et ça ne changerait jamais. L'endroit le plus corrompu de tout le pays, d'après lui. Et à quoi d'autre aurait-on pu s'attendre de la part de cet avant-poste dressé à l'improviste et confisqué par une bande de hors-la-loi et de bohémiens sortis des marais ? D'un endroit qui, au cours de ses jeunes années, n'avait cessé d'être ballotté d'un pays à un autre comme un enfant illégitime ? Il n'y avait qu'à voir. Tous ces élus pris la main dans le sac, de l'argent fédéral planqué dans leur congélateur et des prostituées au fond de leur lit. Tous ces candidats au poste de gouverneur qui atterrissaient en prison. Le détournement des fonds d'urgence débloqués par l'État fédéral après Katrina pour financer des piscines privées, des voitures de sport et des chevaux alezans.

Et les compagnies pétrolières. Bon Dieu, ces putains de compagnies pétrolières.

Tôt ou tard, disait le père de Wes, elles se retrouvaient toutes prises en flagrant délit, la bite au fond du pot de confiture.

Alors, quand Wes lui demanda s'il pensait que c'était une bonne idée de retourner voir le shérif Villanova pour lui parler des frères Toup et de la disparition de Lindquist, son père partit d'un grand rire sardonique. « Tu peux aussi écrire une lettre au Père Noël, tant que tu y es. »

Wes lui demanda ce qu'il voulait dire.

« Bon, écoute, Villanova n'est pas un mauvais bougre. Comparé aux autres. Mais il serait peut-être temps de te rendre compte que c'est le Liban ici, Wes. »

Il n'avait aucune idée de ce que sous-entendait son père. *Le Liban* ? Il attendit des explications. Ils étaient en train de dîner, chacun devant son assiette de riz et de haricots ; dehors, il faisait déjà nuit noire. Les fenêtres opaques ne renvoyaient que leur propre reflet, et la maison baignait dans une pénombre ambrée. Comme d'habitude, la télévision bourdonnait en bruit de fond. *All in the Family* – l'une des seules séries que son père tolérait. Archie, le père de famille, était en train de traiter sa femme Edith d'imbécile heureuse.

« Les flics de Louisiane ont leur façon bien à eux de gérer les choses, dit le père de Wes. Comme tous les flics partout dans le monde. Ils sont bien obligés de choisir leur combat. » Il posa sa fourchette, repoussa son assiette devant lui du bout du pouce et tapota sa poche de poitrine, à la recherche d'une cigarette, mais il se ravisa et se renfonça dans sa chaise. « Villanova ferme les yeux sur certains trucs quand ça l'arrange. Du cannabis ? Il va pas perdre son temps pour une histoire de cannabis. D'autres chats à fouetter. Il est du genre à laisser pisser. C'est comme ça que ça marche, par ici. »

Il s'avéra que son père avait raison. Le lendemain matin, Wes se rendit au bureau du shérif et lui fit part de ses présomptions. Villanova, assis derrière son bureau, écouta le garçon d'une oreille attentive et bienveillante, mais sa façon de cligner des yeux, de remuer sur son fauteuil et de hocher la tête trahissait son impatience. À un moment, il ouvrit un tiroir, sortit un sachet de thé Earl Grey et le laissa tomber dans sa tasse à café. Sur cette dernière était gravée l'image d'un cheval de course lancé au grand galop, au-dessus du nom de l'hippodrome CHURCHILL DOWNS. Tandis que Wes continuait de dérouler son récit, Villanova se leva, se dirigea vers la fontaine à eau dans un coin de la pièce et actionna la petite poignée rouge pour remplir sa tasse. Puis il se rassit et fit infuser son thé.

Enfin, quand Wes eut terminé de lui exposer les raisons pour lesquelles il pensait que les frères Toup avaient quelque chose à voir dans la disparition de Lindquist, Villanova haussa les épaules en ouvrant grand les mains devant lui. « Une pirogue abandonnée, dit-il. Deux ou trois menaces en l'air. »

Wes attendit la suite en se triturant les sourcils.

« Rien que des menaces, dit Villanova. Et je ne peux pas arrêter les gens pour des menaces. Tout le comté se retrouverait derrière les barreaux. »

Wes songea à soulever la question du cannabis, mais Villanova savait déjà qu'il était au courant. Tout le monde était au courant. Le sujet semblait interdit, tabou. Et il ne serait sans doute pas du goût du shérif de se voir dicter sa conduite par un gamin à peine sorti de l'adolescence. Alors Wes se contenta de dire : « Mais tout le monde sait qu'ils causent des ennuis, non ? Enfin, je veux dire, ils ont une réputation… »

Villanova se racla la gorge. Souleva puis replongea son sachet de thé. « Fiston, tout le monde a une réputation dans un petit bled comme ici. Que ça leur plaise ou non. Et à moitié fondée sur des rumeurs, la plupart du temps. »

Wes voulait rester poli et respectueux, mais l'indifférence de Villanova commençait à l'exaspérer. « Ça vaudrait quand même peut-être le coup de vérifier, monsieur. Vous ne croyez pas ? »

Il avait conscience, même avec une phrase aussi simple et anodine, d'être en train de pousser le bouchon un peu loin.

Villanova tendit les bras puis se rencogna dans son fauteuil en croisant les mains derrière la nuque. Le visage rose, les lèvres serrées. « Fiston, je suis désolé pour ton copain, mais son passif est autrement plus lourd que celui des frères Toup. Et je préférerais que tu me laisses faire mon boulot. »

Wes attendit.

« Donc à partir de maintenant, on va dire que tu marches de ton côté du trottoir et moi du mien, hein, qu'est-ce que t'en penses ? » ajouta Villanova, mais aussitôt il parut regretter ces paroles, pouffant légèrement par les narines comme s'il s'agissait d'une plaisanterie. Il porta la tasse à ses lèvres et but une gorgée de thé.

Tu parles d'un trottoir, aurait voulu rétorquer Wes, mais il savait que ça ne l'avancerait à rien. Et puis ses parents lui avaient appris à ne pas se montrer insolent envers ses aînés.

Wes se leva et remercia le shérif, qui se leva à son tour pour lui serrer la main. Ses doigts étaient gros et froids. « Je garde l'œil ouvert », lui assura-t-il, mais le garçon, Dieu sait pourquoi, en doutait un peu.

Par une fraîche soirée à la fin du mois d'octobre, Wes était à la supérette en bordure de l'autoroute quand Reginald Toup entra dans le magasin. Depuis le temps, tout le monde, à commencer par Wes, pensait que Lindquist était mort. La police, les gardes forestiers et les gardes-côtes recherchaient désormais un cadavre, pas un survivant. Et ils ne cherchaient pas vraiment ; ils se contentaient de recommander aux capitaines et aux équipages des chalutiers de bien regarder ce qu'ils remontaient dans leurs filets.

Wes, qui s'apprêtait à payer sa barre chocolatée au comptoir, sursauta en voyant entrer Reginald Toup. Il le regarda, et Toup remarqua qu'il le regardait. Ce dernier détourna la tête et s'engagea dans l'une des travées du magasin, mais en jetant un coup d'œil derrière son épaule, il vit que les yeux de Wes étaient toujours braqués sur lui.

Il se figea. « Tu veux ma photo ? »

Wes se demanda s'il oserait. Faillit, puis se dégonfla. « C'est vous ? » demanda-t-il.

Toup mit sa main en pavillon derrière son oreille et se pencha vers Wes. « T'as dit quoi ?

– C'est vous qui l'avez fait ? »

Un imperceptible changement de pression dans l'atmosphère, comme si l'air était soudain chargé de bruits parasites ou d'électricité statique. Le vieux Noir qui tenait la supérette ouvrit sa caisse et brisa un rouleau de pièces de monnaie sur le bord du comptoir. Histoire d'avoir l'air occupé.

Toup s'approcha de Wes, les oreilles rouges. Son visage évoquait un piège à ressort prêt à se refermer violemment. « Fait ? Fait quoi ? »

Wes ne répondit pas.

« T'es le fils Trench, pas vrai ? »

Toup dépassait Wes d'une bonne tête, si bien que ce dernier dut lever la sienne pour le regarder droit dans les yeux. « Oui », dit-il d'une voix posée. Ainsi, le jumeau savait qui il était. Comment ? Aucune idée. Le courage de Wes, du moins le peu qu'il avait réussi à rassembler, s'évanouit instantanément.

« T'as fumé du crack ou quoi ? lui demanda Toup.

– Désolé, je vous ai pris pour quelqu'un d'autre », dit Wes en tournant les talons.

Il s'apprêtait à pousser la porte quand Toup le héla.

Le garçon se pétrifia, le cœur battant la chamade. Il se retourna et vit que Toup tenait sa barre chocolatée à la main. « T'oublies ça », dit-il.

Wes le remercia, la prit et sortit du magasin dans la fraîcheur humide du soir. En regagnant son pick-up, il se maudit intérieurement d'avoir remercié ce fils de pute.

Coda

Le temps s'égrena lentement. L'été semblait enfin prêt à faire ses adieux ; les jours étaient plus courts, les nuits plus fraîches. Sur le bas-côté des routes, les verges d'or étaient en fleur. Les chênes verts perdaient leurs glands, qui tombaient dans un petit crépitement sur le capot des voitures et les toits en tôle des appentis. La saison des ouragans ne toucherait officiellement à sa fin que dans quelques semaines, mais les gens étaient déjà plus détendus ; chez le barbier et à la supérette, on ne parlait plus de dépressions tropicales mais du championnat de football. L'équipe de l'université de Louisiane gagnerait-elle contre Auburn ? Les Saints pouvaient-ils se hisser jusqu'en finale ? Et même, pourquoi pas, remporter le Superbowl ? Des fanions violet et jaune, d'autres noir et or fleurissaient aux portes des garages. Les décorations d'Halloween commençaient à bourgeonner partout en ville – chauves-souris en papier mâché accrochées aux branches d'arbre dans les jardins, citrouilles évidées affichant leur joyeux sourire édenté sur les vérandas.

Et, bien sûr, on parlait encore et toujours de la marée noire. Des tortues, des pélicans et des sébastes englués de mazout. Nombreux étaient les habitants de la Barataria à faire remarquer que l'eau avait une couleur bizarre, que la baie était plus sombre et aussi plus verte qu'avant. D'autres affirmaient que les crevettes et les sébastes avaient un arrière-goût métallique, mais les gens consommaient de nouveau les poissons de Jeanette, et le Bureau national de surveillance des eaux et de l'air rouvrit la baie à la pêche.

Pendant un temps, Wes s'accrocha à l'idée que Lindquist referait surface, d'une façon ou d'une autre. Peut-être s'était-il enfui avec son trésor – si du moins il avait fini par le trouver. Wes caressait le vague espoir de voir de nouveau, un jour, le drôle de bateau de Lindquist à la coque vert avocat, le *Jean Lafitte*, louvoyer dans les eaux de la Barataria.

Mais le bateau demeura à quai, livré à l'abandon et aux ravages du temps ; le toit de la cabine de pilotage se couvrit de feuilles mortes et le pont se cribla de petites taches brunes d'humidité. Wes se mit en tête, sans grande conviction, de le nettoyer, passant le pont et les vitres au jet d'eau, grattant les croûtes de pétrole incrustées dans le bois de la coque. Il aurait pu aller voir la fille de Lindquist, lui dire qu'elle devrait prendre soin de ce bateau qui était tout ce que son père avait au monde, mais il apprit qu'elle était partie à New York, faire Dieu sait quoi. Quant à l'ex-femme de Lindquist, qu'il était allé voir derrière son guichet à la banque pour lui présenter ses condoléances, elle aussi semblait être passée à autre chose.

Wes n'avait pas mis les pieds à l'hôpital depuis l'été, depuis l'infarctus de son père, et il espérait qu'il n'aurait pas à y retourner de sitôt. Mais aux premiers frimas de la fin octobre, alors que les feuilles des arbres commençaient à pâlir, il reçut un coup de fil du shérif Villanova. On avait trouvé un corps, ramassé par les filets d'un chalutier dans la Barataria, et il fallait que quelqu'un vienne l'identifier.

Wes comprit ce que Villanova était en train de lui dire. Il

pensait qu'il s'agissait du cadavre de Lindquist. La fille de ce dernier était toujours à New York, son ex-femme retenue par une convention d'employés de banque à Captiva, en Floride, et Villanova ne voulait pas attendre le retour de l'une ou de l'autre pour lever le voile sur le mystère.

Wes avait évidemment songé à la possibilité – à la probabilité – de la mort de Lindquist. Mais parfois, au fil des semaines qui avaient suivi sa disparition, il lui était arrivé de songer qu'il avait peut-être réussi, trouvé un moyen de s'enfuir très loin d'ici sans rien dire à personne.

Absurde, sans doute. Un fantasme de cinéma. Mais n'était-ce pas possible ?

Wes se souvenait de ses conversations avec Lindquist – comme cette époque lui semblait lointaine à présent, alors qu'il ne s'était écoulé que quelques mois –, du jour où celui-ci lui avait confié qu'il aurait tant voulu pouvoir recommencer sa vie. Lindquist savait qu'il ne pourrait jamais rattraper le temps perdu. Un temps dont il n'avait d'ailleurs jamais vraiment pu profiter. Il avait commencé à pêcher avec son père dès qu'il avait été en âge de soulever un panier en osier. Et, comme Wes, quand l'heure était venue pour lui de choisir, rester dans la Barataria ou partir étudier à l'université – eh bien, il n'avait pas vraiment eu le choix. Sa famille avait besoin d'argent et de mains.

Wes se rendit donc à l'hôpital en cette tranquille matinée d'octobre ; l'herbe et les arbres étaient enrubannés de givre comme du sucre filé, les nuages d'automne s'effilochaient tout en haut du ciel telles des prêles des champs, et lui ne pensait qu'au cadavre qu'il allait voir et qui était peut-être celui de Lindquist.

Arrivé là-bas, il fut immédiatement saisi par l'odeur familière, le parfum composite et maladif des draps souillés, des pansements et du linoléum passé à la javel. Sa respiration se retrouva coincée dans sa gorge comme un cheveu dans la bonde d'un évier. Une jolie jeune femme noire qui portait des boucles d'oreilles couleur saphir le reçut à l'accueil et l'inscrivit au registre des visiteurs. Quelques minutes plus tard, le médecin légiste, le Dr. Woodrell, vint le chercher. Il avait d'épaisses lèvres foncées et des yeux troubles.

La morgue se situait au troisième étage de l'hôpital. Dans l'ascenseur, où ils n'étaient que tous les deux, le médecin adressa à Wes un sourire las.

« Je vous préviens, dit-il, ce n'est jamais joli à voir. »

Wes hocha la tête.

« Ce n'est pas comme dans les séries télé. Même les pires.

– Je sais. »

Ils sortirent de l'ascenseur et traversèrent un couloir, leurs talons claquant doucement sur le lino. Arrivés devant la porte de la morgue, le médecin s'arrêta.

« Comment est-il mort ? demanda Wes.

– Tué. D'une balle dans la tête.

– Est-ce qu'il lui manquait un bras ?

– Les deux. »

Wes regarda le médecin d'un air sidéré.

« Je préfère vous le dire tout de suite. Histoire que vous soyez préparé. Le corps a été dévoré. Les bras et une jambe. »

Wes se sentit pris d'un vertige soudain ; il avait l'impression que l'air qu'il respirait ne pénétrait pas assez profondément dans ses poumons. « Dévoré par quoi ? » demanda-t-il.

Le Dr. Woodrell posa une main délicate sur l'épaule de Wes. Geste dicté par le protocole plutôt que par la bienveillance. « Alligators. Crabes. Tortues serpentines. À peu près toutes les bestioles qui ont pu se servir. Je fais ce boulot depuis dix-sept ans et je ne sais toujours pas à quel moment il faut que je prévienne les gens. Ou s'il faut que je les prévienne tout court. Ça, c'est une chose qu'on ne vous enseigne pas à l'école de médecine. Ils doivent se dire qu'on apprendra tout seul, j'imagine, sur le tas. »

Wes hocha la tête.

Le médecin ouvrit la porte, appuya sur un interrupteur, et la pièce fut inondée d'une lumière aseptisée. Plusieurs tables étaient alignées côte à côte, comme des lits de camp ; certaines étaient vides, d'autres recouvertes d'un drap sous lequel on devinait la forme d'un corps. Wes suivit le médecin, notant au passage de légers dénivelés dans le sol, comme des petits cratères avec un trou d'évacuation au milieu. Wes ne put s'en empêcher : il pensa au sang, à la bile, à tous ces fluides qui s'écoulaient par ces bondes, et il se demanda où ils finissaient leur course. Dans la Barataria, sans doute. Où d'autre, sinon ?

Le médecin s'arrêta devant une table et tendit à Wes un petit mouchoir en coton blanc qui sentait l'eucalyptus. Wes le plaqua contre sa bouche et son nez, puis le Dr. Woodrell souleva le drap.

Au début, Wes regarda le corps sans vraiment le voir. Comme si quelque chose en lui faisait barrage, empêchait cette image de monter jusqu'à son cerveau. Puis, quand enfin il comprit ce qu'il avait sous les yeux, une nausée violente lui retourna l'estomac. Même avec le mouchoir, l'odeur était incroyable, insoutenable. Le cadavre était noir et violacé, fripé comme du papier journal détrempé, et à certains endroits la chair était déchiquetée – là où les membres avaient été arrachés. Il manquait le nez, et les yeux ; de grands puits noirs à la place. Mais le cadavre avait encore ses cheveux, et ce n'étaient pas ceux de Lindquist. Lindquist n'avait pas autant de cheveux. Lindquist aurait vendu son âme au diable pour avoir des cheveux pareils. Tellement longs qu'on aurait pu les attacher en queue de cheval.

Puis Wes remarqua le T-shirt, un peu délavé et déchiré mais étrangement intact, comparé à l'état du corps. Lindquist ne portait jamais ce genre de T-shirt.

TOM PETTY AND THE HEARTBREAKERS, était-il écrit.

« Non », dit Wes, la voix étouffée par le mouchoir. S'il ne l'avait pas lui-même éprouvé à cet instant, jamais il n'aurait cru possible de ressentir un mélange aussi déconcertant de répulsion et de soulagement. « Non, répéta-t-il. Ce n'est pas lui. »

Novembre arriva et Wes comprit qu'une nouvelle année serait bientôt passée sans qu'il eût esquissé le moindre plan pour quitter Jeanette. Sans qu'il eût rien prévu d'autre que de pêcher la crevette pour le restant de ses jours. Ceux qui voulaient quitter la Barataria, ceux qui choisissaient de faire autre chose de leur vie, le faisaient à son âge – ou jamais.

Les seuls autres États dans lesquels Wes se fût jamais aventuré étaient le Mississippi, l'Alabama, le Texas et la Floride. Il n'avait jamais mis les pieds sur la côte Est ou la côte Ouest, et la seule mer dans laquelle il s'était jamais baigné était le golfe du Mexique. Il était un peu perturbé de sentir que ça ne le dérangeait pas plus que ça, qu'il n'avait aucun désir particulier d'aller voir les Blue Ridge Mountains ou l'État de Washington, qu'à aucun moment il n'était titillé par l'envie d'aller visiter des monastères tibétains, de faire de la spéléo dans les grottes de Carlsbad ou de voir de près le Krakatoa.

Non pas qu'il se sentît voué à passer le reste de sa vie dans la Barataria. Qui, à dix-huit ans, pouvait se dire une chose pareille ? Et pourtant. Dans quel autre endroit au monde le nom de Trench pourrait-il avoir la moindre signification ? Les Trench vivaient ici depuis l'époque où les tout premiers colons s'étaient installés dans le bayou. Aujourd'hui, il y en avait moins que jamais. Moins de Lindquist, moins d'Arcinaux, moins de

Thibodaux. Quand on traversait la ville, on ne voyait que des devantures condamnées, des bicoques affaissées sous le poids des éléments et des pontons qui partaient en ruine, une planche après l'autre, engloutis par le bayou.

Et toujours ce même refrain, à la télé comme dans les livres : la Barataria était en train de disparaître, de s'effondrer dans les eaux du golfe. Les vieux de la vieille, à Jeanette, savaient encore repérer, à fleur d'eau, le sommet d'un ancien poteau téléphonique jadis fermement planté dans le sol. Le sommet d'un cyprès blanchi par le sel qui hier encore se dressait sur une colline. Bientôt, disaient les anciens, Jeanette ne serait plus qu'une ville fantôme, noyée au fond de la baie. La tombe de vos parents, la tombe de vos grands-parents, peut-être même votre propre tombe – six pieds sous l'eau. Cette idée donnait à Wes des *frissons*, comme disait sa mère.

Il ne croyait pas aux fantômes, mais il croyait qu'une petite partie de sa mère resterait ici pour toujours. Non pas son esprit, pas exactement, mais une partie d'elle, ineffable et éternelle, qui n'avait pas de nom dans la langue des hommes. C'était ici qu'elle avait vécu. Ce cyprès, elle l'avait contemplé chaque jour, tout comme ce saule pleureur, ce morceau de ciel, cette baie, et Wes était convaincu que cela signifiait quelque chose.

Dès qu'il franchissait les frontières de Jeanette, il se faisait l'effet d'un étranger, d'un inconnu de passage. Sa façon de parler, les mots qu'il employait, le teint bistre de sa peau, couleur de boue. Les gens lui disaient qu'il avait le bayou dans la voix. D'autres, moins amènes, le traitaient de plouc. Ils ignoraient ce qu'était un *fais-dodo*, ou un *sac-a-lait*. Ils ne savaient pas ce que c'était que d'avoir du sang cajun dans les veines.

Pour le meilleur et pour le pire, c'était ici qu'il était chez lui, dans la Barataria. Quoi que cela puisse vouloir dire. Chez lui : l'odeur de tourbe de la mousse espagnole aux premières pluies du printemps. Chez lui : la saveur amère des huîtres fraîches qu'on vient de tirer de l'eau. Les invasions de termites au début du mois de mai. La cacophonie des grenouilles des marais en été. Les grillons pendant la journée. Les criquets pendant la nuit. Les averses éclairs de fin juillet, cinq minutes de pluies diluviennes. Les pick-up chargés de canne à sucre qui traversaient la ville en bringuebalant, à l'automne. La joie du carnaval de Mardi gras. La bénédiction de la flotte des bateaux de pêche. La guirlande des petites barques dans la baie. La minuscule constellation de leurs phares, brillant comme des lampions de Noël à l'horizon. L'étrange lueur verte, d'un éclat presque surnaturel, émanant des cyprès à l'heure du crépuscule au printemps. Le parfum terreux du ragoût d'écrevisses. Les pralines de pécan, le boudin, le gombo. Les alligators et les hérons et les sébastes et les crevettes. Les voix cajuns, profondes et rocailleuses. Les vieux visages aux rides étranges, sinueuses comme des empreintes digitales.

Wes sentait que son avenir était enraciné à ce lieu. À moins qu'il n'y fût attaché au contraire par la force de gravité du passé. Peut-être un peu des deux. Quoi qu'il en soit, la plupart du temps, il sentait que la Barataria était sa seule patrie.

Un jour, début décembre, juste après que les décorations de Noël eurent été dressées sur la place principale de Jeanette, Wes se rendit au port et découvrit le bateau de Lindquist vandalisé. Quelqu'un, peut-être une bande de gamins, ou alors des vagabonds, avait défoncé la porte de la cabine et mis à sac armoires et tiroirs. Le sol était jonché de canettes de bière et de mégots. Wes doutait que le coupable fût l'un des pêcheurs à qui Lindquist avait pu autrefois porter préjudice. Maintenant qu'il n'était plus là, la rancune des uns et des autres à son égard s'était comme effacée, du jour au lendemain.

Certains pêcheurs faisaient même semblant d'éprouver une certaine nostalgie. « Je parie qu'il est encore en train de promener son détecteur de métaux quelque part », disaient-ils. Ou encore : « Ce vieux saligaud doit être à la Barbade ou je sais pas où. À la recherche de son prochain trésor. »

De temps à autre, Wes apercevait en ville l'un des frères Toup. D'après la rumeur, l'autre avait quitté le pays. Parti en Thaïlande, à ce qu'on disait. Pourquoi ? Personne n'en savait rien, et le frère qui était resté dans la Barataria, Reginald, n'avait jamais offert la moindre explication. Il faisait profil bas et, sans son autre moitié, il était beaucoup moins impressionnant qu'avant. Comme affaibli. Un regard nerveux et empreint de stupeur qui évoquait toujours à Wes celui d'un animal blessé ou d'un malade en phase terminale.

Au cours des mois suivants, Wes se remit à l'ouvrage sur son bateau. Difficile à croire, mais la saison de la pêche à la crevette allait déjà reprendre dans quatre mois. Wes voulait que son skiff Lafitte, en chantier depuis des années, soit prêt à prendre la mer d'ici là. L'échéance était arbitraire, mais il était déterminé à la respecter. Il savait qu'il faisait partie de ces gens qui ont besoin de contraintes pour aller au bout de leurs projets.

À Noël, les renforcements de carène et les couples étaient prêts. En février, l'armature de la coque trônait dans le jardin, pleine et lisse, montée sur huit gros bidons d'huile noirs. En mars, Wes commença à souder ensemble des pièces d'acier de cent kilos chacune, une section après l'autre. Bientôt, ce qui n'était au début qu'une vague charpente de morceaux de bois épars se mit à ressembler à un bateau digne de ce nom.

Chaque jour, le garçon attendait avec impatience de pouvoir se mettre à l'œuvre. L'odeur fraîche et revigorante de l'air du matin, de la terre encore baignée d'ombre, de l'herbe encore humide de rosée. Il se levait à l'aube et travaillait jusqu'à la tombée de la nuit, ne s'interrompant que pour déjeuner et boire. Il y mettait tant d'abnégation que pendant des heures entières il ne pensait plus à sa mère, à ses problèmes avec son père ou à son avenir. Il ne pensait pas à la marée noire, à la saison de la pêche ni à toutes les factures que son père et lui avaient laissées en souffrance. Il travaillait, tout entier absorbé par le moment présent. Le monde semblait plus net, ses contours plus distincts, à cette période de l'année. Il éprouvait une grande satisfaction, debout devant son ouvrage, à contempler ce qu'il avait accompli et qui n'existait pas encore quelques heures plus tôt. Ce qu'il avait bâti de ses propres mains. Il aimait regarder danser dans l'air les particules de poussière de bois, voir une pièce glisser sans effort dans la rainure d'une autre. Poncer, marteler, forer – tous ces gestes lui procuraient un plaisir aussi profond que mystérieux.

Par une belle journée sans nuages, au début du mois d'avril, Wes était en train de recouvrir la coque d'une couche de peinture gris métallisé lorsqu'il entendit son père s'approcher derrière lui. C'était la fin de l'après-midi ; les feux du soleil déclinant se reflétaient dans les fenêtres de la maison et embrasaient les arbres.

« Quelle merde », dit son père.

Wes se retourna. Son père, un petit sourire aux lèvres, s'approcha du bateau et caressa le flanc de la coque. Le murmure de sa main glissant le long du bois. « Bon sang, je ne sens pas le moindre relief. »

Wes attendit, une petite étincelle d'appréhension brasillant au fond de sa poitrine.

« Sacré boulot, faut reconnaître », dit son père. Il avait encore le teint cendreux, les traits du visage légèrement affaissés, et il se déplaçait d'un pas plus raide qu'avant l'infarctus.

Mais il ne fumait plus que trois cigarettes par jour, une après chaque repas, et le médecin avait dit que son cœur avait l'air de reprendre des forces.

« Allez, viens, dit-il. J'ai un truc pour toi.

– Quoi ?

– Un cheval alezan. »

Wes le suivit jusqu'au pick-up, sur le plateau duquel l'attendait un moteur de récup. Son père lui dit l'avoir eu pour si peu cher qu'il avait carrément eu l'impression de le voler.

« Il est chouette, dit le garçon.

– Pas mal, hein ? »

Ils transbahutèrent le moteur jusqu'à l'arrière de la maison et le posèrent sur la véranda. Wes dit à son père qu'il le rembourserait dès qu'il le pourrait, mais ce dernier précisa que c'était un cadeau.

Plus tard, Wes songea que s'il avait dû réécrire sa nouvelle pour le cours de Mr. Banksey, il aurait choisi ce moment pour conclure son récit de manière plus véridique. Connaissant son père, et se connaissant lui-même, ils n'iraient probablement pas plus loin en termes de réconciliation. Si sa mère les avait entendus depuis sa tombe à quelques mètres de là, derrière le mimosa en fleur, elle aurait sans doute pensé que c'était suffisant.

Au fil des semaines, le temps se radoucit et le bayou reprit des couleurs : les pluies chassèrent les dernières traces de l'hiver, les jours rallongèrent, la chaleur revint, et les cyprès et les chênes se parèrent de nouveau de leurs feuillages, comme si de leurs branches avait jailli une éruption soudaine de fumée vert-de-gris. Dans l'eau aussi, la vie recommença à remuer et à bourgeonner en tous sens ; les alligators se doraient la pilule sur les berges envasées, les serpents filaient comme des flèches d'encre à travers les hauts-fonds, les hérons juchés sur leurs échasses traversaient les broussailles à grandes enjambées. De partout, dès qu'on s'approchait d'un point d'eau, montaient le parfum boueux de l'humus et la petite mélodie électrique des cigales et des grenouilles.

La ville aussi revenait à la vie. Dans les jardins, on avait surélevé les bateaux sur des parpaings pour les réparer avant le début de la saison. Près des embarcadères du port, les filets étaient déployés sur le sol comme de gigantesques toiles au-dessus desquelles on voyait s'agiter, telles des pattes d'araignée, les doigts des pêcheurs occupés à les raccommoder. Il n'était plus question dans toute la Barataria que de la reprise de la pêche : où on trouverait les crevettes, combien de temps durerait la saison, qui ramènerait les plus gros filets. Peu importait ce qu'ils racontaient à la télévision, peu importaient les conneries déblatérées par BP à longueur de spots publicitaires, tout le monde savait pertinemment qu'il y avait encore du pétrole dans l'eau et qu'on n'était pas près d'en voir la fin. Mais les gens s'étaient remis à acheter les crevettes et les huîtres de Louisiane, et les habitants de Jeanette commençaient à se dire que le gros de l'orage était passé.

Wes trimait jour et nuit pour que son bateau soit terminé avant la fin du mois. Un jour, en fin d'après-midi, alors qu'il venait tout juste de peindre sur la poupe les dernières lettres du nom de son bateau – le *Cajun Gem* –, son père arriva et contempla l'ouvrage.

« Je t'échange le mien contre celui-là, dit-il en buvant une gorgée de bière.

– Dans tes rêves.

– Il sent bon, ce cyprès.

– Oui, c'est vrai.

– Qu'est-ce qu'il te reste à faire ? »

Wes hésita une fraction de seconde. « Je crois que j'ai fini. »

Son père hocha la tête, les mains sur les hanches. « Alors viens, on va aller lui faire faire un petit tour.

– Maintenant ?

– Oui, pourquoi pas ?

– La peinture n'est pas encore sèche. »

Son père posa la main sur la coque. « Ça m'a l'air bien assez sec.

– Je veux encore vérifier deux trois trucs.

– Ça fait trois putains d'années que tu vérifies deux trois trucs. »

Wes tira sur ses sourcils. « Je ne veux pas me précipiter.

– Trois ans, je n'appelle pas ça se précipiter.

– De toute façon il n'y a pas d'essence dans le moteur. »

Son père ravala un sourire, amusé par la gêne de son fils. « J'en ai mis hier soir. »

Wes secoua la tête et regarda son bateau d'un air incertain. « Mais on n'a même pas de remorque assez grande pour le transporter. Comment on va le mettre à l'eau ?

– Comme on faisait dans le temps. »

Le père de Wes appela Teddy Zeringue et Davey Morvant à la rescousse. Wes rameuta ses copains Archie et Donny. Bientôt, ils étaient douze dans le jardin. Vingt. Quarante. Des visages que Wes connaissait depuis toujours, des amis, des voisins. Chuck Jones, George Ledet, Elmer Guidry. Des types avec qui il était allé au lycée, dont certains avaient amené leurs frères et sœurs en renfort. Wes aperçut Lucy Arcinaux, la jolie blonde avec qui il était sorti pendant quelques semaines bénies. De jeunes mamans, dans les bras desquelles braillaient et gigotaient des nourrissons. La bière coulait à flots et la foule ne cessait de grossir dans la lueur couleur de rouille du jour finissant.

Au bout d'un moment, Wes grimpa à l'échelle de tribord

et tout le monde se rassembla sous le bateau pour le soulever. Ensemble, ils comptèrent jusqu'à trois, d'une seule voix rugissante. D'un mouvement puissant, ils hissèrent le *Cajun Gem* au-dessus des bidons d'huile. Puis la cohorte se mit en branle, portant Wes et son bateau. Ils traversèrent le jardin, sortirent dans la rue et prirent la direction du bayou. Dans les maisons voisines, on se mettait sous le porche pour voir passer le défilé ; des gens sortaient de leur jardin pour venir se mêler à la foule. Les Thibodaux, les Jones, les Theriot. Bientôt ils étaient cinquante, soixante-quinze à faire retentir leurs cris, leurs rires et leurs plaisanteries tout en portant le bateau d'une tonne le long de la petite rue à deux voies.

La nuit était presque tombée quand Wes, debout à l'avant, aperçut le miroitement grisâtre des eaux du bayou. La procession traversa un champ d'ajoncs et de commélines bleues, puis franchit l'étroit liseré du rivage ; les porteurs, tout habillés, pénétrèrent alors dans l'eau, le bateau sur leurs épaules, tels les dévots de quelque rite solennel. Wes craignait qu'il ne coule à pic dès qu'ils le lâcheraient, et il poussa un grand soupir de soulagement quand il s'aperçut que le *Cajun Gem* flottait avec assurance.

Wes démarra ; le moteur émit un ronronnement bruyant. Il enclencha la vitesse et glissa dans le bayou. Il faisait de plus en plus sombre, mais il y voyait encore assez pour distinguer les visages de la foule qui le regardait prendre le large. Il vit son père, mais il était déjà trop loin pour déchiffrer son expression. Il ne le reconnut qu'à sa carrure filiforme et à ses épaules tombantes. Existait-il un terme pour décrire l'étrange nostalgie que l'on éprouvait envers un moment qui n'était pas encore passé ? Il n'en savait rien, mais ce sentiment le submergeait à présent, tandis qu'il s'enfonçait dans la Barataria. À mesure qu'il s'éloignait, les silhouettes restées sur la berge devenaient indistinctes ;

bientôt il fut incapable de faire la différence entre les hommes et les femmes, entre les adultes et les enfants, jusqu'au moment où il fut si loin d'eux qu'il ne lui sembla plus voir qu'un seul et même visage à l'horizon. Un visage qui n'appartenait à personne, et qui aurait pu être celui de n'importe qui.

Remerciements

Merci à toi, mon frère, Michael Cooper, pour le regard que tu as porté sur ce texte dès ses tout débuts, et pour tes conseils indispensables. Merci à ma compagne, Kathy Conner, pour les mêmes raisons. Si ce roman est devenu ce qu'il est, c'est à vous deux qu'il le doit. J'ai une chance immense d'avoir à mes côtés deux âmes si bienveillantes. Merci à mes grands-parents, puissent-ils reposer en paix, pour toutes ces heures passées à explorer les rayonnages des librairies, et pour tant d'autres choses. Merci à mes vieux amis, Joe Capuano, Claudia Sanchez et Richard Pearlman, d'être là, fidèles, depuis toutes ces années. Merci aux amis de plus récente date, Joe Wall, Brigette Paladon et Tyler Shepard, pour votre écoute toujours attentive. Merci à Reggie Poche et à Cass Cross, pour votre relecture perspicace des premières versions du manuscrit. Merci à mes mentors, pour votre sagesse et vos encouragements. Merci à mon agent, Lorin Rees, d'avoir cru en ce livre depuis le début. Merci à Nate Roberson, pour la même raison. Merci à Danielle Crabtree, Rachel Rokicki, Jay Sones et Rebecca Welbourn, ainsi qu'à tous les autres membres d'équipage des éditions Crown, d'avoir mis tant de cœur à l'ouvrage pour moi. Merci enfin à vous, lecteurs.

« Terres d'Amérique »

Collection dirigée par Francis Geffard
(Extrait du catalogue)

CHRIS ADRIAN
Un ange meilleur, nouvelles

SHERMAN ALEXIE
Indian Blues, roman
Indian Killer, roman
Phoenix, Arizona, nouvelles
La Vie aux trousses, nouvelles
Dix Petits Indiens, nouvelles
Red Blues, poèmes
Flight, roman
Danses de guerre, nouvelles

TOM BARBASH
Les Lumières de Central Park, nouvelles

DAVID BERGEN
Une année dans la vie de Johnny Fehr, roman
Juste avant l'aube, roman
Un passé envahi d'ombres, roman
Loin du monde, roman
La Mécanique du bonheur, roman

JON BILLMAN
Quand nous étions loups, nouvelles

TOM BISSELL
Dieu vit à Saint-Pétersbourg, nouvelles

AMANDA BOYDEN
En attendant Babylone, roman

JOSEPH BOYDEN

Le Chemin des âmes, roman
Là-haut vers le nord, nouvelles
Les Saisons de la solitude, roman
Dans le grand cercle du monde, roman

KEVIN CANTY

Une vraie lune de miel, nouvelles
Toutes les choses de la vie, roman

DAN CHAON

Parmi les disparus, nouvelles
Le Livre de Jonas, roman
Cette vie ou une autre, roman
Surtout rester éveillé, nouvelles

MICHAEL CHRISTIE

Le Jardin du mendiant, nouvelles

CHRISTOPHER COAKE

Un sentiment d'abandon, nouvelles

CHARLES D'AMBROSIO

Le Musée des poissons morts, nouvelles
Orphelins, récits

ANTHONY DOERR

Le Nom des coquillages, nouvelles
À propos de Grace, roman
Le Mur de mémoire, nouvelles

DAVID JAMES DUNCAN

La Vie selon Gus Orviston, roman

DEBRA MAGPIE EARLING

Louise, roman

LOUISE ERDRICH

L'Épouse Antilope, roman
Dernier rapport sur les miracles à Little No Horse, roman
La Chorale des maîtres bouchers, roman

Ce qui a dévoré nos cœurs, roman
Love Medicine, roman
La Malédiction des colombes, roman
Le Jeu des ombres, roman
La Décapotable rouge, nouvelles
Dans le silence du vent, roman
Femme nue jouant Chopin, nouvelles
Le Pique-nique des orphelins, roman

BEN FOUNTAIN

Brèves rencontres avec Che Guevara, nouvelles
Fin de mi-temps pour le soldat Billy Lynn, roman

TOM FRANKLIN

Le Retour de Silas Jones, roman

TOM FRANKLIN & BETH ANN FENNELLY

Dans la colère du fleuve, roman

ALAN HEATHCOCK

Volt, nouvelles

RICHARD HUGO

La Mort et la Belle Vie, roman
Si tu meurs à Milltown

HOLLY GODDARD JONES

Une fille bien, nouvelles
Kentucky Song, roman

BRET ANTHONY JOHNSTON

Souviens-toi de moi comme ça, roman

THOM JONES

Le Pugiliste au repos, nouvelles
Coup de froid, nouvelles
Sonny Liston était mon ami, nouvelles

THOMAS KING

Medicine River, roman
Monroe Swimmer est de retour, roman
L'Herbe verte, l'eau vive, roman

SANA KRASIKOV

L'An prochain à Tbilissi, nouvelles

RICHARD LANGE

Dead Boys, nouvelles
Ce monde cruel, nouvelles
Angel Baby, roman

MATT LENNOX

Rédemption, roman

BRIAN LEUNG

Les Hommes perdus, roman
Seuls le ciel et la terre, roman

DAVID MEANS

De petits incendies, nouvelles

DINAW MENGESTU

Les belles choses que porte le ciel, roman
Ce qu'on peut lire dans l'air, roman
Tous nos noms, roman

PHILIPP MEYER

Le Fils, roman

BRUCE MURKOFF

Portés par un fleuve violent, roman

JOHN MURRAY

Quelques notes sur les papillons tropicaux, nouvelles

KEVIN PATTERSON

Dans la lumière du Nord, roman

BENJAMIN PERCY

Sous la bannière étoilée, nouvelles
Le Canyon, roman

DAVID JAMES POISSANT

Le Paradis des animaux, nouvelles

DONALD RAY POLLOCK

Le Diable, tout le temps, roman

ERIC PUCHNER

La Musique des autres, nouvelles
Famille modèle, roman

JON RAYMOND

Wendy & Lucy, nouvelles

ELWOOD REID

Ce que savent les saumons, nouvelles
Midnight Sun, roman
La Seconde Vie de D.B. Cooper, roman

EDEN ROBINSON

Les Esprits de l'océan, roman

KAREN RUSSELL

Swamplandia, roman
Foyer Sainte-Lucie pour jeunes filles élevées par les loups, nouvelles

GREG SARRIS

Les Enfants d'Elba, roman

NATHAN SELLYN

Les Caractéristiques de l'espèce, nouvelles

HUGH SHEEHY

Les Invisibles, nouvelles

WELLS TOWER

Tout piller, tout brûler, nouvelles

DAVID TREUER

Little, roman
Comme un frère, roman
Le Manuscrit du Dr Apelle, roman
Indian Roads, récit

BRADY UDALL

Lâchons les chiens, nouvelles
Le Destin miraculeux d'Edgar Mint, roman
Le Polygame solitaire, roman

GUY VANDERHAEGHE

La Dernière Traversée, roman
Comme des loups, roman

VENDELA VIDA

Se souvenir des jours heureux, roman

WILLY VLAUTIN

Motel Life, roman
Plein nord, roman
Ballade pour Leroy, roman

JAMES WELCH

L'Hiver dans le sang, roman
La Mort de Jim Loney, roman
Comme des ombres sur la terre, roman
L'Avocat indien, roman
À la grâce de Marseille, roman
Il y a des légendes silencieuses, poèmes

SCOTT WOLVEN

La Vie en flammes, nouvelles

Composition : IGS-CP
Impression CPI Brodard et Taupin en avril 2016
Éditions Albin Michel
22, rue Huyghens, 75014 Paris
www.albin-michel.fr
ISBN : 978-2-226-32575-4
ISSN : 1272-1085
N° d'édition : 21528/01 – N° d'impression : 3017114
Dépôt légal : mai 2016
Imprimé en France